Lynn Erickson

Vengeance au féminin

Traduit de l'américain
par Philippe Boulet-Gercourt

J'AI LU

Titre original :

ON THIN ICE
A Jove Book, published by The Berkley Publishing Group, a division of Penguin Putnam Inc., New York

1

Le palais de justice du comté de Boulder baignait dans la pénombre, tandis que la neige glacée tombait en rafales. Un après-midi de chien. Parfait, se dit Ellie Kramer. Cela faisait longtemps qu'elle attendait une telle occasion, et le moment était venu.

— Je peux vous déposer ? lui lança Ben Torres, le district attorney. Ça ne me dérange pas, vous êtes presque sur mon chemin.

— Merci, mais j'ai des dépositions à finir.

— Vraiment ? Tous les autres sont partis.

— Ne vous en faites pas, je prendrai le bus pour rentrer.

— Si vous en trouvez un, avec ce temps pourri.

— Ça ira. Franchement.

Par la fenêtre, Ellie pouvait voir la neige qui s'était amoncelée dans la cour. Pour une fois, la météo ne s'était pas trompée : une belle poudreuse recouvrait le paysage en ce vendredi de novembre, pour le plus grand bonheur du personnel du district attorney. Mais personne ne se réjouissait autant qu'Ellie. Il était 16 heures, et tous les employés de l'immense palais de justice avaient pris leurs cliques et leurs claques. Les salles d'audience étaient vides, le café fermé. Il ne restait plus qu'une équipe dans le bureau du shérif, au deuxième étage, réduite au strict minimum. Tout le monde s'empressait de partir, pour éviter les sempiternels embouteillages de fin de journée.

— Je dirai à Nate que vous êtes toujours là.

Torres prit son attaché-case et jeta un coup d'œil dehors.

— Sacrée tempête.

— Vous pouvez le dire, répondit distraitement Ellie.

Elle avait complètement oublié Nate, le vigile. Un type sympa et pas bête. Il risquait de se demander ce qu'elle fabriquait aux archives alors que tout le monde était rentré chez soi. Tant pis, se dit-elle. Cela faisait des années qu'elle attendait une occasion pareille, elle n'allait pas la laisser filer.

— Bonne soirée, fit le district attorney.

— À vous aussi, répondit Ellie, les nerfs à fleur de peau.

Elle fit mine de travailler jusqu'à ce qu'elle soit sûre que Ben Torres était bel et bien parti. Il régnait dans le palais de justice un silence étrange, guère rassurant dans ce bâtiment qui, d'ordinaire, fourmillait de monde. Mais ce silence pouvait être son allié : elle entendrait les pas de Nate, si celui-ci approchait.

Elle quitta le bureau du district attorney et traversa le couloir. Une fois devant la porte de l'escalier qui menait aux archives, elle tapota le code sur le clavier, entendit la porte se déverrouiller et la poussa doucement. Sa serviette nerveusement serrée contre sa poitrine, elle descendit l'escalier et se retrouva dans un immense sous-sol divisé par d'innombrables étagères. Aussitôt, elle fut saisie par l'odeur de vieux papier et de murs humides, une odeur familière pour l'employée qu'elle était, habituée à passer de longues heures parmi les dossiers poussiéreux des archives.

Elle approcha sa main de l'interrupteur, hésita un instant, puis alluma la lumière. Si Nate la surprenait, elle lui dirait qu'elle cherchait des documents pour le boulot. Elle devait bluffer jusqu'au bout. Elle n'avait pas le choix.

Elle s'engagea dans une travée. Elle savait parfaitement où aller, ayant repéré à maintes reprises l'endroit où étaient rangés les documents qui l'intéressaient.

Affaire numéro 6973 : Les citoyens du Colorado contre John Crandall. Ellie sortit le carton et s'assit par terre. D'une main tremblante, elle ôta le couvercle. Elle s'apprêtait à prendre le premier classeur lorsqu'elle entendit soudain un bruit suspect. Des souris ? Elle leva la tête. Mais non, c'était simplement le bruit des flocons qui s'écrasaient contre la vitre d'un soupirail. Elle s'empara du classeur. Il s'agissait d'un dossier de la police, rempli à craquer, d'où dépassaient des photos en noir et blanc. Elle les sortit et se pencha sur la première.

— Mon Dieu ! fit-elle d'une voix à peine audible.

C'était une photo de Stephanie Morris sur son lit d'hôpital. La jeune fille était visiblement inconsciente. Ses yeux étaient fermés, son cou couvert de bleus et tuméfié. Ellie prit une profonde inspiration. Stephanie avait presque l'air de dormir. Mais il y avait ces terribles marques sur son cou.

Elle examina d'autres photos. Stephanie, de nouveau. La maison des Morris. De nombreux clichés du cellier du sous-sol, une pièce sombre remplie de fourbi, avec une unique étagère chargée de bouteilles.

À l'époque, Stephanie avait seize ans, quatre ans de moins qu'Ellie. Elle devait aller sur ses trente ans, maintenant. Mais elle n'était plus en état de célébrer ses anniversaires.

Ellie savait qu'elle n'avait pas de temps à perdre, mais elle ne pouvait détacher son regard des photos. Stephanie était une jolie jeune fille, avec de longs cheveux blonds. Avait-elle beaucoup souffert ? Souffrait-elle toujours, plongée dans le coma ?

Elle avait été violée puis étranglée. Son violeur désirait-il réellement qu'elle meure ? Ou bien l'avait-il étouffée sans le vouloir ? Souhaitait-il en réalité qu'elle survive, afin qu'elle puisse raconter les souffrances qu'il lui avait infligées ? Mais aujourd'hui, Stephanie Morris n'avait plus rien d'un témoin.

En tout cas, à la suite de ce meurtre, l'homme avait changé sa façon d'opérer. Quatre ans après Stephanie Morris, il avait violé et étranglé une autre jeune fille, qui n'avait pas survécu. Le même scénario s'était répété trois ans plus tard. Mais, la fois suivante, il avait raté son coup. Sa victime avait survécu, et sans séquelles irréparables, contrairement à Stephanie Morris. Ellie avait lu le rapport de la police de Pueblo. Le violeur avait été interrompu alors qu'il était en train d'étrangler la jeune fille et s'était enfui.

Pendant un long moment, elle continua à étudier les photos de Stephanie Morris, puis elle les remit dans le dossier. Ensuite, elle s'attaqua aux notes des deux policiers qui étaient arrivés les premiers sur la scène du crime : l'agent Michael Callas et l'agent Finn Rasmussen. Ils étaient novices, à l'époque, et cette affaire avait fait d'eux des héros.

Les dents serrées, Ellie étudia leurs rapports. Il n'y avait rien à redire, ils avaient accompli un boulot exemplaire. Soudain, ses yeux s'emplirent de larmes. Ils avaient fait du bon travail, oui, mais ils s'étaient trompés et avaient arrêté un innocent.

Elle passa tant de temps sur leurs rapports que ses pensées finirent par s'embrouiller. Elle avait oublié le froid, sa jambe gauche engourdie, le ciel qui était devenu d'un noir d'encre. La tempête tournoyait autour du palais de justice, secouait les arbres chétifs et empilait des masses de neige aux quatre coins de l'édifice, mais rien de tout cela ne lui importait. Son univers s'était réduit à ce dossier qu'elle tenait dans ses mains. Elle avait attendu cet instant si longtemps !

Quelque part dans le bâtiment, une porte claqua. Prise de panique, Ellie revint brusquement à la réalité. C'était probablement Nate. Que se passerait-il s'il tombait sur elle et qu'il en parlait ensuite à Torres ? Elle n'avait rien à faire aux archives à cette heure-ci. Nate ne le savait pas, mais Torres, si. Ellie se figea et tendit l'oreille, mais elle n'entendit plus rien.

Elle déplia ses jambes ankylosées, se releva et mit le classeur dans sa sacoche. Il fallait qu'elle l'étudie plus longuement. Elle le remettrait en place lundi et en prendrait un autre. Plus rien ne l'arrêterait, désormais.

Elle remonta les marches, poussa de nouveau la lourde porte métallique, puis retourna vers le bureau du district attorney. À présent, Nate pouvait se montrer, cela ne lui faisait plus peur. Personne ne lui avait jamais demandé d'ouvrir sa sacoche quand elle quittait le bâtiment. Mais, lundi, elle devrait passer le contrôle de sécurité, soumettre sa serviette aux rayons X... Et alors ? Il n'y avait pas de quoi fouetter un chat. Quel genre d'employée aurait-elle été si elle s'était baladée sans dossier ?

Elle était en train de fermer sa sacoche lorsque la porte du bureau s'ouvrit.

— Il y a quelqu'un ?

— Euh... c'est moi, Eleanor Kramer, dit-elle de sa voix la plus enjouée.

À cet instant, elle vit Nate franchir la porte qui séparait la salle d'attente du bureau de la réceptionniste.

— Oh, Ellie, nom d'un chien ! Torres m'avait prévenu que vous travailleriez tard, mais j'avais complètement oublié. Encore heureux que je ne vous aie pas tiré dessus ! ajouta-t-il en riant. Vous partez bientôt ?

— Maintenant.

— Alors, je vous raccompagne jusqu'à la sortie.

— Volontiers. Attendez, j'éteins les lumières.

Une minute plus tard, Ellie se retrouva dehors, dans le blizzard. Impatiente de s'éloigner du palais de justice, elle se mit à courir en direction de Canyon Boulevard. Elle sentait à peine le froid. Seule une pensée l'habitait : elle avait exécuté son plan sans le moindre faux pas.

La tempête dura toute la nuit, et même quand le vent se calma, la neige continua à tomber. Boulder et ses alentours étaient paralysés. Mais les gros chasse-neige orange eurent vite fait de se mettre en branle, et à 8 heures du matin, les grands axes qui reliaient Boulder à Denver étaient dégagés.

Celeste Steadman, la meilleure amie et colocataire d'Ellie, la réveilla.

— On part skier, A-Basin et Copper Mountain ouvrent ce matin. Allez, dépêche-toi, Jennifer et Bonnie sont déjà presque prêtes.

— Skier ?

Ellie s'assit dans son lit et se frotta les yeux.

— Oui, tu sais, ce sport qu'on pratique l'hiver avec deux longues planches et de grosses chaussures.

— Je n'ai pas de skis, Celeste.

— Il y en a une dizaine de paires dans le débarras, et Jenn te prêtera des chaussures, vous faites la même pointure. Lève-toi, maintenant, et ne commence pas à me bassiner avec le prix du forfait. Je t'invite.

Celeste baissa la voix pour ajouter :

— Tu sais bien que Jenn et Bonnie me rendent dingue quand tu n'es pas là.

Le premier vrai week-end d'hiver à la montagne... Comment refuser une offre aussi tentante ? Ellie regarda Celeste en se mordillant la lèvre inférieure.

— Allez, dis oui.

Ç'aurait été si facile d'accepter ! Ellie aurait remercié Celeste en lui tapant des devoirs ou en se chargeant de certaines tâches domestiques. Elles vivaient ensemble depuis leur première année à Colorado University, et bien que Celeste vînt d'une famille nantie alors qu'Ellie était boursière, elles étaient devenues les meilleures amies du monde. À présent, elles étaient en fac de droit et partageaient cette maison de Marine Street avec deux autres étudiantes, Jennifer Cohen et Bonnie Brooks. Les années avaient passé, mais Ellie n'avait toujours pas les moyens de se payer des extras, malgré le salaire qu'elle gagnait en travaillant pour le district attorney. Le loyer de la maison et les charges étaient élevés, et surtout, elle remboursait l'emprunt qu'elle avait dû contracter pour payer ses études, la bourse qu'on lui avait accordée ne couvrant qu'une partie des frais de scolarité.

Celeste, en revanche, était toujours pleine aux as. Son père lui envoyait un chèque chaque mois, qu'elle ait ou non besoin d'argent. Pour son anniversaire, elle avait reçu une Range Rover toute neuve, et pour Noël, sa famille avait prévu de louer un yacht pour faire une croisière sur l'Amazone.

Ellie soupira et regarda son amie. Celeste était grande et mince, avec des yeux couleur de sable et des cheveux noirs mi-longs. Cette année, elle affichait un style gothique. L'année précédente, elle avait opté pour le look de cow-girl éclatante de santé, cheveux blond cendré et Stetson inclus. « Je me cherche, c'est tout », disait-elle.

— Non, vraiment, je ne peux pas. Pas ce week-end.

— C'est à cause de l'argent ?

— Non, je te jure.

— Je n'en reviens pas que tu me laisses seule avec cette coureuse de Jenn et cette pleurnicheuse de Bonnie. Par pitié, viens !

Mais Ellie ne pouvait pas céder. Ses yeux tombèrent sur sa sacoche, posée sur la table qui lui servait de bureau. Ses colocataires parties, elle aurait jusqu'au dimanche soir pour éplucher les dossiers que contenait le classeur. Deux jours sans être interrompue. Elle ne pouvait pas gâcher une occasion pareille.

Elle aurait tant voulu tout raconter à Celeste, se débarrasser de ce fardeau qu'elle portait depuis quatorze longues années ! Mais en révélant son secret, elle deviendrait totalement vulnérable. Comment aurait-elle pu confier, même à sa meilleure amie, que quand elle avait douze ans, son père avait été arrêté pour le viol d'une adolescente de seize ans ? Comment dire : « Hé, en réalité, je ne m'appelle pas Ellie Kramer, mais Ellie Crandall.

Tu te souviens, John Crandall ? L'ébéniste qui avait été condamné pour le viol de Stephanie Morris ? Eh bien, c'était mon père, et je l'aimais. »

La nuit du samedi au dimanche fut glaciale, si froide que l'eau du verre qu'Ellie avait posé sur sa table de nuit gela presque. Le matin, elle se réveilla en claquant des dents. Elle enfila rapidement sa parka par-dessus son pyjama et descendit dans l'entrée, où le thermomètre affichait 13 °C.

La tuyauterie ! Ellie se précipita dans la cuisine et tourna le bouton de réglage de la chaudière. Il n'aurait plus manqué que l'eau gèle et fasse exploser les canalisations ! Une note de plombier astronomique, c'était bien la dernière chose dont elle avait besoin.

Leur maison était une vieille bicoque déglinguée située dans un quartier résidentiel, à quelques rues du campus. Peinte en jaune citron, elle était dotée d'un porche dont la peinture s'écaillait et de deux jardinets, un à l'avant et un à l'arrière, grands comme des timbres-poste.

Ellie s'était installée dans le grenier, que d'anciens locataires avaient transformé en une chambre de bonne taille. Elle l'avait repeint en jaune doré deux ans plus tôt et avait même redonné un coup de jeune au parquet en pin. Pour le Noël précédent, Celeste lui avait offert un magnifique tapis navajo pour habiller son antre, et sur son lit de cuivre était jeté un édredon d'un bleu irisé qu'elle avait dégoté au marché aux puces de Boulder.

— C'est vingt-cinq dollars, lui avait dit le vendeur.

— Mais je n'en ai que huit.

Finalement, elle avait eu son édredon pour huit dollars. Pour une fois, elle avait été complètement franche, et elle en avait été récompensée.

La température de la maison finit par atteindre les 17 °C. Mais la chaleur avait du mal à monter jusqu'au grenier, qui n'était chaud que pendant les mois d'été. En hiver, il était rare que la température y dépasse les 15 °C. Ellie avait la plus belle collection de pulls d'occasion de tout Boulder. Elle mit un jean et un pull vert sombre et s'installa dans le salon, les dossiers étalés sur ses genoux, une grande tasse de chocolat chaud posée sur la table basse, à côté d'une lampe à lave – le truc le plus hideux qu'elle eût jamais vu.

Elle avait déjà lu tous les dossiers, mais elle voulait les étudier à la loupe, en prenant des notes. En les parcourant de nouveau, il lui parut évident, comme la veille, que les policiers avaient fourni un travail remarquable. Quelles que soient ses suspicions envers ces deux agents arrivés les premiers sur les lieux du crime, elle ne pouvait que leur décerner un vingt sur vingt pour leurs efforts.

La première chose qu'avait apprise Ellie en fac de droit, c'était que la scène du crime était en général contaminée de mille façons par les policiers et que les avocats de la défense ne manquaient jamais de se servir de ce que les premiers flics arrivés sur place – en général des agents en patrouille – avaient oublié de noter. Une autre règle non écrite spécifiait que c'était le plus souvent le policier le plus incompétent qui arrivait en premier sur les lieux du crime.

Mais, à en croire les documents qu'Ellie avait en main, rien de tout cela n'était vrai dans le cas de Stephanie Morris. Michael Callas et Finn Rasmussen semblaient avoir suivi à la lettre le mode d'emploi du policier méthodique. Aucun d'eux n'avait touché ce qui ne devait pas l'être. Tout ce qu'ils avaient fait et vu était minutieusement relaté dans leurs rapports : l'heure exacte de leur arrivée, la position précise de la voiture des Morris dans l'allée devant la maison, etc. Ils avaient établi un périmètre de sécurité, recherché les témoins et noté les vêtements que portaient les parents. Ils avaient même relevé le programme qui passait à ce moment-là à la télé.

C'était Michael Callas qui avait trouvé Stephanie dans le cellier. Et c'était lui qui, dans ses notes, avait décrit la détresse de M. Morris lorsqu'il avait vu son enfant. Ce dernier avait pris la main de sa fille et, pendant qu'ils attendaient l'ambulance, avait remarqué le foulard bleu et vert autour du cou de Stephanie.

Ellie lut à voix haute les notes du policier :

— « M. Morris a touché le foulard et s'est exclamé : "Mon Dieu, on dirait celui de John. Il refait notre cuisine. Dieu du Ciel, oui, c'est le bandana de John !" Il était 23 h 45 à ce moment-là. L'ambulance est arrivée environ deux minutes plus tard, la victime a été mise sous oxygène et transportée au Boulder Community Hospital. Elle était accompagnée par sa mère, M. Morris suivant l'ambulance avec son véhicule.

« Aux alentours de minuit, l'agent Rasmussen et moi-même avons condamné tout accès à la maison et avons attendu les spécialistes du laboratoire de police criminelle. »

Ellie laissa le rapport glisser de ses mains. Ni l'un ni l'autre des deux policiers ne pouvaient alors le savoir, mais l'affaire était déjà presque élucidée. Il y avait juste un problème. Ellie était convaincue que son père était innocent. Ce qui ne pouvait signifier qu'une chose : quelqu'un l'avait piégé.

Elle reprit le dossier, qu'elle lut et relut jusqu'à en avoir mal à la tête. June et Earl Morris, des gens aisés et sans histoire, nouveaux venus à Boulder, avaient été invités à fêter le Nouvel An à quelques maisons de là – de quoi leur fournir un million d'alibis. Stephanie était restée à la maison, protégée par des portes fermées à clé et un système d'alarme activé pendant toute la soirée. Peu après 21 h 30, June avait parlé au téléphone à sa fille, qu'elle avait appelée par acquit de conscience. Après tout, ils venaient juste d'emménager dans le quartier.

Comme l'intrus était entré dans la maison des Morris sans forcer aucune serrure, tout le monde en avait conclu que Stephanie avait désactivé l'alarme et ouvert la porte à son agresseur. L'adolescente n'avait pas encore commencé l'école, les Morris ayant emménagé au début des vacances de Noël. Elle ne connaissait donc personne à Boulder, hormis ce type sympathique qui refaisait la cuisine, John Crandall. Et, aucun doute, c'était bien son foulard qu'on avait retrouvé autour du cou de la jeune fille.

Ellie ôta ses lunettes et se massa les tempes. À qui d'autre l'adolescente aurait-elle pu faire confiance ? Un voisin qu'elle aurait rencontré ? Mais tous les voisins s'étaient rendus à la même soirée que les Morris, et les policiers avaient vérifié leurs emplois du temps. Alors, à qui Stephanie aurait-elle pu faire confiance spontanément ? À un homme en uniforme. Quelqu'un qui se serait fait passer pour un policier. Ou, peut-être, un vrai policier.

Ellie remit ses lunettes et relut plusieurs documents, espérant contre toute attente y découvrir un élément nouveau, un indice qui aurait échappé à tous ceux qui avaient enquêté sur cette affaire. Qu'avait-elle laissé passer ? Quel détail avaient-ils tous négligé ?

Ses pensées revinrent à Callas et Rasmussen, au rôle que les deux bleus avaient joué pendant cette nuit tragique. Le cas Stephanie Morris avait mis leur carrière sur la voie express. Ils avaient même reçu des félicitations officielles pour l'excellent travail qu'ils avaient fourni. Mais ils n'auraient quand même pas envoyé un innocent en prison par pure ambition, n'est-ce pas ? Cette hypothèse ne tenait pas.

Ellie enleva de nouveau ses lunettes, se leva et s'étira longuement. Puis elle alla dans la cuisine se préparer un sandwich. Dans son esprit tournaient et retournaient les mêmes questions qu'elle se posait depuis des années. Qui avait piégé son père ? Elle savait qu'à l'époque, le chef de la police essayait de remettre sa carrière sur les rails, après avoir saboté une enquête sur un meurtre. Était-il possible que les deux jeunes policiers aient tendu un piège à John Crandall dans le seul but de donner un coup de main à leur patron ? Non, un tel scénario paraissait invraisemblable. Pourtant, une pièce du puzzle manquait. Mais laquelle ?

À 16 heures, Ellie rassembla les dossiers et les rangea dans sa sacoche. Ses colocataires seraient bientôt là, à moins, bien sûr, qu'elles n'aient rencontré des types intéressants, auquel cas elles ne rentreraient probablement pas avant la fin de la soirée.

Ellie emporta sa serviette dans le grenier et songea au week-end qu'elle avait raté. Un de plus. Une vie entière de week-ends loupés. Puis elle pensa à sa mère, qui avait récemment perdu son travail de comptable à la mine de molybdène de Leadville. La vie de Janice était encore plus morne que la sienne. Maintenant, elle travaillait à la supérette du coin, et le dimanche était son seul jour de congé. Ellie prit le téléphone et composa son numéro.

— Alors, quelles sont les dernières nouvelles du bureau du district attorney ? demanda Janice.

Ellie entendit sa mère poser la bouilloire sur la cuisinière.

— Tu te tues au boulot, j'imagine ?

— Presque, répondit Ellie.

— Au moins, tu seras à la maison pour Thanksgiving.

— Je ne sais pas, maman. Il y a un procès important à préparer, et le district attorney m'a confié la rédaction de plusieurs motions préliminaires.

— Oh, chérie, j'avais espéré...

— Ne t'en fais pas. Je viendrai te voir un de ces week-ends. Je prendrai le bus.

— D'accord.

Ellie marqua une pause, puis reprit, hésitante :

— Maman...

— Qu'est-ce qu'il y a ?

— Eh bien, j'ai... j'ai mis la main sur les dossiers de l'affaire Morris.

Un bref silence suivit.

— Mon Dieu ! Ellie, ma chérie, tu n'aurais pas dû faire ça ! Qu'est-ce que cela va nous apporter, après tout ce temps ?

Ellie soupira.

— La justice, maman. J'ai passé six ans à apprendre le droit en pensant à papa. C'est d'ailleurs à peu près la seule chose à laquelle je pense. Et si je pouvais prouver son innocence ?

— C'est pour cela que tu as décidé d'aller étudier à Boulder ? C'est ce que tu avais en tête ? Oh, Ellie, dis-moi que ce n'est pas vrai !

— Écoute, maman, je ne sais pas si j'ai choisi le droit et Colorado University à cause de papa. Peut-être que oui, mais seulement en partie.

— Et ton travail auprès du district attorney ? C'est pour fouiller dans le passé, n'est-ce pas ? Comment ai-je pu être aveugle à ce point ? Ellie, je t'en supplie, laisse tomber cette histoire, il n'en sortira rien de bon. Vis ta vie. Si quelqu'un découvre que tu t'appelles Ellie Crandall, ta vie sera détruite, crois-moi. Rappelle-toi ce qu'était notre existence avant que nous ne déménagions et changions de nom.

— Tu veux dire, avant que nous ne nous transformions en menteuses de première catégorie ?

— Tu es injuste. Nous avons fait ce que nous devions faire, ce que ton père voulait que nous fassions. Que crois-tu qu'il éprouverait s'il te voyait déterrer toute cette histoire ?

— Je n'en sais rien, répondit Ellie. De la fierté, j'espère. En tout cas, je sais une chose, c'est que je refuse de passer ma vie la tête dans le sable, comme une autruche. Il y a un monstre en liberté, maman. Si je peux faire quelque chose, si je peux...

— Tout ce que tu feras, c'est gâcher ta vie.

— Écoute, reprit Ellie, on en parlera quand je viendrai à la maison. J'essaierai d'être là pour Thanksgiving. D'accord ?

— Très bien. Oh, la bouilloire siffle. Je l'avais complètement oubliée !

— Je te laisse, alors.

— Tu ne feras rien avant que nous ayons discuté, n'est-ce pas ?

— Non, maman.

— Promis ?

— Promis, mentit Ellie. Bon, je te rappelle bientôt. Au revoir, maman.

— Au revoir, ma chérie. Et n'oublie pas que je t'aime. Tu es tout ce que j'ai, tu sais.

— Je t'aime aussi, maman.

Ça, au moins, c'était vrai.

Plus tard, alors qu'elle s'occupait de sa lessive, Ellie ne put s'empêcher de repenser aux paroles de sa mère. Allait-elle vraiment gâcher sa vie en fouillant ainsi dans le passé ? Il y avait beaucoup de vrai dans ce que lui avait dit Janice. Après tout, son père avait passé les meilleures années de sa vie à croupir en prison. Elle et sa mère n'avaient-elles pas déjà assez souffert ?

2

Ellie gara la Range Rover devant le terminal des départs de l'aéroport de Denver.

— Tu vois ? fit Celeste avec un sourire radieux. Tu t'en es parfaitement bien sortie.

— Je déteste conduire. Surtout ce tank.

— Tu te débrouilles très bien. Et puis, de quoi as-tu peur ? D'esquinter le pare-chocs ? Je crois que mon père possède la compagnie d'assurances.

Celeste jeta un coup d'œil à son reflet dans le rétroviseur et ajouta :

— Bon sang, une semaine entière en famille ! Beurk.

— Toi, au moins, tu ne passes pas Thanksgiving dans un coin paumé de l'Iowa, répliqua Bonnie, qui était assise sur la banquette arrière.

Ellie roula des yeux. Bonnie venait d'une petite ville adorable située au nord de Davenport, sur le Mississippi. « Elles devraient voir à quoi ressemble Leadville ! » songea-t-elle.

— Bon, il faut que j'y aille, dit Celeste. Mon avion décolle à 9 heures. Je t'appellerai pour te donner l'heure de mon retour, Ellie. Mais s'il neige ou que les routes sont verglacées, je prendrai un taxi. Ne t'inquiète pas.

Bonnie, qui avait plusieurs heures à attendre avant que son avion ne décolle, ouvrit sa portière.

— Je reviens lundi en huit, mais je prendrai la navette de l'aéroport. Oh, Ellie, je suis vraiment désolée qu'on te laisse seule comme ça !

— Ça ira, je t'assure. Et puis, je vais être submergée de boulot, avec le procès Zimmerman.

— Arrête, je suis verte de jalousie, soupira Celeste. C'est le procès du siècle, et tu es de la partie.

— Franchement, je préférerais faire ma dernière année de droit.

Celeste posa une main sur son bras.

— Tu la feras, Ellie. L'an prochain, pas vrai ?

— Il y a intérêt, répondit Ellie. Maintenant, déguerpissez. Et n'oubliez pas de me ramener de la dinde froide et des canneberges.

— J'ai horreur des canneberges, gémit Bonnie.

Les deux filles s'engouffrèrent dans l'aéroport et disparurent bientôt dans la foule des grands départs.

Ellie quitta l'aéroport et s'engagea sur Pena Boulevard. Il y avait beaucoup de circulation, ce qui n'était pas pour la rassurer. Elle avait d'abord refusé de prendre le volant, mais Celeste avait insisté : la dernière fois qu'elle avait garé sa Range Rover sur le parking de l'aéroport, pourtant entouré de hauts grillages, elle s'était fait voler son téléphone de voiture et son lecteur de CD.

— Plus jamais je ne laisserai ma voiture là-bas, avait-elle déclaré.

Ellie avait donc cédé et fait le taxi, ce qui signifiait qu'elle se retrouvait seule pour parcourir les quarante kilomètres qui la séparaient de Boulder. Et on annonçait des plaques de verglas sur la rocade de Boulder. Seigneur, ce qu'elle pouvait détester conduire ! Pourtant, la Range Rover était agréable, et c'était amusant de voir les coups d'œil envieux que jetaient les autres automobilistes à cette jeune fille riche. « Un jour, j'aurai une voiture comme celle-là, songea-t-elle. Mais rouge. »

Mais, pour l'heure, elle avait toujours du mal à boucler les fins de mois. Tous ses vêtements étaient d'occasion, même s'ils provenaient de solderies haut de gamme – Boulder était Boulder. Elle allait rarement au restaurant, et elle ne mettait presque jamais les pieds dans des soirées. Le jeudi soir était réservé aux parties de cartes avec ses colocataires. Elles jouaient à la canasta, au bridge et au poker – le jeu favori d'Ellie. Elle était très douée pour conserver un air impénétrable en toutes circonstances.

Mais cette semaine, il n'y aurait pas de parties de poker. Même Jennifer était partie – elle était allée retrouver sa famille à Cheyenne, dans le Wyoming. Ellie allait donc se retrouver seule dans la maison de Marine Street. Mais, entre l'étude des dossiers de l'affaire Morris et le travail pour le district attorney, elle serait probablement trop occupée pour souffrir de la solitude. Elle avait déjà effectué des recherches sur le cas Zimmerman et rédigé une motion préliminaire pour qu'on inclue certains éléments dans le procès. Elle prévoyait de la mettre sous le nez de Torres, puis de lui demander de la laisser travailler avec les policiers pour peaufiner leur témoignage. Elle était même prête à le supplier. Tous les moyens étaient bons pour se retrouver au cœur de l'action.

À présent, Boulder s'étalait devant elle jusqu'aux contreforts des Rocheuses. C'était une journée glaciale mais claire. La neige était si blanche dans la lumière du matin qu'elle aurait aveuglé Ellie si celle-ci n'avait mis ses lunettes de soleil.

Elle bifurqua sur Arapahoe Road et traversa la ville en coupant par le campus, un itinéraire qui lui était familier. Elle passa devant Fleming, le bâtiment qui abritait la fac de droit, et son cœur se serra. Bientôt, se dit-elle avec optimisme. Dans un an, elle aurait mis assez d'argent de côté pour finir ses études. Ensuite, elle passerait l'examen d'avocat du Colorado et se spécialiserait dans le droit pénal. C'était le seul moyen de prendre vraiment le pouls de la justice.

Celeste, elle, projetait d'exercer dans le secteur privé.

— Si toutefois j'exerce, avait-elle coutume d'ajouter.

Bonnie voulait être avocate dans l'immobilier. Quant à Jenn, ce qui l'intéressait, c'était de gagner le plus d'argent possible.

— Moi, le genre d'affaires qui me plaisent, c'est celles où l'avocat prend sa commission en cas de victoire, disait-elle. Vous savez, vous poursuivez un chirurgien esthétique ou un labo pharmaceutique, et vous vous mettez un bon tiers des dommages et intérêts dans la poche.

— Tu es malade, répliquait Ellie, indignée. Pas étonnant que tout le monde déteste les avocats.

Pour toute réponse, Jenn affichait un sourire carnassier.

Ellie gara la Range Rover devant la maison, puis laissa les clés dans la chambre de Celeste, au deuxième étage. Elle s'empressa ensuite de regagner le grenier et de s'habiller pour le bureau – un tailleur gris passe-partout et un sage chemisier rose pâle. Elle regarda sa montre. Zut ! Elle allait avoir une bonne heure et demie de retard. Certes, elle avait prévenu Torres, mais il y avait tellement de boulot avec le procès Zimmerman que chaque heure était précieuse.

Elle dévala l'escalier, dont les vieilles marches craquèrent sous ses pas. Un an plus tôt, Jenn avait eu un petit copain qui avait promis de réparer la marche la plus branlante, mais elle avait rencontré un autre type, et la marche était restée en l'état.

Ellie abaissa la poignée de la porte d'entrée. C'était une vieille poignée en laiton qui semblait tanguer dans toutes les directions lorsqu'on la saisissait. Un autre des nombreux petits amis de Jenn avait promis de la réparer, ce qu'il n'avait pas eu le temps de faire. Mais quelle importance, après tout ? Elles n'avaient pas vraiment besoin d'une serrure dernier cri. Pas dans cette vieille tanière, cette maison d'étudiantes qui n'avaient rien à se faire voler.

D'un pas rapide, Ellie s'engagea dans le chemin qui longeait Boulder Creek et descendait en pente douce jusqu'au palais de justice. Il n'y avait plus aucune trace de verglas sur le bitume. À Boulder, on dégageait les chemins de jogging, de cyclisme et de marche avant même de s'attaquer aux rues.

Ellie entretenait des relations ambiguës avec cette ville. Elle l'aimait et la détestait à la fois. Mais, objectivement, Boulder était une ville où il faisait bon vivre. Elle avait été l'une des premières municipalités, avec Aspen, à interdire la cigarette dans les lieux publics, au grand dam du reste de l'Amérique et de l'industrie du tabac. Ce n'était pas que personne ne fumait ni ne buvait à Boulder – après tout, un bon tiers des habitants étaient étudiants. Mais votre poison préféré, vous deviez l'inhaler chez vous, en privé.

Un des atouts de Boulder, pour Ellie, c'était Flagstaff Mountain. Arrivée au sommet, elle pouvait voir l'endroit où elle était née, le quadrillage propret des rues bien alignées et le campus, ponctué de bâtiments en briques rouges, qui semblait immense.

Elle pressa le pas pour dévaler la piste cyclable et traverser le parking qui la séparait du palais de justice. Malgré le froid, le soleil matinal faisait fondre la neige accrochée aux branches des pins et des cotonniers, qui tombait sur les carrosseries des voitures.

Décidément, il y avait bien des choses qu'elle aimait à Boulder. On avait l'impression que tout y était possible, comme s'il s'agissait toujours d'une ville neuve, en plein boom. Un jour, c'était sûr, elle exercerait dans cette ville. Elle ne s'imaginait pas travailler ailleurs. Et pourtant, c'était cette même ville qui avait causé l'humiliation de sa famille et qui avait détruit son père.

À bout de souffle, elle pénétra dans le palais de justice et, le cœur battant, sourit aux deux vigiles.

— Bonjour, fit-elle d'un ton léger, tandis qu'ils passaient sa sacoche aux rayons X et au détecteur de métaux.

Le bureau du district attorney se trouvait entre les salles d'audience et la cour intérieure. Ellie poussa la porte et salua la réceptionniste.

— Bonjour, Ellie, lança l'une des assistantes depuis son bureau.

— Bonjour, Joan. Dis-moi, le boss est ici ?

— Non, je crois qu'il est dans la salle d'audience C, pour une affaire de délinquance juvénile. Pourquoi ? Tu as un problème ?

— Non, non, rien de grave. Bon, je descends aux archives. J'ai des recherches à faire pour le procès Zimmerman.

Joan hocha la tête. D'une façon ou d'une autre, tout le monde travaillait sur cette affaire.

Après avoir accroché à la hâte son manteau à une patère, Ellie fila vers les archives avec les dossiers de l'affaire Morris. Elle en rapporterait d'autres, soigneusement cachés sous la pile de documents sur lesquels elle devait travailler.

Une fois aux archives, elle inspira profondément, sortit le carton du cas numéro 6973 et procéda en un clin d'œil à l'échange de documents. Puis elle remit soigneusement le carton en place et s'empressa de rejoindre la travée voisine, où elle était censée se trouver. À cet instant, la porte des archives s'ouvrit, et quelqu'un entra. Ellie sursauta violemment. Seigneur ! Combien de temps pourrait-elle tenir sans craquer ?

Le procès Zimmerman était une affaire importante pour une ville comme Boulder, une histoire à donner la nausée. Quatre ans plus tôt, en juillet, Steve Zimmerman, un homme divorcé qui versait une grosse pension alimentaire pour sa fille âgée de six mois, avait engagé un tueur à gages pour assassiner son ex-femme – c'était du moins la thèse de l'accusation. Le tueur avait fait son boulot et quitté les lieux, laissant l'enfant dans son berceau, où elle était morte deux jours plus tard de déshydratation. Le motif de ce double meurtre était si dérisoire qu'on avait du mal à y croire : Steve Zimmerman ne voulait plus payer de pension alimentaire.

La police avait enquêté, bien sûr, mais sans résultat. Ce n'était que par hasard qu'elle avait élucidé cette affaire. L'année précédente, le tueur à gages avait appris qu'il n'avait plus que quelques mois à vivre, s'était converti et avait avoué les meurtres. Il était mort huit mois plus tôt, mais les enquêteurs avaient eu le temps de recueillir et de filmer sa confession. Ben Torres avait donc inculpé Steve Zimmerman de meurtre avec préméditation. Torres comptait requérir la peine de mort, même si Zimmerman n'avait pas tué de sa main. Dans certains cas, la complicité suffisait. Tout le monde était persuadé que Zimmerman paierait cher son crime.

Torres avait confié à Ellie le soin de préparer plusieurs dossiers sur des points de droit que les avocats de la défense ne manqueraient pas de soulever devant le juge. Elle avait donc épluché des comptes rendus d'affaires dans lesquelles des juges du Colorado avaient rendu des verdicts qui faisaient jurisprudence. Ç'avait été un travail ennuyeux, assommant, le genre de corvée que l'on confiait aux sous-fifres comme elle.

Mais, au cours de ses recherches, quelque chose avait attiré son attention, dans les rapports de la police de Boulder : les noms d'anciens associés de Zimmerman. Sans bien savoir ce qu'elle cherchait, elle avait contacté l'un de ces hommes. Celui-ci lui avait appris que Zimmerman lui avait demandé, quatre ans plus tôt, où l'on pouvait trouver un tueur à gages. L'homme n'avait rien dit aux policiers et ne voulait pas témoigner, à moins qu'on ne l'y force. Mais c'était tout de même un élément non négligeable. Elle avait presque fini de peaufiner son dossier. Après cela, Torres serait bien obligé de la prendre avec elle sur cette affaire. Elle finirait le rapport ce week-end. Puis, lundi ou mardi, juste avant le pont de Thanksgiving, elle présenterait son travail au district attorney.

Sa journée de travail terminée, Ellie se promena le long de Boulder Creek et se rendit dans le centre-ville, où se trouvait sa solderie préférée. Il y avait d'autres magasins plus près du campus, mais c'était dans celui-ci que les gens fortunés abandonnaient leurs vêtements, ce qui avait permis à Ellie de se constituer une belle garde-robe. Les vendeuses du magasin la connaissaient et lui mettaient souvent de bonnes affaires de côté. Ce fut le cas ce soir-là. Pour moins de dix dollars, elle revint chez elle avec un jean et une veste croisée en laine noire qui serait du plus bel effet en salle d'audience.

Elle s'arrêta dans une épicerie pour faire quelques courses, puis prit le chemin du retour, les bras chargés. De chaque côté des rues se dressaient des maisons en briques et bois des années trente, aux jardins parfaitement entretenus. Après Thanksgiving, elles se pareraient de guirlandes de Noël, comme toutes les façades et les arbres de Boulder. La ville se transformerait alors en un paysage enchanté.

Ellie connaissait Boulder comme sa poche. Elle était née au Boulder Community Hospital, l'hôpital où l'on avait emmené Stephanie Morris en cette nuit d'horreur. Ellie s'était promis de lire le rapport du médecin légiste après le dîner, et elle redoutait cet instant.

Ben Torres mit l'alarme du réveil sur 6 h 30. Une minute plus tard, il dormait. Quand le réveil sonna, le samedi matin, il se retourna dans le lit, éteignit l'alarme, puis tapota l'épaule de Marie, sa femme, sous la couette épaisse.

— Debout, chérie. J'aimerais bien qu'on soit sur la route à 7 heures.

— Mmm, grogna son épouse.

— Dépêche-toi, chérie. J'ai hâte de dévaler les pistes. Je vais faire du café.

— Mmm, fit-elle de nouveau, sans esquisser le moindre mouvement.

En apparence, tout semblait parfait dans la vie du district attorney. Marie, sa femme depuis dix-huit ans, était toujours belle et mince. Lui-même, à quarante-trois ans, était un homme élégant et fin, de taille moyenne, avec d'épais cheveux bruns, un teint pâle, des traits patriciens et des yeux sombres, lointain héritage de ses ancêtres venus au XIXe siècle du Nouveau-Mexique. Il avait toujours su qu'il plaisait aux femmes, et autrefois, Marie l'avait trouvé séduisant. Mais aujourd'hui, leur mariage s'était éteint.

Marie et lui s'étaient rencontrés pendant leurs études à la fac de droit du Colorado. Ils étaient sortis ensemble et avaient tous deux été embauchés par le bureau du district attorney. Marie avait été fière de l'ascension rapide de son mari au poste de district attorney, mais son propre enthousiasme pour la pratique du droit avait vite disparu. Ben l'avait encouragée à cesser de travailler, ce qu'il avait souvent regretté par la suite. Peut-être Marie et lui ne seraient-ils pas devenus aussi étrangers l'un à l'autre si elle avait poursuivi sa carrière.

Elle travaillait dur, pourtant. Elle était à la tête d'un nombre incalculable d'œuvres charitables. Même le gouverneur du Colorado connaissait son talent pour lever des fonds. En fait, Marie était tellement occupée que son mari arrivait maintenant assez loin dans la liste de ses priorités. Au début, Ben l'accompagnait aux diverses mondanités organisées au profit des bonnes causes, mais il avait fini par laisser tomber. Marie n'avait pas besoin de lui à ses côtés. Peut-être même n'y tenait-elle pas vraiment.

Leur union s'était transformée en une cohabitation confortable, sans émotion – ce qui, pour Ben, était bien pire qu'un mariage orageux. Le plus insupportable, c'était ces messages sur le réfrigérateur et ces assiettes de nourriture insipide qu'il trouvait le soir en rentrant du travail.

— Allez, Marie, lève-toi, insista-t-il, sans grand espoir.

Finalement, ils annulèrent leur week-end de ski. Non seulement Marie était épuisée après son gala de la veille, mais elle avait promis d'établir la liste des volontaires pour la vente de charité annuelle de la bibliothèque.

— Je voulais le faire mercredi dernier, mais j'avais oublié d'inscrire sur mon agenda la journée pour les enfants hospitalisés, et…

— Et moi ? Et nous ? demanda Ben en tirant nerveusement sur la ceinture de sa robe de chambre.

— Je t'ai dit que j'étais désolée. Seigneur, ce que tu peux être égoïste, parfois !

Ben n'était pas d'humeur à se disputer. Pas à 6 h 30 du matin.

— Je vais faire du café, marmonna-t-il. On skiera un autre week-end.

— Mais oui. On a tout l'hiver.

Pendant que sa femme et deux de ses amies s'attelaient à la fameuse liste de volontaires, Ben se rendit au palais de justice, où il prépara sa déclaration liminaire pour le procès Zimmerman. Il travailla jusqu'à 14 heures, puis téléphona à Marie pour lui demander s'il devait faire des courses sur le chemin du retour. Tandis qu'il enfilait son manteau, il jeta machinalement un coup d'œil au bureau d'Ellie Kramer. Et il se mit à rêver, comme chaque fois qu'il se trouvait en sa présence ou, pour être franc, qu'il pensait à elle. Ce qui lui arrivait souvent.

Elle était, et de loin, la meilleure assistante qu'il eût jamais prise sous son aile. Elle travaillait si dur qu'il était difficile d'imaginer qu'elle pût avoir une vie privée. Et il profitait de son zèle, la surchargeait de tâches qu'elle acceptait toujours avec son beau sourire. Mais, un jour, ses efforts seraient récompensés. Ici ou dans le secteur privé. Ben était persuadé qu'elle réussirait. Or le succès avait un prix. Mais il lui semblait parfois qu'Ellie devait le payer plus cher que les autres.

Il regarda son bureau, songeur, tout en sortant ses gants des poches de son manteau. Il savait que s'il avait donné ce travail très convoité à Ellie, ce n'était pas seulement à cause de ses notes brillantes et des recommandations de ses professeurs. Quand elle était entrée pour la première fois dans son bureau, l'été précédent, et qu'elle lui avait annoncé qu'elle comptait interrompre ses études pendant toute une année, il avait eu l'impression que le soleil venait brusquement d'inonder son bureau.

Certes, il devait admettre qu'il y avait eu d'autres candidats doués et qu'il avait probablement donné l'avantage à cette jolie fille aux boucles courtes et aux grands yeux pour des raisons qui n'apparaissaient pas sur son CV. Mais il se consolait en se disant que les derniers mois écoulés avaient prouvé qu'il avait fait un excellent choix.

Il se surprenait parfois à l'observer par sa porte entrouverte, à imaginer ce qui aurait pu se passer si Marie et lui avaient été divorcés, si Ellie avait fini la fac et s'il n'avait pas été plus âgé qu'elle…

Il éteignit les lumières du bureau et se dirigea vers la sortie. « Du lait, du pain et des steaks », avait dit Marie. Il ne fallait pas qu'il oublie de s'arrêter à l'épicerie.

Ellie… Il y avait quelque chose d'intense en elle, quelque chose d'obscur qu'il n'arrivait pas à cerner. Il savait qu'elle emportait des dossiers des archives chez elle, ce qui était interdit. Il avait prévu de lui en parler. En douceur. Il n'allait quand même pas l'enguirlander alors qu'elle abattait le travail de deux assistants ! Mais il fallait qu'il lui parle rapidement, avant que quelqu'un d'autre ne s'aperçoive de ce qu'elle faisait.

Il aimait beaucoup Ellie – beaucoup trop –, mais les règles étaient les règles. Lundi, se dit-il. Il lui parlerait en tête à tête lundi.

— Du lait, du pain et des steaks, dit-il à voix haute en montant dans sa voiture.

Et il enclencha la marche arrière en pensant à Marie et à leur week-end de ski gâché.

Le dimanche soir, Ellie était plongée jusqu'au cou dans la terminologie médicale qui émaillait le rapport d'autopsie de Stephanie Morris : écrasement du cricoïde et du cartilage thyroïde, coma dû à l'occlusion des vaisseaux sanguins qui irriguaient le cerveau, marques érythémateuses derrière les muscles sterno-cléido-mastoïdiens, contusions correspondant à la position des nœuds trouvés sur le foulard, pénétration vaginale, déchirement des parois vaginales, présence de sperme, contusions sur les bras et les poignets probablement dues à une immobilisation violente...

Tous ces termes scientifiques cachaient un fait brut et atroce : une jeune fille de seize ans avait été battue, violée et laissée inconsciente sur le sol du cellier de la maison familiale.

Les Morris vivaient dans un quartier huppé de Boulder, et les policiers savaient qu'on attendait d'eux un travail impeccable. Ils avaient fait leur enquête consciencieusement, même s'il ne leur avait fallu que douze heures, à compter de la découverte du corps de Stephanie, pour arrêter le père d'Ellie.

On avait tout fait pour protéger Ellie du drame. Personne ne l'avait laissée regarder les actualités ni lire le journal, et on ne lui avait évidemment pas permis d'assister au procès. Mais elle avait entendu des rumeurs, et au collège, ce printemps-là, les autres élèves s'étaient montrés sans pitié. Dès la fin du mois d'avril, Janice Crandall avait retiré sa fille de l'école et l'avait envoyée chez ses grands-parents, dans le Nebraska. Ellie y était restée jusqu'à ce que le procès soit terminé et son père emprisonné à Canon City. Ensuite, sa mère et elle avaient pris le nom de Kramer et déménagé à Leadville. Ellie se souvenait parfaitement des mots du juge, quand il les avait autorisées à changer de nom : « Si j'étais à votre place, j'imagine que j'en ferais autant. »

Malgré toutes les barrières qu'on avait tenté de dresser autour d'elle, Ellie avait surpris sa mère au téléphone avec les avocats de son père, le commandant de la police, le district attorney, le journaliste local. Elle l'avait entendue leur expliquer, désespérée, que son mari avait été piégé. Janice avait même dit que cela ne pouvait être qu'un coup des flics, qu'ils cherchaient à étouffer quelque chose.

Les mots de sa mère étaient restés gravés dans la mémoire d'Ellie. À l'époque, elle n'avait pas saisi tout ce que cela impliquait, mais plus tard, alors qu'elles se démenaient pour boucler les fins de mois, leur maison de Boulder ayant été vendue depuis longtemps pour payer les frais d'avocats, Ellie s'était rappelé les mots de Janice : son père avait été piégé. Elle avait à maintes reprises demandé à sa mère ce que cela signifiait, mais celle-ci avait toujours refusé d'en parler.

— On ne peut pas vivre dans le passé, répétait-elle.

Mais Ellie ne cessait de penser au passé. À l'avenir, aussi, et à la vengeance. Oui, elle découvrirait la vérité et vengerait son père, coûte que coûte.

Le lundi matin, elle rangea le rapport d'autopsie dans le carton du cas 6973 et prit plusieurs nouveaux dossiers. Il s'agissait des interrogatoires des Morris et de leurs voisins. Elle tenait à les étudier, même si elle était persuadée qu'elle n'en tirerait pas grand-chose, les Morris et leurs voisins ayant fourni de solides alibis.

Elle revenait des archives quand elle se retrouva nez à nez avec Torres. Ses jambes flageolèrent.

— Toujours débordée, hein ? lança-t-il en soufflant sur son café brûlant. Ce sont vos rapports pour l'affaire Zimmerman ?

Ellie roula des yeux.

— Que voulez-vous que ce soit d'autre ? En tout cas, vous pourrez très bientôt y jeter un coup d'œil.

— Bien, bien. J'espère seulement que vous ne passez pas toutes vos soirées là-dessus.

— Vous plaisantez ? fit-elle d'un ton léger. J'ai une vie privée.

C'était tellement facile de mentir. Elle n'avait fait que cela depuis qu'elle avait déménagé à Leadville, s'inventant un passé, l'embellissant à volonté. Même Celeste, sa meilleure amie, ignorait qu'Ellie était née et avait grandi à Boulder. Pendant leur première année à l'université, au début de leur vie commune, Ellie avait tout fait pour donner le change. Elle se trompait de chemin en allant au centre-ville, prétendait qu'elle n'avait jamais arpenté les collines ni grimpé au sommet de Flagstaff Mountain. Oui, elle savait mentir. Pourtant, elle haïssait le mensonge. Parfois, elle se demandait si elle n'était pas en train de creuser un trou si profond qu'elle ne pourrait jamais en sortir.

De retour chez elle, elle tapa son rapport sur l'associé de Zimmerman, puis elle éteignit son PC et s'attaqua aux dossiers de l'affaire John Crandall. Elle commençait à avoir une image claire des événements qui avaient entouré l'agression de Stephanie. Encore épuisés par leur déménagement, les Morris étaient revenus de la fête de Nouvel An un peu avant 23 heures. La porte d'entrée était fermée à clé, l'alarme enclenchée. Ce qui ne laissait place qu'à deux hypothèses : soit l'agresseur de Stephanie avait des compétences dans ce domaine, soit l'adolescente avait tout simplement invité son violeur à entrer dans la maison.

Les Morris avaient cherché leur fille. Comme ils ne la trouvaient pas, ils avaient paniqué et appelé la police. Les agents Callas et Rasmussen étaient arrivés sur les lieux à 23 h 20, et Stephanie avait été découverte dans le cellier à 23 h 35.

C'était Callas qui l'avait trouvée. Voilà qui était suspect. Il aurait facilement pu prendre le foulard de John que celui-ci avait laissé dans l'office et l'attacher autour du cou de la jeune fille, afin d'incriminer le père d'Ellie.

D'après le rapport médical, le viol et l'étranglement de Stephanie avaient eu lieu dans le cellier. Le violeur n'avait laissé aucun indice matériel, hormis son sperme. Une telle minutie dénotait une intelligence certaine, ainsi qu'une bonne connaissance des procédures policières. Des échantillons de sperme avaient été envoyés au laboratoire, mais à l'époque, les techniques d'analyse de l'ADN en étaient encore à leurs balbutiements, et l'on n'avait pas pu rapprocher l'ADN du violeur de ceux qui se trouvaient dans les banques de données. Tout ce que l'on avait appris, c'était que le violeur était un non-sécréteur, c'est-à-dire qu'il appartenait aux quarante pour cent d'hommes qui ne sécrètent pas certaines protéines dans leur sperme. Malheureusement, John Crandall était lui aussi un non-sécréteur.

Et cette pauvre Stephanie n'était pas en état de témoigner : son cerveau avait été privé d'oxygène pendant trop longtemps et avait été irrémédiablement endommagé. Depuis quatorze ans, elle était dans un état végétatif.

On avait bien trouvé des fibres autour d'elle, mais elles provenaient toutes des tapis de la maison ou des vêtements de la famille. À une exception : des fibres de la chemise en flanelle que John Crandall avait portée plus tôt dans la journée, pendant qu'il travaillait sur les nouveaux placards de la cuisine. La défense avait eu beau faire valoir que la chemise avait laissé des fibres aux quatre coins de la cuisine et qu'elles avaient pu être apportées dans le cellier par Stephanie ou le véritable violeur, son argument n'avait pas pesé lourd.

Ellie se réchauffa un bol de nouilles thaïes et mangea en faisant les cent pas dans la cuisine. Callas et Rasmussen. Elle en revenait toujours aux deux policiers. L'analyse des indices, l'arrestation de son père... Tout cela avait vraiment été trop facile.

Finn Rasmussen ne travaillait plus pour la police de Boulder, mais Michael Callas, si.

C'était lui qui avait dirigé l'enquête sur l'affaire Zimmerman.

— Tout ça m'a l'air parfait, Ellie, déclara Ben Torres, après avoir lu les motions qu'elle avait préparées. Vous êtes bien partie pour devenir une star du barreau, jeune fille.

— Merci, dit Ellie, qui se tenait debout devant le bureau du district attorney.

Elle prit une longue inspiration et ajouta :

— Il y a une autre chose à laquelle j'aimerais que vous jetiez un coup d'œil.

Torres lança un regard intrigué au dossier qu'elle tenait serré contre elle.

— J'ai fouiné un peu à mes heures perdues, et je suis tombée sur un élément en relation avec cette affaire. Je pense que vous trouverez mon rapport intéressant.

Sans rien dire, il s'empara du dossier qu'elle lui tendait.

— Vous pourrez le feuilleter cet après-midi ?

Elle prit ses yeux de biche. Elle savait parfaitement ce que Torres ressentait pour elle.

— S'il vous plaît...

Torres vint la voir un peu plus tard et s'assit sur le coin de son bureau en souriant.

— Vous avez lu mon rapport ?

— Non seulement je l'ai lu, mais je l'ai fait lire à toute l'équipe. Incroyable ! C'est un sacré clou dans le cercueil de Steve Zimmerman. Mais j'aimerais bien savoir comment vous avez fait pour que ce type crache le morceau, alors que les flics n'en avaient strictement rien tiré.

Ellie réfléchit un instant. Puis elle se mordit la lèvre inférieure et regarda le district attorney.

— Si je vous le dis, vous me laisserez préparer le policier pour le procès ?

Ce fut au tour de Torres de réfléchir.

— Je serai à la hauteur, ajouta vivement Ellie, vous pouvez me faire confiance. Et nous en sommes seulement à la phase préliminaire du procès.

Il la dévisagea et brandit le rapport.

— Comment diable avez-vous obtenu cette information ?

Ellie baissa modestement les yeux.

— Je lui ai parlé, voilà tout. Je crois qu'il en avait gros sur la patate.

— Mmm.

— Alors, vous me laisserez travailler avec ce policier ?

Torres se renfrogna.

— Je ne doute pas de vos capacités, Ellie. Ce qui m'inquiète, c'est l'inspecteur chargé de l'enquête, un type nommé Michael Callas. Ses collègues l'appellent Robocop. Il est doué, Ellie, mais il peut être impitoyable.

— Ça ne me fait pas peur.

Elle avait envie de crier. Elle avait attendu cet instant pendant plus de la moitié de sa vie ! Elle adressa à Torres son regard le plus attendrissant.

— S'il vous plaît, Ben, susurra-t-elle.

Il y eut un silence, qui lui parut durer une éternité, puis Torres dit :

— Ne le laissez pas vous bizuter.

— Soyez tranquille, je m'en sortirai.

Puis elle eut un large sourire. Callas était à portée de main. Enfin.

3

— Une fille pour toi, Callas ! lança Rick Augostino à travers la pièce. Ligne un.

Michael Callas abandonna un instant l'interrogatoire qu'il était en train de transcrire et répondit avec agacement :

— Tu t'en charges, Rick.

— Impossible. Elle a bien précisé qu'elle voulait parler à l'inspecteur Michael Callas.

— Merde, marmonna Callas en décrochant son téléphone. Callas à l'appareil. C'est à quel sujet ?

— Mon nom est Eleanor Kramer, répondit une voix légèrement essoufflée. Je suis une des assistantes de Ben Torres, et il m'a mise sur l'affaire Zimmerman. J'aimerais vous voir pour que nous puissions peaufiner votre déposition.

Une assistante juridique chargée de la liaison entre le bureau du district attorney et la division des inspecteurs ? Torres avait perdu la boule !

— Euh... inspecteur Callas ?

— Pardon, j'étais en train de réfléchir. Lundi matin, ça vous irait ?

— En fait, j'espérais que vous pourriez me recevoir aujourd'hui.

— Aujourd'hui ? répéta Callas.

Il regarda sa montre.

— Il est déjà 14 h 15, et le bureau commence à se vider. Ça ne peut pas attendre ?

— Le procès débute jeudi prochain…

— Je le sais bien, mademoiselle.

— ... et j'aimerais vraiment avancer. Si nous nous voyons aujourd'hui, je pourrai travailler sur votre déposition chez moi pendant le pont de Thanksgiving.

— Vous voulez dire que vous souhaitez qu'on se voie maintenant ? Dans l'heure qui vient ?

— Si vous n'êtes pas trop occupé, fit-elle d'une petite voix.

— Vous êtes gonflée !

— Je peux être là dans une demi-heure, dit Ellie.

— Je crois que…

— Cela ne prendra pas longtemps, ajouta-t-elle vivement. Et je me suis dit que nous pourrions nous revoir vendredi. Si vous ne faites pas le pont, évidemment.

Bien sûr qu'il faisait le pont. Sa mère l'attendait. Pas plus tard que ce soir, d'ailleurs.

— Vendredi, répéta-t-il, songeur.

— En tout cas, ce serait formidable si nous pouvions commencer aujourd'hui. Comme je vous l'ai dit, je peux être là très vite.

— Eh bien, ça me paraît envisageable.

— Merveilleux ! J'apprécie vraiment votre geste, et le district attorney également. C'est un procès que nous voulons absolument gagner, inspecteur Callas.

— Ouais, ouais. Bon, vous savez où est le commissariat ?

— Bien sûr.

— Vous me trouverez au premier étage, division des inspecteurs.

— Oui, oui, je sais, répondit-elle, d'une voix qui lui parut un peu trop assurée.

Après avoir raccroché, Michael posa les pieds sur son bureau et fronça les sourcils. Qu'est-ce qui lui avait pris de dire oui à cette assistante de Torres, cette jeune ambitieuse qui brandissait l'étendard de la justice ? Mais il connaissait déjà la réponse.

Il prit le téléphone et composa le numéro de sa mère, à Colorado Springs.

— Tu vas m'en vouloir, dit-il, mais je ne peux pas venir pour Thanksgiving. Un boulot de dernière minute.

— Oh, non, Michael ! J'espérais tellement te voir.

— Je sais bien, mais il s'agit d'un procès qui commence la semaine prochaine, et je dois y témoigner. J'ai une réunion aujourd'hui, je dois retravailler ma déposition demain, et vendredi, j'ai une autre réunion.

— Tu ne peux pas venir juste demain, que tu sois là au moins pour le jour de Thanksgiving ? La dinde est en train de décongeler et...

— Non, maman. Je suis désolé, mais c'est impossible.

Il essayait de prendre une voix contrite, mais il n'était pas sûr d'être très convaincant. Sa mère soupira.

— Je suis vraiment déçue.

— Je viendrai te voir bientôt, promis. Salue la famille de ma part.

— D'accord, Michael. Joyeux Thanksgiving quand même.

— Joyeux Thanksgiving, maman.

Après qu'elle eut raccroché, il resta assis un moment sans bouger, le téléphone à la main. Puis il reposa le combiné sur son socle en soupirant. La douleur resurgissait dès qu'il parlait à son père ou à sa mère, et cela durait depuis vingt ans. Aujourd'hui, ses parents étaient divorcés, et il ne savait pas si c'était pour le meilleur ou pour le pire. S'étaient-ils séparés parce que leur souffrance était trop insupportable lorsqu'ils étaient ensemble ? Le divorce l'avait-il atténuée ? Il en doutait.

En tout cas, il était ravi d'avoir trouvé une excuse pour échapper au supplice du repas de Thanksgiving. Même si ses oncles, tantes et cousins étaient sympas – joyeux, normaux –, une ombre planait toujours sur ces fêtes de famille. Il manquait quelqu'un. Michael se disait souvent que sa mère aurait dû prévoir une place supplémentaire à table et mettre un couvert pour l'absent, comme le faisaient les juifs à Pessah, pour le prophète Elie. Afin que Paul, d'une certaine façon, soit présent.

Paul, son frère aîné. Aucune fête de famille n'était réussie sans lui. L'émotion était intacte sous la surface, toujours aussi vive quand Michael s'avisait d'aller fouiller au fond de lui-même.

Paul, son aîné de quatre ans, avait été le fils idéal. Un jeune homme sportif, intelligent, séduisant, qui avait du succès auprès des filles et était entré à l'université de Stanford par la grande porte. Et qui était mort à dix-neuf ans.

Michael n'avait jamais pu faire son deuil comme ses parents l'avaient fait. Être mort, c'était facile. Vivre dans l'ombre d'un frère parfait fauché dans sa prime jeunesse, voilà qui était insupportable. Michael n'avait jamais été le favori. Il l'avait toujours su ou, du moins, senti. Et quand on avait exposé le corps de Paul dans son cercueil, Michael avait lu dans les yeux de ses parents : « Si nous devions perdre un fils, pourquoi a-t-il fallu que ce soit Paul, notre enfant le plus précieux ? »

Cet instant l'avait profondément marqué. Seigneur, comme il avait pu haïr cette pensée qui s'affichait sur leurs visages ! Avec le temps, bien sûr, il avait appris à l'écarter, à l'éteindre, à l'enterrer. Mais elle réapparaissait brutalement, plus hideuse que jamais, au cours des fêtes de famille, lorsqu'il se retrouvait face au fantôme de Paul. Tout, même des jours de congé passés à travailler, valait mieux que cela.

Michael ne parlait jamais de son passé. Il évitait de se soûler, contrairement à la plupart de ses collègues, de peur d'avoir le vin triste et de se mettre à pleurer sur son sort. Cette histoire ne regardait personne d'autre que lui. À quoi cela lui aurait-il servi de raconter sa vie ?

Mais c'était aussi son histoire, aussi tragique soit-elle, qui lui avait permis de devenir un inspecteur d'élite. Il n'avait aucune certitude, et c'était ce qui faisait sa force. Il avait appris depuis longtemps que les apparences étaient trompeuses, qu'aucun individu n'était jamais ce qu'il semblait être. C'était probablement ce cynisme qui lui avait valu le surnom de Robocop. Il avait conscience d'être sarcastique et ombrageux. Il savait qu'il faisait peur aux bleus qui croisaient sa route. Il était intimidant, et cela ne lui déplaisait pas.

Il se leva et se rendit dans la pièce où se trouvait la cafetière. Tandis qu'il se servait une tasse de café noir, ses pensées revinrent à Eleanor Kramer. Sûrement une petite tête à claques binoclarde. Et c'était à elle que Torres demandait de travailler avec Michael, le principal témoin à charge !

— C'est vraiment n'importe quoi, marmonna-t-il entre ses dents.

Le bâtiment se vidait. Tous ceux qui le pouvaient filaient en douce avant l'heure. Sam Koffey, le commandant, avait déjà déserté les lieux, et ses hommes s'empressaient d'abandonner leur poste avant qu'un coup de fil de dernière minute ne leur colle une affaire sur les bras, leur ôtant tout espoir de fêter Thanksgiving.

L'une des choses que Michael appréciait, dans la police de Boulder, c'était la façon dont elle était organisée. Les dix-sept inspecteurs n'étaient pas cantonnés à un type de crime – le vol, le trafic de drogue ou le meurtre. Vous preniez ce qui venait, vous ne saviez jamais quel genre d'enquête vous alliez avoir à mener.

Michael avait recommencé à transcrire son interrogatoire – une véritable corvée – lorsqu'il sentit qu'il y avait quelqu'un devant lui. Il leva les yeux. Le premier coup d'œil qu'il jeta à Eleanor Kramer lui fit l'effet d'un direct au plexus.

— Inspecteur Callas ?

Il ne répondit pas tout de suite. Il avait conscience de la fixer comme un idiot, mais il était aussi incapable de détourner les yeux que de prononcer le moindre mot. Enfin, il se reprit, se racla la gorge et se leva un peu trop vite, se cognant au passage le genou à son bureau.

— Oui, c'est moi.

Il serra la main qu'elle lui tendait, une main fine et glaciale. D'un sourire, elle s'excusa.

— Il fait un froid de canard, dehors.

Michael s'éclaircit de nouveau la gorge et déclara :

— Attendez-moi là, je vais voir où nous pouvons nous installer.

Il était heureux de pouvoir s'éloigner. L'apparition de cette femme l'avait profondément ébranlé, chose nouvelle pour lui.

Mais ce n'était pas n'importe quelle femme. Elle était de taille moyenne, rien d'extraordinaire de ce côté-là. Et elle était jolie, comme des milliers d'autres filles. Mais ce qui la distinguait des autres, c'était cette flamme intérieure qui semblait la consumer et rayonnait dans sa peau, son sourire, ses yeux et jusque dans les boucles de ses cheveux noirs. Cela faisait à peine une minute qu'ils s'étaient rencontrés, mais, déjà, il n'avait aucun mal à s'imaginer à ses côtés. Et c'était dangereux.

Il se ressaisit et revint vers son bureau.

— Voulez-vous un café ?

— Non, merci.

Elle portait un long manteau noir en laine, qu'elle essayait d'enlever sans lâcher sa lourde sacoche.

— Attendez, dit-il, avant de l'aider à ôter son manteau.

— Merci.

Elle lui sourit, et il remarqua qu'une de ses incisives était un peu de travers. Défaut attachant, songea-t-il, immobile, son manteau sur le bras. Il pouvait sentir son odeur, l'air froid de l'extérieur mêlé à un parfum d'amande, de peau de femme et de cheveux.

Finalement, il posa le manteau sur le dossier de sa chaise, puis il emmena la jeune femme dans l'une des pièces qu'ils utilisaient pour les interrogatoires, un endroit sans âme pourvu d'une table, de deux chaises, d'un magnétophone et d'un miroir sans tain.

Elle posa sa serviette sur la table. C'était une vieille sacoche ventrue, au cuir tout éraflé.

— Puisqu'on va travailler ensemble, autant que vous m'appeliez Ellie, dit-elle en sortant un dossier épais de sa sacoche.

Pour une raison qu'il n'aurait su expliquer, il fut incapable de lui rendre la politesse.

— Ellie, d'accord. Madame ou mademoiselle ?

Elle lui décocha un nouveau sourire, et il se demanda comment une simple dent de travers pouvait avoir un tel effet sur lui.

— Mademoiselle. Je suis étudiante en droit.

— Vous ne devriez pas être en salle de cours, Ellie ?

— J'ai interrompu mes études pour un an. Je suis assistante juridique à plein temps, cette année.

Elle s'assit, ouvrit son dossier, mit ses lunettes et entra dans le vif du sujet.

— J'aimerais que vous me donniez votre version des faits comme si vous étiez devant le tribunal. Tout a commencé il y a quatre ans, n'est-ce pas ?

— Oui, en juillet. Une amie de Mme Zimmerman a contacté la police parce que cela faisait trois jours que cette dernière ne répondait pas au téléphone. C'est moi qui ai pris l'appel. J'ai emmené avec moi l'inspecteur Jamie Herne.

— Donnez le prénom de Mme Zimmerman.

— Danielle.

— Très bien. Servez-vous-en, de façon à ce que le jury sente que cette affaire vous a touché personnellement.

— Compris. Nous nous sommes rendus à l'appartement de Danielle Zimmerman, sur Ninth Street. Il a fallu forcer la porte. Elle avait été tuée d'une balle dans la tête. Apparemment, la mort remontait déjà à quelque temps. Nous avons appelé une ambulance et commencé à mettre les lieux sous scellés. C'est alors que nous avons trouvé le bébé.

— Donnez le prénom du bébé.

— Maryanne Zimmerman, répondit-il d'une voix un peu sourde. Elle avait six mois. Nous l'avons trouvée dans son berceau. Elle était morte, elle aussi, mais il n'y avait pas de trace de blessure. Le médecin légiste nous a dit ensuite qu'elle était morte de déshydratation. Le tueur a descendu la mère… pardon, Danielle, et il a laissé le bébé dans son berceau.

— Cette découverte a dû être particulièrement pénible.

Il ne répondit rien.

— Continuez, reprit-elle. Qu'avez-vous fait ensuite ?

Derrière ses lunettes, ses yeux, d'un beau marron foncé, étaient plantés droit dans les siens et ne flanchaient pas un seul instant.

— J'ai appelé l'ex-mari de Danielle, Steve Zimmerman, le propriétaire de *Panchito's*, un restaurant situé sur Pearl Street Mall. J'ai pris rendez-vous avec lui pour le jour suivant. Entre-temps, mes gars ont interrogé les amis de Danielle, ses parents, sa sœur, ses voisins. Mais l'ex-mari, je me l'étais réservé.

« Quand il est arrivé, je l'ai installé dans une pièce comme celle-ci, avec le magnéto en marche. J'étais déjà soupçonneux, car quand je l'avais appelé pour lui apprendre le meurtre de son ex-femme, il avait eu l'air choqué, mais il avait oublié de me demander comment elle avait été tuée. Il n'avait pas non plus demandé de quoi était morte sa fille, la petite Maryanne. Tout cela sonnait faux.

— Vous aviez des preuves ? Des indices ?

— Rien du tout, hormis cette balle dans la tête de Danielle. Pas de fibres, pas d'empreinte digitale, pas de trace de pas. Et parmi les voisins, personne n'avait rien remarqué d'étrange.

— Bien. Revenons-en à Steve Zimmerman.

— Il était dans son restaurant au moment du meurtre. Il avait des centaines d'alibis – des gens à qui il avait parlé, offert un verre ou un dessert. Il était resté dans son restaurant toute la soirée, jusqu'à la fermeture. Bref, il était irréprochable. Nous avons travaillé sur cette affaire pendant six mois, puis, comme nous ne trouvions rien, nous l'avons mise en veilleuse.

— Mais quelque chose vous a amenés à rouvrir le dossier.

— Oui, la confession de ce salopard de Hugh Radway. Il était en train de mourir d'un cancer, il avait trouvé Dieu et il ne voulait pas emporter son terrible secret dans la tombe. C'était le bébé qui lui pesait sur la conscience.

— Je préférerais que vous n'employiez pas « salopard » pendant le procès.

— OK, fit Michael d'un ton sec. J'essaierai de m'en souvenir.

— Désolée, ne le prenez pas mal.

— Pas de problème.

— Donc, après les aveux de Hugh Radway, vous avez rouvert le dossier.

— Nous avons obtenu une confession filmée de sa part, ainsi que des aveux écrits, et deux médecins ont attesté qu'il était pleinement lucide. Il a déclaré que Steve Zimmerman lui avait donné cinq mille dollars pour tuer son ex-femme, de façon à ce qu'il n'ait plus à verser de pension alimentaire.

— Leur accord prévoyait-il qu'il tue également l'enfant, Maryanne ?

— Non, Zimmerman ne lui avait rien dit au sujet du bébé.

— Maryanne, corrigea Ellie.

— C'est ça, Maryanne.

— Bien, inspecteur Callas. À présent, je dois vous poser une question personnelle. Y a-t-il quoi que ce soit, dans votre passé professionnel ou votre vie privée, qui soit… euh… un peu délicat ?

Il la fixa intensément, mais elle broncha à peine. Juste un battement de paupières et l'ombre d'une émotion étrange sur son visage – du mépris, du dégoût ? – mais qui s'évanouit avant qu'il ait eu le temps de l'identifier.

— Rien. Un P-V pour stationnement interdit, une fois. C'est tout.

— Pas d'ex-femme ou d'enfant que l'avocat de Zimmerman pourrait utiliser pour vous discréditer ?

— Ni femme ni enfant.

Elle soutenait toujours son regard, et Michael avait l'impression qu'il aurait pu se noyer dans ses yeux profonds.

— Pourquoi ?

— Pardon ?

— Pourquoi n'avez-vous ni femme ni enfant ?

— C'est quelque chose qu'on va me demander au procès ?

— Non, répondit-elle d'une voix égale. Je suis simplement curieuse.

— Eh bien, Ellie, je ne suis pas sûr que ce soit vos oignons.

— Vous avez raison, ça ne me regarde pas. Désolée.

Elle enleva ses lunettes et se pinça le nez. Puis elle reporta son attention sur lui.

— Je crois que nous tenons un dossier très solide. Vous êtes un témoin digne de foi, et d'après ce que je sais, les témoignages vidéo de Radway sont de véritables bombes. Mais on n'est jamais à l'abri d'une surprise avec un jury. C'est pour cela que je ne veux rien laisser au hasard. Savez-vous que nous avons localisé un nouveau témoin, qui sera sur la liste des gens appelés à la barre ?

— Non, je l'ignorais.

— En fait, c'est moi qui l'ai déniché. Il s'agit d'un ancien associé de Steve Zimmerman. Il a admis que ce dernier l'avait contacté il y a quatre ans pour lui demander s'il connaissait un tueur à gages.

— Vous plaisantez ?

Ellie se contenta de sourire.

— Et c'est vous qui l'avez trouvé ?

— Eh bien, inspecteur, en réalité, c'est vous. Il y a quatre ans, vous l'avez interrogé, mais vous n'en avez rien tiré.

— Vraiment ?

— Vraiment.

— Et ce type vous a confié comme ça, tout simplement, que Zimmerman lui avait demandé s'il connaissait un tueur à gages ? fit Michael, incrédule.

— Disons que j'ai été tenace.

— Comment avez-vous fait ? Vous lui avez offert un bon gueuleton bien arrosé ?

Un éclair brilla dans les yeux d'Ellie, mais son expression s'adoucit presque aussitôt.

Michael ne put s'empêcher de la dévisager. Elle avait des cheveux courts et sombres ramenés sagement derrière ses oreilles, des pommettes saillantes, un cou gracile et des mains fines. Et un sourire ravageur. Prudence, se dit-il de nouveau.

Ellie se leva.

— Eh bien, je crois que nous en avons assez fait pour aujourd'hui. Je vous remercie de m'avoir consacré un peu de temps. Et... euh... vous pensez qu'on pourrait se revoir vendredi, ou est-ce que vous...

— Je serai là, coupa-t-il d'un ton bourru.

— Oh, formidable! Je vais préparer une série de questions, le genre de choses que l'avocat de la défense risque de vous demander. Je suis persuadée que nous allons gagner cette affaire. Ben Torres est confiant, lui aussi. Tout le monde au bureau pense que vous avez fourni un travail remarquable.

— Nous avons mis quatre ans pour résoudre cette affaire. Vous trouvez qu'il y a de quoi s'extasier? Pas moi.

— D'accord, mais maintenant, on a notre homme.

— On a eu de la chance, c'est tout.

Elle se raidit.

— J'ai toujours pensé, inspecteur Callas, que la chance, ça se provoquait.

Il la raccompagna jusqu'à son bureau, où elle avait laissé son manteau. Elle se rhabilla, puis se tourna vers lui.

— Joyeux Thanksgiving, inspecteur, dit-elle avec entrain.

— Joyeux Thanksgiving à vous aussi.

— Je vous vois donc vendredi?

— Vous pouvez compter sur moi.

Elle lui adressa un bref sourire, et Michael la regarda s'éloigner. Lorsqu'elle disparut, la pièce lui parut soudain plus sombre.

Michael passa seul la journée de Thanksgiving, ce qui n'était pas pour lui déplaire. C'était un solitaire, qui n'avait aucune patience pour les petits malheurs et les faiblesses des autres. L'une de ses ex lui avait dit un jour qu'il n'était pas fait pour la race humaine. Force lui était de reconnaître qu'elle avait raison. Aurait-il été différent si Paul avait vécu ? se demandait-il parfois. Oui, probablement. On l'aurait sans doute trouvé sympa.

Il avait acheté un bout de terrain à quelques kilomètres de Boulder, sur Canyon Boulevard, une route de montagne en lacets qui conduisait au cœur des Rocheuses. Cela faisait trois ans qu'il y construisait un chalet en rondins. Il avait fini le gros œuvre un an auparavant – il aimait travailler de ses mains et avait presque tout fait lui-même, à l'exception des fondations en béton, des poutres les plus lourdes et de l'électricité. Il s'y était installé, mais la maison était loin d'être terminée.

Il s'était attaqué à la cheminée quelques mois plus tôt. Il taillait patiemment les pierres et les posait, du sol jusqu'au plafond. Il voulait une cheminée dans le style campagnard français, avec des pierres sans mortier apparent. Cela demandait plus de travail, bien sûr, mais le résultat serait magnifique.

En ce jour de Thanksgiving, le temps était nuageux, mais un peu moins froid que la veille. La météo prévoyait quelques jours de radoucissement, puis, de nouveau, un temps glacial. Et l'on n'était qu'en novembre. L'hiver s'annonçait rude.

Il encastra une pierre dans l'espace qu'il avait préparé, l'enfonça doucement dans le mortier en tapotant avec le manche de sa truelle, puis recula pour juger du résultat. Parfait, se dit-il. Encore quelques semaines, et ce serait fini.

Il jeta le reste du mortier, plaça une bâche sur les pierres et sortit un morceau de dinde du congélateur. Il avait conçu une cuisine superbe, même s'il ne cuisinait pas souvent : de nombreux placards en bois clair et, au milieu, un grand plan de travail en granit. Il n'y avait pas grand-chose dans les placards, et il savait qu'il ne les remplirait jamais, mais il voulait faire les choses correctement.

— Joyeux Thanksgiving, fit-il d'un ton sarcastique.

Soudain, il songea à Ellie Kramer, l'imagina dans sa cuisine immaculée, un tablier noué autour de sa taille, en train de sortir une dinde rôtie du four.

Bon sang, il perdait les pédales ! Mais l'image refusait de s'effacer. Il la voyait s'affairer dans sa cuisine, souriante, en jupe, talons hauts et pull blanc. Sur sa poitrine reposait un cœur en or au bout d'une chaîne, et à ses oreilles pendaient de fines boucles, en or elles aussi. Il imaginait ses seins qui se soulevaient sous son pull à chaque inspiration, la courbe de ses hanches, la ligne que dessinaient sa gorge et son menton, l'obscurité sans fond de ses yeux ténébreux, sa dent de travers...

— Joyeux Thanksgiving, répéta-t-il.

Il se rappela la voix d'Ellie quand elle lui avait dit ces mêmes mots, la veille, et la façon dont elle lui avait demandé s'il avait femme et enfants. Et elle n'avait même pas cillé lorsqu'il l'avait envoyée balader !

Pas étonnant que Ben Torres l'ait embauchée et prise avec lui sur l'affaire Zimmerman. Elle était douée. Et puis, il y avait ce nouveau témoin qu'elle avait trouvé... Comment diable avait-elle réussi à le faire parler ? Michael secoua la tête et décida d'oublier un peu Ellie Kramer pour se concentrer sur son repas. Il venait de terminer son festin – dinde, purée et carottes – quand le téléphone sonna.

— Allô ?

— C'est moi, Stone.

Pete Stone était un informateur, un type proche de la trentaine que Michael avait arrêté pour une affaire de drogue plusieurs années auparavant. À l'époque, Stone était encore étudiant, et Michael avait été indulgent. Après tout, Stone n'avait jamais vendu de drogue aux gamins. Et surtout, c'était un indic né.

Aujourd'hui, Stone ne vivait plus à Boulder mais à Wheat Ridge, dans la banlieue de Denver. Et même si Denver ne faisait pas partie de la juridiction de Michael, Stone lui était souvent utile. À vingt dollars l'information, c'était de l'argent bien placé.

— Ton type a pris aujourd'hui un avion pour le Mexique, annonça Stone. Basse-Californie.

— OK, fit Michael. Je veux savoir exactement où il va.

— J'essaierai.

— Pas de ça avec moi, Stone. Je veux un nom de ville.

— D'accord, d'accord, je vais voir ce que je peux faire.

— Tu trouves, tu touches le fric. Sinon…

— Ça va, Callas, j'ai compris.

Michael raccrocha. Cela faisait dix ans qu'il traquait cet homme, qu'il suivait chacun de ses mouvements, qu'il attendait qu'il commette une erreur. Il avait des cahiers entiers de notes sur lui. Mais c'était un type malin, terriblement difficile à coincer. Le pire, c'était que Michael se réveillait parfois la nuit en espérant qu'il allait frapper de nouveau et commettre cette bourde qui l'enverrait à l'ombre pour le restant de ses jours. Il se rallongeait ensuite, couvert de sueur, écœuré par ses propres pensées. Quelle sorte de monstre était-il pour souhaiter qu'une fille innocente se fasse violer et tuer ?

Pourtant, c'était le seul moyen de mettre Finn Rasmussen derrière les barreaux.

Ellie l'appela le vendredi après le déjeuner, et il lui fallut entendre sa voix pour comprendre qu'il avait impatiemment attendu ce moment-là.

— Est-ce que ça vous va si je viens dans une heure ?

— Pas de problème. Je suis là toute la journée.

Il se rendit compte qu'il en avait un peu trop fait dans le style décontracté, mais il était trop tard pour rectifier le tir. Elle avait raccroché.

Elle arriva à l'heure dite, et il sursauta légèrement en la voyant. On eût dit que ses fantasmes de la veille étaient devenus réalité : elle portait un pull blanc et des boucles d'oreilles en or – mais pas de pendentif en forme de cœur.

— Bonjour, inspecteur, dit-elle. Vous avez passé un bon Thanksgiving ?

— Je me suis régalé, mentit-il.

— Moi aussi.

Il remarqua alors que ses collègues jetaient des coups d'œil furtifs à sa visiteuse. Percevaient-ils, comme lui, le rayonnement qui émanait d'elle ou étaient-ils simplement curieux ? Robocop Callas en compagnie d'une jeune et appétissante créature, voilà qui était inhabituel. Jim Chambliss traînait dans les parages, l'air faussement nonchalant. Michael aurait juré que les autres l'avaient envoyé en reconnaissance.

— Je vais me chercher un café, annonça Chambliss. Vous en voulez un ?

Michael se serait fait dévorer tout cru plutôt que de présenter Ellie.

— Non, fit-il sèchement.

— Non, merci, dit Ellie. Mais merci de l'avoir proposé. À propos, je suis Ellie Kramer, du bureau du district attorney. L'inspecteur Callas et moi-même travaillons sur l'affaire Zimmerman.

Et zut ! se dit Michael.

Chambliss eut un large sourire.

— Jim Chambliss. Ravi de faire votre connaissance.

— Tu peux nous laisser ? On essaie de bosser, grommela Michael.

— Oh, désolé, dit Chambliss, avant de s'éloigner.

Ellie lui adressa un sourire d'excuse. Cela ne fit qu'accroître l'irritation de Michael, qui s'empressa de l'entraîner dans une salle d'interrogatoire. Ellie s'installa, chaussa ses lunettes et sortit de sa sacoche la liste de questions qu'elle avait préparée.

— Pourquoi avez-vous fait venir M. Zimmerman dans vos locaux pour l'interroger ?

— C'est la procédure habituelle.

— Son avocat était-il là ?

— Non. Nous avons proposé à Zimmerman de l'appeler, mais il a décliné l'offre.

— Saviez-vous que Hugh Radway avait un casier judiciaire chargé ? Fraude, cambriolage, vol à main armée ?

— Oui.

— Et pourtant, vous considérez sa confession comme digne de foi ?

— Absolument.

— Pourquoi ?

— Il était en train de mourir. Il n'avait plus rien à perdre.

— Saviez-vous que Hugh Radway avait une sœur, Thelma, et que celle-ci était divorcée et vivait dans le plus grand dénuement ?

— Non, je l'ignorais.

— Ses finances se sont brusquement améliorées. Elle a acheté une nouvelle voiture et une remorque.

— Quel rapport ?

— Son frère aurait pu vendre sa confession et lui donner l'argent.

— N'importe quoi. D'où tenez-vous cette histoire ? demanda-t-il avec colère.

Elle sourit.

— Je l'ai inventée. Mais ça pourrait être vrai. Radway était une ordure.

— Oui, mais il a dit la vérité.

— Le problème, c'est qu'il est mort. Il ne peut plus parler, et la défense va monter en épingle son casier judiciaire et tout ce qui sera susceptible de démolir sa crédibilité.

Michael secoua la tête avec agacement.

— Je me fais simplement l'avocat du diable, dit-elle.

— Je croyais que vous étiez de notre bord.

— Je le suis. Même si, *in fine*, je veux être avocate de la défense. C'est plus stimulant.

— Seigneur !

— Mais je changerai peut-être d'avis, qui sait ? Bon, vous êtes prêt pour d'autres questions ?

— Allez-y.

L'interrogatoire continua. Une véritable inquisition. Ellie le fit parfois sortir de ses gonds, mais elle ne perdit jamais son calme, si bien qu'il finit par avoir honte de lui. Il savait qu'on le passerait sur le gril pendant le procès. Elle ne faisait que son boulot.

Finalement, elle posa son bloc-notes et enleva ses lunettes.

— C'est tout ?

— Oui.

Elle se frottait les yeux, et il eut soudain envie de caresser ses boucles sombres.

— Il est tard. Vous voulez aller manger un morceau ? demanda-t-il sans réfléchir.

Ellie laissa retomber sa main et le fixa.

— C'est-à-dire que...

— Je vous propose juste de dîner, rien d'autre.

Elle resta silencieuse si longtemps qu'il pensa que son cœur allait bondir hors de sa poitrine. Puis elle sourit.

— Si je viens dîner avec vous, je devrai toujours vous appeler « inspecteur Callas » ?

— Non, fit-il d'un ton maussade.

— Dans ce cas, j'accepte.

Il aurait voulu lui demander pourquoi elle avait dit oui. Il avait l'impression que quelque chose clochait, dans cette histoire. Pour commencer, il n'avait cessé d'être grossier avec elle. Et puis, pourquoi une fille comme elle sortirait-elle avec lui ? N'avait-elle pas une douzaine d'étudiants en droit qui lui couraient après ? Rien de mieux qu'un type comme lui ?

Ils dînèrent au Caffè Antica Roma, sur Pearl Street. Il était tôt quand ils arrivèrent, et l'endroit était presque désert. Ellie semblait parfaitement à l'aise. Tel un caméléon, elle se fondait dans n'importe quel paysage. Elle entretenait habilement la conversation, abordant des sujets légers – le temps rude qu'ils avaient eu dernièrement, les embouteillages monstres aux heures de pointe, la croissance époustouflante de la région.

— Vous êtes de Boulder ? lui demanda-t-il.

— Presque. Cela fait huit ans que je vis ici, depuis que je suis entrée à la fac. Mais je viens de Leadville.

— Leadville, vraiment ?

— Je sais, tout le monde pense que les habitants de Leadville sont des ploucs, mais ce n'est pas vrai.

— Apparemment non.

Leadville, une petite ville perchée à trois mille mètres d'altitude, avait connu son heure de gloire avec la ruée vers l'or. Mais depuis, l'endroit était sinistré.

— Et vous, d'où venez-vous ?

— De Colorado Springs.

— Votre famille vit là-bas ?

— Une partie, répondit simplement Michael.

Il était temps de changer de sujet.

— Mais dites-moi, comment se fait-il que vous ne soyez pas retournée à Leadville pour Thanksgiving ?

Elle haussa les épaules.

— Trop de travail. Et vous, pourquoi n'êtes-vous pas à Colorado Springs avec votre famille ?

— Trop de travail, répliqua-t-il, impassible.

— J'espère que vous n'êtes pas resté ici à cause de moi.

Elle avait l'air sincèrement inquiète.

— Bien sûr que non.

Leurs plats de pâtes arrivèrent, et Ellie attaqua le sien avec appétit. Bon coup de fourchette, remarqua Michael.

— C'est délicieux, n'est-ce pas ? dit-elle après un silence.

— Oui.

En réalité, il ne prêtait aucune attention à ce qu'il était en train de manger. Il mastiquait machinalement, fasciné par la jeune femme, par son poignet fin quand elle enroulait les spaghettis autour de sa fourchette, par la façon dont elle essuyait discrètement, avec sa serviette, un soupçon de sauce sur ses lèvres, par ses yeux sombres où semblait se refléter son âme.

— Alors, pourquoi avez-vous choisi le droit ? lui demanda-t-il alors qu'ils entamaient leurs desserts.

— Je crois à la justice, répondit-elle sans hésiter. Et vous, pourquoi êtes-vous entré dans la police ?

— Je crois à l'ordre.

— C'est pratiquement la même chose.

— Peut-être bien.

Elle lécha sa cuillère, la reposa et se pencha vers lui.

— Pourquoi vous surnomme-t-on Robocop ?

Michael sentit sa nuque se crisper. Décidément, cette fille ne reculait devant aucune question.

— Comment pourrais-je le savoir ?

— Vous avez vu le film ?

— Oui.

— Donc, vous savez que Robocop est un gentil.

— Peut-être, mais c'est un robot.

— Il n'est qu'à moitié robot. Vous vous souvenez des flash-backs qu'il a à propos de sa femme ?

— Ouais. C'est vraiment un drôle de film, marmonna-t-il.

— Moi, ça m'a plu. Robocop est un idéaliste, il essaie de faire le bien. Comme vous, non ?

— Ben voyons, mon portrait tout craché.

— Je pense que c'est un compliment, ce surnom. Et c'est bien cela qui vous embarrasse.

— Franchement, Ellie, je crois que ça n'a rien d'un compliment.

— Eh bien, moi, je vais le prendre comme cela.

Gêné, Michael fit mine de se passionner pour l'addition et sortit sa carte de crédit. Robocop ! Il aurait préféré se faire couper en morceaux plutôt que de l'admettre, mais c'était elle qui avait raison.

En tout cas, une chose était sûre : cette fille n'avait pas froid aux yeux. Apparemment, il ne l'intimidait pas le moins du monde. Dieu sait pourtant qu'il avait fichu la trouille à des légions de femmes ! Mais pas à Ellie Kramer. Au contraire, elle ne cessait de le provoquer. Pourquoi donc ?

Il fut surpris d'apprendre qu'elle n'avait pas de voiture et lui proposa de la déposer chez elle. Arrivés à Marine Street, il découvrit une vieille maison en bois typique, avec une Range Rover garée devant.

— J'ai trois colocataires, mais elles sont toutes parties pour Thanksgiving.

Était-ce une invitation ?

— On se voit lundi ? demanda-t-elle.

Il s'était mépris. Ellie n'avait aucune arrière-pensée.

— OK. Passez-moi quand même un coup de fil d'abord.

— D'accord. Merci pour le dîner. C'était très agréable.

— Tout le plaisir était pour moi.

Puis il se surprit à ajouter :

— Peut-être pourrions-nous remettre ça un jour.

— Bonne idée.

« Bonne idée. » Elle avait dit cela comme si elle le pensait vraiment.

— Laissez-moi faire le tour et vous ouvrir la portière. Cette camionnette est haute sur pattes.

— J'ai remarqué. Comment se fait-il que vous ayez un pick-up ? Je vous aurais plutôt imaginé avec un 4 × 4.

— Ah, bon ? J'ai une tête à avoir un 4 × 4 ?

Elle sourit dans la pénombre.

— Plutôt, oui.

— En fait, ce pick-up me sert à transporter du matériel de construction. Des chevrons, du ciment, des trucs comme ça.

— Qu'est-ce que vous construisez ?

— Un chalet.

— Oh, c'est vrai ? Pour vous ?

— Oui. J'y vis déjà. Ce n'est pas fini, mais ça avance bien.

— Vous êtes un homme plein de surprises, dites donc.

— Il n'y a rien de mystérieux là-dedans. J'aime travailler de mes mains.

Elle resta silencieuse si longtemps qu'il finit par être mal à l'aise. Puis elle déclara :

— Mon père aimait travailler de ses mains, lui aussi.

Sa voix était sourde et triste, et Michael eut l'impression, pour la première fois, d'avoir percé sa cuirasse.

— Que faisait votre père ?

— Oh, répondit-elle vivement, c'est une vieille histoire. Je vous la raconterai une autre fois, d'accord ?

— Bien sûr.

Mais, en bon flic qu'il était, il remarqua que son ton léger sonnait faux. Il aurait voulu poser une main sur son bras, un geste simple pour lui faire comprendre qu'il avait envie de la revoir. Mais le courage lui manqua.

— Bon, reprit-elle d'une voix enjouée, il faut que j'y aille.

— Attendez, laissez-moi vous ouvrir cette portière.

Il descendit du pick-up, en fit le tour, ouvrit la porte et se pencha pour l'aider. Elle prit la main qu'il lui tendait. Ses doigts étaient froids, comme d'habitude, mais ils ne tremblaient pas. Rien ne semblait la faire vaciller.

— Eh bien, c'est plus facile de monter là-dedans que d'en sortir.

Elle s'immobilisa et l'observa un instant. L'ovale parfait de son visage pâle se découpait sur l'obscurité de la nuit.

— Vous ne m'avez toujours pas dit si je pouvais vous appeler Michael.

— Bien sûr que oui.

— Eh bien, merci, Michael. À lundi.

— À lundi, répéta-t-il stupidement.

Elle marcha jusqu'à la porte d'entrée. La maison était plongée dans le noir, sans aucune lumière extérieure. Sur les marches du porche, elle se retourna et lui fit un petit signe. Il lui répondit et attendit qu'elle soit entrée dans la maison et ait allumé les lumières pour remonter dans son pick-up.

Il démarra et conduisit machinalement jusqu'à Canyon Boulevard, sans cesser de penser à Ellie. Elle semblait le trouver à son goût, mais il n'arrivait pas à comprendre pourquoi. Que voulait-elle ? Qu'attendait-elle de lui ? Et pourquoi diable doutait-il d'elle ? Après tout, était-ce si extraordinaire qu'une femme comme elle s'intéresse à lui ?

Mais il avait beau se raisonner, quelque chose le chiffonnait. Son instinct de flic était en alerte. Il y avait une foule de choses qu'il aurait voulu savoir à son sujet. Mais il devinait qu'il serait inutile de lui poser des questions : elle n'y répondrait pas. Elle était à la fois évasive et délicieusement franche. Un paradoxe. Elle était passionnée, mais maîtresse d'elle-même. Nouveau paradoxe. Décidément, il y avait quelque chose dans tout cela qui ne sonnait pas juste.

Il remonta Canyon Boulevard, franchit le pont en bois qui enjambait la crique et menait à l'allée de son chalet, puis se gara dans son garage, encombré d'outils et de matériel de construction.

Lorsqu'il pénétra dans la maison, il vit que le voyant rouge de son répondeur clignotait. C'était Pete Stone.

— Ton type se trouve dans les environs d'un bled nommé San Jose del Cabo. Il a emmené quelques-uns de ses employés en vacances. J'ai bien mérité ma récompense, non ? Salut, Callas.

Michael resta un moment immobile, à fixer le répondeur. Rasmussen... Son ancien coéquipier allait-il repérer une fille mexicaine et lui faire subir le même sort qu'à ses autres victimes ?

Il essaya de chasser les images déplaisantes qui lui venaient à l'esprit et se demanda s'il ne devait pas alerter les autorités mexicaines. Il faudrait qu'il agisse de manière officieuse, car la seule et unique fois qu'il avait osé s'attaquer à Rasmussen par la voie légale, il s'était fait remonter les bretelles par ses supérieurs de la police de Boulder. On avait jugé ses accusations infondées, on l'avait trouvé vindicatif. Tout le monde savait que Michael ne s'était pas bien entendu avec son premier coéquipier. Alors, par la suite, il avait préféré se taire.

Mais il n'avait jamais perdu la trace de Rasmussen. Au fil des années, il avait rempli des cahiers entiers de coupures de presse, de noms, d'heures, de dates, de lieux. Il possédait une kyrielle d'informations, mais aucune preuve.

Fallait-il appeler les Mexicains ? Mais pour leur dire quoi, au juste ?

— Et merde ! marmonna-t-il.

Il alla prendre une bière dans le réfrigérateur et contempla sa cheminée inachevée. Il avait besoin de s'occuper les mains. Ce n'était pas seulement à cause de Rasmussen. Rasmussen ne quittait jamais ses pensées, mais cela durait depuis si longtemps qu'il avait appris à vivre avec. Non, c'était à cause d'Ellie.

Il posa sa bière et alla dans sa chambre enfiler des vêtements de travail.

Il y avait décidément quelque chose qui l'intriguait chez elle. Son instinct lui disait que, sous son apparence ouverte et spontanée, elle cachait un secret. Et s'il y avait bien une chose qu'un policier haïssait, c'étaient les secrets.

4

Le dimanche matin, à 8 heures, Ellie prit le bus qui faisait la liaison entre Boulder et Denver et s'arrêtait à Leadville. C'était un moyen de transport bon marché, ce qui l'arrangeait.

Elle s'assit à l'arrière. Pour un dimanche, le car était noir de monde. Mais cela n'avait rien d'étonnant : toutes les stations de ski avaient ouvert pour le congé de Thanksgiving, et entre les employés des stations et les skieurs impatients de rejoindre les pistes, il n'y avait pratiquement plus un siège de libre. Elle aurait aimé sortir son calepin pour noter ses impressions sur Callas, mais une femme était assise à côté d'elle, et Ellie craignait qu'elle ne jette des coups d'œil indiscrets à ses notes.

Elle regarda le paysage à travers les vitres teintées et laissa ses pensées vagabonder. Elle avait passé plusieurs heures en compagnie de Callas, mais tout ce qu'elle avait appris, c'était qu'il était célibataire, qu'il n'avait pas d'enfant et qu'il venait de Colorado Springs. D'ordinaire, elle arrivait facilement à cerner les gens. Mais Michael était un cas difficile, un homme impénétrable.

Le bus fila vers Idaho Springs, puis commença son ascension vers Georgetown. Sur les flancs de la montagne apparaissaient çà et là des bourgades qui avaient connu le boom des mines d'or et d'argent, avant de sombrer dans la pauvreté. Puis le bus grimpa vers le tunnel Eisenhower, percé au cœur des Rocheuses, à trois mille trois cent cinquante mètres d'altitude. C'était un spectacle incroyable, une orgie de pics qui montaient à l'assaut du ciel bleu.

Le bus s'engagea dans le tunnel, et les yeux d'Ellie mirent quelques secondes à s'accoutumer à l'obscurité. Ses pensées revinrent à Michael. C'était lui qui avait découvert Stephanie dans le cellier. Pendant quelques instants, avant que son coéquipier ne le rejoigne au sous-sol, il avait été seul avec la jeune fille inconsciente.

Ellie se remémora le rapport du médecin légiste. Le viol avait eu lieu avant 22 heures. Or, c'était précisément à cette heure-là que Michael Callas et Finn Rasmussen avaient pris leur service. Cela faisait d'eux des suspects de premier choix.

Elle était persuadée que l'un d'eux était le coupable, mais rien de solide ne venait étayer cette théorie. Aucun des deux policiers n'avait de passé trouble. Et croire que l'un d'eux avait pu commettre un crime aussi horrible à seule fin de donner un coup de pouce à sa carrière était ridicule.

Pourtant, les deux policiers avaient pu avoir accès au foulard que John Crandall avait hâtivement rangé dans l'office. Et, selon toute vraisemblance, Stephanie avait ouvert la porte à son violeur. À qui aurait-elle pu faire aussi aveuglément confiance dans cette ville où elle ne connaissait personne, si ce n'est à un policier ?

« Bien, se dit Ellie. Voilà le scénario. C'est la soirée du Nouvel An. Les Morris sont des nouveaux venus à Boulder, mais tout le monde, y compris la police, a déjà entendu parler de la famille. Ils ont acheté la villa la plus chère du quartier. Est-ce que l'un des policiers, pendant sa patrouille, les a vus emménager ? A-t-il aperçu la jolie adolescente de seize ans ? A-t-il commencé à fantasmer sur elle ?

« Le soir du 31 décembre, l'agent sonne à la porte. Il porte son uniforme, mais il a pris sa propre voiture. Stephanie, voyant qu'il s'agit d'un policier, désactive le système d'alarme et le fait entrer. Pas d'effraction.

« L'homme lui saute dessus. Elle se débat, mais il l'entraîne vers le cellier. Il a sans doute déjà pris le foulard de John, ou peut-être l'attrape-t-il au passage. En tout cas, il le serre autour du cou de la jeune fille. Mais il va trop loin et manque de la tuer. À moins qu'il n'ait prévu de la tuer et ait raté son coup.

« Quoi qu'il en soit, songea Ellie tandis que le bus sortait du tunnel et entamait sa descente vers Frisco, le flic parcourt en voiture les quelques kilomètres qui le séparent du commissariat et prend son service à 22 heures. Depuis le moment où il a sonné chez les Morris, il a pu s'écouler vingt minutes. Lui et son coéquipier sont affectés à la surveillance du quartier des Morris. Il le savait déjà certainement. Il comptait là-dessus. Et voilà nos deux bleus, suffisamment malchanceux pour travailler le soir de la Saint-Sylvestre, qui reçoivent un coup de fil affolé des Morris à 23 h 10. Puis c'est le grand frisson, la récompense. Il est là quand on découvre la fille, et en outre, il aide à résoudre l'affaire. »

Ellie frissonna. Elle avait passé des heures avec Michael. S'il avait été un violeur fou, un meurtrier, ne l'aurait-elle pas senti ?

— Ce n'est pas là que vous descendez, ma petite ?

Ellie revint brutalement à la réalité.

— Pardon ?

— J'étais derrière vous dans la file pour acheter les tickets, dit sa voisine. J'ai cru comprendre que vous changiez de bus à Frisco pour Leadville.

— Oh, oui, oui, merci ! fit Ellie en se précipitant vers la sortie.

Durant la dernière partie du voyage, elle passa par la station de ski de Copper Mountain avant de redescendre, une fois le dernier col franchi, vers Leadville. Quand elle était adolescente, un panneau souhaitait la bienvenue dans cette ville où avait vécu la célèbre Molly Brown, rescapée du naufrage du Titanic. Mais il avait disparu en même temps que la mine.

Ellie, plongée dans ses pensées, regardait sans le voir le paysage familier. Michael était un homme dur et amer, mais était-il le meurtrier ? Que faisait-il pendant son temps libre, hormis construire son chalet ? Traquait-il sa prochaine victime ? Non, se dit Ellie. Elle allait bien trop vite en besogne. Elle ne pouvait tirer de conclusions avant d'avoir réellement fait connaissance avec lui et passé plus de temps en sa compagnie. Il fallait qu'elle l'amène à lui faire confiance, à s'ouvrir à elle, et elle savait que ce ne serait pas facile. Jusqu'à présent, elle n'avait aucune idée de ce qu'il avait en tête. Pourquoi l'avait-il invitée à dîner ? Par pure politesse ? Elle était incapable de le dire.

Oui, le chemin était encore long, mais maintenant, elle était sur la bonne voie. Pendant toutes ces années, elle avait rongé son frein, échafaudé des plans pour découvrir la vérité, et aujourd'hui, elle se retrouvait nez à nez avec l'un des acteurs du drame. Mais elle ne connaissait pas le rôle qu'avait joué Michael dans cette tragédie. Pas encore.

En tout cas, il y avait une chose dont elle était absolument sûre : ce n'était pas son père qui avait agressé Stephanie Morris. Ce soir-là, Janice était dans le Nebraska, chez ses parents, mais John était resté avec Ellie. Les parents d'Ellie avaient refusé de la laisser témoigner au procès, car ils pensaient que cela serait trop traumatisant pour une fillette de douze ans. Les policiers l'avaient bien interrogée, mais étant donné son âge, ils n'avaient accordé aucun poids à son témoignage. Même l'avocat de John avait déconseillé de la faire venir à la barre. Le district attorney de Boulder n'aurait pas eu de mal à convaincre le jury qu'elle devait dormir à l'heure où avait eu lieu l'agression, et de toute façon, qui aurait cru la fille de l'accusé ?

Au cours de ses recherches, Ellie avait découvert deux affaires similaires de viol suivi d'étranglement dans le secteur de Front Range. Peut-être y en avait-il eu d'autres. Son père ne pouvait en être tenu pour responsable, puisqu'il était derrière les barreaux. Mais les policiers n'avaient pas remarqué les similitudes entre ces crimes et l'agression de Stephanie Morris. D'ailleurs, avaient-ils seulement songé à rapprocher les diverses affaires ? Certainement pas. Chaque fois, les enquêteurs avaient suivi la piste la plus facile et procédé aux arrestations sur la base d'indices trouvés sur les lieux du crime : une ceinture, un foulard, un autre bandana – toujours serrés autour du cou des victimes, exactement comme le bandana de son père.

Que ces maudits flics aillent se faire voir ! songea Ellie avec amertume, tandis que les Rocheuses défilaient devant ses yeux.

Elle s'efforça d'arborer une expression joyeuse pour sa mère. Janice avait suffisamment de problèmes pour que sa fille ne vienne pas l'accabler avec les siens. Et Ellie savait qu'elle l'avait contrariée, l'autre jour, en lui parlant des dossiers qu'elle avait lus. Janice ne supportait pas d'évoquer le passé. Elle éludait le sujet avec une énergie féroce, bien que ce fût elle qui avait planté les graines du doute dans l'esprit jeune et impressionnable d'Ellie, autrefois.

Le chemin de l'arrêt de bus à la maison d'East Fifth Street était court. Ellie longea un pâté de maisons du centre-ville qui avait été restauré pour ressembler à ce qu'il était à l'apogée de la ruée vers l'or, à la fin du XIXe siècle, puis elle prit à droite et monta jusqu'à une sorte de bidonville perché sur une colline : les cottages des mineurs, décrépits, couverts d'une neige grise et sale. Le soleil brillait, mais à trois mille mètres d'altitude, il faisait un froid mordant.

Janice l'attendait avec une soupe maison et du pain frais.

— C'est marrant, tu sais, lui dit Ellie, chaque fois que je reviens ici, j'ai l'impression de n'en être jamais partie. Je me sens parfaitement à ma place. Mais à Boulder, j'ai exactement la même impression.

— C'est toujours comme ça quand on a vécu longtemps quelque part. Quand je retournais à la ferme de mes parents, c'était la même chose.

Janice marqua une pause, puis ajouta :

— Je ne suis jamais retournée à Boulder depuis les événements.

— Je sais.

— Je me demande comment tu fais pour vivre là-bas.

Ellie haussa les épaules.

— J'étais jeune, cela ne m'a pas choquée de la même façon que toi.

Elle sourit.

— Mais tu viendras pour ma cérémonie de remise de diplôme, n'est-ce pas ?

— J'essaierai.

— Maman !

— Oui, oui, je viendrai.

Ellie scruta le visage de sa mère. Janice avait été une si jolie femme, petite, délicate, avec les mêmes yeux et les mêmes cheveux sombres qu'Ellie, mais des traits plus fins. Maintenant, elle paraissait frêle et usée. C'était une femme intelligente et cultivée, qui avait été professeur de mathématiques. Lorsqu'elle et Ellie avaient déménagé à Leadville, elle avait décroché un travail de comptable à la mine de molybdène de Climax, le principal employeur de la région. Mais la mine avait fermé, tout comme les mines d'or et d'argent du XIXe siècle, et la ville s'était enfoncée dans la pauvreté. Et Janice avec elle.

— Comment ça se passe, à la supérette ? demanda Ellie.

— Oh, ça va. Je pourrais gagner plus si je travaillais de nuit, mais je n'en ai pas le courage. De toute façon, ils choisissent toujours des hommes pour le travail de nuit.

— Tiens bon. Je suis sûre qu'ils vont finir par te nommer gérante du magasin.

— Espérons-le.

Après le déjeuner, elles s'assirent dans le salon pour bavarder. Ce n'était pas facile pour Ellie de faire abstraction du décalage entre son univers et celui de sa mère. À Leadville, la situation était si catastrophique qu'une partie de la population faisait chaque jour le trajet jusqu'à Vail, où il y avait du travail à profusion. Mais Vail était loin, et la vieille guimbarde de Janice aurait rendu l'âme après une semaine d'allers-retours.

Janice avait gardé autant de meubles que possible de leur ancienne maison, mais la plupart étaient trop volumineux pour sa petite bicoque de quatre-vingts mètres carrés. Et rien ne pouvait embellir la cuisine, avec ses plans de travail en formica, son linoléum tout craquelé, sa vieille gazinière et son évier à la porcelaine écaillée. Dans sa chambre, Janice avait entassé tout ce qu'elle avait pu conserver de sa belle chambre à coucher de Boulder. Quant à celle d'Ellie, elle était restée telle qu'elle l'avait laissée en partant à la fac. Ses posters, son lit rose à baldaquin et ses peluches étaient toujours là.

— J'espère que tu ne fouines plus dans ces vieux dossiers, ma chérie. Je ne supporte pas l'idée que tu regardes en arrière, que tu ressortes toute cette histoire...

— Ne t'en fais pas, maman.

— Alors, comment va le boulot ?

— Très bien. Ben Torres me laisse lui donner un coup de main sur le procès Zimmerman. Je t'en avais parlé, tu te souviens ? Il s'agit de ce type qui avait payé un tueur à gages pour descendre sa femme.

— Ah, oui, ça me revient. C'est merveilleux, ma chérie. Mais j'aurais quand même préféré que tu fasses ta dernière année.

— Ce sera pour l'an prochain. Mais de toute façon, avec ce que j'apprends auprès du district attorney, la fac ne sera plus qu'une formalité.

Une bouffée de rage gagna Ellie. Quand elle aurait obtenu son diplôme d'avocate et décroché un bon boulot, elle achèterait une jolie maison à sa mère. À Leadville, si elle le souhaitait, ou bien à Boulder, où elle avait vécu pendant tant d'années. Elle espérait seulement que Janice ne serait pas trop démolie ni trop vieille pour en profiter.

— Je crois que Torres a le béguin pour moi, reprit-elle.

— Cela n'a rien d'étonnant. Tu es une fille superbe et intelligente.

— Et tu es parfaitement objective, évidemment ?

— Bien sûr que oui. Je suis aussi impartiale qu'un juge. Mais, sérieusement, tu ne comptes pas t'engager dans une histoire avec ton patron, n'est-ce pas ?

— Mon Dieu, non ! Il est marié, maman.

— Mais tu le vois beaucoup.

— Au bureau, oui, bien sûr.

— Je fais confiance à ton bon sens. Maintenant, parle-moi de ce procès.

Ellie se leva, se dirigea vers une fenêtre et entrouvrit les rideaux. Dehors, le ciel s'était assombri.

— Nous tenons un dossier solide, dit-elle, avec cette confession du tueur sur son lit de mort. Je t'en ai parlé, non ?

— Oui. Ce procès me semble être une affaire déjà classée.

— Ce n'est jamais aussi simple. Et Zimmerman a engagé des stars du barreau, tu sais. Il peut se le permettre.

Elle s'interrompit et hésita un instant. Devait-elle tout dire à sa mère ?

— L'un des témoins qui sera appelé à la barre est l'inspecteur qui a dirigé l'enquête sur l'assassinat de Danielle Zimmerman. Torres m'a chargée de le préparer au procès. La défense ne va pas lui faire de cadeau.

— Ça a l'air fascinant, ma chérie.

Ellie sourit, puis regarda au-dehors le tremble décharné qui séparait la maison de Janice de la suivante. Le silence régnait dans la pièce. On n'entendait que les borborygmes de l'eau dans les canalisations. Ellie s'accorda encore quelques secondes de réflexion, puis décida de tout raconter à sa mère. Elle avait besoin de se confier à quelqu'un. Elle avait trop joué la comédie pendant toutes ces années, elle avait trop menti, aux autres comme à elle-même. Elle ne savait même plus qui elle était réellement.

Elle se tourna vers sa mère.

— L'inspecteur que je prépare pour le procès s'appelle Michael Callas.

— Quoi ? fit Janice, incrédule.

— Michael Callas.

— Le policier qui a trouvé... qui était là cette nuit... Non, ça ne peut pas être lui !

— Si, maman.

Janice blêmit.

— Alors, c'est donc cela ? Tu es toujours sur cette histoire ? Ô mon Dieu, Ellie, arrête de fouiller là-dedans. Vis ta vie, cesse de remuer le passé !

— Je te l'ai dit, je travaille avec Callas sur l'affaire Zimmerman.

Janice se leva.

— Ne me raconte pas d'histoires. Tu t'es arrangée pour le rencontrer, ce Callas.

Ellie soupira. Sa mère la connaissait par cœur, il était inutile d'essayer de la duper.

— Oh, Ellie, je t'en supplie, laisse tomber.

— Je ne peux pas. Tu m'entends, maman ? Je ne peux pas ! Et je compte bien retrouver aussi l'autre policier, Finn Rasmussen. Il a quitté la police, et je ne sais pas ce qu'il est devenu, mais je lui mettrai la main dessus.

Janice secoua la tête.

— Tu as toujours été têtue comme une mule.

— J'ai besoin de savoir, maman. Je veux apprendre à connaître ces deux hommes et découvrir ce qui s'est réellement passé cette nuit-là.

— Tu vas détruire ta vie.

— Peut-être, mais je dois le faire.

— À quoi... à quoi ressemble ce Michael Callas, aujourd'hui ? Sait-il qui tu es ?

— Seigneur, non ! Il sait que je suis une assistante du district attorney, voilà tout. Quant à lui...

Elle s'interrompit, soudain songeuse, et chercha ses mots.

— C'est un type coriace. Un dur. Mais derrière cette cuirasse, il a un côté vulnérable. J'ai l'intuition qu'il y a des zones d'ombre dans son passé, et je vais découvrir ce qu'il en est.

Janice poussa un long soupir.

— Cela ne va t'apporter que des ennuis.

— Je cherche la vérité, maman. C'est important pour moi. Il n'y a même rien qui soit plus important.

— Non, ma chérie. Le plus important, c'est que tu vives ta vie.

Ellie cessa d'argumenter, et elles abandonnèrent le sujet. Peu après, elles allèrent rendre visite à une amie de Janice, Agnes Spanner, qu'Ellie avait toujours beaucoup aimée. C'était une vieille dame pleine d'allant, qui avait enterré deux maris et donné naissance à cinq enfants.

— La fille prodigue ! dit-elle en voyant Ellie. Alors, les études, c'est terminé ?

— Encore un an.

— Toute la ville est fière de toi, tu sais. Tiens bon, Ellie chérie !

Ellie et Janice allèrent ensuite prendre un café au Motherlode Café, qui appartenait au père d'un des anciens camarades d'école d'Ellie.

— Comment va Boulder ? demanda-t-il, comme chaque fois qu'il voyait Ellie. Est-ce qu'ils ont finalement réussi à empêcher les étudiants de se soûler à la bière ?

— Non, c'est toujours pareil, répondit Ellie en riant.

C'était tout ce que l'on connaissait de Boulder, ici : les quatre cents coups des fils de riches qui pouvaient se payer l'université.

Elles dînèrent tôt à la *Cantina*, un restaurant mexicain qui jouissait d'une telle réputation que l'été venu, des habitants d'Aspen faisaient cent kilomètres en voiture pour venir y manger. Puis Janice raccompagna sa fille à l'arrêt de bus.

— Je t'aime, maman, dit Ellie en l'embrassant. Ne t'inquiète pas pour moi. Je suis de taille à affronter ça.

— Tu sais bien que je m'inquiéterai quand même. Les mères, c'est fait pour ça.

— Je t'appellerai bientôt.

— Prends soin de toi, ma chérie.

— Promis.

Ellie monta dans le bus et agita la main à l'adresse de sa mère, petite femme perdue dans son lourd manteau en laine. Elle lui fit signe une dernière fois tandis que le bus s'ébranlait, puis elle s'assit et ferma les yeux. Alors que le bus filait dans l'étroite vallée où le fleuve Arkansas commence son voyage, elle continua à penser à sa mère. Janice aurait-elle fini par relever la tête si son époux n'était pas tombé malade en prison, trois ans plus tôt ? Il avait attrapé un mauvais rhume qui s'était transformé en pneumonie, et il en était mort. Brisé par ce système qui était censé protéger les honnêtes citoyens, John Crandall avait simplement jeté l'éponge.

Ellie se mordit la lèvre inférieure. Son père était mort comme un chien, sans personne à ses côtés. Un jour, quelqu'un paierait pour ça.

5

Finn Rasmussen reçut deux cadeaux pour ses sept ans : un camion de pompiers rouge vif de la part de sa mère et un œil au beurre noir de la part de son père. Il ne pleura pas, il n'alla pas se réfugier dans les jupes de sa maman, parce qu'il savait que ce serait une perte de temps. Il s'éloigna, le camion serré dans ses bras, et battit en retraite dans la chambre qu'il partageait avec son frère et sa sœur.

Voilà à quoi se résumaient ses souvenirs d'enfance : des parents qui se disputaient, se battaient, hurlaient. Une tension permanente régnait dans leur foyer, même lorsque son père était sobre.

Sa sœur Ginny avait un air craintif de chien battu, son frère Scott était turbulent et brutal, mais Finn, lui, restait un mystère pour ceux qui le côtoyaient. Keith et Becky, ses parents, faisaient partie de la classe moyenne de Milwaukee et se battaient jour après jour pour garder la tête hors de l'eau. Keith était le gérant d'une agence de location de voitures, et Becky s'occupait d'un magasin de jouets. Ils se chamaillaient sans cesse pour des questions d'argent ou à cause de l'alcoolisme de Keith. Il n'y avait jamais de répit.

Becky faisait de son mieux, mais elle n'arrivait pas à jongler avec son boulot, ses enfants et son mari. Même elle finit par en avoir assez que son plus jeune fils fasse pipi au lit, un problème que toute la famille essayait de dissimuler au père.

Finn était un petit garçon mignon, un blondinet avec des yeux bleus de Viking. Ses professeurs le tenaient pour un enfant doué, mais trop solitaire. La seule fois où il s'était senti accepté à l'école, c'était le jour où il avait allumé un feu dans la cour de récréation avec des allumettes qu'il avait fauchées à la maison. Tous les autres enfants avaient fait cercle autour de lui. Mais sa popularité n'avait duré qu'un instant, jusqu'à ce qu'un instituteur sente la fumée, se précipite et piétine le feu, avant d'envoyer Finn chez le directeur. Ce soir-là, son père lui avait mis le nez en sang.

Le jour de ses sept ans, il décida qu'il vivrait différemment quand il serait grand. Il soigna son œil blessé et haït son père, ne sachant pas encore vraiment que ce qu'il ressentait était de la haine. Et il attendit que le temps passe, stoïque. C'est alors que le vacarme commença à résonner dans sa tête.

Finn secoua la tête pour que s'effacent les visages qui défilaient dans son cerveau et partit d'un grand éclat de rire.

— C'est sans doute la blague la plus dégueulasse qu'on m'ait jamais racontée ! s'exclama-t-il.

Joel Blum, le plus jeune des quatre hommes assis à la terrasse du bar situé sur le quai de San Lucas, sourit à son patron.

— Désolé de t'avoir choqué, Finn. Je paie la prochaine tournée pour me faire pardonner.

Il se tourna sur sa chaise en plastique blanc, repéra la serveuse et lui lança :

— *Cuatro más, por favor, señorita.*

La jeune femme jeta un regard aux quatre Américains et agita une main bronzée.

— *Un momento, un momento.*

Cette virée de pêche en Basse-Californie était un cadeau de Finn. Chaque année à Thanksgiving, il emmenait les meilleurs de ses employés célibataires au Mexique ou dans les Caraïbes. Certaines années, ils jouaient au golf et faisaient de la voile. Cette fois-ci, ils avaient choisi la pêche au gros. Mais un ouragan les avait empêchés de pêcher comme ils l'auraient voulu, et ils passaient le plus clair de leur temps dans les bars entre San Lucas et San Jose del Cabo, à boire et à draguer les filles.

Mais Finn s'ennuyait ferme. Ses compagnons, Joel Blum, Craig Seale et Matt McLaren, prenaient leur pied : cela faisait seulement quelques jours qu'ils étaient là, et ils avaient réussi à trouver une fille chaque soir. Ce n'était pas le cas de Finn, et il ne s'en plaignait pas, au contraire. Mais ce soir, il allait être obligé de donner de sa personne. Ses employés avaient rencontré quatre secrétaires de San Diego en goguette et les avaient invitées à dîner et danser à San Jose del Cabo. Finn était tenté de s'inventer une migraine pour échapper à la torture et passer la soirée seul, mais depuis leur arrivée, il s'était trouvé une excuse chaque soir pour ne pas se joindre aux festivités, et il craignait que les autres ne commencent à se poser des questions. De plus, une sortie en groupe lui fournirait un alibi parfait.

Malgré les apparences, les virées entre copains ne lui plaisaient guère. À première vue, pourtant, il n'y avait pas plus viril que lui, avec ses épaules carrées, son nez un peu busqué et ses traits marqués. Il riait facilement, et les gens le trouvaient charismatique. Les hommes appréciaient cet entrepreneur de Denver de trente-huit ans qui avait monté une boîte florissante de systèmes de sécurité, et les femmes cherchaient à attirer son attention. En général, elles y arrivaient, mais Finn, passé l'attrait de la nouveauté, se lassait. Il avait une réputation de play-boy pressé, et la chronique mondaine suivait de près ses aventures. Les femmes ne parlaient jamais de leurs expériences au lit avec Finn, se disant que c'étaient elles qui n'avaient pas été à la hauteur. Sa réputation restait donc intacte, et les femmes continuaient à défiler dans sa vie.

D'ordinaire, il ne s'ennuyait pas autant pendant ces voyages avec ses employés. Cet ouragan n'avait certes pas arrangé les choses, mais cela n'expliquait pas tout. Les images avaient recommencé à défiler dans sa tête, signe que ses pulsions devenaient incontrôlables. Des visages de jeunes filles tourbillonnaient dans son cerveau – des yeux, des nez, des bouches ouvertes sur des hurlements, comme dans ce tableau de Picasso qu'il avait vu un jour dans une exposition. De ces bouches déformées s'échappaient des sons qu'il ne pouvait entendre, mais qui prenaient la forme de cubes qui flottaient silencieusement, tandis qu'un vacarme assourdissant cognait dans sa tête.

Ces images s'imposaient à lui sans crier gare, et il avait su dès la première fois où elles étaient apparues qu'il ne pourrait jamais partager son secret avec quiconque.

En apparence, il semblait parfaitement normal, mais à l'intérieur, il était enragé, dans un état second. Ses pulsions le consumaient, et il ne pouvait les calmer que par un seul moyen.

— Bon Dieu, quelle chaleur ! dit Joel en jetant une poignée de pesos sur le plateau de la serveuse.

Allez, à votre santé et à une meilleure pêche demain, ajouta-t-il en levant sa margarita.

Craig entrechoqua son verre au sien.

— À une meilleure pêche... Note que ça peut difficilement être pire !

Finn sourit et regarda leur bateau par-dessus l'épaule de Craig. L'équipage finissait de le briquer, après leur virée matinale sur les eaux bleues du Pacifique. Alfonso faisait sécher les coussins blancs, et José lavait à grande eau les traînées sanglantes qu'avaient laissées les appâts.

Le propriétaire du camp de pêche et du bateau s'appelait Juan Valero. C'était un homme sympathique et dur à l'ouvrage, qui faisait travailler toute sa famille avec lui : sa femme, ses deux fils et sa fille, Peta, une adolescente de seize ou dix-sept ans. Finn avait tout de suite remarqué sa silhouette gracieuse, ses longs cheveux de jais et sa peau couleur cannelle. Lorsque son frère l'avait arrosée la veille avec le jet d'eau, il avait vu ses petits seins se dresser sous son tee-shirt blanc. Un spasme avait parcouru son bas-ventre, et il n'avait pu s'empêcher de la fixer. Peta était si jeune, si belle... C'était à ce moment-là que les visages avaient commencé leur ronde folle dans son cerveau.

— En tout cas, reprit Joel, je préfère être assis au soleil à siroter une margarita plutôt que de me geler à Denver. Pêche ou pas pêche, on se la coule douce ici.

— Tu l'as dit, approuva Matt.

— Espérons quand même qu'on prendra quelque chose demain, intervint Finn.

— À la santé de la bestiole de deux cents kilos qui n'attend que mon hameçon, fit Joel en souriant.

Pourquoi pas ce soir ? songea Finn, tandis que ses compagnons trinquaient de nouveau. Après le dîner, il s'échapperait du night-club, trente minutes au plus. Il veillerait à ce que personne ne remarque son absence. Et si jamais quelqu'un lui demandait où il allait, il dirait en riant :

— Il faut que j'aille aux toilettes. Turista. La revanche de Montezuma !

Ce matin-là, il avait entendu le père de Peta annoncer qu'il serait absent le soir. Quant à la mère de la jeune fille, elle était partie rejoindre sa mère malade. Peta était censée tenir le comptoir du camp, mais comme le lui avait fait remarquer son père en lui montrant le registre, aucun nouvel arrivant n'était attendu.

Finn n'était pas inquiet. La fille serait seule, et de toute façon, personne n'aurait l'idée de le soupçonner. C'était Alfonso, l'un des salariés de Juan, qui écoperait. La veille, Finn avait dérobé son foulard.

En quatorze ans, depuis l'instant où il avait vu Stephanie Morris et que sa vie avait basculé, Finn avait violé et tué maintes fois. Il avait fait une bourde avec Stephanie, sa première victime, en la laissant en vie. Depuis, il avait perfectionné sa technique. Il ne frappait jamais deux fois dans une même ville et changeait systématiquement sa façon d'opérer, afin de ne pas se construire un profil de tueur en série. Il savait que le FBI aurait probablement pu reconnaître sa signature dans ces crimes apparemment sans rapport entre eux, mais il n'avait jamais laissé suffisamment d'indices pour que l'on fasse appel aux superflics. De plus, à chaque fois, il avait fourni à la police un coupable idéal. Il y avait d'abord eu Crandall, l'ébéniste. C'était tout à fait par hasard que Finn avait mis la main sur son bandana, alors qu'il entraînait la fille vers le sous-sol. Mais après avoir vu à quel point ç'avait été facile d'arrêter et de condamner Crandall, Finn avait retenu la leçon : toujours étrangler la victime avec un objet appartenant à un parent ou une connaissance. Ces crétins de flics étaient tellement pressés de procéder à une arrestation !

L'autre erreur de Finn, avec Stephanie, ç'avait été de ne pas mettre de préservatif. Mais le laboratoire n'avait aucun autre échantillon de son sperme pour établir la correspondance. Tout ce que l'analyse avait appris aux policiers, c'était qu'il était 0 +, le groupe le plus commun, et qu'il était un non-sécréteur.

Mais ensuite, pour mettre toutes les chances de son côté, il avait toujours utilisé un préservatif. Même avec celle qui en avait réchappé. Celle-là, elle lui restait en travers de la gorge. Il avait été interrompu. Heureusement qu'il portait un masque. Il portait toujours un masque.

— N'oubliez pas, les gars, on a les filles de San Diego, ce soir, fit Joel en reluquant la serveuse. Je me réserve la petite rouquine. Comment s'appelle-t-elle, déjà ? Marsha ? Marcy ?

— Quand on les mettra dans nos pieux, on se fichera bien de leurs prénoms, remarqua Craig.

Matt sourit et posa son verre sur la table.

— Moi, je prends Ericka. Je les aime grandes avec de longues jambes. À moins que Finn…

Finn émit un rire bref.

— Vas-y, Matt, ne t'en fais pas. D'autant que mon estomac me joue des tours. Je ne sais pas si je tiendrai toute la soirée.

— Bon Dieu, fit Joel, je n'aimerais pas que ça m'arrive. Je ne supporte pas d'avoir la turista.

— Alors, tu ne devrais jamais mettre les pieds au Mexique, *gringo*, rétorqua Matt en ricanant.

Finn passa son bras autour de l'épaule nue de sa compagne et joua avec la bretelle de sa robe d'été à fleurs.

Megan était une jolie fille d'une trentaine d'années. Avec ses cheveux noirs, ses yeux sombres et sa peau dorée, elle offrait un plaisant contraste avec la blondeur de Finn. Elle avait des traits bien affirmés, un nez presque busqué et une bouche généreuse. C'était une femme désireuse de plaire, ce qui convenait parfaitement à Finn. Les femmes qui cherchaient à le séduire se montraient toujours très accommodantes.

— Chouette endroit, n'est-ce pas ?

Elle devait crier pour couvrir le vacarme de l'orchestre du night-club. Finn se pencha plus près d'elle.

— Oui, j'aime bien. Mais je crois que je n'aurais pas dû manger cette dernière fajita.

Il posa une main sur son ventre.

— Je vois ce que tu veux dire, fit-elle, l'air entendu.

Joel dansait avec Marcy, et Matt, accoudé au bar, régalait Ericka d'histoires palpitantes sur les systèmes de sécurité. Ericka semblait boire chaque syllabe, malgré le bruit. Craig et Linda étaient assis en face de Finn et de Megan, la main de Craig posée sur la cuisse nue de Linda.

— Alors, comme ça, c'est toi qui diriges cette affaire à Denver ? s'enquit Megan.

— J'ai été policier pendant quelques années, puis j'ai décidé de me lancer et de monter ma boîte.

— Comment ça s'appelle ?

— Mountaintech Security.

— Et tu poses des alarmes dans ces villas grandes comme des châteaux qu'on voit dans les magazines de décoration ?

— Exactement, dit Finn en riant.
— Tu en possèdes une aussi ?
— Oui. Enfin, la mienne n'est pas immense.
— Je ne te crois pas.
— Une autre Corona ? demanda-t-il après un silence.
— Volontiers.
— Je reviens dans un instant.

L'orchestre – quatre jeunes Mexicains transpirants avec des chemises orange ouvertes jusqu'au nombril, et une chanteuse en minijupe dorée et cuissardes – attaqua *La Bamba*. Le public poussa un rugissement d'approbation.

Finn se fraya un chemin dans la foule jusqu'au bar et s'accouda à côté de Matt pour commander les bières.

— Le dîner ne passe pas, lui dit-il à l'oreille.
— Pauvre vieux. Tu veux que je te ramène au camp ?
— Non, non, je ne suis pas aussi mal en point que ça. Mais donne-moi les clés de la voiture, au cas où.
— Tiens.

Matt lui tendit les clés.

— Mais ça ne me dérange pas de te ramener, je t'assure.
— Non, ça va aller. Dans quelques minutes, je serai en pleine forme.

Il prit les Corona et retourna à leur table. La demi-heure qui suivit se passa exactement selon ses plans. Il but un peu de bière et alla aux toilettes à deux reprises, en adressant chaque fois un sourire navré à ses compagnons. À 23 heures, il embrassa Megan sur la joue et se leva.

— Un dernier aller-retour, promit-il. Ça m'est déjà arrivé, tout va rentrer dans l'ordre. C'est juste ce dîner qui me joue des tours. Je te rapporte une bière ?

— Avec plaisir.

Il l'embrassa de nouveau et, avec un dernier sourire d'excuse, partit en direction des toilettes.

Il brûlait. Les visages tourbillonnants des femmes hurlantes ne lui étaient pas apparus depuis presque trois ans, mais cette année, il avait senti la pression augmenter depuis le début de l'été. Et il savait qu'il n'y avait qu'une issue : prendre le pouvoir sur un autre être humain, le terroriser et le martyriser jusqu'à la mort. À ce moment-là seulement, il pourrait se relâcher, se libérer entièrement. La fièvre s'estomperait, et il se sentirait frais, régénéré – jusqu'à la prochaine pulsion.

Il ne savait jamais exactement quand les visages allaient le hanter. À la différence d'autres tueurs en série, ses pulsions survenaient à des moments variables, ce qui était une bonne chose. Il valait mieux éviter de tomber dans ces schémas répétitifs qui sont le signe des crimes en série.

Il était 23 h 05 quand Finn sortit la voiture du parking du night-club. C'était l'un des points délicats de son plan : lorsqu'il reviendrait, il devrait trouver une place de parking proche de celle-ci. Sinon, même éméché, l'un de ses collègues pourrait remarquer que la voiture avait été déplacée.

Il s'engagea sur la route côtière et roula prudemment, en veillant à ne pas commettre d'excès de vitesse. Par précaution, il se gara sur le parking de l'hôtel situé en face du camp. Il était 23 h 14 quand il traversa la route et qu'il aperçut Peta. Elle se tenait derrière le comptoir de la réception et regardait la télé. Elle était seule.

Il se glissa derrière la maison, près des poubelles. Là, il sortit de sa poche le bas qui lui servait de masque et des gants jetables en latex, qu'il enfila.

Il était prêt.

Il leva la main et donna un coup de poing sur le couvercle du container adossé au mur en bois de la maison.

Une minute passa. Il tapa de nouveau, comme si un animal cherchait à entrer dans la poubelle. Il s'apprêtait à recommencer quand il entendit la porte d'entrée claquer. Il se tapit au coin de la maison et attendit dans la pénombre.

Cinq secondes, six, sept, huit...

Il bondit sur elle et lui donna un violent coup de poing sur la tempe avant qu'elle ait pu pousser le moindre cri. Il était 23 h 17.

À 23 h 18, il traîna la jeune fille à moitié inconsciente sur le sable, près de l'embarcadère, et il se mit à l'ouvrage. Il la déshabilla et la frappa. À 23 h 20, il mit un préservatif et se précipita en elle. Seigneur, elle était vierge. Alors qu'il arrivait au bord de l'orgasme, elle revint à elle et commença à marmonner, puis à se débattre. Un spasme violent le parcourut. C'était ce qu'il recherchait : la lutte, les supplications, la terreur.

Tout en maintenant les mains de la jeune fille au-dessus de sa tête, il sortit de sa poche le foulard violet d'Alfonso et le noua autour de son cou. Il la sentait lutter sous lui, soulever les hanches, agiter les jambes, mais elle n'était pas de taille.

— *No, no, no,* gémit-elle, tandis que les larmes coulaient sur ses joues brunes. *¡Dios, Dios, no!*

Il serra le foulard autour de son cou. L'horreur pure pouvait commencer. Il se mit à aller et venir rapidement en elle, tout en serrant puis relâchant le foulard, pour que la mise à mort coïncide avec la montée de son plaisir. Elle ne devait pas mourir maintenant. Pas tout de suite.

Enfin, Finn rejeta la tête en arrière et émit un grognement. Sous lui, la fille était inerte. Vague après vague, un orgasme intense déferla en lui. Il était 23 h 24.

À 23 h 25, le cœur de la fille cessa de battre.

À 23 h 26, encore essoufflé, il remonta dans la voiture de location et démarra, laissant sur le sable le cadavre nu de la jeune fille, le foulard d'Alfonso serré autour de son cou.

À 23 h 33, il se heurta à l'une des serveuses du night-club, près des toilettes des hommes. Il ramassa le plateau qu'il avait fait tomber, se répandit en excuses et lui donna un bon pourboire. Elle se souviendrait de lui.

Une minute plus tard, il se glissa sur sa chaise, aux côtés de Megan.

— Bon sang, il y avait tellement de monde au bar que je n'ai pas pu commander. Appelons une serveuse.

Megan semblait un peu surprise.

— On commençait à s'inquiéter. Craig est allé voir aux toilettes des hommes…

Finn hocha la tête.

— Désolé. Je suis sorti une minute, j'avais besoin de respirer un peu d'air frais.

— C'est ce qu'on s'est dit. Ça va mieux ?

— Beaucoup mieux, répondit-il en passant un bras autour de ses épaules.

Il avait réussi à se garer à deux places de l'endroit où il avait pris la voiture. Le bas et les gants se trouvaient dans une poubelle en face du night-club, de l'autre côté de la rue.

Une demi-heure plus tard, alors qu'il se serrait contre Megan sur la piste de danse, une voiture de police passa dans la rue, toutes sirènes hurlantes. Mais avec le vacarme qui régnait dans la boîte de nuit, personne n'y prêta attention.

6

Plus Ellie fouillait dans les archives de l'affaire Morris et du procès de son père, plus elle était convaincue que Callas était le tueur. Chaque mot qu'elle lisait, chaque nuance de sa personnalité, tout semblait le désigner.

On était lundi matin, et elle était assise à son bureau. Mais au lieu de plancher sur le procès Zimmerman, elle disséquait de nouveau ces archives jaunies. Si quelqu'un le remarquait, elle dirait qu'elle étudiait un ancien procès susceptible d'aider le district attorney dans l'affaire Zimmerman.

Les mots étaient là, couchés sur le papier, pris au vol par un sténographe du tribunal. C'était une lecture pénible, qui faisait battre son cœur à cent à l'heure et lui nouait le ventre, mais Ellie refusait de flancher. Elle avait dit à sa mère qu'elle était de taille. Elle devait le prouver.

L'agent Michael Callas avait témoigné le premier jour du procès. Il avait été interrogé par Andrew Harrison, le district attorney de l'époque.

HARRISON : *Agent Callas, racontez au tribunal, s'il vous plaît, ce qui s'est passé la nuit de la Saint-Sylvestre de l'année dernière.*

CALLAS : Moi et mon coéquipier, l'agent Finn Rasmussen, avons pris notre service à 22 heures. Nous étions affectés au quartier du Hill. Nous étions en train de patrouiller en voiture quand nous avons reçu un appel radio. Une personne avait disparu à une adresse sur Fifteenth Street. Comme nous étions les plus proches, j'ai répondu qu'on s'en chargeait et qu'on rappellerait si on avait besoin de renfort.

HARRISON : Vous êtes donc allés à l'adresse indiquée. Quelle heure était-il quand vous êtes arrivés ?

CALLAS : 23 h 20. L'adresse en question était celle de M. et Mme Morris. Nous avons sonné, et les Morris nous ont fait entrer. Ils étaient désemparés. Ils avaient passé la soirée chez des voisins, et lorsqu'ils étaient revenus, leur fille de seize ans, Stephanie, n'était plus là. Ils étaient persuadés qu'elle n'avait pas pu sortir, car elle ne connaissait personne à Boulder, étant donné qu'ils venaient tout juste d'y emménager. De plus, Mme Morris avait parlé à sa fille au téléphone environ une heure avant qu'ils ne rentrent chez eux.

HARRISON : Qu'avez-vous fait alors ?

CALLAS : J'ai décidé de suivre la procédure habituelle et de commencer par fouiller la maison. Même s'il y avait peu de chances d'y trouver la jeune fille, il fallait d'abord éliminer cette hypothèse. J'ai dit à Finn... pardon, à l'agent Rasmussen de rester avec les Morris dans le salon et de continuer à les interroger. J'ai ensuite demandé à M. Morris l'autorisation écrite d'inspecter son domicile, de façon à ce que nous soyons couverts en cas de problème, puisque nous n'avions pas le temps d'obtenir un mandat de perquisition.

HARRISON : Et vous avez procédé à une fouille minutieuse ?

CALLAS : Oui. C'était une maison très grande, sur trois niveaux : le sous-sol, qui était en fait une suite de petites pièces, le rez-de-chaussée et le premier étage, où se trouvaient les chambres à coucher. J'ai commencé par le sous-sol et j'ai découvert Stephanie dans le cellier.

HARRISON : Les Morris avaient-ils fouillé le cellier ?

CALLAS : Non, cela ne leur était pas venu à l'idée. Qu'est-ce que Stephanie aurait bien pu y faire ? Il n'y avait rien dans le sous-sol, hormis des cartons, la chaudière et ce cellier qu'on appelait, je ne l'ai appris que plus tard, la cave à vins.

HARRISON : Continuez, agent Callas. Qu'avez-vous fait ensuite ?

Ellie releva la tête et enleva ses lunettes. Elle n'avait pas le temps de poursuivre sa lecture, mais elle avait parcouru un des passages les plus importants. Comment se faisait-il que Michael Callas, dans une maison qu'il ne connaissait pas, soit allé directement à l'endroit où gisait la fille inconsciente, un endroit si incongru que même ses parents n'avaient pas pensé à l'y chercher ? Était-ce parce qu'il savait déjà où se trouvait Stephanie Morris ? Parce qu'il l'avait laissée là, presque morte, quelque temps auparavant ? Une chose était sûre, en tout cas : le fait qu'il l'ait trouvée si rapidement était pour le moins curieux.

Elle rangea la transcription sous d'autres papiers, mais elle eut beau essayer de se concentrer sur l'affaire Zimmerman, elle était incapable de penser à autre chose qu'au procès de son père. Les images se télescopaient dans sa tête. Un Callas jeune, beau gosse, appelé à la barre dans son bel uniforme amidonné. Son père sur le banc des accusés, sa mère assise dans le tribunal. Les Morris désespérés, pleins de haine, exigeant qu'on punisse quelqu'un pour cette agression ignoble qui leur avait volé leur fille, même si l'homme qu'on accusait n'était pas le bon.

Alors, le véritable coupable était-il Michael Callas ? Pouvait-il être l'homme qui avait violé et détruit Stephanie Morris ? Par de nombreux côtés, Michael avait le profil d'un tueur. Ellie avait lu toute la littérature du FBI sur la question.

Les hommes meurtriers et violeurs avaient presque toujours connu une enfance difficile, au cours de laquelle ils avaient présenté les caractéristiques suivantes : énurésie, tendances à la pyromanie, cruauté envers les animaux. Ellie soupçonnait Michael de s'être construit cette carapace qui lui avait valu le surnom de Robocop pour masquer des abus dont il avait été victime enfant. C'était un homme rempli d'amertume, un solitaire – ne construisait-il pas un chalet loin de tout ? – qui ne semblait pas avoir d'amis proches. À trente-sept ans, il n'était toujours pas marié, il ne paraissait même pas avoir de petite amie. Pas de doute, il avait le profil. Mais il fallait qu'elle fasse davantage connaissance avec lui, qu'elle franchisse cette barrière d'épines qu'il avait dressée entre lui et le reste de monde.

Il pouvait avoir violé Stephanie. Et il pouvait tout aussi bien avoir violé la fille de Greeley, dix ans plus tôt, et cette fille qui était morte trois ans après à Longmont. Il y avait également eu cette adolescente de Pueblo, qui s'en était sortie. Toutes habitaient la région de Front Range, au nord ou au sud de Boulder. Et peut-être avait-il agressé d'autres filles, qui, si elles avaient survécu, avaient eu trop honte pour prévenir la police.

Et il frapperait encore. Quand la pulsion se ferait trop pressante, quand ce malade devrait relâcher la tension qui le torturait, il choisirait une proie, l'épierait et trouverait le moyen de se retrouver seul avec elle – sans doute en lui montrant son insigne de policier. Puis il la violerait, la battrait et la tuerait. Et il laisserait un indice sur les lieux du crime, une ceinture ou un foulard appartenant à un proche de sa victime.

— Ellie ?

La jeune femme sursauta et se rendit compte que Torres se tenait devant son bureau.

— Désolée, j'étais perdue dans mes pensées.

— Je viens de relire vos notes, dit Torres. Callas m'a l'air d'un témoin solide. Vous avez fait du bon boulot.

— Merci.

— Est-ce qu'il vous a donné du fil à retordre ?

— Pas trop, même s'il est plutôt cynique.

— Je ne vous le fais pas dire.

— Mais, apparemment, c'est un bon inspecteur.

— Oui. En général, il arrive à envoyer les coupables derrière les barreaux. L'enquête sur l'affaire Zimmerman a dû le rendre malade de frustration. Attendre quatre ans pour mettre la main sur le tueur, c'est long.

— Il dit qu'il a su dès le début que c'était Steve Zimmerman qui avait fait le coup. Qu'il le sentait.

Torres hocha la tête.

— Il a un instinct infaillible. Je l'ai déjà constaté sur d'autres affaires.

— En tout cas, il est tellement absorbé par son travail que je me demande s'il a le temps d'avoir une vie privée, fit Ellie d'un ton détaché.

Torres haussa les épaules.

— Ma foi, je n'en sais rien. À vrai dire, avec lui, je préfère m'en tenir au boulot.

— Donc, on le voit cet après-midi ?

— Oui. Je l'ai appelé pour confirmer. On le retrouve au commissariat à 15 heures.

— Parfait.

À 15 heures précises, Ellie et Ben Torres pénétrèrent dans le commissariat, grimpèrent les marches jusqu'au premier étage et trouvèrent Michael à son bureau. Celui-ci se leva, serra la main de Torres et se contenta d'adresser un signe de tête à Ellie, comme s'il la connaissait à peine, comme s'ils n'avaient jamais dîné ensemble.

Il les conduisit dans une pièce équipée d'un magnétoscope et d'une télévision, et Torres commença par le féliciter. Ellie resta silencieuse, à observer Michael. À en juger par son expression, il détestait qu'on lui passe de la pommade.

— Mlle Kramer m'a dit que vous étiez un témoin de choix, et comme vous ne l'ignorez sûrement pas, nous sommes tous soucieux d'obtenir une condamnation dans cette affaire. Tout Boulder nous attend au tournant.

— C'est vrai que votre boulot en dépend. Pas le mien, Dieu merci.

Torres rougit.

— Je ne suis pas sûr de voir les choses exactement de cette façon, mais ce qui est certain, c'est que personne ne nous en voudra si nous mettons Steve Zimmerman à l'ombre.

Ellie, amusée, réprima un sourire. Michael se moquait complètement de ce que le district attorney pouvait penser de lui.

— Bien, reprit Torres, jetons un coup d'œil aux vidéos de Radway. J'imagine que vous les avez déjà visionnées, inspecteur.

— Environ une vingtaine de fois.

— Je les ai regardées, moi aussi, mais je préfère les revoir pour m'assurer que nous n'aurons pas de mauvaise surprise pendant le procès. La défense va demander qu'on les supprime de la liste des pièces à conviction, mais elle n'y parviendra pas.

Torres engagea une cassette dans le magnétoscope et pressa la touche de lecture.

Ellie n'avait vu aucune de ces cassettes, et elle avait hâte de les visionner. Mais, assise un peu à l'étroit entre les deux hommes, l'élégant et doux Ben Torres et le sarcastique et brutal Michael Callas, elle était mal à l'aise. Elle ne pouvait s'empêcher d'imaginer Michael en train de frapper Stephanie Morris, de la violer, de l'étrangler avec le bandana de son père. Elle frissonna malgré elle. L'homme qui était assis à ses côtés, qui la touchait presque, qui l'avait invitée à dîner et l'avait reconduite chez elle était peut-être un criminel.

Sur l'écran apparut un homme blême, allongé dans un lit d'hôpital. Il fixait la caméra qui lui faisait face.

— Il y a presque quatre ans de cela, Steve Zimmerman m'a appelé. Ce devait être au printemps. Je vivais déjà en Californie, à l'époque. Zimmerman voulait se débarrasser de son ex-femme, il disait qu'elle était en train de lui piquer tout son fric. Il m'a promis cinq mille dollars cash, la moitié avant, l'autre après. Bien sûr, j'ai dit oui. Une journée et demie de voyage pour aller là-bas, une journée pour emballer l'affaire, et basta. C'était de l'argent vite gagné.

L'homme donna ensuite les détails, toutes les informations que Steve Zimmerman lui avait fournies afin qu'il puisse accomplir sa basse besogne.

Puis il parla du choc qu'il avait eu en découvrant le bébé.

— Bon, d'accord, je ne suis pas un saint, mais les bébés, ce n'est pas dans mes cordes.

Il était évident qu'il disait la vérité. Aucun jury ne pourrait ignorer ces bandes.

Tandis qu'ils regardaient les autres vidéos, Ellie observa Michael à la dérobée. Il était adossé à sa chaise en plastique blanc, les mains derrière la tête, les jambes allongées devant lui. Elle pouvait sentir la chaleur qui émanait de son corps, l'odeur de sa peau, et cela ne faisait qu'accroître son malaise. Elle était heureuse que Torres soit là.

Lorsqu'ils eurent fini de visionner les bandes, le district attorney se leva.

— Je n'avais jamais vu ces cassettes auparavant, déclara Ellie.

Torres se tourna vers elle, surpris.

— Ah, bon ? Et qu'en pensez-vous ?

— Radway est convaincant.

— Difficile de trouver plus compromettant, grommela Michael.

— En effet, dit Torres.

— Mais cela ne mènera à rien si vous n'avez pas un dossier soigneusement ficelé. Je ne voudrais pas voir ce Zimmerman sortir libre du tribunal, Torres.

— Je ferai de mon mieux.

— Espérons que ça suffira.

Un silence hostile suivit, que le district attorney finit par briser.

— Nous avons travaillé très dur sur cette affaire, et je crois que nous n'avons négligé aucun détail, inspecteur. Comme vous le savez, la sélection du jury a commencé ce matin, et d'après mon adjoint, il devrait être composé d'honnêtes et sympathiques citoyens.

— Formidable.

— Eh bien, merci de nous avoir accordé un peu de votre temps, inspecteur Callas. Nous vous verrons jeudi au tribunal.

— J'y serai.

De toute évidence, le patron d'Ellie n'avait qu'une hâte : quitter le commissariat et s'éloigner de ce fichu Callas. Elle devinait que les manières directes, voire grossières, de Michael le mettaient mal à l'aise. Torres aimait que les gens avec qui il traitait coopèrent – un mot qu'il utilisait à tout bout de champ. Coopérer et se mettre à la place des autres. Michael ne faisait ni l'un ni l'autre.

— Je peux vous déposer ? demanda Torres en se tournant vers Ellie. Il fait un froid de canard.

Ellie bondit sur l'occasion.

— Oh, merci, mais l'inspecteur Callas a déjà proposé de me raccompagner.

Le regard de Torres se posa sur Michael, puis revint à elle. Il essaya de masquer sa surprise, mais son expression était éloquente.

— Ah, d'accord ! Bon, eh bien, j'y vais. À demain, Ellie.

Après qu'il eut disparu, Ellie attendit un instant dans la petite pièce aux murs blafards, Michael à ses côtés, très calme. Il avait entendu les propos qu'elle avait échangés avec son patron. Il n'était pas stupide, il avait forcément deviné qu'elle avait décliné la proposition de Torres parce qu'elle savait que ce dernier lui ferait des avances. Il avait bien compris qu'elle s'attendait qu'il la raccompagne, non ?

Mais il ne disait pas un mot. Finalement, elle enfila son manteau, prit sa sacoche et sortit de la pièce.

Michael la suivit, ce qui ne fit qu'augmenter sa nervosité. Pourquoi l'embarrassait-il délibérément ? Quel fumier !

— Bonsoir, dit-elle quand ils arrivèrent vers son bureau.

— Bonsoir, répondit-il.

Et ce fut tout.

Ellie sortit du bâtiment. Dehors, l'air glacial lui gifla le visage. Elle enrageait, elle s'en voulait d'avoir si mal jaugé Callas. Comment expliquer sa réaction ? Elle ne comprenait pas cet homme. Elle ne le comprendrait jamais.

Tout en marchant en direction d'Arapahoe Avenue pour y attraper un premier bus, elle réfléchit intensément. Et si tous ses plans n'avaient été qu'une totale perte de temps ?

Elle vit le feu passer au rouge à l'intersection qui menait à Arapahoe Avenue. La file de voitures s'ébranla. Elle se demanda quelle était la fréquence des bus et combien de temps elle devrait poireauter dans le froid si elle venait d'en manquer un.

Soudain, un pick-up noir s'arrêta à ses côtés. La vitre du passager s'abaissa. C'était Michael.

— Montez, dit-il en se penchant vers le siège de droite.

Ellie le regarda, interloquée. À quoi jouait-il ?

— Montez, je vous dis. Il fait froid.

Elle ouvrit la lourde portière et grimpa dans le pick-up. Son esprit oscillait entre la satisfaction et la peur.

— Merci, dit-elle.

Il s'inséra dans la circulation en fixant la rue devant lui.

— Que cherchiez-vous à prouver, tout à l'heure ?

— Torres m'a à la bonne. Un peu trop.

— Ça se voit.

— Dans ce cas, pourquoi avez-vous…

— Je n'aime pas qu'on me mette devant le fait accompli.

— Je voulais juste éviter que Torres me raccompagne.

— Ne me racontez pas d'histoires.

— Je ferais peut-être mieux de prendre le bus, dit-elle sèchement.

— Ça va, Ellie, arrêtez votre cinéma.

— Bon sang, ce que vous pouvez être mufle !

— Il faut bien que je soigne ma réputation, rétorqua-t-il en bifurquant sur Arapahoe Avenue.

— D'accord, je suis désolée, c'était stupide, finit-elle par admettre.

Il ne répondit rien. Elle sentit ses joues s'enflammer et son cœur battre la chamade. Pourquoi donc s'était-il donné la peine de s'arrêter pour la raccompagner ?

Soudain, Callas quitta Arapahoe Avenue et pénétra dans l'un des parkings de l'université, pratiquement vide à cette heure-ci. Il arrêta le pick-up, mais ne coupa pas le moteur. Ellie se figea. Quelle idiote elle faisait ! Comment avait-elle pu laisser ce type l'entraîner dans un endroit presque désert alors que la nuit était déjà tombée ?

— Qu'est-ce que… commença-t-elle d'une voix tendue.

Il se tourna vers elle. Son visage était partiellement éclairé par les lumières de la rue, mais ses yeux restaient dans l'ombre. Instinctivement, elle se blottit contre la portière.

— Ce que je voudrais savoir, dit-il lentement, c'est pourquoi vous faites tout ça. Qu'est-ce que vous cherchez, bon Dieu ?

— Ce que je cherche ?

Sa voix n'était plus qu'un chuchotement, à présent.

— Est-ce que vous faites partie de ces nanas que les uniformes excitent ?

— Je ne...

— Parce que si c'est le cas, si les flics vous excitent, dites-le carrément. Si vous cherchez juste à vous envoyer en l'air, je peux vous dépanner.

Ellie se redressa. Sa peur avait disparu, remplacée par la colère. C'était donc cela ? Michael voulait juste coucher avec elle ?

— Votre instinct légendaire vous trompe complètement, cette fois, inspecteur Callas, dit-elle d'une voix glaciale.

Elle saisit la poignée, ouvrit la portière et descendit.

— Allez vous faire voir ! dit-elle en claquant la portière aussi fort qu'elle le put.

Elle quitta le parking et se dirigea vers les lumières d'Arapahoe Avenue. Son cœur battait à cent à l'heure. Allait-il la suivre ? Avait-elle réveillé ses instincts de tueur ? Elle atteignit le trottoir et pressa le pas pour s'éloigner le plus vite possible de lui, de ses insultes et de ses silences pesants. Elle ne tournerait pas la tête pour voir s'il la suivait, pas question.

Elle attrapa un bus un peu plus loin. Elle s'y sentit en sécurité, entourée de monde. Ces gens étaient des étrangers, mais pas des criminels. Ce n'étaient que des personnes normales qui rentraient chez elles.

Ce ne fut qu'en entrant dans la maison de Marine Street, en entendant les voix familières de ses colocataires, qu'elle comprit qu'elle avait amené Michael Callas exactement là où elle voulait l'amener. Elle aurait pu accepter sa proposition, aller chez lui, voir quelle vie il menait en dehors du commissariat. Après tout, c'était bien ce qu'elle cherchait, non ?

Mais elle avait tout gâché. Elle l'avait là, qui lui mangeait dans la main, et elle l'avait laissé filer. Comment avait-elle pu permettre à son amour-propre de l'emporter sur le but qu'elle s'était fixé ?

Le jeudi matin, le district attorney, ses deux adjoints et Ellie traversèrent le hall du palais de justice pour se rendre à la salle d'audience B. La juge Lorraine Barker présidait, le jury avait prêté serment, et la défense était sur le pied de guerre, même si l'avocat principal de Steve Zimmerman fulminait encore, suite à la décision de la juge d'accepter les témoignages vidéo de Radway.

Ellie était fière et émue que Ben Torres l'ait laissée s'asseoir à la table du ministère public. Elle portait son plus beau tailleur, un ensemble Ann Taylor bleu marine qu'elle avait dégoté pour quinze dollars dans sa solderie préférée.

C'était impressionnant de se trouver à l'avant de la salle d'audience, juste devant l'estrade où siégeait la juge. Sur sa gauche était situé le box du jury. Ellie avait beau être ravie, elle était aussi nerveuse que si elle avait été à la place du district attorney. Elle n'ouvrirait pas la bouche de tout le procès, mais Torres lui avait dit de regarder, d'écouter, de prendre des notes et d'essayer d'interpréter les réactions du jury.

De l'autre côté de l'allée était assis Steve Zimmerman, en compagnie de ses avocats. Ellie ne pouvait s'empêcher de regarder dans sa direction, persuadée que sa répugnance était visible de tous. Zimmerman était un type plutôt séduisant, à la coupe de cheveux impeccable. On avait envie de lui faire immédiatement confiance. Les jurés sauraient-ils voir ce qui se cachait sous cette façade de beau gosse ?

Elle finit par détourner le regard et s'aperçut qu'un bourdonnement nerveux emplissait la salle et que les jurés se tortillaient sur leurs sièges. L'ambiance était électrique, comme dans une compétition automobile, quand on s'apprêtait à donner le signal du départ.

Le premier jour était occupé par diverses motions présentées par la défense, mais c'était surtout le moment où se jouait une lutte subtile pour prendre la pole position. Les déclarations préliminaires étaient faites, et on n'avait prévu d'appeler à la barre qu'un témoin, l'amie de Danielle Zimmerman qui avait téléphoné à la police, quatre ans plus tôt, pour dire qu'elle n'arrivait pas à la joindre.

C'était la routine, mais Ellie ne cessa de prendre des notes et étudia attentivement les jurés. Torres avait réussi à faire sélectionner sept femmes, dont quatre avaient des enfants. On pouvait espérer que celles-ci ne s'arrêteraient pas à la bonne tête de Zimmerman. Ellie était persuadée qu'elles constitueraient un atout de choix dans cette affaire de bébé mort.

Michael était là, bien qu'il ne dût pas témoigner ce jour-là. Ellie l'avait vu pénétrer dans le palais de justice, mais elle était déjà installée à la table du ministère public et n'avait pas pu lui parler. C'était d'ailleurs très bien comme cela. Elle avait besoin de prendre un peu de recul.

Elle avait réfléchi longuement à cette histoire et décidé que s'il lui faisait des avances, elle se jetterait à l'eau. S'il n'était pas trop en colère contre elle, il y avait une chance pour que cela marche.

Elle était bien obligée de reconnaître qu'elle était allée un peu vite en besogne, pour un type aussi soupçonneux que Callas. Oui, elle avait vraiment agi comme une idiote.

À 16 heures, la juge Barker suspendit l'audience, et le public quitta la salle. Ellie craignait de se retrouver nez à nez avec Michael, mais elle ne le vit nulle part.

— OK, fit Torres. Une pause d'un quart d'heure pour tout le monde, et on se retrouve dans la salle de conférences.

Ils discutèrent de la stratégie et des jurés, élaborèrent des questions et réexaminèrent les rapports d'Ellie sur ses séances avec Michael.

— Demain, j'appellerai Callas à la barre, déclara Torres. Il est plutôt bourru, et il risque de devenir mauvais si les avocats de la défense lui sautent à la gorge, ce que je crois qu'ils feront. Mais j'élèverai autant d'objections que possible pour empêcher la défense de trouver son rythme.

— La juge Barker s'énerve quand on soulève trop d'objections, remarqua l'un des procureurs adjoints.

— Je sais, je sais. J'y ferai attention.

Une fois la réunion terminée, Ellie s'empressa de s'éclipser, de peur que Torres ne lui propose une nouvelle fois de la raccompagner.

Dès qu'elle posa le pied dans la maison de Marine Street, ses colocataires la bombardèrent de questions, aucune d'elles n'ayant encore eu l'honneur de s'asseoir à la table de l'accusation.

— Tu as une de ces chances! fit Bonnie.

— J'avoue que c'est assez excitant, reconnut Ellie.

— Tu crois que Torres va gagner? demanda Celeste.

— Je l'espère. En tout cas, les femmes du jury avaient l'air de l'approuver quand il a fait sa déclaration liminaire.

— Il était bon ? demanda Jennifer.

— Excellent, même si je pense qu'il a été un peu long. Il a donné trop de détails. Le jury ne s'en souviendra pas.

— Bon sang, je suis verte de jalousie, soupira Bonnie. Ça doit être tellement génial d'être assise là, au beau milieu de l'action.

— Mais je ne fais rien, dit Ellie. Je veux dire, je n'ouvre pas la bouche.

— Mais tu es là. C'est déjà une chance incroyable.

Ellie s'était préparée à croiser Michael le lendemain matin, étant donné qu'il devait être le premier témoin de l'accusation ce jour-là, mais Torres emmena l'inspecteur dans la salle de conférences dès son arrivée, et Ellie ne le vit que quand il fit son entrée dans la salle d'audience pour prêter serment.

Force lui était de reconnaître qu'il était à son avantage, avec son costume sombre et sa cravate sagement nouée. Ce type était peut-être un violeur et un assassin, mais il était bel homme : grand, musclé, la peau bronzée, des yeux dorés, les cheveux coupés court. C'était l'image même de l'intégrité et du sérieux.

Ben Torres le guida tout le long de son témoignage. Il mit l'accent sur les faits cruciaux, puis en vint à la confession de Radway, qui avait entraîné l'arrestation de Zimmerman.

— C'est vous qui étiez chargé de l'arrêter, inspecteur Callas ?

— Oui, dès que j'ai reçu le mandat d'arrêt du juge Kahn, j'ai pris deux hommes avec moi, et nous nous sommes rendus au restaurant *Panchito's*, sur Pearl Street. M. Zimmerman n'a pas opposé de résistance.

— Merci, inspecteur. C'est tout pour le moment.

L'avocat principal de la défense, un certain Richard Gardner, se leva et s'approcha du témoin.

Il employa toutes les tactiques possibles pour déstabiliser Michael : il le menaça, obligeant Torres à se répandre en objections, il essaya de pousser Michael à se contredire, il tenta de ternir sa réputation, de mettre en doute ses compétences. Mais Michael resta calme, inébranlable.

— Comment avez-vous appris l'existence de ce prétendu tueur à gages, Hugh Radway ? demanda Gardner, qui était nonchalamment accoudé à la rambarde du box du jury.

— C'est Radway qui nous a contactés.

— Vraiment ? fit Gardner d'un ton incrédule.

Michael, toujours impassible, ne répondit rien.

— Vous voulez nous faire croire que ce type vous a appelés de Californie en vous disant : « Hé, c'est moi, le tueur » ?

— C'est effectivement ainsi que les choses se sont passées.

— Tiens donc ! Et j'imagine que vous avez sauté dans le premier avion pour la Californie et que vous en êtes revenu avec sa confession vidéo ?

— Est-ce une question, maître ?

— Non, désolé. J'essaie seulement de retracer clairement le fil des événements, inspecteur. Revenons-en à ce soi-disant tueur à gages. Avez-vous suggéré à cet homme qu'il servirait la justice en se confessant sur son lit de mort ?

— En aucun cas. Je vous le répète, c'est lui qui nous a contactés en disant qu'il était bourrelé de remords et qu'il voulait se confesser.

— Mmm, intéressant. Je n'ai pas eu cette impression en regardant les vidéos. Je n'ai pas entendu de remords chez cet homme...

— Objection, Votre Honneur.

Torres se leva et ajouta en souriant :

— La défense n'interroge pas le témoin, elle pense à voix haute.

— Objection retenue. Mettez vos pensées sous forme de questions, je vous prie, maître Gardner.

— Oui, bien sûr, Votre Honneur.

Gardner se tourna de nouveau vers Michael.

— Permettez-moi d'être plus direct, inspecteur. Avez-vous localisé cet homme mourant, cet homme qui était à l'évidence perturbé par la mort d'une mère et de son enfant, et lui avez-vous suggéré qu'il pourrait servir la justice en livrant un faux témoignage qui incriminerait mon client ?

Ellie vit un nerf frémir dans la mâchoire de Michael. Il inspira profondément et soutint le regard de Gardner. Quand il répondit, sa voix était parfaitement calme.

— Non, maître. Comme je l'ai déjà indiqué, c'est Hugh Radway qui nous a contactés. En fait, nous ne l'avons d'abord pas cru, jusqu'à ce que...

— Contentez-vous de répondre à ma question, coupa Gardner.

Cette fois, ce fut la juge qui intervint.

— J'aimerais bien entendre ce que l'inspecteur a à dire.

Gardner hocha la tête, prit son verre d'eau et but une gorgée.

Michael se détendit. Il se tourna vers les jurés, le visage ouvert, l'air franc.

— En général, quand il s'agit de délits graves, les autorités gardent secrets certains détails, de façon à pouvoir éliminer de la liste des coupables possibles tous les déséquilibrés qui viennent confesser les crimes, quels qu'ils soient. Seuls les vrais coupables connaissent ces détails. Dans le cas de Hugh Radway, nous lui avons demandé de décrire ce que portait Danielle Zimmerman au moment de sa mort.

Michael fit une pause.

— Radway a minutieusement décrit le kimono de la victime, reprit-il. Nous avons immédiatement su qu'il était bien le tueur.

Gardner s'éclaircit la gorge.

— Hugh Radway n'aurait-il pas pu avoir connaissance de ce détail d'une autre façon ? Je veux dire par là, inspecteur, que quatre années se sont écoulées entre le crime et la soi-disant confession du tueur.

— Impossible.

— Permettez-moi d'en douter. Je maintiens que la police, frustrée par cette affaire non résolue, a poussé M. Radway à se confesser et à incriminer mon client...

— Objection ! s'exclama le district attorney, cette fois sans sourire. L'inspecteur Callas a affirmé sous serment que la police n'avait en aucune façon provoqué la confession de Hugh Radway. Votre Honneur...

Mais la juge Barker leva la main et fit signe à Torres et à Gardner de venir près d'elle. L'aparté terminé, Gardner fut autorisé à poursuivre.

— Donc, inspecteur, vous affirmez catégoriquement devant ce tribunal que la police n'est en rien à l'origine de la confession de Radway ?

Michael le fixa et eut un petit sourire.

— C'est ce que j'affirme, maître, sous serment. Je suis désolé si ce n'est pas ce que vous souhaitez entendre, mais c'est la vérité.

Voyant que sa manœuvre avait échoué, Gardner changea de tactique. Il passa au jour où Michael était entré dans l'appartement de Danielle Zimmerman et l'avait trouvée morte. Il tentait de suggérer que le bébé était mort du syndrome de la mort subite du nourrisson avant que sa mère ne soit assassinée.

Michael fixa de nouveau l'avocat et dit d'une voix dangereusement calme :

— Écoutez-moi bien, maître Gardner. La petite Maryanne avait souffert pendant trois jours et était morte de déshydratation. Je l'ai trouvée dans son berceau, habillée d'une robe rose, de petits chaussons blancs aux pieds. Or il me semble que la mort subite du nourrisson...

— Merci, inspecteur, je crois que vous avez répondu à ma question.

— Pas tout à fait, répliqua doucement Michael.

— Votre Honneur, dit Gardner, ce témoin...

— Laissez-le poursuivre, ordonna la juge.

Gardner s'inclina et fit signe à Michael de reprendre.

— Il me semble que la mort subite du nourrisson survient quand le bébé est endormi, or Maryanne était habillée pour la journée. Le rapport d'autopsie a établi qu'elle était morte de déshydratation. Vous avez lu le rapport, n'est-ce pas, maître Gardner ?

— Cela suffit, inspecteur Callas, lança le juge. Maître Gardner, poursuivez.

— Je n'ai plus de questions pour l'instant, Votre Honneur, dit Gardner.

Michael était doué, se dit Ellie. Elle avait vu plusieurs des femmes du jury le regarder intensément, incapables de le quitter des yeux. Et il avait remis Gardner à sa place. Il avait été un témoin extrêmement efficace.

Son dégoût pour quiconque pouvait laisser un bébé mourir, quiconque pouvait souhaiter la mort de son enfant, était palpable. Pourtant, il était peut-être lui-même un tueur, un homme qui avait brutalement violé et étranglé plusieurs jeunes filles. Si c'était bien le cas, comment pouvait-il être si convaincant à la barre des témoins ?

Le juge suspendit l'audience après le témoignage de Michael.

— Réunion dans un quart d'heure, dit Torres.

— D'accord, répondit-elle. Vous avez été excellent, monsieur Torres.

— C'est Callas qui a été bon, répliqua-t-il. Moi, je me suis contenté de lui poser les bonnes questions.

— Je vous vois dans une minute, dit-elle.

Elle venait d'apercevoir Michael, qui s'apprêtait à sortir. Elle le suivit, décidée à lui parler, et le rattrapa juste après le contrôle de sécurité. Il avait enfilé son manteau et cherchait dans sa poche les clés de son pick-up.

— Michael... dit-elle, tout essoufflée.

Elle n'avait pas eu le temps de prendre son manteau, et elle grelottait. Il se retourna et la regarda. Son expression était indéchiffrable.

— Michael...

— Oui ?

— Êtes-vous toujours en colère à cause de l'autre soir ?

— C'est plutôt vous qui sembliez en colère.

— Vous... vous m'avez un peu surprise.

— Mmm.

Elle pencha la tête sur le côté et tenta de sourire.

— Une femme aime bien… Comment dirais-je ? Qu'on lui fasse un peu la cour, vous voyez ?

— Vraiment ?

— Oui. Mais vous aviez raison. Vous me plaisez.

Elle n'en revenait pas de prononcer de telles paroles, de masquer sa répugnance, de flirter avec ce monstre.

Il l'observa un instant, comme s'il pesait le pour et le contre. Le froid était mordant, et elle tremblait, mais ce n'était pas à cause de la température. Elle jouait sa dernière carte. Et s'il n'était pas intéressé ?

— OK, dit-il enfin, en soutenant son regard. Je passe vous chercher samedi matin ?

— Samedi matin ?

— Pour le week-end, répondit-il, sans cesser de la jauger du regard. Ma famille possède un chalet près de Vail. Et prenez vos skis.

Ellie réprima un cri de triomphe. Il avait mordu à l'appât, il était bien ferré, et cette fois-ci, elle n'allait pas le laisser s'échapper. À la guerre comme à la guerre, se dit-elle.

— Un chalet ? Du ski ? Ça a l'air super, dit-elle d'un ton enthousiaste.

7

Alors qu'ils arrivaient au tunnel Eisenhower, Michael changea de vitesse pour doubler un semi-remorque. À presque trois mille quatre cents mètres d'altitude, la chaussée était gelée, malgré le sable répandu par le service d'entretien.

— Ces monstres me rendent nerveuse, avoua Ellie.

Michael mit son clignotant et regagna la voie de droite.

— J'ai l'impression que vous ne conduisez pas souvent.

— Aussi peu que possible. En hiver, en tout cas.

Elle avait grandi à Leadville, se dit-il, une ville coupée de tout ce qui se passait d'intéressant dans le monde, et elle ne conduisait même pas. De la part de cette jeune femme sophistiquée et brillante, c'était étonnant. Michael aurait bien voulu savoir ce qui se passait dans sa tête. Il ne comprenait toujours pas pourquoi elle s'intéressait à lui. Apparemment, elle était même plus qu'intéressée, elle le lui avait dit sans fard. Pourquoi ce changement subit ?

Enfin, elle était là, avec lui, et ils étaient en route pour Vail. Là-bas, ils pourraient oublier le boulot, skier, dîner ensemble et s'envoyer en l'air. Et ce serait tout. Une simple aventure. Il n'y avait pas de quoi en faire tout un plat.

Pourtant, quelque chose le chiffonnait dans cette histoire.

Ellie mit une cassette dans l'autoradio et s'installa confortablement dans son siège tandis qu'ils traversaient le tunnel. Elle semblait à l'aise avec lui, quoique peu bavarde. Mais c'était bien ainsi.

Tandis qu'Enya entonnait une mélodie gaélique prenante, Michael jeta un coup d'œil en coin à Ellie. Elle portait des bottes noires, un jean et un anorak vert fané par-dessus un gros pull irlandais à col roulé. Les boucles de ses cheveux sombres et courts auréolaient ses traits splendides. Il avait remarqué qu'elle avait mis du mascara et du rouge à lèvres. Quand elle souriait, ses dents étincelaient, et il ne pouvait s'empêcher de chercher des yeux cette incisive légèrement de travers.

— Le chalet de votre famille se trouve dans Vail même ?

— Non, quelques kilomètres à l'écart, entre Vail et Minturn.

— Je connais Minturn. De là, il faut prendre la route de Tennessee Pass pour aller à Leadville.

— Exactement.

— Camp Hale se trouve là-bas. Enfin, ce qu'il en reste. Est-ce que vous saviez que le ski dans les Rocheuses a véritablement démarré avec la Seconde Guerre mondiale ? C'est là que s'entraînait la dixième division de chasseurs alpins.

— Bravo, Ellie. On dirait qu'en plus du reste, vous êtes douée en histoire.

— En plus du reste ?

— En plus de vos nombreuses autres qualités.

— Qui sont ?

— Je ne peux pas les énumérer, jeune fille, il y en a trop.

Il sentit ses yeux posés sur lui tandis qu'il entamait l'ascension vers le col de Vail. Peut-être essayait-elle de le jauger, tout comme il tentait de savoir ce qu'elle avait en tête. Mais n'était-ce pas normal, au début d'une relation ? Comme à l'escrime, l'un portait un coup, puis se protégeait, avant de repartir à l'assaut, pendant que l'autre observait chacun de ses gestes et y répondait. Le soir où Ellie avait claqué la portière du pick-up, elle était furieuse contre lui. Mais la veille, brusquement, elle était passée à l'offensive. Et il avait beau réfléchir, il ne s'expliquait pas ce revirement. Une belle jeune femme comme Ellie Kramer, brillante, ouverte et amicale, avec ce rayonnement rare qui émanait d'elle... Pourquoi avait-elle jeté son dévolu sur lui ?

— Mon Dieu, mais Vail est une vraie ville ! dit Ellie.

— C'est vrai. La station s'est beaucoup étendue ces dernières années. Quand ma famille a acheté ce terrain et construit le chalet, on avait l'impression d'être loin de tout. Maintenant, nous sommes contents de ne pas être en ville.

— Votre famille vient souvent ici ?

— Non, pas très.

— Ah, bon ? Pourquoi ? Je veux dire...

Mais Michael n'avait aucune envie de parler de ses parents.

— C'est une longue histoire, coupa-t-il.

Et de nouveau, il sentit son regard sur lui, intrigué, attentif.

Le chalet, une bâtisse de cent cinquante mètres carrés sur deux étages, était la réplique d'un chalet que les parents de Michael avaient vu pendant leur lune de miel. La façade blanche était agrémentée de fenêtres avec des volets ajourés dans le plus pur style suisse, et sur toute la longueur du second étage courait un balcon couleur chocolat.

Michael s'engagea dans l'allée enneigée bordée de sapins, et il se souvint soudain avec une clarté douloureuse d'une bataille de boules de neige qui l'avait opposé à son frère, Paul, sur ce même balcon. Michael avait perdu et s'était précipité dans la maison pour pleurer dans les jupes de sa mère. Il avait six ans. C'était dans une autre vie.

— C'est adorable ! s'exclama Ellie en sautant du pick-up.

Elle enleva ses lunettes noires et battit des paupières, éblouie par l'éclat du soleil qui se reflétait sur la neige.

Michael haussa les épaules et descendit à son tour du véhicule.

— C'est complètement démodé, oui. Cela fait trente ans qu'on n'a rien bâti de semblable dans les Rocheuses.

— Eh bien, moi, je donnerais tout pour avoir une maison comme ça.

Il eut un sourire un peu embarrassé, puis attrapa les sacs et les skis à l'arrière du pick-up.

— Vos skis sont neufs, on dirait, observa-t-il.

— Une de mes colocataires me les a prêtés, répondit-elle.

Elle semblait soudain sur la défensive. Décidément, cette fille n'en finissait pas de l'étonner. Qui donc était-elle ? Quelle Ellie Kramer était la bonne ? Il prit les bagages et se dirigea vers le chalet, Ellie sur ses talons.

— Brrr, fit-elle en pénétrant dans la maison. Y a-t-il un thermostat quelque part pour monter le chauffage ?

— Oui, là-bas, près de la cuisine. Il est probablement réglé sur 13 °C. Comme je vous le disais, personne…

— Je sais, dit-elle en se retournant pour le regarder. Votre famille ne vient pas souvent ici.

— Exact, dit-il, tout en se demandant où poser les bagages.

Quand il venait ici, ce qui ne lui arrivait que quelques fois pendant l'hiver, il dormait dans la chambre qui était la sienne depuis son enfance. Il n'utilisait pas celle de ses parents. Et jamais, au grand jamais, il n'ouvrait la porte de la chambre de Paul.

Il réalisa brusquement qu'il n'avait jamais amené de femme ici auparavant. Non qu'il en ait connu des milliers. D'accord, il avait eu quelques aventures ici et là, mais jamais cela n'avait été très sérieux.

— Une cheminée ! s'exclama-t-elle. Est-ce que je peux faire un feu ? Il y a du bois quelque part ?

— Oui aux deux questions, dit-il en s'assurant que le réfrigérateur et la cuisinière fonctionnaient. La réserve de bois est derrière la maison. J'irai en chercher dans une seconde.

— Non, non, laissez-moi faire. Je n'ai jamais eu de cheminée, Michael, s'il vous plaît !

— Euh… bien sûr, allez-y.

Le coupe-circuit de la cuisinière avait disjoncté. Michael se dirigea vers le compteur électrique pour le remettre en marche, tandis qu'Ellie allait chercher du bois.

— Oh, j'ai aussi besoin de journaux. Zut, il n'y en a sûrement pas. Vous avez des allumettes ?

— Une seconde, je vais voir ce que je peux trouver.

Finalement, il s'assit sur le canapé poussiéreux, les mains derrière la nuque, et regarda Ellie préparer son feu. Elle n'avait aucune idée de la façon dont il fallait s'y prendre, ce qui lui procura un moment de joie enfantine. Enfin quelque chose qu'elle ne savait pas faire.

— En arrangeant le bois de cette façon, vous n'y arriverez jamais, dit-il après quelques minutes.

Elle se redressa et essuya ses mains sur ses cuisses joliment galbées.

— Comment dois-je faire, alors ?

— Attendez, je vais...

— Non, c'est moi qui m'en occupe.

— D'accord. Eh bien, le moyen le plus simple est d'arranger les morceaux de bois en forme de tipi... Oui, comme ça, parfait. Ensuite, enflammez le papier...

Elle finit par réussir à allumer un feu, et la pièce commença à se réchauffer. Puis elle vint s'asseoir à côté de lui sur le canapé, les jambes repliées sous elle, et sourit triomphalement.

— J'y suis arrivée. Une autre première. Vous ne trouvez pas que la vie n'est qu'une longue suite de premières ?

— Pour être franc, je n'y ai jamais réfléchi.

Elle posa sa tête contre le dossier et l'observa. Un rayon de soleil hivernal caressait sa chevelure et faisait étinceler ses yeux. Encore une minute, et il allait se noyer dedans.

— On n'en finit jamais d'apprendre, dans la vie. Même s'il ne s'agit que de petites choses, comme faire du feu. Nos ancêtres étaient plus doués que nous.

— Seulement parce que la foudre leur a montré comment faire.

Elle haussa les sourcils.

— Vous êtes plutôt cynique, n'est-ce pas ? Est-ce que tout le monde est cynique dans votre famille, Michael ?

— Aucune idée.

— Monsieur est mystérieux. Peut-être n'avez-vous même pas de parents, après tout.

— Exactement. Je suis tombé du ciel un beau jour, comme ça.

— Ah, ah !

— Et vous, Ellie ? D'où sortez-vous ?

— Je vous l'ai déjà dit, je suis une fille de Leadville. Ma mère vit toujours là-bas.

— Et votre père ?

Une ombre passa sur le visage de la jeune femme.

— Il est mort il y a quelques années.

— Désolé, Ellie. Je l'ignorais.

— Comment auriez-vous pu le savoir ?

— Il a dû mourir jeune.

— Oui.

— Accident ? Maladie ?

Elle se ressaisit.

— Hé, du calme. On dirait un interrogatoire. Nous ne sommes pas au commissariat, Michael.

Il haussa les épaules, sans la quitter des yeux.

— Que voulez-vous ? Les habitudes ont la vie dure.

Mais la curiosité le dévorait. Qui diable était cette fille ? Elle pouvait être douce et radieuse, et en une seconde, devenir méfiante et distante. Elle était également ambitieuse et passionnée – il le devinait à cette flamme intérieure que ne pouvait masquer son sourire avenant. Plus il la côtoyait, plus il avait envie de peler ces couches successives et de découvrir la véritable Ellie. Cette envie était même en train de virer à l'obsession. Mais il y avait pire :

il avait bien peur d'être en train de tomber amoureux d'elle.

— Qu'y a-t-il ? demanda-t-elle.

— Pardon ?

— Vous semblez perdu dans vos pensées.

Il se leva brusquement, en évitant son regard.

— Je me disais qu'on ferait mieux d'aller sur les pistes.

— Ah, oui, bien sûr !

Elle se leva à son tour.

— Où puis-je me changer ?

Il n'hésita pas.

— Ma chambre est à l'étage, dernière porte à droite. Allez-y, je vais m'occuper du coupe-circuit de la cuisinière.

— Je croyais que vous vous en étiez déjà occupé.

— Ça a encore sauté. Allez-y.

Il la regarda monter l'escalier et écouta craquer le parquet sous ses pas, au premier étage. Puis il s'assit un moment sur l'accoudoir du canapé et se força à respirer calmement. Jamais aucune femme ne l'avait autant ébranlé. Ellie le rendait fou. Et il n'avait vraiment pas besoin de cela.

Michael fit la queue pour acheter les forfaits de demi-journée, pendant qu'Ellie l'attendait un peu plus loin, avec les skis. Elle avait belle allure, dans sa combinaison rouge vif, et il se demanda si elle l'avait empruntée à une de ses colocataires, comme ses skis. En tout cas, elle lui allait si bien qu'elle semblait avoir été taillée sur elle.

Intéressant, songea-t-il tandis qu'il arrivait au guichet.

— Deux forfaits de demi-journée, dit-il en tendant sa carte de crédit.

Il venait de découvrir une autre pièce du puzzle : Ellie était pauvre. Il aurait pu le deviner, lorsqu'elle lui avait expliqué qu'elle faisait une pause d'un an dans ses études pour travailler. Et il savait aussi qu'elle ne possédait pas de voiture. Pourtant, cela ne lui avait pas mis la puce à l'oreille. Ellie était toujours bien habillée, elle avait une élégance innée. Elle ne respirait pas la pauvreté.

Il lui donna un forfait et accrocha le sien à son anorak.

— Par où commence-t-on ? demanda-t-il.

— Oh, je vous laisse décider, dit-elle gaiement.

— OK. Essayons Riva Ridge, pour nous échauffer.

— D'accord.

Ils marchèrent dans Vail, leurs skis sur l'épaule. Le centre de la station était interdit aux voitures. Au-dessus d'eux se dressait la montagne, striée de télésièges et parsemée sur son flanc de skieurs qui paraissaient aussi minuscules que des fourmis.

— C'est joli, ici, dit Ellie.

— Vous n'étiez jamais venue avant ?

— Non.

— Jamais mis les pieds à Vail ?

— Ni à Vail, ni à Crested Butte, ni à Steamboat Springs.

— Mais vous avez grandi à Leadville, c'est la porte à côté.

— C'est-à-dire que ma mère et moi étions un peu gênées aux entournures, expliqua-t-elle en souriant. Le ski est un sport de riches.

Tandis qu'ils poursuivaient leur chemin, Michael essaya de nouveau d'assembler les pièces du puzzle. Ellie avait eu une enfance pauvre, et elle n'était jamais venue à Vail. Pourtant elle avait l'air tellement sophistiquée, la veille, au tribunal. Elle portait un tailleur élégant, même un homme comme lui pouvait le remarquer. Décidément, les paradoxes s'enchaînaient. Il fallait vraiment qu'il trouve la clé qui lui permettrait de résoudre l'énigme, de donner une logique à tout cela.

— Vous avez réglé vos fixations ?

Elle le regarda, interloquée.

— Laissez-moi faire. Essayez un ski.

Ellie engagea la chaussure, et la fixation fit un clic rassurant. Elle sourit.

— Jennifer m'avait bien dit que ça irait.

— Jennifer ?

— L'une de mes colocataires.

— Elle fait la même pointure que vous ?

— Presque.

— C'est pratique.

Il chaussa ses skis, une nouvelle paire de Salomon qu'il avait achetée à l'automne, et l'entraîna vers le télésiège de Vista Bahn. Ils attendirent leur tour, se mirent en place et s'élevèrent dans les airs.

— J'ai réussi ! s'exclama Ellie, les joues rosies par le froid.

— Réussi quoi ?

— À prendre le télésiège sans tomber.

— Bon début.

Une fois en haut, ils se dirigèrent vers Riva Ridge, une piste de difficulté moyenne. Toute personne née dans le Colorado pouvait descendre une piste de ce genre, se dit-il.

Ellie essaya de le suivre. Mais lorsqu'il s'arrêta, il la vit tout en haut, en train de lutter avec ses skis.

— Vous allez tellement vite ! souffla-t-elle quand elle le rejoignit.

— Pas tant que ça. Vous, en tout cas, vous ne faites pas d'excès de vitesse.

— Je suis presque débutante. À l'école, nous avons fait quelques sorties de ski. J'y ai appris le peu que je sais.

— Je vois.

— Ça va, j'ai compris. Vous mourez d'envie de filer et de dévaler les pistes noires à cent à l'heure.

— Ce n'est pas du tout ce que je voulais dire !

— Dans ce cas, vous allez devoir m'attendre. Si vous tenez à skier avec moi.

— C'est moi qui vous ai invitée, donc vous allez être obligée de me supporter.

— Vous voulez dire que c'est vous qui allez devoir me supporter.

Il l'emmena sur une piste verte, celle sur laquelle les enfants s'entraînaient, et lui donna quelques conseils. Elle avait de bons skis, et elle apprenait vite.

— OK, maintenant, tournez, dit-il en descendant en chasse-neige à ses côtés. Transférez votre poids sur l'autre ski... Oui, comme ça.

— C'est génial ! dit-elle avec un grand sourire.

Ses joues étaient rouges, et elle était tout essoufflée.

— Plantez votre bâton droit, pivotez, regardez vers la pente... et tournez. Bien.

— C'est plutôt facile, dit-elle. On essaie une autre piste ?

Ils empruntèrent un nouveau télésiège, qui les emmena au sommet de pistes faciles qu'elle descendit très bien. Elle prenait rapidement confiance en elle. Michael n'arrivait toujours pas à croire qu'elle ne sût pas skier. Les enfants du Colorado apprenaient à skier dès qu'ils savaient marcher ! Mais, à sa grande surprise, il prenait plaisir à regarder Ellie s'améliorer et s'amuser.

À un moment, elle insista pour qu'ils prennent un mur de bosses. Mais elle perdit le contrôle, ses skis partirent en avant, et elle se retrouva les quatre fers en l'air. En un instant, il fut à ses côtés.

— Ellie, ça va ?

Elle était allongée, les jambes écartées, un seul ski aux pieds, sa combinaison rouge pleine de neige, son bonnet et ses lunettes de travers.

— Ellie ?

— Mon Dieu, souffla-t-elle.

— Ça va ?

— J'ai cru que j'allais mourir.

— Vous avez mal quelque part ?

— Pas de bobo, dit-elle en riant.

Il lui tendit la main et l'aida à se relever et à rechausser ses skis.

— On la refait, déclara-t-elle en balayant la neige de sa combinaison.

— Vous êtes tenace, hein ?

— Ma mère dit que je suis têtue comme une mule.

Elle refusa d'abandonner, et ils skièrent jusqu'à la fermeture des remontées mécaniques. Elle tomba encore quelques fois, mais elle apprenait. Lorsqu'ils reprirent la route du chalet, il faisait déjà presque nuit.

— Je suis crevée, dit-elle en s'adossant à son siège.

— Vous auriez dû garder un peu d'énergie pour demain.

Elle répondit par un grommellement.

— Vous vous êtes bien débrouillée.

— Je n'ai pas arrêté de tomber.

— C'est le meilleur moyen d'apprendre à skier.

— D'où tenez-vous cela ?

— Demandez à n'importe quel skieur.

— Ben voyons.

Elle bâilla avec un naturel confondant, peu soucieuse de l'image qu'elle pouvait donner. Un vrai caméléon, pensa-t-il, capable de changer de couleur pour s'adapter à son environnement.

— Si vous avez le courage de prendre une douche et de vous changer, je vous emmène au restaurant.

— Au restaurant ?

— Vous ne pensiez tout de même pas que j'allais faire la popote ?

— Je ne pense rien, je vous suis. Et la cuisine n'est pas non plus mon fort.

Elle garda le silence pendant quelques instants, puis se redressa et se tourna vers lui.

— Merci pour cette journée merveilleuse, dit-elle d'une voix douce.

Michael garda les yeux fixés sur la route, sans répondre. Il était trop troublé pour prononcer le moindre mot.

Ils dînèrent dans un nouveau restaurant de Vail, décoré dans le style des années soixante-dix.

— Je meurs d'envie de manger un bon steak. Et peut-être aussi du crabe. À moins que je ne prenne du saumon à la place de la viande, avait dit Ellie après s'être douchée.

Puis, pendant que Michael se douchait, se rasait et se changeait, elle s'était endormie sur le canapé du salon, devant le feu qu'il avait allumé d'une main experte.

Il n'avait pas voulu la réveiller. Il était resté debout devant elle, vêtu d'un jean et d'un pull à col roulé, et l'avait regardée dormir, incapable de résister au plaisir de la dévorer des yeux.

Au restaurant, elle déclara qu'elle allait finalement prendre un steak et du crabe, puis elle le regarda par-dessus son menu.

— Vous allez penser que je n'ai aucune manière, je commande les trucs les plus chers. Laissez-moi régler l'addition. Comme cela, je ne me sentirai pas coupable.

Il secoua la tête.

— Je prends la même chose que vous, alors ne vous faites pas de souci.

— Mais vous avez déjà payé les forfaits.

— Vous m'offrirez le petit-déjeuner.

— C'est-à-dire…

— On ne vous a pas appris que les hommes détestaient qu'on pinaille sur les additions ?

Elle enleva ses lunettes et inclina la tête.

— D'accord. Le petit-déjeuner sera pour moi.

— Ça marche.

Ils n'avaient déjeuné ni l'un ni l'autre, et ils mangèrent avec appétit. Ellie avait vraiment un bon coup de fourchette, constata Michael. Elle commanda même un dessert, qu'ils partagèrent. Puis elle se rejeta en arrière, se tapota le ventre et sourit.

— Cette fois, je suis rassasiée.

— Un cognac ?

— Non, merci. Mais je prendrais bien un café.

— Bonne idée.

Michael fit signe à la serveuse et commanda deux décaféinés.

— Dites-moi, reprit Ellie après un silence, pourquoi êtes-vous devenu policier ?

Il n'allait pas lui dire que c'était à cause de l'automobiliste soûl qui avait tué son frère. Il lui donna donc sa version standard.

— Quand j'étais gosse, un de mes amis a été tué par un type qui avait été arrêté quatre fois pour conduite en état d'ivresse et qui n'avait même pas son permis. C'est à ce moment-là que j'ai décidé d'être flic. Le moindre type qui crachait sur un trottoir, j'avais envie de l'envoyer derrière les barreaux.

— Et vous avez fait des études de criminologie ?

— Oui, à Colorado University.

— Je l'ignorais.

— Comment auriez-vous pu le savoir ?

Elle tressaillit, puis sourit.

— C'est vrai, c'était stupide de dire ça. Et vous étiez un étudiant modèle ?

Michael partit d'un grand éclat de rire.

— Pas vraiment. Je crois que pendant mes deux premières années de fac, j'ai un peu perdu de vue mon objectif. Mais pour ce qui est de faire la fête, j'ai obtenu mon diplôme haut la main.

— Et vos parents ne vous ont pas enguirlandé ?

— Ils s'en foutaient. Ils étaient divorcés depuis plusieurs années, et de toute façon, je ne les voyais pas beaucoup.

— Ça a dû être dur pour vous, le divorce de vos parents, non ?

Son expression, le ton de sa voix étaient naturels, mais son instinct lui disait que cette question n'était pas qu'une interrogation banale. Que cherchait-elle à savoir ? Bon sang, quelle pièce du puzzle lui manquait ?

— Tous les enfants dégustent quand leurs parents divorcent, répondit-il, évasif.

Elle le fixait attentivement.

— Et si je comprends bien, après ces deux années, vous vous êtes mis à étudier pour de bon. Vous faisiez du sport, à la fac ?

— Un peu d'athlétisme, oui. Mais parlons un peu de vous, Ellie. Qu'est-ce qui vous a fait choisir le droit ?

Mais elle lui répondit par une boutade, en disant que c'était le droit qui l'avait choisie. Du Ellie Kramer tout craché.

Après le dîner, ils se promenèrent dans le centre-ville. C'était une nuit très froide. Leur haleine s'échappait de leurs bouches en volutes qui semblaient se figer et rester suspendues dans l'air. Pourtant, il y avait foule. Les rues étaient pleines de gens qui sortaient des bars ou entraient dans les boîtes de nuit. Mais Michael ne pensait qu'à une chose : se retrouver seul avec Ellie. Le désir le tenaillait. Mais était-ce réciproque ? Il l'espérait. Après tout, elle avait accepté de l'accompagner à Vail, elle n'avait pas caché qu'elle recherchait une aventure. Eh bien, l'heure était venue.

— On rentre ? demanda-t-il, alors qu'ils faisaient du lèche-vitrines.

— Bonne idée. Pour être franche, je ne sens plus mes jambes.

Michael n'avait rien prémédité, mais lorsqu'il ouvrit la porte du chalet et qu'il fit un pas de côté pour la laisser entrer, il sut qu'il la voulait, là, maintenant. Il referma la porte du pied et la prit par le bras.

— Viens, dit-il d'une voix un peu rauque.

Et il se pencha vers elle. Il l'embrassa d'abord doucement, goûtant ses lèvres, les explorant. Elles étaient délicieusement froides, mais elles ne tardèrent pas à se réchauffer sous les siennes. Il la serra plus fort contre lui, et leur baiser se fit plus ardent.

— Viens, dit-il de nouveau, et il l'entraîna dans l'escalier.

Une fois dans la chambre, il se plaça derrière elle, lui leva les bras et lui enleva son pull. Puis il caressa doucement ses épaules et déposa un baiser sur sa nuque. La tête penchée en avant, elle inspira profondément. Michael crut que son cœur allait exploser.

Avec une lenteur infinie, enivré par le parfum de sa peau, il fit glisser les bretelles de son soutien-gorge et le dégrafa. Il ne se souvenait pas d'avoir jamais fait l'amour si lentement à une femme. Et il savait qu'il n'oublierait jamais ces moments.

Lorsqu'il la fit enfin pivoter vers lui, il sentit que son cœur battait la chamade. Il baissa les yeux vers sa poitrine, qui se soulevait au rythme de sa respiration haletante. Elle avait des seins magnifiques, pas très gros mais parfaits.

Il la regarda droit dans les yeux, tout en caressant tendrement un de ses seins à la peau soyeuse. Mais quelques secondes plus tard, alors qu'il s'apprêtait à l'embrasser, il remarqua qu'elle avait la chair de poule.

— Tu as froid, murmura-t-il. Viens dans le lit.

Elle s'écarta légèrement de lui, hocha la tête et finit de se déshabiller. Puis elle se glissa sous la couette, si vite qu'il en fut surpris. Il ne l'aurait pas crue si timide.

Il se débarrassa à son tour de ses vêtements et la rejoignit dans le lit. Il la désirait tellement qu'il aurait voulu la pénétrer dans l'instant, mais il s'obligea à se maîtriser. Tandis que ses mains parcouraient son corps, il l'embrassa, d'abord avec retenue, puis, submergé par le désir, avec une fougue qu'il ne pouvait contrôler.

Ellie tremblait toujours.

Il souleva la tête, hors d'haleine. Quelque chose clochait.

— Tu as encore froid ?
— Je… Non.
— Tu veux que je mette un préservatif ?
— Non, ça va, murmura-t-elle d'une voix presque inaudible.
— Ellie, qu'est-ce qu'il y a ?
— Rien, rien, je t'assure.

Cette fois, ce fut elle qui l'embrassa, avec une ardeur qui le surprit. Et quand elle prit sa tête entre ses mains pour faire descendre son visage jusqu'à ses seins, il oublia son tremblement et ces moments d'embarras fugace. Il n'y eut plus que les battements effrénés de son cœur contre ses tympans.

Il lui fit lentement l'amour, jusqu'au point de non-retour. Les mains d'Ellie caressaient ses cheveux, ses épaules ; ses doigts se crispaient et se relâchaient, de plus en plus rapidement. Puis elle gémit, murmura : « Mon Dieu, mon Dieu » et s'agrippa à lui, tandis qu'un spasme violent secouait son corps tout entier. Et il se perdit lui aussi, se noya dans l'agonie sublime de l'orgasme.

Plus tard, il roula sur le dos, et Ellie posa la tête sur son torse. Il finit par s'assoupir. Mais, au milieu de la nuit, il se réveilla et s'aperçut qu'elle tremblait de nouveau. Il crut même qu'elle sanglotait.

Il se réveilla à l'aube et sentit la douce chaleur de son corps contre le sien. Il déposa un baiser sur son front, en essayant de se convaincre qu'il avait imaginé ses pleurs, qu'ils n'étaient qu'un rêve.

Mais quand les premiers rayons du soleil éclairèrent son visage, il vit que ses joues étaient striées de larmes séchées.

8

Le lundi, Michael se leva tôt, en se demandant ce que les avocats de Zimmerman lui réservaient. Il se doucha, se rasa, enfila un costume en laine bleu sombre et une chemise blanche bien repassée, avant de nouer une cravate autour de son cou. Puis, tandis qu'il préparait son petit-déjeuner – œufs brouillés et café –, il songea à Ellie, au baiser tendre qu'elle lui avait donné quand il l'avait ramenée chez elle, à ce week-end de ski fabuleux... La sonnerie du téléphone le tira brutalement de ses rêveries. Il regarda sa montre. Il était 7 h 15. Qui pouvait l'appeler à une heure aussi matinale ?

Quand il décrocha et que son correspondant se présenta, il oublia tout, le procès, le ski, et même Ellie. C'était le chef de la police de la ville mexicaine où Finn Rasmussen avait passé ses vacances. Michael avait essayé de le joindre une demi-douzaine de fois, sans succès.

L'anglais du Mexicain était passable, certainement meilleur, en tout cas, que l'espagnol de Michael. Mais cela n'avait pas beaucoup d'importance. Michael n'avait pas besoin de connaître tous les détails. Une jeune fille avait bien été violée et étranglée à San Jose del Cabo, pendant le congé de Thanksgiving, et on avait arrêté un suspect.

— Le foulard de l'homme a servi à étrangler la *chica*, dit le Mexicain. Pourquoi donc vous intéressez-vous à ce crime ?

Michael mentit. Il n'aurait plus manqué que cet homme contacte la police de Boulder ! Il dit au policier que ce crime ne semblait pas correspondre à ce qu'il recherchait et le remercia.

Après avoir raccroché, il resta figé au milieu de son salon. La colère bouillait en lui. Encore une jeune fille violée et assassinée. Encore un innocent emprisonné. Il avait envie de hurler.

Quand il arriva au palais de justice, le hurlement intérieur ne s'était pas tu. Mais il fallait absolument qu'il se concentre sur le procès et son témoignage. Il relégua Rasmussen dans un coin sombre de son cerveau et s'efforça de penser à Ellie. Ellie... Il devait la voir dans quelques minutes. Il espérait qu'elle lui décocherait un de ses sourires lumineux – il en avait bien besoin.

À l'entrée du palais de justice, il dut passer sous le portique du détecteur de métaux, même si les vigiles le connaissaient depuis des années. Puis il rejoignit Ben Torres dans son bureau.

— Ça se passe bien, déclara le district attorney. Très bien, même. Je pense que Gardner va en finir avec vous aujourd'hui. Je l'espère, en tout cas. Je voudrais passer à d'autres témoins. Je garde la projection des vidéos pour la fin. Je veux laisser le jury sur le souvenir de la confession de Radway juste avant la plaidoirie de la défense.

— C'est ce que je m'étais dit.

— Vous voulez un café ?

— Non, merci.

— Dans ce cas, allons-y.

La séance débuta à 9 heures tapantes. Ce ne fut qu'après s'être installé à la barre des témoins que Michael aperçut Ellie. Elle était assise entre les deux procureurs adjoints, une femme noire et un homme d'origine asiatique, mais il ne vit qu'elle. Leurs regards se croisèrent brièvement. Un sourire infinitésimal se dessina sur les lèvres d'Ellie et s'évanouit aussitôt. Michael eut bien du mal à chasser les images qui lui venaient à l'esprit : son corps nu, sa bouche, ses mains. Ses sanglots.

Pour ce troisième jour d'audience, Gardner avait passé la main à l'un de ses collègues, un jeune avocat noir vêtu d'un costume qui avait dû coûter une fortune. Il s'appelait Louis Parks. Il s'approcha de Michael, très sûr de lui.

— Bonjour, inspecteur Callas.

Michael hocha la tête en guise de salut.

— J'ai quelques questions à vous poser, juste pour éclaircir certains points.

— Je vous écoute.

— Le tribunal a entendu votre déposition, vendredi, au sujet de la confession du soi-disant tueur. Je voudrais simplement revenir sur ce pauvre M. Radway et ses remords.

— Allez-y, maître.

— Est-ce que quelqu'un au sein de la police de Boulder, vous ou un autre policier, connaissait ce Radway ou avait entendu parler de lui ?

— Non.

— Saviez-vous qu'il avait un casier judiciaire en Californie, en Oregon et en Arizona ?

— On a vérifié après qu'il nous a appelés. Ce n'est qu'à ce moment-là que nous l'avons su.

— Cet homme a été emprisonné à quatre reprises en douze ans. Il a été plusieurs fois reconnu coupable de vol à main armée et de fraude.

— C'est exact.

— Si l'on en croit votre déposition, Hugh Radway est un meurtrier qui s'est confessé de son propre chef.

— Oui, maître.

— Et malgré son passé, le district attorney et la police ont cru toute son histoire sans sourciller ?

— Oui, maître, absolument.

— Pourquoi, inspecteur ? Il n'y avait pas un gramme d'honnêteté chez cet homme.

— Parce que sa confession était authentique.

Parks écarta les bras et fronça les sourcils.

— Vous voulez dire que vous, un inspecteur expérimenté, vous avez cru sa confession ?

— Oui.

— L'inspecteur Callas a répondu à votre question. Poursuivez, maître Parks, intervint la juge.

— Passons aux pièces à conviction.

Parks s'interrompit, se tourna vers le jury et sourit.

— Cela va aller vite, mesdames et messieurs. Il n'y en a pas.

— Objection ! dit Torres.

— Gardez vos opinions pour vous, maître, dit la juge. Continuez.

— Bien. En arrivant à l'appartement de Danielle Zimmerman, inspecteur, vous l'avez trouvée morte, tuée par une balle de calibre 22. Une balle qui ne correspond à aucune des armes répertoriées dans vos fichiers ou dans ceux du FBI. Est-ce exact ?

— Oui.

— Pas de douille ?

— Non. Radway a dit qu'il l'avait récupérée.

— Avez-vous jamais remis la main dessus ?

— Non, il l'avait jetée.

— Avez-vous retrouvé l'arme du crime ?

— Non. Radway s'en était débarrassé chez un prêteur sur gages après le meurtre.

— Pas de douille, pas d'arme. D'autres indices ?

— Pas grand-chose. Radway portait des gants et des chaussures à semelle lisse.

— Aucun indice, donc.

Parks marqua une pause théâtrale.

— Poursuivons. Avez-vous retrouvé la trace de l'argent que M. Zimmerman aurait soi-disant versé à Radway ?

— C'était de l'argent liquide, qui provenait de la caisse du restaurant de M. Zimmerman. Il était impossible d'en retrouver la trace.

— Rien ne prouve donc que M. Zimmerman ait réellement payé quoi que ce soit à quiconque.

— Il y a la confession de Radway.

— Ah, la fameuse confession !

— Oui, la confession, répéta Michael d'une voix paisible, tandis que son regard se portait sur Zimmerman.

— Avez-vous jamais obtenu la preuve que Radway avait reçu l'argent ? Un dépôt sur son compte ? Une nouvelle voiture ?

— Non. Ce n'est pas le genre de salaire que vous déposez sur votre compte courant, répliqua sèchement Michael.

Parks s'éclaircit la gorge.

— Résumons-nous, si vous le voulez bien. Voici ce que nous avons : un membre respecté de la communauté de Boulder, à la réputation sans tache, qui se retrouve arrêté et jugé pour un crime que quelqu'un d'autre a commis et dans lequel rien ne prouve qu'il soit lui-même impliqué.

— Il y a la confession de Radway, répéta Michael.

— Eh oui, toute l'accusation repose sur la soi-disant confession d'un criminel, criminel qui a sans aucun doute été influencé par la police, forcé à...

— Objection ! aboya Torres en se levant.

Parks leva la main.

— Je retire mes propos, Votre Honneur.

Il essaya ensuite une nouvelle fois de pousser Michael à admettre que Radway avait menti. Mais l'argument n'était guère convaincant, et Parks finit par libérer Michael juste avant la pause du déjeuner.

— Bon boulot, Callas ! dit Torres en lui donnant une tape dans le dos. Vous vous joignez à nous pour le déjeuner ? On a commandé des sandwiches.

Michael accepta, mais uniquement pour voir Ellie. En d'autres circonstances, il aurait préféré se crever un œil plutôt que de déjeuner avec le district attorney.

Ellie s'assit à côté de lui autour de la grande table de la salle de conférences, tandis que Torres sortait les sandwiches d'un grand sac en papier. C'étaient des sandwiches de gourmet, avec pistou, huile d'olive, tomates séchées et guacamole.

— Tu as été très bon, ce matin, dit Ellie.

Michael haussa les épaules.

— Question d'expérience. Ce n'est pas ma première déposition.

Assis en face d'eux, Torres parlait du prochain témoin à charge, le médecin légiste qui avait procédé à l'autopsie de Danielle Zimmerman. Le procureur adjoint Gerald Shan était chargé de l'interroger, et ils passaient en revue la liste des points à soulever.

Ellie baissa la voix.

— Je voulais te remercier une nouvelle fois pour ce week-end. Je suis tellement courbaturée que je ne peux plus m'asseoir.

Elle se rendit compte de l'ambiguïté de ses propos et rougit.

— Le ski, précisa-t-elle.

— Ah, oui, le ski ! fit Michael en esquissant un sourire.

— J'aimerais bien qu'on remette ça. Je commence tout juste à me débrouiller sur des skis.

— Pas de problème. Comme je te l'ai dit, le chalet est libre presque tout le temps.

Michael l'observa tandis qu'elle mordait dans son sandwich. Elle était si belle, avec ce tailleur noir et ce chemisier vert pâle qui mettait en valeur son cou, ce cou si délicat qu'il avait embrassé dans la pénombre.

— Arrête de me regarder comme ça, chuchota-t-elle.

— Désolé.

Il prit une bouchée de son sandwich et but une gorgée de soda.

— Tu veux venir chez moi ce soir ? Je cuisinerai, pour une fois.

Une étincelle s'alluma dans ses yeux sombres.

— Tu m'invites dans ton sanctuaire ?

— Oui.

— Alors, j'accepte volontiers.

— Je passe te prendre à quelle heure ?

— On devrait en avoir terminé vers 17 h 30.

— OK. Je t'attendrai sur le parking.

Il finit son sandwich rapidement, remercia Torres, qui était toujours plongé dans sa discussion avec Shan, et quitta la pièce.

À 17 h 30, Michael était sur le parking du palais de justice. Il s'était arrêté en route pour acheter des steaks, des pommes de terre et de la salade. Il avait aussi pris une bonne bouteille de vin rouge, du merlot. Ce n'était pas tous les jours qu'il invitait une femme à dîner chez lui.

Ellie sortit du bâtiment, sa sacoche serrée contre elle. Elle portait son long manteau noir et une écharpe rouge, et elle avait troqué ses escarpins contre des bottes en cuir noir.

Il descendit du pick-up et lui ouvrit la portière.

— Salut, dit-elle en souriant. Je suis en retard ?

— Non. Je viens juste d'arriver.

Il l'aida à grimper dans le pick-up et remarqua que ses mains étaient glacées, comme d'habitude. Lorsqu'il reprit sa place au volant, Ellie était en train de fouiller dans les sacs de courses.

— Du vin, dit-elle. Chouette ! Et de la viande. Bonne idée.

— Je ne cuisine pas beaucoup, mais je suis capable de faire cuire des steaks.

— Alors, où est ton chalet ?

— Plus haut, sur Canyon Boulevard. À quelques kilomètres de la ville.

— Je suis impatiente de voir ça. Tu l'as entièrement construit de tes mains ?

— Oui.

— Et il y a l'eau chaude ? Les W-C ne sont pas à l'extérieur ?

— La plomberie est installée, une des salles de bains est terminée, et j'ai commencé l'autre. Je la finirai un de ces jours.

— Comment trouves-tu le temps de faire tout ça ?

— Je m'y mets dès que j'ai un moment de libre. Le week-end, le soir, pendant les vacances… Mais assez parlé de moi. Comment s'est passé le témoignage du médecin légiste ?

— Très bien. Les avocats de Zimmerman ont exposé leur théorie bidon sur la mort subite du nourrisson, mais ils n'ont pas réussi à le déstabiliser.

— Je connais le docteur Sanders, c'est un type bien. Il est très compétent.

— As-tu déjà assisté à une autopsie ?

— Oui, plus d'une fois. J'étais d'ailleurs là pour celle de Danielle Zimmerman.

— Mon Dieu ! Ce devait être atroce, non ?

— Disons qu'il y a plus plaisant comme spectacle.

— Arrête, ne m'en dis pas plus.

— Au fait, est-ce que Torres va utiliser l'homme à qui Zimmerman avait demandé s'il connaissait un tueur à gages ?

— Bonne question. Je ne connais pas les intentions de Torres, mais une chose est sûre : ce type fera tout pour ne pas être appelé à la barre. C'est un homme d'affaires, tu sais. Ce serait plutôt compromettant pour lui.

— Oui, j'imagine.

— Je crois que Torres est plutôt satisfait de la façon dont les choses se passent. Tu devrais voir la tête des femmes du jury chaque fois qu'on mentionne le bébé. Et les photos de l'autopsie, aujourd'hui…

Elle s'interrompit brusquement, et il lui jeta un coup d'œil. Il était contrarié qu'elle ait vu ces photos, contrarié qu'elle travaille sur cette affaire sordide. Pourquoi diable voulait-elle être avocate ? Pourquoi souhaitait-elle défendre des criminels ?

Ils roulèrent en silence pendant quelque temps. Bientôt, ils quittèrent la ville et commencèrent leur ascension sur Canyon Boulevard. C'était l'heure où beaucoup de banlieusards rentraient chez eux, et la circulation était dense.

— On arrive, annonça soudain Michael.

Il tourna à gauche et emprunta un pont de bois étroit – pont qu'il avait construit de ses mains, comme le reste. Puis il remonta l'allée qui menait au chalet et appuya sur la télécommande pour ouvrir la porte du garage.

— Une porte automatique ! La classe, fit Ellie.

Ils entrèrent directement par la cuisine. Michael alluma la lumière et posa les sacs de courses sur la table.

— Mon Dieu, mais c'est magnifique ! s'exclama Ellie. Et moi qui m'imaginais que tu vivais dans une espèce de cabane de trappeur !

Elle enleva ses bottes et inspecta la cuisine en chaussettes. Puis elle passa dans le salon. Elle se plaça au milieu de la pièce et tourna lentement sur elle-même.

— Il n'y a pas beaucoup de meubles, dit-il d'un ton d'excuse.

— Oh, Michael, c'est superbe. J'adore ces poutres. Comment as-tu fait pour les installer ?

— Pour les plus grosses, on m'a aidé. Tu veux me donner ton manteau ?

— Pardon ? Ah, oui, merci !

Il se tint derrière elle tandis qu'elle déboutonnait son manteau. Il mourait d'envie d'embrasser sa nuque, de sentir son parfum, mais il n'en eut pas le temps. Elle se retourna vivement et dit d'une voix douce :

— Merci de m'inviter ici. Je sais ce que cet endroit représente pour toi.

Il accrocha leurs manteaux au portemanteau, puis il enleva son holster et le suspendit à une poignée de porte.

— Qu'est-ce qu'il y a, là-haut ? demanda-t-elle en indiquant la mezzanine.

— Ma chambre. Il y a une autre chambre là-bas, mais elle est loin d'être finie. Je n'en ai pas vraiment besoin.

Ellie se dirigea vers la seconde chambre, alluma la lumière et jeta un coup d'œil à l'intérieur. Il n'y avait là qu'une ampoule nue, une scie circulaire et des planches.

— Mon décorateur vient demain, plaisanta-t-il.

Elle lui sourit.

— Tu as faim ?

— Je suis affamée.

— Dans ce cas, je vais commencer à préparer le dîner. Il n'y a qu'à passer les patates au micro-ondes et faire griller les steaks.

— Je peux t'aider ?

— Assaisonne la salade, si tu veux. La vinaigrette est dans le frigo.

C'était étrange de s'affairer dans la cuisine aux côtés d'Ellie. Sa propre mère n'était jamais venue dans son chalet. Il n'y avait invité que quelques copains, un soir, pour une partie de poker, et un ami flic que sa femme avait mis à la porte et qui avait passé quelques semaines sur le canapé du salon, l'été précédent.

Ellie mit le couvert et fouilla dans les placards, d'où elle sortit des serviettes et des verres à vin dépareillés.

— Je n'ai pas encore de table de salle à manger.

— Ce n'est pas grave. Je parie que la plupart du temps, tu manges debout dans la cuisine. Allez, avoue !

— Ça m'arrive.

Elle nettoya la salade, puis la mit dans le saladier, ouvrit les tiroirs et trouva des couverts. Puis elle s'assit sur l'un des hauts tabourets, le menton dans la main, et le regarda.

— Quand es-tu entré dans la police ? demanda-t-elle de but en blanc.

— Lorsque je suis sorti de la fac, il y a quinze ans. J'ai été simple flic pendant deux ans, puis j'ai pris du galon.

— Simple flic ?

— Je patrouillais en voiture avec un collègue.

— Ça te plaisait ?

— Au début, oui, puis j'en ai eu assez.

— Tu préfères les enquêtes.

— Oui, c'est plus mon truc.

— Toutes ces horreurs que tu vois, ça ne te met pas le moral à zéro ?

Il baissa le feu sous les steaks et les retourna.

— Parfois. Par exemple, cette affaire du bébé Zimmerman, ça me révolte. Mais le plus souvent, les gens méritent ce qui leur arrive.

Ellie, qui jouait machinalement avec sa fourchette, se figea soudain.

— Tu plaisantes ? Tu es bien tombé sur des affaires où la victime ne méritait pas son sort ?

— Oui, bien sûr.

Il vérifia la cuisson des pommes de terre, puis demanda :

— Tu veux bien déboucher le vin ?

Il lui passa le tire-bouchon, sortit le beurre du réfrigérateur, puis mit le sel, le poivre et la sauce barbecue sur le comptoir en granit. Il sentait les yeux d'Ellie suivre chacun de ses mouvements.

— Mon père aurait adoré ton chalet, déclara-t-elle d'une voix triste. Je t'ai dit qu'il était ébéniste ?

— Oui.

— Il adorait travailler de ses mains.

Michael ne trouva rien à répondre.

— Ton steak, tu le veux bien cuit ou saignant ?

— Saignant.
— D'accord. Encore une minute, et ce sera prêt.
Ils mangèrent perchés sur les tabourets de la cuisine, leurs assiettes posées sur le comptoir en granit. Le vin était délicieux, la viande tendre, les pommes de terre parfaitement cuites.
— C'est succulent, commenta Ellie. Ne me dis pas que tu manges comme ça tous les soirs, parce que je ne te croirai pas.
— Je ne te le dis pas.
— Raconte-moi comment ça se passait, quand tu patrouillais avec ton collègue. Vous poursuiviez les méchants toutes sirènes hurlantes, comme dans les films ?
— Non. La plupart du temps, on arrêtait des chauffards ivres ou des maris qui battaient leurs femmes. Quelquefois, on intervenait sur le campus, quand les fêtes d'étudiants dégénéraient.
— Je vois. Et avec qui travaillais-tu ? Vous étiez deux machos super-copains, comme dans *Deux flics à Miami* ?
— Mon coéquipier ?
Elle avait de drôles de questions. Puis il réalisa qu'il était soumis à un véritable interrogatoire. Tout en douceur.
— Attends, ne me dis rien. Je parie que c'était une femme, une dure à cuire qui savait mater les voyous.
— Non, je travaillais avec un homme, un type qui avait quelques années d'expérience de plus que moi. Il s'appelait Rasmussen. Finn Rasmussen.
À cet instant, il crut voir son expression changer. Mais son sourire revint aussitôt, et elle demanda d'une voix égale :
— Il est devenu inspecteur, lui aussi ?
— Non.

— Vous êtes restés proches ?

— Nous ne l'avons jamais été.

— Je vois.

Elle se tut, et ils mangèrent en silence pendant un moment.

Michael était nerveux. Ellie était la première femme qui eût jamais franchi le seuil de son chalet, et il ne savait pas trop comment se conduire. Ellie, elle, semblait à l'aise – mais où qu'elle se trouve elle donnait toujours cette impression.

Il se demanda si elle resterait pour la nuit. Il en mourait d'envie. En fait, à l'idée de l'avoir de nouveau dans son lit, il était malade de désir. Il avait du mal à se concentrer sur son repas alors qu'elle était là, si près de lui. Son cœur battait sourdement, à l'étroit dans sa cage thoracique.

Et pourtant, malgré son aveuglement, il sentait bien qu'Ellie n'était pas tout à fait ce qu'elle paraissait. Sous l'image de la jeune fille avenante et ambitieuse, il y avait autre chose, et il se faisait fort de découvrir son secret.

— Laisse-moi faire la vaisselle, dit-elle quand ils eurent fini de manger.

Elle retroussa les manches de son chemisier vert et plongea les mains dans l'évier. Il resta assis et la regarda faire, admirant discrètement les courbes de son corps, ses boucles noires, sa peau claire.

— J'ai fini, déclara-t-elle après avoir essuyé la dernière assiette.

Le moment était venu.

— Est-ce que... euh... est-ce que tu veux que je te raccompagne ?

Elle le regarda.

— Tu essaies de te débarrasser de moi ?

— Mon Dieu, non !

— Je me disais que...

Le cœur de Michael bondit.

— Tu veux rester ?

— Volontiers, si tu acceptes de me déposer demain matin chez moi pour que je puisse me changer.

— Bien sûr.

Elle se pencha et lui caressa la main.

— Je n'ai pas pris ma brosse à dents.

— Je devrais pouvoir t'en trouver une.

— Tu en as en stock pour les femmes qui restent dormir chez toi ?

— Non, non ! Je... je n'amène pas de femmes ici.

— Je ne te crois pas.

Il haussa les épaules.

— Tu veux dire que je suis la première ?

Nouveau haussement d'épaules.

— Pourquoi moi ?

— Je ne sais pas. J'ai pensé... J'ai eu l'impression que cela marchait bien entre nous.

Elle éclata de rire.

— OK, j'arrête, je vois bien que je t'embarrasse.

Elle s'étira.

— Je suis crevée. Ce procès m'épuise.

— C'est souvent comme ça, avec les procès.

Il fit une pause.

— Tu veux regarder la télé ?

— Je risque de m'endormir.

— Ce n'est pas grave.

Ils s'installèrent devant la télé, le seul meuble du salon en dehors du canapé et d'une table basse encombrée de magazines d'architecture.

— Je ferais bien de passer un coup de fil à mes colocataires. Sinon, elles vont s'inquiéter.

— Tu vas leur dire quoi ?

— La formule habituelle : « Je passe la nuit chez un ami. »

— Cela vous arrive souvent, à toi et tes colocs ?
Elle lui décocha un sourire.
— Je ne suis pas sûre que cela te regarde.
— Compris. Au temps pour moi.
Elle téléphona depuis la cuisine, et il l'entendit s'esclaffer. Elle avait un rire clair, pétillant, et il eut soudain envie de la faire rire aussi.
Quand elle revint dans le salon, il lui posa des questions sur ses colocataires et sur leur vie dans la maison de Marine Street.
— Je vis seul depuis si longtemps que je ne sais même plus à quand remonte ma dernière expérience de cohabitation, dit-il.
— Eh bien, c'est à la fois merveilleux et épouvantable.
Elle lui parla de Bonnie, la râleuse, de Jennifer, la croqueuse d'hommes, et de Celeste, sa meilleure amie.
— L'an dernier, elle était à fond dans le look cow-girl. Elle ne portait que des jeans, des chemises western et des santiags, et elle s'était teint les cheveux en blond cendré.
Elle imita la démarche de son amie, les pouces sortis d'un jean imaginaire.
— Et maintenant, à quoi elle ressemble ?
— Elle est tombée dans le style gothique. Elle a les cheveux couleur corbeau et elle se terre dès qu'il y a du soleil. Elle est pâle comme un fantôme.
Michael ne put s'empêcher de rire. Il était évident qu'Ellie aimait cette fille à papa, d'une amitié simple, sans complications. Avait-elle jamais aimé un homme de cette façon ?
Elle vint s'asseoir à ses côtés, replia les jambes sous elle et laissa reposer sa cuisse contre la sienne. Il aurait voulu lui demander ce qu'elle ressentait pour lui, mais les mots restaient enfermés dans ce

coin de son cerveau où il rangeait ses espoirs et ses souhaits. Un coin fermé à double tour, dont personne, pas même lui, ne possédait la clé.

Ils regardèrent CNN, et il fit mine de suivre le programme, mais en réalité, il était incapable de penser à autre chose qu'à ce corps adorable et si proche du sien.

Elle posa une main sur sa cuisse, toujours parfaitement naturelle. Il se sentit frissonner.

— Cette pièce est très belle, dit-elle, mais tu devrais acheter quelques tapis pour mettre le parquet en valeur.

— Je sais.

— Pardon, ce n'est pas à moi de te dire ce que tu dois faire chez toi.

— Non, je t'en prie. Une touche féminine ne ferait pas de mal à cet endroit.

— Alors, je te conseillerais des tapis navajos, ou bien un kilim. Juste là, devant le canapé.

Elle posa la tête contre le dossier et ferma les yeux.

Il fixa un long moment sa main posée sur sa cuisse. Finalement, il effleura ses doigts. Elle ne bougea pas. Il enlaça ses doigts aux siens et resta ainsi, immobile. Cette fois, la main d'Ellie était chaude. Fine, douce et chaude.

Sur l'écran, une présentatrice parlait, mais il ne l'entendait pas. Il goûtait le bonheur de cet instant hors du temps, et à son tour, il ferma les yeux pendant quelques secondes. Puis il leva son autre main et caressa doucement les joues d'Ellie. Elle ouvrit les yeux et sourit paresseusement, en se rapprochant de lui.

Il fit glisser sa main sur son épaule et l'y laissa longtemps, jusqu'à ce qu'Ellie s'endorme. Elle bougea dans son sommeil, et il écarta délicatement une mèche de cheveux de sa tempe, des cheveux souples comme de la soie.

Finalement, il retira sa main. La présentatrice de CNN continuait à parler, mais il se moquait pas mal de ce qu'elle racontait. Il n'en revenait pas d'être assis là avec cette jeune femme étrange, trop jeune pour lui, mais si adorable, belle et intelligente. Une femme qui voulait être avec lui. Pourquoi ? Qu'attendait-elle de lui ?

À 21 heures, il la réveilla.

— Je t'avais prévenu que je m'endormirais, dit-elle d'une voix rauque.

— Tu veux monter ?

Elle bâilla.

— Bonne idée. Je ne suis pas bonne à grand-chose, ce soir, n'est-ce pas ?

— Je me couche tôt, moi aussi, tu sais.

— Quel couple excitant on fait !

Il se leva, engourdi d'être resté si longtemps dans la même position, lui tendit la main et l'aida à se mettre debout. Puis il la conduisit dans sa chambre, sobrement meublée d'un lit recouvert d'une couette épaisse et accueillante, d'une vieille commode et d'une chaise.

— Est-ce que tu as un tee-shirt que je pourrais mettre pour dormir ? demanda Ellie.

— Bien sûr.

Il fouilla dans un tiroir et en sortit un tee-shirt.

— Passe en premier à la salle de bains, dit-elle, je vais me changer.

Quand il revint de la salle de bains, elle s'était déshabillée et portait le tee-shirt gris qu'il lui avait prêté, avec « Vail » imprimé sur le devant.

Elle se dirigea vers lui, jambes et pieds nus, et l'embrassa sur les lèvres.

— Chauffe le lit pour moi, chuchota-t-elle.

Il se déshabilla et se mit au lit, rempli de désir et d'appréhension. Il l'entendit s'affairer dans la salle de bains. Après quelques minutes, elle en sortit, éteignit la lumière, se glissa à ses côtés et posa une main sur son torse.

— Je suis vraiment désolée, Michael, mais mes règles viennent de commencer.

Il ferma les yeux, submergé par la déception. Mais il la prit aussitôt dans ses bras. Il savait bien qu'elle n'y était pour rien, et il voulait qu'elle lui fasse confiance, qu'elle sente qu'elle comptait pour lui.

— Ce n'est pas la fin du monde, dit-il. Il y aura d'autres nuits.

Elle se blottit un peu plus contre lui et embrassa son menton, puis sa joue.

— Tu ne m'en veux pas ? demanda-t-elle dans un souffle.

— Bien sûr que non.

Il l'attira tout contre lui et enfouit son visage dans son cou. Cela lui suffisait.

9

Ellie était plantée devant le fax du bureau du district attorney et se rongeait nerveusement les ongles. « Allez, dépêche-toi ! » supplia-t-elle mentalement, les yeux rivés sur la machine.

On était jeudi, et le bureau était calme, car tout le monde se trouvait dans la salle d'audience B pour le procès Zimmerman. Ellie s'était fait excuser pour la séance de l'après-midi, en expliquant qu'elle avait du boulot en retard – c'était vrai, d'ailleurs. Mais au lieu de s'affairer à son ordinateur, elle avait téléphoné au commandant de la police de Pueblo et lui avait demandé de lui faxer le dossier sur l'affaire du viol de Holly Lance, sous prétexte que le district attorney était en train de mettre à jour ses archives et désirait répertorier toutes les agressions sexuelles qui avaient eu lieu dans la région au cours des dix dernières années.

— Le type qui a violé la gosse est derrière les barreaux. C'est son beau-père, entre parenthèses. Vous imaginez un peu ? Mais enfin, ce ne sont pas mes oignons. Si le district attorney veut le dossier, pas de problème, avait répondu le commandant de la police.

— Pouvez-vous me le faxer maintenant ? avait demandé Ellie de sa voix la plus persuasive.

— Ouais, bien sûr.

— Merci, monsieur, avait-elle répondu, avant de lui donner le numéro de fax.

Mais elle attendait toujours, plus d'une demi-heure après son coup de fil, et sa nervosité ne cessait d'augmenter. Et si la juge Barker décidait d'ajourner la séance ? Si Torres la surprenait et lui demandait ce qu'elle faisait devant le fax ?

Soudain, le fax sonna. Ellie sursauta. Mais c'était un fax de la police de Boulder, adressé à l'un des procureurs adjoints. Elle le mit sur son bureau.

Une minute plus tard, la machine sonna de nouveau. Quand le fax commença à sortir et qu'elle vit l'en-tête de la police de Pueblo, elle poussa un long soupir de soulagement. Elle prit les dix pages et les fourra dans sa sacoche, le feu aux joues, le cœur battant. Combien de temps pourrait-elle continuer ainsi ?

Celeste était en colère.

— Ne me dis pas que tu travailles encore ce soir, Ellie. Ce Torres est un véritable esclavagiste, ma parole !

— Franchement, ça ne me gêne pas, répondit Ellie, qui se faisait un sandwich dans la cuisine.

— Oui, eh bien, en attendant, tu fous en l'air notre partie de cartes du jeudi soir. Jenn et Bonnie sont furieuses, elles aussi.

— Celeste, il y a tout de même plus important dans la vie qu'une partie de cartes.

Celeste fronça les sourcils.

— Et quoi, par exemple ?

Ellie finit par se réfugier dans sa chambre, pour échapper au regard désapprobateur de ses copines.

Si seulement elles savaient... se dit-elle. Si seulement elle avait pu tout leur raconter. Malheureusement, c'était impossible. Mais un jour, elle pourrait dire au monde entier, la tête haute, qu'elle s'appelait Ellie Crandall.

Elle mordit dans son sandwich au thon, tout en sortant le fax de sa sacoche. Puis elle s'assit sur son lit, les jambes croisées, et se plongea dans sa lecture.

Dossier numéro 21694Z. Holly Lynn Lance.

Le viol avait eu lieu dans le jardin des Lance à Pueblo, quatre ans plus tôt. À l'époque, Holly était une adolescente de quinze ans, très mûre pour son âge. Ellie, au moment du crime, avait vu un reportage sur cette affaire à la télévision. Ses oreilles se dressaient toujours lorsqu'on parlait d'un viol aux informations, et celui-ci avait tout particulièrement retenu son attention.

Holly avait été battue et violée, mais son agresseur avait été interrompu et n'avait pas eu le temps de l'étrangler à mort. La jeune fille n'avait pas été capable d'identifier le coupable avec certitude, bien que ce fût la ceinture de son beau-père qui avait servi à l'étrangler. Elle se trouvait dans la maison quand son agresseur l'avait attaquée par-derrière, avant de la traîner dehors et de la violer. Alors qu'il l'étranglait, un voisin avait entendu du bruit, était sorti de chez lui, et le criminel s'était enfui. À aucun moment Holly n'avait vu son visage.

Son beau-père, un militaire basé à Fort Carson, avait été arrêté, jugé et condamné en l'espace de quatre mois.

Ellie posa son sandwich et lut la déposition de la mère de Holly, qui avait été enregistrée le lendemain du viol.

Je travaille au centre commercial, au magasin de chaussures. Je suis la gérante adjointe du magasin. Hier, Holly était... Ô mon Dieu... Elle gardait son petit frère, Carl. Il a juste cinq ans, et son anniversaire... Peu importe. Seigneur! Mon mari et moi nous sommes séparés il y a trois mois. Mais il ne peut pas avoir violé Holly. J'ai des choses à lui reprocher, d'accord, mais il ne ferait jamais... jamais de mal à un enfant.

Ellie s'imagina le sergent Bob Lance en prison. Elle était persuadée qu'il était innocent. C'était tellement injuste!

Elle reprit sa lecture.

Bob n'est pas le père de Holly, mais il l'a adoptée quand elle avait deux ans, il l'a élevée et... Ô mon Dieu, excusez-moi. Bob ne peut pas avoir fait cela à Holly, il l'aime trop... C'est un bon père. Vraiment. Excusez-moi, je ne peux pas m'arrêter de pleurer. Bob m'a dit qu'il avait reçu un coup de fil d'un soldat de la base, à propos d'un accident sur l'autoroute, mais que quand il s'était rendu à l'endroit en question, il n'y avait rien. Je sais que cette ceinture – la ceinture qui a été trouvée autour du cou de Holly – je sais qu'elle appartient à Bob, mais c'est un leurre. Vous ne comprenez donc pas? Quelqu'un l'a piégé. Le vrai violeur l'a envoyé sur l'autoroute pour qu'il n'ait pas d'alibi et a utilisé sa ceinture pour... pour étrangler ma fille.

Ellie lut ensuite la déposition sous serment de Bob Lance, qui avait été recueillie en présence de son avocat. Le sergent donnait exactement la même version que sa femme. Il était évidemment incapable de fournir le moindre alibi. Quant au soldat qui était censé l'avoir appelé en renfort, il n'avait jamais entendu parler d'un problème sur l'autoroute, et il était certain de ne pas avoir téléphoné à son sergent.

Le piège parfait. Ellie le connaissait par cœur.

Elle passa aux notes du médecin qui avait reçu Holly aux urgences. Son rapport et celui sur Stephanie Morris se ressemblaient comme deux gouttes d'eau. Le violeur avait agi de la même façon avec les deux jeunes filles, à une différence près : dans un cas, il avait utilisé le bandana de John Crandall, et dans l'autre, la ceinture de Bob Lance, une ceinture que le sergent avait perdue depuis des semaines.

Ellie n'avait aucun mal à imaginer la réaction des policiers. Ils avaient dû éclater de rire et rétorquer : « Quelqu'un est entré dans ton appartement et t'a juste piqué ta ceinture, c'est ça, Bob ? »

Elle ôta ses lunettes et se mit à réfléchir, les yeux perdus dans le vide. Michael... Michael, avec ses manières bourrues. Michael jeune, traumatisé par le divorce de ses parents.

Il refusait de parler de sa famille. Elle ne savait même pas s'il avait des frères et sœurs. Tout ce qu'il lui avait dit, c'était qu'il venait de Colorado Springs. Peut-être ses parents vivaient-ils toujours là-bas.

Michael était-il l'homme qui avait piégé Bob Lance ? Pueblo était tout proche de Colorado Springs. Michael avait pu repérer Holly pendant l'une de ses visites à sa famille. Il avait pu l'épier, apprendre que sa mère et son beau-père venaient de se séparer, que sa mère travaillait les soirs de week-end au magasin de chaussures. Il avait pu pénétrer dans l'appartement de Bob Lance – tous les flics savaient crocheter une serrure – et subtiliser sa ceinture. Quant à trouver le nom d'un des subordonnés du sergent, c'était un jeu d'enfant pour un policier.

Oui, Michael avait très bien pu violer et étrangler Stephanie Morris, Holly Lance, et Dieu seul savait combien d'autres jeunes filles, au cours des quatorze dernières années.

« Et tu as couché avec lui, Ellie, et pire, tu as pris ton pied », lui chuchota une petite voix sournoise.

Ellie secoua la tête. Ce type était probablement diabolique, alors pourquoi ne le sentait-elle pas quand elle était avec lui ? Mais était-elle seulement capable de sentir une chose pareille ? Et combien de temps encore pourrait-elle tenir sans coucher de nouveau avec lui ? Combien d'excuses allait-elle devoir inventer ?

Il l'appela ce soir-là, alors qu'elle épluchait le dossier Holly Lance.

— C'est pour toi, Ellie ! cria Bonnie depuis le salon.

Avant même de prendre la ligne, elle sut qui c'était. Son estomac se noua, et son cœur se mit à battre plus vite.

— Tu travailles ? demanda Michael.

— Eh oui. Un assistant juridique a toujours du boulot en retard.

— Torres est un esclavagiste.

— Tiens, c'est drôle, Celeste vient de me dire exactement la même chose. Vous êtes injustes. Ben Torres est un type sympa.

— Bien sûr, dit Michael, ouvertement sceptique.

Ellie savait que Michael était persuadé que Ben Torres voulait coucher avec elle. Et ce n'était pas faux. Mais elle était aussi une assistante hors pair, et c'était en grande partie pour cela que le district attorney l'appréciait.

— Tu es libre demain soir ? demanda Michael. On pourrait aller au cinéma, si tu veux.

— Oui, bonne idée.

Ellie s'efforçait de garder un ton posé, malgré les images atroces qui tourbillonnaient dans son esprit : Michael, qui traînait Holly Lance dans le jardin, qui la frappait, qui la violait. Mais il n'avait pas pu aller jusqu'au bout de son scénario, cette fois-là. Holly avait échappé au pire. Et Ellie avait bien l'intention de la retrouver et de lui parler.

— Ellie ?

— Oui, je suis là.

— Alors, c'est d'accord pour demain ?

— Bien sûr. Je passerai te prendre à ton bureau.

— Si tu préfères, je peux aller te chercher au palais de justice.

— Non, non, je prendrai le bus, c'est plus simple.

— OK. À demain, alors.

— À demain. Bonne nuit, Michael.

Cette nuit-là, Ellie rêva de la ferme de ses grands-parents, des longues herbes qui lui caressaient les jambes lorsqu'elle se promenait dans les champs avec sa grand-mère. La peur et la détresse ne l'avaient pas quittée durant ce long été, l'été du procès de son père. Sa mère l'avait envoyée chez ses grands-parents pour la protéger, mais rien n'aurait pu protéger Ellie d'un tel cataclysme. Avec l'arrestation de son père, la terre s'était dérobée sous ses pieds, son monde s'était écroulé. Pendant tout l'été, ses grands-parents avaient remué ciel et terre pour l'égayer, mais ils n'avaient pu calmer la terreur qui l'habitait.

Mais c'était durant cet été de cauchemar qu'elle avait appris à vivre avec l'angoisse.

Ellie ne se sentait toujours pas très à l'aise au commissariat, même si elle commençait à bien connaître les lieux. Elle n'était pas la seule femme, il y avait aussi une jeune inspectrice à l'air coriace, mais c'était un peu bizarre, tous ces machos qui juraient, blaguaient et buvaient café sur café.

Elle avait rencontré plusieurs inspecteurs et s'était efforcée d'être amicale avec eux, pensant que cela pourrait lui être utile pour grappiller des informations sur Michael. Pourtant, ce soir-là, quand elle vit qu'il n'était pas à son bureau, elle se sentit un peu perdue.

— Il termine un interrogatoire, dit une voix derrière elle.

Elle se retourna et se retrouva face à Rick Augostino. C'était un homme avenant, paternel, avec un gros ventre et un regard qui inspirait confiance.

— Il devrait être là dans une minute. Vous voulez du café ? Un beignet ?

— Non, merci, dit-elle en lui souriant.

— Vous êtes venue pour plancher avec lui sur le procès Zimmerman ?

— Non, Michael en a fini avec sa déposition. Je… On va voir un film, expliqua-t-elle en rougissant.

— Un film !

Il siffla.

— Robocop va au cinéma ! On aura tout vu.

— Il a bien le droit, non ?

— Oh, oui, bien sûr. Mais on ne voit pas beaucoup de jolies jeunes filles se pointer ici pour sortir avec Callas, vous savez.

— Il y a un début à tout.

— Je suis content pour lui, en tout cas. Même si je dois dire que je ne vois pas ce que vous pouvez lui trouver, à cet ours mal léché.

— Si vous promettez de ne pas le répéter, je vais vous le dire.

— Promis, juré.

— C'est à cause de son côté vulnérable. Ça me fait craquer.

— Robocop vulnérable. Eh bien, si je m'attendais à ça !

— Vous avez promis de ne pas le répéter, lui rappela Ellie.

— Oui, oui. De toute façon, personne ne me croirait.

— Dites-moi, pour changer de sujet, j'essaie de retrouver un policier qui a travaillé ici il y a longtemps. Ma mère aimerait le contacter, car c'était le fils de sa meilleure amie, qui est décédée depuis de nombreuses années.

— Ça fait dix-huit ans que je travaille ici, je peux peut-être vous aider. Comment s'appelle-t-il ?

— Finn Rasmussen.

Elle retint son souffle.

— Oh, Finn, bien sûr. Il a été flic ici pendant quelques années. Il a aidé à résoudre l'affaire Morris et a eu une promotion, mais il a quitté la police peu après, pour monter sa boîte. Il bosse dans les systèmes de sécurité, maintenant.

Le cœur d'Ellie s'emballa. Des systèmes de sécurité. L'alarme des Morris était restée intacte...

— Et il vit toujours à Boulder ?

— Non, il a déménagé à Denver. Je crois qu'il vit à Cherry Creek. Son entreprise s'appelle Mountaintech, c'est une grosse boîte.

— Mountaintech... Eh bien, merci beaucoup, Rick. Ma mère va être contente.

— Vous ne devriez pas avoir de mal à le trouver. Il est devenu un véritable play-boy.

Michael arriva sur ces entrefaites et jeta un coup d'œil à Augostino.

— Désolé, je suis en retard.

— Pas de problème, répondit Ellie. J'ai papoté avec Rick.

Ils dînèrent rapidement dans une pizzeria, puis allèrent à Denver, au Mayan, un cinéma d'art et d'essai. Michael serra sa main dans la sienne pendant la moitié du film, et elle se laissa faire. Mais elle ne pouvait penser qu'à ce qu'elle venait d'apprendre au sujet de Finn Rasmussen. Il était à Denver, si près d'elle...

Elle refusa de passer la nuit chez Michael, sous prétexte qu'il fallait qu'elle se lève tôt le lendemain. Elle allait devoir travailler tout le week-end, déclara-t-elle. Mais quand il arrêta le pick-up devant chez elle, Ellie se pencha vers lui et prit son visage dans ses mains. Il l'embrassa tendrement, puis fougueusement, et elle sentit une nouvelle fois le désir l'envahir.

Elle s'échappa aussi vite qu'elle le put. Elle se haïssait. Elle était pire qu'une prostituée. Avec une prostituée, au moins, on en avait pour son argent.

Ce ne fut pas facile de convaincre Celeste de lui donner un coup de main. Ellie n'aimait pas conduire, mais en cet instant-là, elle aurait donné n'importe quoi pour avoir une voiture. Elle dut prier, supplier, et Celeste lui posa une foule de questions auxquelles elle ne pouvait pas répondre.

— Pourquoi veux-tu que je te dépose à cet endroit ? Que se passe-t-il ? Je ne peux pas juste te laisser là-bas comme ça. Tu ferais mieux de me dire ce que tu manigances, Ellie.

Mais Ellie ne pouvait mettre sa meilleure amie dans la confidence.

Celeste, comme ses autres colocataires, savait maintenant qu'elle sortait avec un policier. Elle comprenait donc d'autant moins qu'Ellie lui demande de la conduire à Cherry Creek.

— Ton flic n'habite pas à Cherry Creek, que je sache. Qu'est-ce que tu traficotes, dis-moi ?

— Ne me pose pas de questions, je t'en prie. Conduis-moi là-bas demain matin, c'est tout. Crois-moi, il s'agit de quelque chose d'important.

— Bon Dieu, tous ces mystères… OK, je le ferai, mais tu dois me promettre de tout me dire un de ces jours.

— Je te le jure.

Le lendemain matin, à 8 heures, Ellie enfila un pantalon de survêtement moulant, des baskets, sa veste en polaire et son anorak. Elle réveilla une Celeste de mauvaise humeur, lui mit d'autorité une tasse de café dans les mains et la traîna jusqu'à la voiture. Celeste conduisit sans dire grand-chose, en buvant son café et en lançant des coups d'œil perplexes à Ellie. Une fois à Denver, elle demanda :

— Redis-moi l'adresse.

Ellie la connaissait par cœur.

— Gaylord, numéro 132.

— C'est plutôt chic, comme quartier. Et regarde-toi, tu es habillée comme une clocharde.

— Je suis habillée en joggeuse.

— Ouais.

Peu après, Ellie demanda à Celeste de s'arrêter et descendit de voiture.

— Merci. On se voit plus tard.

— Tu es complètement dingue, ma vieille. Tu vas te transformer en glaçon, par ce froid.

Ellie ne releva pas.

— *Ciao*, Celeste. À tout à l'heure.

Elle se retrouva seule dans la rue, une impasse agrémentée de nombreux arbres et bordée d'élégantes demeures en briques, devant lesquelles s'étendaient des pelouses enneigées qui devaient être vertes et pimpantes en été.

Celeste avait raison, il faisait vraiment froid. Ellie courut sur place pendant une minute, en tapant dans ses mains. Personne ne s'étonnerait de sa présence ici. Le jogging devait être l'une des activités favorites des habitants du quartier. Son plan allait marcher. Mais s'il ne sortait pas de sa maison de toute la journée ? Eh bien, elle reviendrait un autre jour. Il fallait à tout prix qu'elle parvienne à attirer son attention.

Ellie courut lentement, jusqu'à ce qu'elle arrive près du numéro 132. La maison de Finn Rasmussen était entourée d'une clôture de sécurité et d'un mur. Évidemment, se dit-elle. Les systèmes de sécurité, c'était son rayon. La maison elle-même était en briques, comme ses voisines. Il y avait eu un terrible incendie à Denver au début du XXe siècle, et par la suite, la municipalité avait ordonné que toutes les maisons soient construites en briques.

Rasmussen était-il chez lui ou avait-il passé la nuit chez l'une de ses conquêtes ? À en croire Augostino, ce type était devenu un vrai play-boy.

Elle tremblait de froid et se sentait de plus en plus nerveuse. Peut-être était-ce une mauvaise idée, finalement. Un plan stupide. Elle risquait de se transformer en glaçon, comme l'avait dit Celeste, tandis que Finn Rasmussen se prélasserait dans sa demeure confortable.

Elle courut jusqu'au bout de l'impasse, fit demi-tour et revint lentement vers sa maison, l'œil rivé au portail. Puis elle fit de nouveau demi-tour et recommença son manège. Si un voisin l'observait, il allait penser qu'elle était dingue, à remonter et descendre ainsi l'impasse.

Pourquoi ne pas aller carrément sonner à la porte de Rasmussen et lui demander si elle pouvait passer un coup de fil ? Non, c'était stupide. Il se demanderait pourquoi elle avait choisi précisément sa maison, et non l'une de ses voisins.

Combien de temps pourrait-elle encore tenir ? Combien de minutes avant de courir jusqu'à First Avenue, appeler Celeste sur son portable et lui demander de revenir la chercher ?

Ellie fit un tour de pâté de maisons pour essayer de se réchauffer, terrifiée à l'idée que Rasmussen puisse choisir ce moment précis pour quitter sa maison. Puis elle revint dans l'impasse. « Cinq minutes, se promit-elle. Encore cinq minutes, et je m'en vais. »

Elle faisait du surplace, cachée derrière un arbre, quand elle entendit un bruit. Seigneur, c'était la porte de son garage qui s'ouvrait. Elle prit une grande bouffée d'air glacial et s'éloigna de sa maison en courant. Derrière elle, une voiture démarra. Elle regarda par-dessus son épaule et vit le portail s'ouvrir, puis une Jeep couleur bronze sortir en marche arrière dans la rue. Elle courut dans sa direction en battant des bras, telle une joggeuse en plein effort, et à l'instant précis où il partait en marche avant dans la rue, elle glissa délibérément sur une plaque de glace. Elle atterrit sur le sol gelé, dur comme du béton, et gémit de douleur. Elle s'était fait mal à la hanche et au coude. Bon sang, cela en valait-il vraiment la peine ?

La Jeep s'arrêta net, et le cœur d'Ellie fit un bond. « S'il vous plaît, s'il vous plaît », pria-t-elle intérieurement. Enfin, elle le vit contourner sa voiture et s'avancer vers elle.

— Mademoiselle ? Hé, mademoiselle, ça va ?

Il s'agenouilla près d'elle.

— Je vous ai vue tomber. Vous avez mal ?

Elle leva la tête et le détailla. Un regard bleu clair, visiblement soucieux, un nez fort et busqué, une parka sombre et un pantalon de survêtement.

— Je suis un peu sonnée.

— Ça ne m'étonne pas. Vous voulez que j'appelle une ambulance ? Où habitez-vous ? Vous avez des amis dans le coin ?

Elle secoua la tête.

— Non, ce n'est pas la peine d'appeler une ambulance. Ça va aller.

— Vous êtes-vous cogné la tête ?

— Je... je ne crois pas, non.

Il passa ses bras sous ses aisselles et l'aida à se relever. Lorsqu'elle fut debout, elle se laissa aller contre lui et gémit.

— Qu'y a-t-il ?

— Ma cheville. Je ne peux... Aïe ! Je ne peux pas m'appuyer dessus.

— Vous croyez qu'elle est fracturée ?

— Je ne sais pas. Attendez, donnez-moi une minute.

Elle essaya doucement de se reposer sur sa jambe.

— Je pense qu'elle est seulement foulée.

Elle s'agrippa à son bras.

— Écoutez, je crois qu'il vaudrait mieux que je vous conduise à l'hôpital.

— Pitié, j'ai une sainte horreur des hôpitaux.
— Vous vivez dans le coin ?
— Non. Une amie m'a déposée ici pour que je puisse courir. Je dois la retrouver un peu plus tard, quand elle aura fini ses courses.
— Où est-elle allée ?
— Au centre commercial de Cherry Creek.
Il fronça les sourcils.
— Si je comprends bien, vous êtes coincée.
— Ô mon Dieu, je me sens tellement gênée. C'est vraiment gentil de votre part de vous être arrêté.
— Vous êtes pratiquement passée sous mes roues.
— Je m'appelle Ellie Kramer, dit-elle en s'efforçant de sourire.
— Finn Rasmussen. Ravi de faire votre connaissance, Ellie.
— Écoutez, je ne voudrais pas vous retarder...
— J'allais simplement au club de gym. On dirait que c'est plus sûr que le jogging.
Il l'examina un instant et reprit :
— Vous êtes gelée. Venez, montez dans ma voiture.
— Oh, je ne peux pas...
— Ne soyez pas stupide. On gèle, dehors. Tenez, prenez mon bras. Pouvez-vous vous appuyer sur votre cheville ?
— Un peu.
Il l'aida à monter dans la Jeep et ferma la portière. Tandis qu'il faisait le tour de la voiture, Ellie s'adossa contre le siège en cuir beige et savoura la chaleur qui régnait dans l'habitacle.
— Ça va mieux ? demanda-t-il en s'installant derrière le volant.

Ellie tourna la tête vers lui. C'était un homme massif, plus grand que Michael. Ses mains, posées sur le volant, étaient larges et puissantes.

— Oui, merci. Je n'avais pas réalisé à quel point j'étais frigorifiée.

— Je pense que le mieux serait que je vous emmène au centre commercial pour que vous y retrouviez votre amie.

— Oh, non, je ne voudrais pas…

— Comment comptez-vous vous y rendre, sinon ?

Elle cessa de protester.

— Je vous dépose là-bas et j'attendrai avec vous qu'elle arrive, d'accord ?

Les yeux d'Ellie s'emplirent de larmes.

— Je suis vraiment désolée de gâcher votre matinée. Vous êtes tellement gentil, Finn…

— Hé, arrêtez. Je ne meurs pas d'envie d'aller soulever de la fonte à la gym, vous savez. Parlez-moi donc un peu de vous, Ellie Kramer.

Il savait s'y prendre. Il était charmant, beau gosse dans le genre un peu rustique. De petites rides séduisantes apparaissaient au coin de ses yeux quand il souriait. Rien d'étonnant à ce qu'il plaise aux femmes.

Elle lui dit qu'elle était en fac de droit à Boulder.

— Boulder, répéta-t-il d'une voix étrange.

Il resta silencieux un moment, comme perdu dans ses pensées. Ellie était mal à l'aise. Pourquoi l'évocation de Boulder avait-elle provoqué ce mutisme soudain ?

Elle se mit à babiller pour meubler le silence. Elle lui parla de son année sabbatique et de son travail d'assistante juridique auprès du district attorney, puis elle mentionna le procès Zimmerman.

Il retrouva son sourire charmeur.

— Zimmerman... J'en ai entendu parler. C'est ce type qui a engagé un tueur à gages pour tuer sa femme, n'est-ce pas ?

— Oui.

— Et vous travaillez sur cette affaire ? Ça a l'air assez fascinant.

Il fit une pause et lui jeta un regard rapide, tout en conduisant.

— Moi aussi, j'ai vécu à Boulder, il y a des années de cela.

— Vraiment ?

— J'étais policier.

— Ça alors ! Je travaille souvent avec la police de Boulder.

Il secoua la tête.

— Je me suis vite rendu compte que je n'étais pas fait pour ce boulot. Je n'étais pas mauvais, mais je suis meilleur dans ce que je fais maintenant.

— Et que faites-vous ?

— Je dirige une entreprise de systèmes de sécurité, Mountaintech.

Il entra dans le parking couvert du centre commercial. En voyant qu'il se garait sur un emplacement réservé aux handicapés, Ellie eut un pincement de culpabilité.

— Vous êtes une sorte de handicapée, non ? dit-il, comme s'il lisait dans ses pensées.

Il fit le tour de la voiture pour l'aider à descendre.

— Tenez, appuyez-vous sur mon bras.

Elle clopina à ses côtés, en réfléchissant à la prochaine étape. Comment faire pour que Finn ait envie de la revoir ? Avec Michael, cela avait été facile : il lui avait suffi d'être jeune, fraîche et ouverte et de lui donner un peu de chaleur humaine. Mais Finn était différent. C'était un homme parfaitement sûr de lui, qui avait réussi et avait probablement toutes les femmes à ses pieds. Comment ferrer Finn Rasmussen ?

— À quelle heure êtes-vous censée retrouver votre amie ? demanda-t-il.

— 11 h 30.

— On est en avance.

— Vous devriez y aller. Je vous ai pris assez de votre temps.

Il la regarda.

— Vous voulez vous débarrasser de moi ?

— Bien sûr que non, mais vous devez en avoir marre de jouer l'infirmier pour une parfaite étrangère.

— Vous n'êtes plus une étrangère.

— Allons, vous ne me connaissez pratiquement pas.

— Vous non plus, ce qui ne vous a pas empêchée de monter dans ma voiture. Je suis sûr que votre maman vous a dit de ne jamais faire ça.

Ellie haussa les sourcils.

— J'aurais dû me méfier ? Vous êtes un violeur psychopathe ?

Il rejeta la tête en arrière et partit d'un grand éclat de rire.

— Bon, reprit Ellie, je crois que je vais aller jusqu'au restaurant. Si Celeste a fini ses courses, elle est peut-être là-bas.

— Je vous accompagne.

Une fois dans le restaurant, Ellie balaya la salle du regard.

— Pas de Celeste à l'horizon.

Finalement, ils l'attendirent dans un café.

— Vous avez toujours froid ? demanda-t-il, en voyant qu'elle se réchauffait les mains avec sa tasse de chocolat chaud.

— Non, pas vraiment.

Il semblait parfaitement à l'aise, le bras négligemment posé sur le dossier de la chaise d'Ellie.

À 11 h 30, Celeste n'était toujours pas là – et pour cause. À midi, Ellie fit mine d'être nerveuse.

— Je ne sais vraiment pas ce qui a pu lui arriver.

— Peut-être a-t-elle eu une crise de shoppingite aiguë.

Elle sourit piteusement.

— Peut-être bien. Vous parlez d'une amie !

Il finit son espresso en une gorgée, et Ellie vit sa pomme d'Adam saillante monter et descendre le long de son cou.

— Je vous ramène chez vous, dit-il soudain.

— À Boulder ?

— Pas de discussion. C'est ridicule de rester là à poireauter. Vous devriez être bien au chaud chez vous, avec une poche de glace sur votre cheville.

— Je ne sais pas…

— J'insiste. Nous perdons notre temps, ici.

— Vous n'avez qu'à me déposer à l'arrêt de bus.

— Non, je vous ramène chez vous. Boulder, ce n'est pas le bout du monde, quand même.

— Oh, Finn, je m'en veux tellement de…

— Ça suffit, plus un mot. On y va.

Il lui décocha un sourire un peu canaille.

— Vous m'intriguez, Ellie, je l'avoue. J'aimerais bien voir où vous vivez, apprendre à vous connaître davantage.

— Vous êtes un type bien, Finn. Sincèrement.

— C'est ce qu'elles disent toutes.

Il sourit et se leva.

— Allons, venez, mademoiselle, votre carrosse vous attend.

La circulation était fluide. Avant d'atteindre la rocade de Boulder, Finn s'arrêta dans un fast-food pour acheter un énorme sac de hamburgers, de poulet frit et de frites, qu'ils dévorèrent en chemin.

Intéressant, se dit Ellie. Il avait passé commande sans même lui demander ce qu'elle voulait, comme s'il avait l'habitude de toujours tout diriger.

Il conduisait vite et bien, une main sur le volant, l'autre dans le sac du fast-food. Il avait une conversation agréable, divertissante, intelligente. Avec lui, il n'y avait pas de moment gêné, pas de silence. Finn Rasmussen était l'exacte antithèse de Michael.

— Et il y a eu cette fois, à mes débuts, où l'amant d'une cliente a déclenché le système d'alarme en entrant dans sa maison. Elle l'attendait, mais il s'est emmêlé les pinceaux, et l'alarme s'est mise à hurler. Je me suis aussitôt précipité là-bas, mais quand je suis arrivé, le mari était rentré. Vous imaginez un peu la scène!

Il hocha la tête en souriant.

— Cette histoire m'a fait rigoler pendant une bonne semaine.

Il lui raconta d'autres anecdotes, puis il lui parla des endroits où il était allé, des contrées exotiques qu'il avait découvertes.

— Vous faites du ski? demanda-t-il.

Ellie repensa au week-end à Vail.

— Un peu, mais je ne suis pas très douée.

— Moi, si, dit-il, le plus sérieusement du monde. Je vous emmènerai skier, un de ces jours.

— Vraiment? Vous deviendriez dingue, à m'attendre en bas des pistes.

— Soignez votre cheville, et on fera un essai.

Ellie était satisfaite. Jusque-là, tout se passait à merveille. Finn l'appréciait. Et le plus curieux, c'était qu'elle le trouvait sympa, lui aussi.

— Merci, Finn, dit-elle, lorsqu'il s'arrêta devant la maison de Marine Street. Je vous dois une fière chandelle.

— Vous n'avez pas à me remercier, Ellie. Je me suis bien amusé.

Il plongea la main dans sa poche et en tira une carte.

— Tenez, voici mes coordonnées.

Puis il lui tendit une autre carte de visite.

— Notez votre numéro de téléphone là-dessus.

Comme il se penchait pour prendre un stylo dans la boîte à gants, elle sentit son parfum, mélange de gel douche et d'après-rasage. Une odeur très agréable.

Elle écrivit son numéro au dos de la carte.

— Donnez-moi un coup de fil un de ces jours, dit-il.

Elle croisa son regard, un regard franc, direct.

— Vous savez, Finn, je crois que je suis un peu trop vieux jeu pour appeler un homme que je connais à peine.

— OK. Dans ce cas, c'est moi qui vous téléphonerai.

Elle sourit.

— Je préfère.

— Vous êtes décidément une jeune fille intéressante, mademoiselle Kramer.

— Vous n'êtes pas non plus dénué d'intérêt, cher monsieur Rasmussen.

Il l'aida à descendre de la Jeep.

— Laissez-moi vous accompagner jusqu'à la maison.

— Ce n'est pas la peine, il y a juste quelques mètres. Et puis, vous devez aller à la gym, vous vous rappelez ?

Elle commença à boitiller vers la maison.

— Au revoir, Ellie, lança Finn dans son dos.

Elle se retourna pour lui faire signe de la main et le regarda remonter dans sa Jeep et s'éloigner.

Génial, se dit-elle en souriant. Elle espérait qu'elle ne lui avait pas paru trop coincée, mais elle se disait qu'avec Finn Rasmussen, il valait mieux qu'elle n'aille pas trop vite en besogne. Il était sans aucun doute entouré de femmes qui ne demandaient qu'à lui tomber dans les bras.

Soudain, son sourire s'évanouit. Il avait dit qu'il l'appellerait, mais le ferait-il vraiment ? Peut-être allait-il l'oublier aussitôt revenu à Denver. Et si elle l'avait mal jugé ? Si elle avait laissé passer sa chance ?

Et s'il appelait ? Elle ferma brièvement les yeux. Si Finn mordait à l'hameçon, elle allait devoir jongler avec deux hommes. Il faudrait qu'elle bluffe, comme au poker.

Michael et Finn... L'un des deux était un violeur sadique, un assassin. Elle en était sûre. Mais lequel ?

Elle entra dans la maison.

— Qui était ce type ? demanda Bonnie.

— Pas le flic, en tout cas, déclara Jenn.

— Pourquoi diable boites-tu ? demanda Celeste.

— Aucune idée, rétorqua Ellie en reprenant aussitôt un pas allègre.

10

Finn était en CM1 quand il commença à trouver ses marques. Il était grand pour son âge, costaud et doué pour le sport. Il n'avait pas d'ami proche, mais ses qualités athlétiques lui avaient valu de se faire accepter par ses camarades. Quant aux adultes, ils appréciaient cet enfant poli et vif d'esprit.

Dans sa famille, les choses allaient de mal en pis. À quinze ans, son frère Scott collectionnait les ennuis et séchait l'école à tout bout de champ. Sa sœur Ginny avait treize ans, et elle était toujours aussi sotte et peureuse.

Keith, son père, continuait à boire plus que de raison. Il s'était fait licencier et avait perdu son permis de conduire. Il avait trouvé du travail dans une autre agence de location de voitures, mais maintenant, il était chargé de laver les véhicules, de nettoyer les saletés des autres.

Chez eux, les bagarres étaient moins fréquentes. Becky, usée par la vie, avait jeté l'éponge.

Finn avait honte de sa famille. Il ne se sentait bien qu'à l'école, et c'est en observant M. Lundgren, son instituteur, qu'il apprit à se comporter en homme. Lorsqu'il rentrait chez lui, il l'imitait devant la glace de la salle de bains, prenait les mêmes postures que lui, répétait ses paroles. Il restait souvent à l'école après les cours et rapportait chez lui des livres que lui prêtait son instituteur : *Tom Sawyer*, *Tarzan*... Il les lisait avidement et les cachait sous son matelas, car il savait que son frère les déchirerait en mille morceaux s'il les trouvait.

Pendant ce long hiver, Finn fit des petits boulots pour gagner un peu d'argent. Il balaya la neige des trottoirs, cassa la glace qui recouvrait les allées. Bien sûr, il devait planquer son argent, pour que Scott ne mette pas la main dessus.

Et durant tout ce temps, il cacha son dégoût pour son père, ses larmes de honte, de peur et de désespoir. Et la rage qui l'habitait. Une intense rage d'enfant devant l'injustice de son existence.

Cela faisait quatre soirs d'affilée que Finn sortait, et il en était à sa troisième femme. Il avait passé les deux premières soirées avec Suzanne, la troisième avec Donna, et ce soir, il accompagnait Julie à une représentation de *Casse-Noisette* au Performing Arts Complex de Denver – le Plex, pour les intimes.

Il prit le programme, le plia en deux et le glissa dans la poche intérieure de son smoking, puis il donna le bras à Julie pour l'escorter jusqu'à leurs places.

Julie Barrow était ravissante. Elle était mannequin et avait de longs cheveux noisette brillants, un teint de porcelaine, des jambes interminables et un cou de cygne. Ce soir-là, elle portait une robe verte simple mais élégante, dont le décolleté mettait en valeur une poitrine à la perfection suspecte, et elle arborait des boucles d'oreilles et un collier de perles d'un goût exquis. Le tout sans maquillage, ou presque. Elle n'en avait pas besoin.

Finn adorait s'afficher avec ses conquêtes devant la bonne société de Denver. Il salua les Buckley et les Romer de la main, puis les Huntley, les Butler et les Greengard lui firent à leur tour un petit signe. David Chew approuva d'un large sourire le choix de sa compagne. Lui et Finn, quelque temps plus tôt, avaient partagé trois filles dans une suite d'hôtel. Une expérience intéressante, mais que Finn n'avait pas l'intention de renouveler. Ce n'était pas sa tasse de thé.

Les lumières s'éteignirent, et il déposa un baiser sur les longs doigts de Julie.

— Je suis une fan de *Casse-Noisette* depuis ma plus tendre enfance, chuchota-t-elle à son oreille.

Finn sentit une décharge électrique dans son bas-ventre. Cette fille l'excitait vraiment, ce qui n'arrivait pas souvent. Peut-être parviendrait-il à ses fins, ce soir.

Le ballet était splendide. Finn but des yeux les adorables jeunes filles qui tournaient gracieusement et sautaient sur leurs pointes. Au deuxième acte, une nouvelle danseuse apparut sur scène. Finn fut aussitôt subjugué par l'extraordinaire grâce de ses mouvements, ses cheveux courts et bouclés qui encadraient son beau visage, sa présence magnétique.

Cela lui prit un moment, mais il finit par comprendre pourquoi cette fille exerçait un tel attrait sur lui : elle lui rappelait Ellie Kramer.

Il essaya aussitôt de chasser Ellie de ses pensées. Il avait un millier de bonnes raisons de ne pas vouloir se souvenir d'elle. Pour commencer, elle était de Boulder, or il évitait soigneusement tout lien avec cette ville où il avait commis cet écart plein d'amateurisme avec la fille Morris. Il haïssait ce souvenir, et il haïssait Boulder à cause de lui.

De toute façon, il pouvait mettre n'importe quelle femme dans son lit. Il n'avait pas besoin de cette Kramer.

Après le ballet, Finn emmena Julie dans une boîte de Larimer Square. Tandis qu'ils se frayaient un chemin jusqu'au bar, il vit les hommes déshabiller sa compagne du regard. Elle était vraiment superbe, et il sentit une vague de fierté l'envahir à l'idée que c'était lui qu'elle avait choisi.

Mais Ellie lui revint à l'esprit. Il fronça les sourcils, contrarié. Ellie était belle et ardente, tel un feu rougeoyant dans ce monde si froid. Et alors ? Il y avait des tas de femmes comme elle, à commencer par celles, très jeunes, dont le corps venait tout juste de s'épanouir. Il n'avait vraiment pas besoin qu'une étudiante en droit vienne semer le désordre dans sa vie bien rangée. En plus, se dit-il, elle n'avait pas semblé particulièrement intéressée.

— Tu sais, tous les hommes de cet endroit te désirent, dit-il à Julie.

— Allons donc, protesta-t-elle.

— C'est vrai. Je m'étonne encore que tu aies accepté de sortir avec moi. Je suis vraiment né sous une bonne étoile pour avoir une chance aussi obscène.

— Arrête, Finn, tu vas me faire rougir.

Mais elle n'avait pas l'air gênée le moins du monde, seulement ravie.

Il lui fit l'amour dans la chambre à coucher de sa maison de Cherry Creek. Il avait éteint la lumière avant même de la déshabiller, pour pouvoir imaginer qu'il dépouillait l'une de ses victimes de ses vêtements. Il évita de toucher ses seins en silicone – il détestait cela – et il se concentra sur ses hanches étroites, presque des hanches de garçon.

Il la pénétra, perdu dans un maelström de visages, ceux de Stephanie, Naomi, Amy, Holly, Peta. Il demanda même à Julie, en chuchotant, de faire mine de lutter.

— C'est juste un jeu, chérie. C'est stupide, mais ça m'excite.

De toute évidence, cela l'excitait aussi. Et elle était pleine de talent. Cette fois, il allait jouir. Il se rappela le visage de Peta, encore tout frais dans sa mémoire, et la sentit se débattre sous lui, terrifiée.

Prudemment, il posa ses mains sur la gorge de Julie. Il aurait tant voulu serrer, appuyer ses pouces sur sa glotte. Mais il pouvait seulement faire semblant et s'oublier dans son fantasme. C'était déjà bien. Il accéléra la cadence et sentit le plaisir monter en lui. Oui, cette fois, il allait y arriver.

Il était sur le point de jouir quand il vit Ellie. Ellie, sous lui. Il se sentit blêmir, et soudain, il réalisa qu'il s'était retiré de Julie.

Il roula sur le dos, furieux.

— Finn ? Qu'est-ce qui se passe ? murmura Julie.

Il eut soudain envie de la frapper, de défigurer son visage parfait de mannequin. Mais il se reprit.

— Ça n'a rien à voir avec toi, chérie, chuchota-t-il dans la pénombre. C'est une vieille blessure de football qui resurgit parfois. Une blessure au bas-ventre qui fait parfois des siennes. Donne-moi juste quelques minutes.

Mais il savait que quelques minutes n'y changeraient rien. Il se débrouillerait comme il le pouvait avec Julie. Il avait déjà eu des douzaines de Julie dans son lit.

— Je vais voir si une douche peut régler le problème, dit-il d'une voix contrite. Je suis vraiment désolé, chérie.

Il prit une longue douche chaude, puis une froide. Il savait que Julie l'attendait, encore pleine d'espoir. Mais il ne pouvait chasser ce visage qui le hantait, le visage étrangement radieux d'Ellie Kramer. À cet instant, il la détesta du plus profond de son être.

Ellie leva les yeux de son bloc-notes, retira ses lunettes et sourit à Holly Lance.

— J'imagine à quel point ce doit être difficile pour vous…

Mais Holly soupira.

— Vous imaginez ? Avez-vous déjà été violée, mademoiselle Kramer ?

— Appelez-moi Ellie. Non, ça ne m'est jamais arrivé. Et, à vrai dire, je crois que je ne peux pas imaginer à quel point cela doit être horrible de penser à cela. Si ces questions n'étaient pas de la plus grande importance, je ne vous ferais pas revivre cet enfer.

— C'est ma mère qui vous a donné mon adresse ?

— Non, elle ne voulait pas que je vous parle.

— Alors, comment…

— C'est un voisin de votre mère qui m'a appris que vous viviez à Fort Collins. J'ai appelé Colorado University, et ils m'ont donné vos coordonnées.

— Ce n'est pas dans leurs habitudes.

Holly regardait Ellie d'un air soupçonneux. Elle était loin d'être sotte.

— Non, mais comme il s'agissait d'une requête du bureau du district attorney, ils ont fait une exception.

— Je ne comprends toujours pas pourquoi le district attorney s'intéresse à moi.

— Nous ne nous intéressons pas à vous en particulier, Holly. Nous mettons au point une nouvelle base de données sur les victimes de viol. De cette façon, nous pourrons comparer en quelques clics nos informations avec celles des autres villes de la région de Front Range.

— Je vois, dit l'étudiante. Bon, débarrassons-nous de cette corvée le plus vite possible.

— D'accord, répondit Ellie.

Elle avait hâte d'en finir, elle aussi. Tous ces mensonges, tous ces arrangements avec la vérité lui donnaient la nausée. Cette histoire allait mal se terminer. Elle mentait à tout le monde. À son patron, à ses colocataires, à Michael, et maintenant, à Finn. Mais elle avait visé trop haut avec Finn. Il ne l'avait pas appelée, et à présent, il n'était plus question de tomber sur lui « par hasard ». Elle aurait dû avoir l'air plus intéressée. Elle avait voulu jouer au plus fin avec lui, et elle avait perdu.

Elle inspira profondément et se concentra sur Holly.

— Encore quelques questions, d'accord ?

— Allez-y.

Ellie remit ses lunettes.

— Avez-vous vu votre agresseur, même l'espace d'une seconde, avant qu'il ne vous attaque ?

— Je vous l'ai déjà dit, j'étais à l'étage pour voir si mon petit frère dormait. Mon beau-père m'a frappée par-derrière. Ensuite, j'ai perdu connaissance. Je ne me souviens de rien, ou presque. Dieu merci, ajouta-t-elle d'une voix amère.

Ellie hocha la tête.

— À présent, je dois vous poser une question qui risque de vous paraître un peu étrange. Vous êtes prête ?

Holly grommela.

— J'ai lu votre déposition, et à aucun moment vous ne dites que c'est Bob Lance qui vous a agressée.

— Hein ? Mais qu'est-ce que vous insinuez ? Vous êtes...

Ellie leva la main.

— Laissez-moi finir, s'il vous plaît. Je vous demande simplement si vous êtes sûre qu'il s'agissait de votre beau-père.

— Bien sûr que c'était ce salaud ! Comment pouvez-vous...

— S'il vous plaît, essayez de vous remémorer la scène, insista Ellie. Pourquoi pensez-vous que c'était lui ?

— Sa ceinture, ça ne vous suffit pas ?

— Oui, je sais que c'est sa ceinture qu'on a serrée autour de votre cou. Mais vous ne vous rappelez rien d'autre ? La taille de l'agresseur, par exemple ? Ses habits ? Une odeur d'après-rasage ?

— C'est Bob Lance qui m'a violée ! Vous êtes dingue ou quoi ? Qu'est-ce que c'est que ce micmac ? J'aimerais bien savoir ce que...

Ellie enleva ses lunettes, les remit dans leur étui et ferma son bloc-notes.

— Pardon, Holly. Je suis vraiment désolée d'avoir ravivé ces souvenirs atroces.

Holly Lance se contenta de lui jeter un regard glacial à travers ses larmes. Quelques minutes plus tard, Ellie reprit la voiture de Celeste et quitta la résidence universitaire. Elle sortit de la petite ville de Fort Collins sans même s'arrêter dans une station-service, comme elle avait pourtant prévu de le faire, et attendit d'avoir quitté l'autoroute, à Boulder, pour prendre de l'essence. Elle avait honte d'elle-même.

Ben Torres était assis à son bureau encombré de papiers et se livrait à son passe-temps favori : observer Ellie à travers la porte vitrée de son bureau.

Il avait le moral à zéro. Marie et lui n'avaient pas fait l'amour depuis trois mois – non, presque quatre. Quatre mois de migraines, de règles inopportunes, de dos courbaturé après avoir déplacé des tables dans des ventes de charité, de fatigue, de coups de téléphone qu'il fallait passer sur-le-champ, de rendez-vous, d'événements caritatifs. La dernière excuse en date, c'était la mauvaise haleine du matin.

— Oh, Ben chéri, il faudrait que je me brosse les dents d'abord.

Il n'avait même plus envie de lui faire l'amour. Seigneur, il aurait juste voulu la serrer dans ses bras cinq minutes.

Il vit Ellie se lever et se diriger vers le couloir. Elle emportait des dossiers. Il aurait juré qu'elle se rendait aux archives.

« Oublie-la, se dit-il. Ne fais pas cette bêtise. »

Ellie porta la main à sa poitrine et poussa un cri.

— Monsieur Torres ! Vous m'avez fait une peur de tous les diables.

— Désolé, Ellie, je ne voulais pas vous effrayer.

Le cœur d'Ellie battait à tout rompre. Elle était seule avec lui, coincée dans un coin mal éclairé des archives. Mais le pire, c'était qu'il l'avait surprise avec des dossiers qu'elle n'avait aucune raison de consulter, encore moins de rapporter chez elle.

Ben posa une main sur le mur en ciment et se rapprocha d'Ellie.

— Qu'est-ce que vous avez là, Mlle Kramer ?

Il souriait et désignait le dossier qui contenait le témoignage de Finn Rasmussen au procès de son père.

Ellie cacha le dossier dans son dos et s'efforça de sourire.

— Je voulais vous faire une surprise. J'ai découvert quelque chose qui pourrait planter un clou supplémentaire dans le cercueil de Zimmerman.

— Oh, vraiment ? Je peux peut-être vous aider.

— Non, non, répondit-elle, un peu trop vite. Je veux dire, je ne suis pas sûre qu'on puisse utiliser l'information comme je l'avais espéré.

— Eh bien, laissez-moi y jeter un coup d'œil. Peut-être que si nous nous y mettons tous les deux…

— Non, merci. Je tiens vraiment à me débrouiller toute seule. Mais croyez bien que j'apprécie votre offre.

Il se raidit un peu, et son visage redevint grave.

— Écoutez, dit-il, je voulais vous parler d'autre chose, Ellie. Voilà. J'espérais que nous pourrions… Je ne sais pas comment dire ces choses-là.

Il eut un petit rire forcé.

— Voulez-vous prendre un verre ou aller dîner après le travail ?

Ellie était rouge de confusion.

— Monsieur Torres… pardon, Ben, je ne sais pas quoi dire.

— Dites oui, dans ce cas.

Ellie réfléchit à toute vitesse. Il fallait qu'elle se sorte de ce mauvais pas, mais sans le braquer contre elle.

— Je vais être honnête avec vous, Ben. Vous êtes un homme très séduisant. Mais vous êtes marié. Or, à mes yeux, le mariage est quelque chose d'important. Si vous n'étiez pas marié... Je veux dire, si la situation venait à changer...

— Je comprends, coupa-t-il.

— Vraiment ?

— Oui.

Il rit de nouveau.

— Je ne suis pas très fier de moi. Je n'ai jamais rien fait de pareil auparavant. En fait, je virerais *illico* quiconque se comporterait ainsi. Seigneur !

Il se passa nerveusement la main dans les cheveux. Soudain, Ellie eut pitié de lui.

— Écoutez, Ben, je ne suis pas fâchée. Au contraire, je suis flattée. Vous n'avez rien fait de mal, vous m'avez invitée à prendre un verre. Il n'y a pas de quoi fouetter un chat.

— Vous êtes sûre ? Vous n'allez pas remonter ces marches en hurlant au harcèlement sexuel ?

— Ne soyez pas stupide.

— Tout va bien, alors ?

— Il n'y a pas l'ombre d'un problème. Retournons au bureau, d'accord ?

— D'accord, Ellie. D'accord.

Ce fut la dernière fois qu'Ellie essaya de subtiliser un dossier aux archives. Les jours suivants, elle changea de stratégie. Elle filait à la bibliothèque de Colorado University dès qu'elle avait un moment de libre et passait au crible les microfilms des vieux journaux et magazines de Denver, à la recherche d'informations sur Finn Rasmussen. Et il y en avait en abondance.

Elle trouva des photos de Finn à des soirées mondaines, des bals de charité, des événements culturels, des galas, des premières. Il avait invariablement à ses côtés une créature superbe. Son nom apparaissait dans divers articles du *Denver*

Post, de *Rocky Mountain News*, de *Westword* et de *Colorado Expression*. Elle apprit ainsi qu'il donnait de l'argent à bon nombre d'organisations caritatives et qu'il aimait le ski, la pêche au gros et la plongée sous-marine.

Elle lut également un article sur son entreprise, Mountaintech Security. Le journaliste vantait les qualités de P-DG de Rasmussen et affirmait que sa société serait un jour cotée en Bourse. L'article contenait même une courte biographie du fondateur de Mountaintech, où il était fait mention de son passé de policier à Boulder et de la distinction qu'il avait reçue pour avoir résolu l'affaire Morris.

Ellie retira ses lunettes et se remémora la matinée qu'elle avait passée en compagnie de Finn. Elle avait du mal à imaginer que cet homme ouvert et sympathique puisse être un violeur et un assassin.

Puis son bon sens reprit le dessus. Elle était en train de juger d'après les apparences. Elle ne pourrait se prononcer que quand elle connaîtrait mieux Finn. Mais aurait-elle l'occasion de le revoir ? Il ne l'avait toujours pas appelée.

Le lendemain, elle se réveilla avec un gros rhume. Elle avala une poignée de comprimés de vitamine C et se força à aller au travail, les poches pleines de mouchoirs en papier.

Torres partit pour la salle d'audience, mais Ellie resta au bureau, pour travailler sur une affaire de cambriolage qui devait suivre le procès Zimmerman.

— Pourquoi ne rentres-tu pas te mettre sous ta couette ? lui demanda Mary, la réceptionniste, après l'avoir entendue tousser et éternuer pendant des heures. Tu as une tête de déterrée.

— Je vais y aller. Je veux juste finir ce truc.

Son téléphone sonna vers 15 heures, alors qu'elle imprimait le dernier document qu'elle avait préparé.

— Allô ? fit-elle d'une voix enrouée.

— Ellie ? C'est toi ?

C'était Michael.

— Oui. J'ai la crève.

— Ça s'entend. Pourquoi n'es-tu pas chez toi ?

— Eh bien, j'ai ces papiers...

— Laisse tomber. Je passe te prendre et je te dépose chez toi. Dans vingt minutes, ça te va ?

Elle hésita. Cela faisait plus d'une semaine qu'elle n'avait pas vu Michael. Il avait été de service plusieurs nuits de suite, et elle avait été elle-même très occupée. Et puis, il y avait eu ces excuses qu'elle avait inventées, de peur de faiblir et de déraper de nouveau.

— Ellie ?

— D'accord, je serai devant l'entrée principale dans vingt minutes.

Michael arriva à l'heure dite. Ellie monta dans le pick-up noir et soupira.

— Seigneur, j'ai horreur d'être malade.

— Tu devrais faire un peu plus attention à toi, Ellie, déclara Michael en quittant le parking du palais de justice.

— C'est ce que ma mère me dit toujours.

— Pourquoi ne restes-tu pas quelques jours chez toi, bien au chaud ?

— Je tournerais comme un lion en cage.

Elle s'adossa au siège en reniflant. Elle se sentait vraiment mal. Elle aurait peut-être intérêt à suivre le conseil de Michael, finalement.

Il ne se contenta pas de la déposer, mais insista pour l'accompagner jusque dans la maison. Elle le fit entrer dans la cuisine.

— Regarde-moi ce bazar, dit-elle en désignant l'évier.

Elle s'écroula sur une chaise et se prit la tête dans les mains.

Michael lui prépara du thé, dans lequel il délaya une généreuse cuillerée de miel.

— Tes colocs sont à la fac ? demanda-t-il en posant la tasse fumante devant elle.

— J'imagine.

— Tu devrais boire ça et aller te reposer.

Le thé lui fit du bien. Elle aurait voulu parler à Michael, lui faire comprendre qu'elle était toujours intéressée, mais elle était trop sonnée par son rhume pour jouer la comédie.

— Comment se passe le procès ? demanda-t-il.

— Bien.

— Tu crois que ce sera fini avant Noël ?

— Ça m'étonnerait.

— Les jurés vont être furieux.

— Comment cela ?

— Cela te plairait de devoir venir au tribunal pendant tes vacances de Noël pour écouter toutes ces simagrées d'avocats ?

— Non, tu as raison.

À cet instant, la porte d'entrée s'ouvrit et se referma brutalement.

— C'est sûrement Celeste, dit Ellie. Elle claque toujours la porte.

Une seconde plus tard, Celeste pénétra dans la cuisine.

— Vous devez être l'inspecteur. Je m'appelle Celeste, je suis le cerveau de la maison.

Michael se leva et lui tendit la main.

— Michael Callas.

Celeste le regarda de haut en bas.

— Enchantée de faire votre connaissance, dit-elle de sa voix la plus charmeuse.

— S'il te plaît, pas maintenant, grogna Ellie.

— Tu te sens toujours mal fichue ? demanda Celeste.

— On ne peut pas dire que cela s'arrange.

— Bon, eh bien, je vous laisse. Je dois me changer, j'ai un rendez-vous.

— Ravi de vous avoir rencontrée, dit Michael.

— Il faudra qu'on remette cela, fit Celeste en souriant, avant de disparaître dans l'escalier.

— Cela fait longtemps que vous êtes colocataires ? demanda Michael à Ellie.

— Depuis toujours.

— Ah... Bon, je vais te laisser te reposer.

Il se leva de nouveau.

— Je... Non, rien.

— Quoi ?

— Rien.

— Allez, vas-y, dis-moi.

Mais il se contenta de lui dire qu'il l'appellerait.

— Cela me ferait plaisir, répondit-elle.

Elle crut l'entendre murmurer : « Vraiment ? » mais avant qu'elle ait pu ajouter quoi que ce soit, il s'était éclipsé. Avait-elle gâché ses chances avec lui comme elle l'avait fait avec Finn ?

Elle avait l'impression que sa tête allait exploser. Lequel des deux était coupable ? Soudain, une pensée atroce lui traversa l'esprit. Et s'ils étaient tous deux innocents ? Avait-elle gâché toutes ces années, plus de la moitié de sa vie, dans une quête stérile ?

Le jeudi venu, Ellie se sentait beaucoup mieux. Elle reprit le travail, toujours un peu enrhumée mais en bien meilleure forme.

Michael ne l'avait pas appelée, et elle pensait beaucoup à lui. Il n'en finissait pas de la surprendre.

Il avait paru tellement attentionné, le jour où il l'avait ramenée chez elle. Mais depuis, il n'avait pas donné signe de vie, et elle ne savait pas si elle devait se sentir soulagée ou déçue.

Elle ferma sa sacoche, mit son manteau et ses bottes et quitta le palais de justice. Puis elle longea Boulder Creek, perdue dans ses pensées. Qu'allait-elle faire, maintenant ? Elle n'en avait aucune idée. Devait-elle recommencer à éplucher les dossiers de l'affaire ?

Elle poussa la porte de la maison et sentit la chaleur accueillante l'envelopper. Elle trouverait bien un plan. Elle ne pouvait pas en rester là.

— C'est toi, Ellie ? lança Bonnie.

— Oui.

— Un type a appelé pour toi. Je t'ai laissé un message à côté du téléphone.

Ellie se précipita vers le téléphone et regarda le bloc-notes. Bonnie y avait simplement écrit :

Rappelle Finn.

Ellie inspira profondément. Enfin !

Elle jeta sa sacoche sur le canapé et esquissa quelques pas de danse.

— Qu'est-ce qui t'arrive ? demanda Bonnie, interloquée.

— Il a appelé ! s'exclama Ellie. Bingo !

11

Michael se versait sa première tasse de café, au commissariat, quand la radio crépita.

— Callas, Augostino et Goldman, on signale des coups de feu sur Thirty-seventh Street, juste au coin de Baseline Road. Une voiture est déjà en route.

— Merde ! fit Goldman en attrapant son manteau jeté sur le dossier de sa chaise.

— Même pas eu le temps d'avaler mon petit-déjeuner, grommela Rick Augostino en regardant avec envie son sachet de beignets.

Michael ne dit rien. Il posa son café, passa son holster et prit son arme.

Ils filèrent dans deux voitures banalisées, Michael seul dans la première, Augostino et Goldman dans la seconde. L'intersection entre Baseline Road et Thirty-seventh Street n'était pas très éloignée du commissariat, et Michael se dit que les policiers en uniforme n'auraient pas plus de quelques minutes d'avance sur eux.

La première chose qu'il vit en arrivant fut une voiture de police garée à la va-vite sur le trottoir. Puis il aperçut la porte grande ouverte de la maison et l'un des policiers en tenue qui vomissait dans les buissons.

Michael et les deux autres inspecteurs se dirigèrent vers le deuxième policier, qui leur apprit qu'il y avait un cadavre juste derrière la porte d'entrée. À première vue, tout danger semblait écarté.

— On va s'en assurer, dit Rick Augostino en sortant son arme.

Deux voisins avaient vu le meurtrier s'enfuir. Ils avaient même noté le modèle du véhicule et une partie de la plaque d'immatriculation.

— Je vais essayer d'obtenir un nom et une adresse avec ça, dit Goldman. Hé, Callas, tu jettes un coup d'œil à la victime ?

— Allons-y, dit Michael à Rick.

La victime, une femme, était en robe de chambre et avait le visage en bouillie.

— Nom de Dieu, souffla Rick en détournant la tête.

Michael resta muet.

Le médecin légiste fut rapidement sur les lieux. Il commença par examiner longuement le corps sans le déplacer. Il parlait beaucoup et d'un ton sentencieux, comme s'il s'agissait d'un meurtre compliqué – ce qui n'était à l'évidence pas le cas.

Pendant ce temps-là, Michael et Rick attendaient le résultat des recherches de Goldman au bureau des immatriculations. Mais Michael avait parlé à la vieille voisine qui avait prévenu la police, et il était à peu près certain de l'identité du meurtrier : le mari. La voisine avait reconnu sa Chevrolet bleue.

Ils l'auraient. Même si ce fumier filait dans un autre État ou dans un autre pays, ils lui mettraient la main dessus. Aucun homme n'avait le droit de faire cela à une femme.

Tandis que les techniciens de la police arrivaient pour faire leur travail macabre, Michael sortit dans le froid de décembre et songea à Rasmussen. Lui, il était passé entre les mailles du filet.

Quand ils avaient commencé à faire équipe, bien avant l'affaire Morris, Michael avait eu un mauvais pressentiment. Rien de tangible, juste une impression désagréable. Puis il y avait eu l'agression de Stephanie Morris. Ce soir-là, avant de prendre son service, Michael avait cherché à joindre Rasmussen au téléphone une bonne douzaine de fois, pour lui demander de passer le chercher. Personne n'avait répondu. Plus tard, alors qu'ils roulaient vers la maison des Morris, Michael avait demandé à Finn ce qu'il avait fait plus tôt, et Rasmussen avait expliqué qu'il était au téléphone avec une fille.

— Mon vieux, ça a bien duré une heure et demie, avait-il déclaré.

Michael ne lui avait pas dit qu'il avait tenté de le joindre.

Il y avait d'autres détails, dans l'affaire Morris, qui avaient chiffonné Michael. Pour commencer, comment John Crandall, un homme visiblement cultivé et intelligent, avait-il pu laisser son bandana autour du cou de Stephanie Morris ? C'était une énorme bourde. Et puis, il y avait eu cette lueur inquiétante sur le visage de Finn, la nuit du crime. Il avait fallu quelques années à Michael pour assembler toutes les pièces du puzzle. Quelques années, quelques victimes supplémentaires, quelques recherches et quelques coups de fil. Et il avait compris pourquoi Rasmussen était devenu un violeur et un tueur en série. Selon un éducateur de Milwaukee, la ville natale de Finn, ce dernier avait probablement été lui-même victime de viol, de la part de son oncle.

Muni de cette information, Michael était allé voir ses supérieurs, qui l'avaient envoyé balader : il n'avait aucune preuve.

Mais un jour, se dit-il, Rasmussen commettrait une erreur, et ce jour-là, il l'écraserait comme une mouche.

Peu avant midi, le bureau des immatriculations leur communiqua une adresse. La vieille Chevrolet bleue appartenait à un certain Lou Diggs. La jeune femme de vingt-trois ans qui gisait dans l'entrée de la maison était Norma Diggs, son épouse, dont il vivait séparé. Ils tenaient leur homme.

L'adresse de Lou Diggs correspondait à un petit lotissement misérable composé de mobile homes, de l'autre côté de la ville. En chemin, Rick, qui était monté dans la voiture de Michael, appela des renforts. Avec un peu de chance, Diggs s'était déjà tiré une balle dans la tête, se dit Michael.

En arrivant sur les lieux, il vit tout de suite que ce n'était pas le cas. Diggs avait accueilli la première voiture de police à coups de fusil et s'était barricadé dans son mobile home.

Les tireurs d'élite arrivèrent de Denver un peu plus tard, les camions des chaînes de télé locales sur leurs talons. Michael, spontanément, prit la conduite des opérations.

— On attend, déclara-t-il.

— Combien de temps ?

— Le temps qu'il faudra.

Cela prit trois heures et dix minutes. Les cent quatre-vingt-dix minutes les plus longues de la vie de Michael. Rick était à ses côtés, planqué derrière une des portières ouvertes de leur voiture, mais ils n'échangèrent pratiquement pas un mot. De temps à autre, un négociateur venu de Denver essayait d'établir un contact avec Diggs en utilisant son mégaphone, mais l'homme n'était visiblement pas d'humeur bavarde. Des efforts répétés pour le joindre au téléphone n'eurent pas plus de succès.

— Peut-être qu'il est mort, dit Rick.

Michael n'en croyait rien. Si Diggs avait retourné son arme contre lui, ils auraient entendu le coup de feu.

Trois quarts d'heure après le début du siège, le vent se leva, le terrible vent de Front Range. En quelques minutes, ils furent assaillis par de violentes rafales glaciales, qui secouaient comme un prunier le mobile home où s'était réfugié Diggs.

Michael pensa à Norma Diggs. À quoi ressemblait-elle avant que son mari ne réduise son visage en charpie ? Ses parents habitaient-ils près d'ici ? Étaient-ils déjà à la morgue pour identifier leur enfant ? Il se rappela ses propres parents, en route pour l'hôpital où Paul était mort. Ils n'avaient pas laissé Michael les accompagner.

Puis il songea à Ellie. Cette fille l'obsédait, le rendait fou de désir. Et plus elle se défilait, plus il avait envie d'elle. Il n'était pas dupe de ses pauvres excuses pour ne pas coucher avec lui. Mais elle n'avait pas l'air de vouloir mettre un terme à leur histoire. Qu'est-ce qui clochait donc chez elle ?

Le vent empira. Au plus fort des rafales, les hommes pouvaient à peine s'entendre.

— Bon Dieu ! fit Rick. Ordonne-leur de donner l'assaut.

— Pas maintenant.

Michael souffla sur ses doigts nus. Il ne pouvait pas porter de gants, s'il voulait utiliser son arme efficacement.

— C'est l'enfer, reprit Rick.

— Ouais, approuva Michael.

À ce moment précis, la porte du mobile home s'ouvrit, et une serviette blanche apparut, accrochée à un manche à balai. Lou Diggs jetait l'éponge.

— Vous vous rendez compte ? dit Goldman plus tard, alors qu'ils rentraient au commissariat. Ce fumier assassine froidement sa femme, et il n'a même pas le courage de se tirer une balle dans la tête !

— Ça ne m'étonne pas plus que cela. Les types qui s'en prennent aux femmes sont des lâches, fit Michael.

Il pensait de nouveau à Finn Rasmussen.

Il se rendit au palais de justice et pénétra dans le bureau du district attorney. Quand Ellie le vit, ses yeux s'écarquillèrent.

— Tu étais là-bas, n'est-ce pas ? lui demanda-t-elle d'une voix blanche. La télé est restée allumée toute la journée. Ce type…

— Ça aurait pu être pire.

— C'est facile à dire, après coup.

Il haussa les épaules.

— Arrête d'agir comme si cela n'avait été qu'une formalité. Tu sais bien que ce n'est pas le cas.

— Tu as raison, une femme est morte pour rien.

Il fut lui-même surpris d'entendre la colère qui grondait dans sa voix. Ellie posa la main sur son bras.

— Heureuse que tu sois sain et sauf. Je me faisais du mauvais sang.

— Je n'étais pas en danger.

— Bien sûr que si !

— Écoute, je ne suis pas venu pour parler de ça, répondit Michael. Je peux te raccompagner ?

— Bonne idée, dit Ellie en rassemblant ses affaires.

Ils s'engagèrent dans le couloir, passèrent devant la salle d'audience où se déroulait le procès Zimmerman, qui avait été ajourné pour les fêtes de fin d'année, puis sortirent du bâtiment.

— Je suis garé de l'autre côté de la rue, sur le grand parking.

La nuit tombait, et un vent mauvais soufflait toujours sur la ville.

— Brrr, fit Ellie en tapant dans ses mains.

— Ça te dirait de faire quelque chose ce week-end ? reprit Michael. On pourrait retourner skier, si tu veux.

— Oh, Michael, je ne peux pas.

Elle avait l'air réellement désolée.

— Je... je ne me sens toujours pas en superforme. En plus, j'ai promis à Celeste que je l'aiderais à faire ses courses de Noël, et...

— Ça va, j'ai compris.

— J'adorerais venir, je t'assure, mais en ce moment, ça tombe vraiment mal.

— Arrête, Ellie.

— Tu me crois, non ?

— Oui, oui.

Après une hésitation, il demanda :

— Que dirais-tu d'un long week-end au chalet, entre Noël et le Jour de l'an ?

— Je risque d'être à Leadville.

Elle le regarda, l'air grave.

— J'essaie de passer le plus de temps possible avec ma mère pendant les fêtes, tu comprends.

Ils étaient arrivés devant le pick-up. Piqué au vif par son rejet, Michael s'approcha d'elle en quelques enjambées. Il en avait assez. Ellie jouait avec lui comme un chat avec une souris, le laissant filer une seconde avant de l'attraper et de le mettre en pièces.

— Michael? fit-elle, hésitante.

Alors, quelque chose en lui se rompit, comme si un barrage cédait soudain, donnant libre cours à des vagues de fureur. Il l'attrapa par les épaules et la plaqua contre le pick-up. L'effroi écarquillait les yeux d'Ellie.

— À quoi joues-tu, bon Dieu?

— Quoi? Michael, je...

— Qu'est-ce que tu cherches?

Elle le fixa, les lèvres tremblantes. Sans réfléchir, il pencha la tête vers elle et l'embrassa sur la bouche, durement, en écrasant son corps contre le sien. Il la sentait haleter sous ses lèvres, il entendait les sons de protestation qu'émettait sa gorge, mais il continua à l'embrasser. Et, finalement, elle lui répondit.

Il la tint ainsi, pressée contre le pick-up, fou de désir, jusqu'à ce qu'elle le repousse, avec une force qui le surprit.

Brusquement, il revint à la raison et recula. Il avait honte de s'être comporté avec une telle violence, mais la colère bouillait toujours en lui. Il s'approcha de nouveau d'elle et posa ses mains sur le pick-up, une de chaque côté de son visage.

— Je suis désolé, je n'aurais pas dû faire ça. Mais je ne supporte plus ton petit jeu, Ellie. Tu me fais tourner en bourrique. Je ne peux pas continuer comme ça.

Elle parut se détendre un peu.

— Je suis désolée, moi aussi... C'est seulement... Mon Dieu, Michael, je ne sais plus où j'en suis. Tu n'es pas quelqu'un de... facile.

Il la regarda dans les yeux. Il savait qu'il avait un fichu caractère, mais cela n'expliquait pas tout.

— Tu comptes pour moi, Michael, reprit-elle d'une voix douce. Seulement, je ne veux pas aller trop vite. Nous nous connaissons à peine, après tout.

Puis elle prit son visage entre ses mains, l'attira vers elle et l'embrassa gentiment sur les lèvres.

Il savait que ce n'était qu'une manœuvre de diversion, qu'elle ne pensait pas un mot de ce qu'elle disait. Mais pourquoi diable jouait-elle cette comédie ? Il marmonna un juron, puis dit :

— Monte dans la voiture.

Mais Ellie secoua la tête.

— Non, je préfère marcher.

— Monte, répéta-t-il.

— Je crois qu'il vaut mieux que je rentre à pied. Ce n'est pas loin.

— Je sais où tu habites, ce n'est pas la porte à côté.

— N'insiste pas, Michael. On se parlera plus tard, d'accord ?

— Quand ?

— Plus tard.

Elle ramassa sa sacoche, se redressa et rajusta son écharpe rouge.

— Bonsoir, Michael.

Il avait envie de lui crier de revenir, mais il n'en fit rien. Il resta planté là, à la regarder partir, puis il monta dans son pick-up.

— Tu es invitée chez Martin Lester ? s'exclama Bonnie. Waouh ! Ce n'est pas n'importe qui, tu sais.

— Oui, je le sais, répondit Ellie.

Elle fouillait dans son placard, à la recherche d'une tenue élégante.

— Non, fit Bonnie. Pas ça, ça ne va pas.

— Tu n'as rien qui soit assez chic, ajouta Jenn.

— Et pour cause ! Je ne suis jamais invitée à ce genre de soirée.

Ellie avait l'impression d'être Cendrillon en train de s'habiller pour le bal. Elle était tout excitée et avait les nerfs à fleur de peau. Cela ne lui ressemblait pas du tout.

— J'ai une robe sublime, mais elle ne t'ira pas, reprit Bonnie. Allons plutôt voir dans le placard de Celeste.

Bonnie lui trouva la tenue parfaite : une robe de soirée noire à manches longues qui s'arrêtait au genou.

— Il faut d'abord que je demande à Celeste si elle est d'accord, dit Ellie.

— Bien sûr qu'elle sera d'accord ! Essaie-la donc.

Jennifer lui prêta une paire d'escarpins à talons hauts, qui allaient parfaitement avec la robe.

— Pas mal, dit-elle en l'examinant.

Celeste revint de cours quelques minutes plus tard et monta l'escalier quatre à quatre.

— Superbe, commenta-t-elle en voyant la tenue d'Ellie.

— Ça ne te dérange pas que je t'emprunte ta robe ?

— Ne sois pas stupide. Elle te va à merveille.

— Merci, les filles, dit Ellie, émue par la gentillesse de ses amies.

— Où vas-tu ? demanda Celeste.

— À une soirée chez Martin Lester.

Celeste émit un petit sifflement d'admiration.

— Et tu y vas avec l'autre ?

— Finn, dit Ellie.

— C'est ça, Finn. Qu'est-ce qui te prend, Ellie ? Pendant des années, tu as fui les hommes comme la peste, et tout à coup, tu te mets à sortir avec deux mecs en même temps.

Ellie éluda la question.

— Ce doit être mes hormones qui me jouent des tours, plaisanta-t-elle.

Comme elle aurait voulu se confier à son amie, discuter avec elle de son plan insensé ! Mais c'était impossible. Même si Celeste approuvait son plan, Ellie ne pourrait supporter qu'elle connaisse sa véritable identité. Elle détestait ce secret qui l'accompagnait dans chacun de ses mouvements, et pourtant, elle le gardait jalousement, comme s'il était devenu un compagnon trop familier pour qu'elle puisse se résoudre à s'en séparer.

Elle prit une douche, se lava les cheveux et se rasa les jambes. Michael hantait ses pensées. Elle avait découvert une nouvelle facette de sa personnalité, une facette menaçante. S'il était capable de se montrer violent avec elle, il avait très bien pu l'être avec d'autres femmes. Mais elle devait reconnaître qu'elle l'avait bien cherché. Elle ferma les yeux et laissa l'eau chaude couler sur elle. Elle avait joué avec Michael, et il avait vu clair dans son jeu. Elle ne pouvait pas continuer à se conduire ainsi avec lui. C'était trop dangereux.

Elle essaya une nouvelle fois de le chasser de ses pensées. Dans quelques jours, elle l'appellerait... Mais que se passerait-il quand ils se reverraient ? Malgré l'eau chaude, elle frissonna.

Elle s'efforça de se concentrer sur Finn, qui devait passer la chercher dans une heure. Elle essaya d'imaginer l'allure qu'il aurait, se demanda à quoi la soirée ressemblerait. Il n'y aurait là-bas que des gens fortunés et sophistiqués, des gens dont le monde était à des années-lumière du sien.

Après sa douche, elle se sécha les cheveux, se passa une lotion sur tout le corps et se parfuma. Sa nervosité augmentait à chaque seconde. Enfin, elle descendit, parée du collier et des boucles d'oreilles de Bonnie, de la robe de Celeste et des chaussures de Jenn.

— Vas-y, ma vieille, lança Jenn, pleine de fierté.

— Tu es parfaite, déclara Celeste. Tiens, mets ça par-dessus, ajouta-t-elle en lui tendant un manteau couleur taupe doublé de vison.

— Merci encore à vous toutes, dit Ellie avec ferveur.

À cet instant, une voiture s'arrêta devant la maison. Ellie prit une profonde inspiration, soudain effrayée. Son instinct lui disait que cette fois, elle visait trop haut. Elle entendit des pas monter les marches du porche, et l'espace d'une seconde, elle souhaita de tout son cœur que ce soit Michael qui apparaisse, et non Finn. Puis elle se ressaisit. Elle ne pouvait pas craquer maintenant, alors que le sort venait de lui accorder une nouvelle chance.

— Croisez les doigts pour moi, murmura-t-elle à ses amies.

Puis elle afficha son plus beau sourire et se dirigea vers la porte d'entrée.

12

Assise dans le 4 × 4 de Finn, avec la fourrure du manteau de Celeste qui lui chatouillait la joue, Ellie se sentait de nouveau dans la peau de Cendrillon. Elle avait l'impression qu'une bonne fée venait de la toucher de sa baguette magique.

Finn s'arrêta devant une maison tout illuminée sur Washington Park, l'une des adresses les plus prestigieuses de Denver. Il lui ouvrit la portière, l'aida à descendre et laissa les clés de la voiture à un domestique. Ellie gravit à son bras les larges marches qui menaient à un porche à colonnes, et ils s'engouffrèrent dans la maison, qui résonnait du brouhaha de la fête.

Lorsque le maître d'hôtel prit son manteau, Ellie réprima un gloussement nerveux. S'il avait su que c'était le manteau de sa colocataire ! Finn lui reprit le bras et la guida vers leurs hôtes, les Lester.

— Quelle robe charmante ! dit Hillary Lester en prenant les mains d'Ellie dans les siennes.

Elle lança un sourire approbateur à Finn et ajouta :

— Petit cachottier. Vous nous aviez délibérément caché Mlle Kramer, n'est-ce pas ?

— Je l'avoue, dit Finn.

— À la voir, je comprends pourquoi, fit Martin Lester.

Ellie regarda discrètement Finn, si séduisant dans son smoking. Il souriait, l'air parfaitement détendu.

— Amusez-vous bien, dit Hillary Lester. Et n'oubliez pas de me réserver une danse, Finn.

— Promis. Cette fois, j'essaierai de ne pas vous écraser les orteils.

Ellie ne trouva rien de spirituel à dire, aussi se contenta-t-elle de remercier les Lester de l'avoir invitée.

Ils se promenèrent dans l'immense hall, qui servait de salle de réception. Un groupe d'invités bavardaient et buvaient du punch au champagne autour d'un magnifique sapin de Noël installé au centre de la pièce. Un escalier majestueux de style victorien montait en volutes vers le premier étage, puis s'incurvait pour mener au deuxième étage. De gros nœuds en velours rouge habillaient la rambarde.

— Hillary est une femme adorable, dit Finn à l'oreille d'Ellie. Et ne vous y trompez pas, c'est une tête. Elle est diplômée d'Oxford. Je crois qu'elle a fait des études d'anthropologie.

— Elle a l'air très sympathique, répondit Ellie, qui admirait le sapin. Je n'ai jamais vu un aussi bel arbre de Noël, ajouta-t-elle.

— Il est très réussi, en effet, approuva Finn.

Toute la demeure était décorée de rouge et de vert. Au bar, un serveur en smoking remplissait les verres de punch au champagne, qu'il puisait dans un énorme saladier en cristal dans lequel flottaient des fruits frais savamment taillés en forme de bonshommes de neige ou de traîneaux. Hillary Lester n'avait négligé aucun détail, songea Ellie, époustouflée.

— Vous avez faim ? demanda Finn en saisissant deux verres de punch.

Sans attendre sa réponse, il la conduisit vers la salle à manger, où trônaient quatre tables chargées de plats somptueux et raffinés.

— C'est trop beau pour que j'ose y toucher, déclara Ellie. On attend un peu ?

— Entendu. D'ailleurs, je voudrais vous présenter quelques amis.

Elle ne put pas protester. Il insista pour qu'elle rencontre une foule de gens, dont elle oublia aussitôt les noms.

Elle devait bien admettre qu'elle était éblouie, même si elle s'efforçait de ne pas le montrer. Elle était sûre qu'il y avait là plus de diamants, de rubis, de saphirs et d'émeraudes que chez Cartier, et elle vit plus d'une invitée la regarder avec curiosité, voire avec une hostilité à peine voilée.

Finn Rasmussen, le play-boy, était comme un poisson dans l'eau. Il était charmant, Ellie ne pouvait le nier, même si sa tendance à vouloir toujours tout diriger l'agaçait légèrement. Sans lui demander son avis, il l'emmena vers une grande serre, qu'on avait transformée pour un soir en piste de danse.

Ils valsèrent, puis, avant qu'elle ait pu reprendre son souffle, Finn changea de partenaire, et elle se retrouva dans les bras d'un dénommé Tyler, un excellent danseur, pendant que Finn faisait valser avec grâce la femme dudit Tyler.

Ils retournèrent ensuite dans la salle à manger et dînèrent, assis sur un canapé en velours vert, entourés d'antiquités et de portraits d'ancêtres des Lester.

— Vous vous amusez ? demanda Finn.

Ellie avait la bouche pleine d'un mélange crevette-crabe. Elle prit le temps d'avaler et répondit :

— C'est merveilleux.

— Vous ne trouvez pas ça trop prétentieux ?

Les yeux bleus de Finn pétillaient, provocants.

— Bien sûr que si.

Elle rit.

— J'ai l'impression de commettre un péché.

— Un péché ?

— Oui, comme quand on achète une grande barre de chocolat et qu'on la dévore d'un coup.

— Cela vous arrive ?

Il haussa les sourcils.

— Oh, bien sûr. Quand je suis énervée, j'en suis parfaitement capable. Cela vous choque ?

— Non, bien que vous soyez probablement la seule femme ici à oser avouer une chose pareille. Mais vous êtes différente des autres.

— Ah, bon ? Et à quoi voyez-vous cela ?

Elle flirtait ouvertement, maintenant. Et elle y prenait plaisir.

— Vous vous adaptez toujours à votre environnement, dit-il, l'air pénétré. Même lorsque vous étiez effondrée sur le trottoir gelé, après votre chute, vous sembliez... naturelle. C'est la même chose ici. J'imagine qu'une étudiante comme vous ne doit pas être habituée à tout ce luxe. Mais à vous regarder, on pourrait croire que vous évoluez depuis toujours dans ce milieu. Peut-être est-ce le cas, d'ailleurs...

Elle rit franchement.

— Non.

— C'est vrai ?

— Évidemment. Je n'aurais pas pris ce travail auprès du district attorney si j'avais pu me payer ma dernière année d'études.

Il ne répondit rien, et ils se remirent à grignoter. Elle sentait constamment son regard sur elle. Même lorsque quelqu'un venait lui parler et qu'il y allait de ses reparties pleines d'esprit, elle devinait qu'il l'observait. Peut-être son plan allait-il réussir, se dit-elle avec espoir. Car derrière ses manières franches et engageantes, Finn devait bien avoir lui aussi son jardin secret. Tout le monde avait une face cachée. À elle de découvrir celle de Finn et de s'en servir.

Peu après minuit, elle alla aux toilettes. Là, seule pour quelques instants, elle s'appuya contre le mur et s'efforça de respirer calmement. Jusqu'ici, tout allait pour le mieux.

Mais elle savait qu'elle devait rester prudente. Si elle en faisait trop, si elle posait trop de questions à ce stade de leur relation, elle le perdrait. Pourtant, elle mourait d'envie d'en apprendre plus sur lui, de savoir d'où il venait, qui étaient ses parents, ses frères, ses sœurs. Dans quel milieu avait-il grandi ? Elle avait lu de nombreuses coupures de presse sur ses succès d'entrepreneur, mais ces articles ne mentionnaient jamais son enfance. Personne ne pouvait être aussi parfait que Finn semblait l'être. Toutefois, Ellie avait de plus en plus de mal à l'imaginer en tueur fou et calculateur. Non, ce ne pouvait pas être lui.

Son bon sens reprit aussitôt le dessus. Que lui arrivait-il ? Était-elle aveuglée par son style de vie, ses amis fortunés, sa maison et son 4 × 4 ? Était-elle donc si superficielle ?

Finn pouvait très bien être le tueur… à moins qu'il ne soit vraiment le type bien, dans cette histoire ?

Elle pensa soudain à Michael, à son côté noir et inquiétant, à son passé, dont il ne parlait jamais. Il en gardait la porte verrouillée à double tour, et elle craignait de ne jamais pouvoir mettre la main sur la clé.

Elle se tapota le visage d'eau froide. Il fallait qu'elle cesse de penser à Michael. Elle avait couché avec lui par nécessité, se dit-elle, le ventre noué. Cela avait marché. Mais après la scène du parking, il ne lui restait plus qu'à croiser les doigts pour qu'il continue à mordre à l'hameçon.

Ellie rejoignit Finn, qui lui proposa de nouveau de danser, de boire et de manger. Elle accepta toutes ses propositions. Comment lui résister ? Il était si charmant, si séduisant, et il y avait tant de choses en lui qu'elle ne pouvait s'empêcher d'aimer. À présent, elle ne s'étonnait plus que les femmes se pâment devant lui. Il était d'un abord facile, rieur ; il lui donnait l'impression d'être belle et spéciale, comme si elle était la seule femme présente dans la pièce.

C'était aussi un merveilleux conteur. Sans jamais se vanter, il lui raconta ses aventures, évoqua des endroits qu'elle ne verrait probablement jamais. Il lui parla de ce jour où il s'était cassé une jambe, en descendant à ski un glacier des Alpes. Il lui décrivit la terre de ses ancêtres, en Ukraine, et lui raconta son voyage en Tunisie, au cours duquel il s'était fait éjecter de sa selle par un chameau caractériel. Il lui parla aussi de ses plongées dans la mer des Caraïbes et de ses parties de pêche au gros au large du Mexique, dont la dernière datait de Thanksgiving.

— Avec mes copains, on a finalement réussi à ferrer un sacré morceau. C'était le dernier jour. On avait la gueule de bois, on était brûlés comme des homards, et par-dessus le marché, les vagues avaient bien un mètre cinquante de haut.

— Ça devait tanguer.

— Plutôt. Mais ça ne nous a pas empêchés de ferrer un marlin de plus de deux cents kilos. On s'y est tous mis pour le remonter. Ça a duré six heures. J'ai cru que j'allais y laisser mes bras.

— Vous l'avez eu, finalement ?

— Eh non !

Il rejeta la tête en arrière et éclata de rire.

— Au dernier moment, la ligne s'est cassée, et le marlin a disparu.

— Vous avez dû être terriblement déçus. Toutes ces heures de lutte pour rien !

— Cela arrive souvent qu'on juge mal une proie, vous savez. Juste au moment où on pense qu'elle va se laisser attraper...

Ils furent interrompus par un ami de Finn, et celui-ci n'eut jamais l'occasion de terminer sa phrase. À cet instant-là, Ellie ne fit pas attention à ses propos. Ce ne fut que plus tard, beaucoup plus tard qu'elle comprit exactement ce qu'il avait voulu dire.

Elle n'aurait su dire quelle heure il était quand il arrêta sa Jeep devant chez elle. Elle savait simplement qu'elle avait passé une soirée magique, que Finn n'avait pas gâchée en lui faisant des avances. Il était gentleman jusqu'au bout des ongles.

— J'ai l'impression d'être Cendrillon, dit-elle avec un soupir d'aise.

Il se tourna vers elle et posa son bras sur le dossier de son siège en cuir.

— Et est-ce que Cendrillon me permettrait de l'embrasser ?

Ellie sentit les battements de son cœur s'accélérer. Elle ne dit rien, sourit et se pencha vers lui. Les lèvres de Finn étaient souples et chaudes. Elle entrouvrit la bouche, et il l'embrassa passionnément, puis s'écarta, tout en laissant une main courir sur son menton. Il la regarda longuement dans les yeux.

— Attends, ne bouge pas, dit-il enfin.

Il sortit, contourna la voiture et ouvrit la portière d'Ellie, faisant s'engouffrer dans l'habitacle une bouffée d'air froid.

— Donne-moi ton pied, dit-il.

Ellie rit et s'exécuta. Il lui enleva son escarpin et le posa sur le sol.

— Voilà, dit-il.

— Voilà quoi ?

— Tu as perdu un soulier. Demain, ton prince te le rendra...

— Finn !

— ... quand nous serons en route pour Santa Fe.

— Hein ?

— Je dois m'y rendre pour le week-end. J'ai une réunion de boulot là-bas. Cela ne durera que quelques heures, mais je suis obligé d'y aller. On prendra mon avion.

— Tu... tu pilotes ?

— J'essaie.

Il sourit et ajouta :

— J'ai réservé à l'hôtel *La Fonda*.

Ellie ne savait pas quoi dire.

— Viens là, dit-il, et il la porta dans ses bras jusqu'à la porte d'entrée.

— Ma chaussure, Finn.

C'était l'escarpin de Jenn, et elle ne voulait surtout pas le perdre.

— Demain matin, Cendrillon. Le prince charmant n'est-il pas censé rapporter le soulier ?

— Euh... oui, mais...

— Tu viens à Santa Fe avec moi, et tu auras ta chaussure.

Sur ce, il la déposa à terre, l'embrassa et la serra dans ses bras. Quand elle eut repris son souffle, elle s'entendit dire, un peu étourdie :

— D'accord.

— Bien, murmura-t-il. Je passerai te prendre à 7 h 30. Ça te va ?

Ellie dit oui à tout, ignorant la sonnette d'alarme qui s'était déclenchée dans sa tête.

Il était encore tôt, ce samedi matin, quand Michael descendit Harrison Avenue, à Leadville, et tourna dans Fifth Street.

Il s'était dit qu'il était temps de fouiller un peu dans le passé d'Ellie. Pourtant, il n'était pas très fier de lui depuis que, la veille, il avait téléphoné à Janice Kramer, pour lui dire qu'il se trouvait dans le coin et qu'il serait ravi de passer dire bonjour à la mère d'Ellie. La mère de sa petite amie, avait-il précisé.

— Euh... bien sûr, avait répondu Janice, visiblement surprise. Ce sera avec plaisir, monsieur... Comment avez-vous dit ? Callas ?

— Appelez-moi Michael. Je suis impatient de vous rencontrer, madame Kramer.

— Janice.

— D'accord, Janice. Puis-je venir vers 10 heures, ou est-ce trop tôt pour vous ?

— Non, c'est parfait.

— À demain, donc, avait-il dit de sa voix la plus affable.

Il ne savait pas bien à quoi s'attendre, ni ce qu'il allait dire. Tant pis. Il n'aurait qu'à improviser.

Il arriva devant le numéro qu'il cherchait, se gara et jeta un coup d'œil à la vieille bicoque toute déglinguée. Seigneur ! se dit-il. C'était donc là qu'avait grandi Ellie ? Il savait qu'elle ne venait pas d'un milieu aisé, mais tout de même…

Mais ce n'était pas le moment de s'attendrir sur le sort de sa soi-disant petite amie. Ce qui comptait, c'était de compléter le puzzle Ellie Kramer. Et il ne s'en irait pas avant d'avoir obtenu les pièces qui lui manquaient.

Il ouvrit la portière de son pick-up, afficha son sourire de chic type et posa le pied sur le sol gelé.

13

Le nom de Michael Callas s'était logé dans le cerveau de Janice quatorze ans plus tôt. Quand il l'avait appelée, elle avait reconnu sa voix avant même qu'il ne se présente. Et pour cause. Elle l'avait écouté témoigner au procès de son mari pendant toute une journée. Sa voix était devenue un peu plus grave avec l'âge, mais elle l'aurait reconnue entre mille.

Elle avait immédiatement appelé Ellie, mais elle était tombée sur le répondeur. Elle avait réessayé ce matin, un peu avant 8 heures, et de nouveau, c'était le répondeur qui lui avait répondu. Ces filles ne décrochaient donc jamais leur téléphone ?

Janice, cependant, était sûre d'une chose : Ellie ne pouvait pas savoir que son « petit ami » se rendait à Leadville. Si elle avait deviné les intentions de Callas, elle aurait forcément prévenu sa mère.

Janice n'avait pas fermé l'œil de la nuit. Il était 8 h 15, à présent, et elle était prête à épingler une note sur sa porte à l'intention de l'inspecteur Callas, pour lui dire qu'elle avait dû s'absenter – une urgence. Mais elle se ravisa et se prépara à l'attendre, maquillée et habillée de son pantalon noir le plus élégant et d'un pull bleu roi à col roulé. Callas ne la reconnaîtrait certainement pas, se dit-elle. Ils ne s'étaient jamais parlé, ils ne s'étaient jamais trouvés face à face, et elle aurait juré qu'il ne lui avait pas jeté un seul regard, dans la salle d'audience. Sans doute avait-il trop honte pour cela. Seigneur, comme elle avait pu le haïr !

Les pensées de Janice revinrent au présent et à sa fille. Ellie mentait comme personne, mais elle avait éveillé les soupçons de cet homme. Même elle, aussi douée soit-elle pour jouer la comédie, ne pouvait duper un inspecteur de police. Mais Callas n'avait pas tous les éléments en main. Pas encore.

Plantée devant la fenêtre du salon, les rideaux fanés ouverts sur la rue paisible, Janice se tordait nerveusement les mains. Il y avait des toiles d'araignée dans l'encadrement de la fenêtre, et la peinture s'écaillait. Elle aurait pu arranger tout cela, redonner un coup de peinture, mais elle n'en avait plus l'énergie. Avant la mort de John, quand elle s'accrochait encore à l'espoir ténu qu'on finirait par arrêter le vrai violeur, elle avait gardé une certaine fierté. Mais depuis la mort de son mari, sa fierté, son courage l'avaient quittée. Il ne lui restait plus qu'Ellie. Sa fille unique, une enfant têtue, obstinée, qui jouait avec le feu.

Elle vit le pick-up de Michael tourner au coin de la rue. Quand il se gara et descendit de voiture, elle se mit à trembler, et des sanglots montèrent dans sa poitrine. Peut-être était-ce cet homme qui avait piégé son mari, qui avait commis le crime pour lequel on avait condamné John.

Mais elle savait qu'elle devait jouer le jeu jusqu'au bout. Elle ouvrit la porte, les lèvres figées dans un sourire forcé.

— Mme Kramer ? Janice Kramer ?

— C'est moi.

Elle s'éclaircit la voix.

— Vous devez être Michael. Entrez donc. Il fait un froid de canard, dehors.

Voilà. Elle avait passé le moment le plus difficile. Elle pouvait donner le change. Elle en était capable.

— Puis-je vous débarrasser ?

Elle tendit une main tremblante pour prendre son blouson en cuir brun, qu'elle accrocha précautionneusement au portemanteau.

— Venez, dit-elle en se tournant vers lui, installez-vous confortablement.

Janice crut qu'elle allait mourir de honte quand il s'assit dans le fauteuil aux accoudoirs élimés, dont les ressorts protestèrent sous son poids.

— C'est donc ici qu'Ellie a grandi, dit-il en souriant.

— En effet, mentit-elle. Nous avons cette maison depuis longtemps.

Puis elle demanda :

— Ellie sait que vous êtes là ?

Elle connaissait déjà la réponse, mais elle voulait entendre sa version.

— En fait, non. J'ai décidé sur un coup de tête d'aller passer le week-end dans le chalet familial, histoire de skier un peu.

— Oh... Vous avez un chalet dans le coin ?

— Oui, entre Vail et Minturn.

— Quelle chance vous avez ! Dites-moi, Michael, est-ce que je peux vous offrir du café ? Ou peut-être un peu de gâteau aux pommes ?

— Je prendrai volontiers une tasse de café, merci.

— Je vais le préparer, j'en ai pour une minute.

Elle se rendit dans la cuisine, laissant le policier observer son misérable salon. Elle était pauvre, mais qu'y pouvait-elle ? Elle avait perdu son travail à la mine et, quelque mal payé que fût son emploi à la supérette, c'était tout de même mieux que rien. Il y avait beaucoup de gens à Leadville qui ne pouvaient pas en dire autant. Nombre d'entre eux ne subsistaient que grâce à l'aide sociale.

— Il fait froid ici, n'est-ce pas ? demanda-t-elle depuis la cuisine.

— Plutôt. Pour être honnête, je ne crois pas que je pourrais vivre à cette altitude toute l'année. Vous avez toujours vécu à Leadville ?

— Oh, non, j'ai grandi dans une ferme du Nebraska. Ce n'est qu'après mon mariage que je suis venue dans le Colorado.

Michael se leva et vint se poster dans l'embrasure de la porte

— Ah, oui, c'est vrai ! fit-il. Ellie m'a dit que son père était décédé. Je suis désolé.

Janice eut envie de hurler : « Il est mort en prison, espèce de fumier, et à cause de toi ! » Mais elle se contenta de répondre :

— Oui, il est mort il y a quelques années.

Dieu seul savait ce qu'Ellie lui avait raconté.

Elle surveilla le café, qui coulait goutte à goutte, tout en jetant des coups d'œil discrets à son visiteur. C'était un bel homme, grand et bien bâti. Une pensée terrible lui traversa soudain l'esprit. Ellie avait-elle couché avec lui ? Sa fille était-elle capable d'aller si loin ? Elle vacilla et dut s'agripper au plan de travail pour ne pas tomber.

— Ça ne va pas ? demanda-t-il de sa voix bien timbrée.

— Ce n'est rien, juste une petite chute de tension. Le café est prêt. Vous voulez une part de gâteau aux pommes ?

— Pourquoi pas ? Je peux m'installer ici ? demanda-t-il en désignant la vieille table en chêne à côté de la fenêtre.

Janice posa une large part de gâteau sur une assiette, prit une serviette en papier et une fourchette dans un tiroir et plaça le tout devant lui. Puis elle lui servit son café dans une grosse tasse ébréchée.

— Voulez-vous du sucre ?

— Non, merci. Vous savez, madame... Janice, j'apprécie vraiment que vous ayez accepté de me recevoir comme ça, presque à l'improviste.

— Oh, ça ne me dérange pas, je vous assure.

— Je me suis dit que ce serait bien qu'on se rencontre, et comme Ellie est occupée ce week-end...

Occupée ? À quoi ? Satanée Ellie ! Mais qu'avait-elle fait au Ciel pour avoir une fille pareille ?

— Alors, Michael, vous êtes originaire de Boulder ? demanda Janice pour changer de sujet.

— Non, ma famille vient de Colorado Springs.

— Oh, je vois ! Et comment avez-vous rencontré Ellie ?

— Dans le cadre du travail. Le district attorney lui avait demandé de me préparer pour un procès au cours duquel je devais témoigner.

Janice lui lança un coup d'œil. Elle l'imaginait sans peine à la barre des témoins. Même après toutes ces années, il n'avait guère changé. Il avait quelques rides cyniques de plus autour des yeux, des yeux d'une étrange couleur d'ambre, mais il était toujours le même homme. Un beau gosse au type vaguement méditerranéen, à la peau mate et aux cheveux noirs. Son sourire était franc et séduisant. Mais il y avait quelque chose de menaçant derrière cette apparence aimable, quelque chose qui fit courir un frisson le long de la colonne vertébrale de Janice. « Sois prudente », se dit-elle.

— Vous avez travaillé à la mine, m'a dit Ellie ?

— Oui. Malheureusement, aujourd'hui, il n'y a plus de marché pour le molybdène.

Il hocha la tête, tout en dévorant son gâteau à belles dents.

— C'est délicieux, Janice.

Puis il reprit :

— Ellie m'a beaucoup parlé de son père, vous savez.

Mensonge, pensa-t-elle.

— Il m'a dit qu'il était ébéniste.

— Oui.

— Il travaillait ici, à Leadville ?

Elle hocha la tête en souriant, puis changea vivement de sujet.

— Et vous, Michael, vous avez toujours été dans la police ?

Comme si elle ne le savait pas ! Comme si les journaux de Boulder n'avaient pas publié des articles dithyrambiques sur l'excellent travail qu'avaient accompli les deux bleus dans l'affaire Morris !

— Toujours, répondit-il. J'y suis entré en sortant de la fac.

Il y était entré, et il s'était empressé de ruiner sa vie, songea Janice avec amertume. Une vie heureuse, jusque-là. John et elle possédaient une maison à la sortie de Boulder, sur deux hectares et demi. Un terrain qui aurait valu aujourd'hui un million de dollars. Mais elle avait tout perdu. Sauf Ellie.

Alors qu'elle se levait pour resservir Michael, l'image de John s'imposa soudain à elle. Cet homme pas très grand, mais mince, qui respirait la force et la compétence avec ses chemises à carreaux et ses grosses chaussures, lui avait plu dès le premier regard.

Pendant des années, après leur déménagement dans cette ville où personne ne connaissait leur véritable identité, Janice avait conduit sa fille à la prison de Canon City, deux fois par mois. Mais à mesure que le temps passait, John avait perdu courage, et leurs visites – à sa demande – étaient devenues moins fréquentes.

— Ellie est maintenant une jeune femme, avait-il dit un jour à sa femme. Elle doit vivre sa vie, laisser toute cette histoire derrière elle. Ne l'amène plus ici, Janice, je t'en supplie. Invente ce que tu veux. Je t'en prie.

Il n'avait jamais su à quel point sa fille lui était dévouée. Il n'avait jamais su que c'était pour le venger qu'elle était allée à Colorado University, puis qu'elle s'était spécialisée en droit. Ellie s'était lancée dans cette quête insensée de la vérité, et Janice savait que c'était en partie sa faute. Combien de fois sa fille l'avait-elle entendue dire aux avocats, à la police, aux médias, que John avait été piégé ? Que les deux jeunes flics cherchaient à cacher quelque chose en incriminant son mari ? Que l'un d'eux était même sans doute le véritable violeur ? Cela la rendait malade de savoir que c'était elle qui avait semé les graines de la vengeance dans l'esprit de son enfant.

Janice se rassit et regarda l'inspecteur. Était-il possible qu'elle se soit trompée ? S'était-elle laissé aveugler par la rage et la haine ? Avait-elle instillé ces mêmes émotions dans le cœur d'Ellie ? Après tout, elle n'avait aucune preuve. Sans doute Michael et son coéquipier n'avaient-ils rien à voir avec cette histoire.

— Et qu'est-ce qui a poussé Ellie à faire des études de droit ? demanda Michael en écartant son assiette vide.

— Elle... euh... elle était... Le droit la passionne, voilà tout. Je n'ai jamais su pourquoi.

— Peut-être cette passion lui vient-elle de son père, suggéra Michael.

— Oh, je ne crois pas ! John était un manuel.

— Il est mort prématurément.

— Oui, il... il a eu une grippe qui a dégénéré en pneumonie.

— Il doit vous manquer.

— Terriblement.

Cette fois, elle ne mentait pas.

— Ellie m'a parlé de lui quand elle a découvert mon hobby. Je crois que je suis un peu comme votre mari, j'aime bien travailler de mes mains, moi aussi. J'ai bâti ma maison moi-même. Elle est presque terminée. J'essaie de tout faire seul, mais quelquefois, je suis obligé d'appeler un professionnel à la rescousse pour réparer mes bêtises.

— John a toujours été un plombier atroce, dit Janice, pensive.

Michael rit.

— C'est drôle, moi aussi. J'ai installé des mètres et des mètres de tuyauterie dans ma salle de bains en inversant le chaud et le froid. Ce n'est qu'en tournant le robinet d'eau froide que je m'en suis aperçu. Je me suis brûlé.

— Mon Dieu !

— Ça a été un sacré boulot de démonter et remonter tous ces tuyaux.

Il se tut et la regarda un long moment sans rien dire. Ses yeux d'ambre s'étaient soudain assombris. Mal à l'aise, Janice s'agita sur sa chaise. Qu'est-ce que cet homme faisait chez elle ? Qu'espérait-il apprendre ? Avait-il déjà découvert ce qu'il était venu chercher ? Seigneur ! Lui avait-elle dit quoi que ce soit qui lui avait dévoilé la vérité ? Si c'était le cas, elle avait mis Ellie en danger.

Mais les yeux de Michael finirent par retrouver leur lumière habituelle, et il se leva.

— Je vais vous laisser, dit-il. J'ai déjà trop abusé de votre temps.

— Pas du tout. C'était un plaisir, je vous assure, mentit-elle.

Elle le suivit dans le salon et lui tendit son blouson.

— Bon retour. Soyez prudent en montant à Minturn, la route est terriblement verglacée à cette époque de l'année.

— J'irai doucement.

— J'ai été enchantée de faire votre connaissance, Michael. Peut-être reviendrez-vous une prochaine fois en compagnie d'Ellie.

— Bien sûr. Merci encore de m'avoir reçu. Maintenant que je vous ai vue, je sais de qui Ellie tient sa beauté.

Sur ces mots, il s'en alla.

Janice le regarda regagner sa voiture puis s'éloigner. Ce ne fut que lorsque le pick-up eut disparu au coin de la rue qu'elle se laissa tomber dans le vieux fauteuil où il s'était assis.

— Mon Dieu ! murmura-t-elle.

Michael s'arrêta au stop au croisement d'East Fifth Street et de Harrison Avenue et essaya de faire le tri dans ses pensées. Il y avait quelque chose qui le turlupinait, mais il n'arrivait pas à mettre le doigt dessus.

Au premier feu rouge, il y était presque. Bon sang, qu'est-ce que c'était ?

Il lui fallut encore trois pâtés de maisons pour que l'image surgisse devant ses yeux, l'image nette d'une femme assise dans un tribunal. Encore un demi-pâté de maisons, et le souvenir le frappa avec une telle force qu'il en eut le souffle coupé.

Janice Kramer était Janice Crandall. La femme de John Crandall.

Donc, Ellie était...

Il conduisit comme un automate jusqu'au feu rouge suivant.

Ellie était Ellie Crandall.

— Nom de Dieu!

Michael avait l'impression qu'un énorme marteau lui tapait dessus, inlassablement. Il quitta Leadville et son centre-ville vaguement embourgeoisé et revint à Boulder à tombeau ouvert. Il voulait rentrer chez lui, dans son chalet, le seul endroit où il trouverait un peu de paix. Là-bas, il repenserait plus calmement à tout cela, à ce flash-back qui venait de bouleverser sa vie.

Ellie lui avait menti depuis le premier instant. Elle avait joué avec lui et lui avait fait croire... Quoi, au juste? Qu'elle l'aimait, qu'elle voulait être avec lui. Et il avait commencé à se dire qu'il avait trouvé une femme avec qui il pourrait avoir une histoire sérieuse. Quel imbécile il avait été!

Il franchit le petit pont de bois qui menait à son chalet et coupa le moteur du pick-up. Puis il prit une longue inspiration et essaya d'être objectif. Comme n'importe qui, Ellie méritait qu'on lui accorde le bénéfice du doute. Peut-être ne savait-elle pas qui il était – après tout, elle n'était qu'une enfant au moment du procès de son père. Qu'elle se soit retrouvée affectée à l'affaire Zimmerman n'était sans doute qu'une coïncidence. Et il pouvait comprendre pourquoi sa mère et elle avaient changé de nom. Il aurait fait la même chose, à leur place.

Il fouilla dans sa mémoire, s'efforçant de se rappeler ses conversations avec Ellie. De quoi lui avait-elle parlé ? De ses études secondaires à Leadville. De la mort de son père, quelques années plus tôt. C'était à peu près tout.

Il entra dans le chalet et jeta rageusement son blouson sur le canapé. Oh, elle avait dû bien rire de lui ! Elle se fichait pas mal de lui et de leur histoire. Elle l'avait utilisé, voilà tout.

Elle lui avait menti. Elle l'avait trahi. Mais pourquoi ?

Il alluma un feu dans la cheminée. Assis sur ses talons, il regarda les flammes lécher le petit-bois, avant de dévorer les bûches. Il aurait pu mettre sa main dans le feu, il aurait à peine senti la brûlure. Il avait déjà trop mal.

Il avait commencé à neiger, et des flocons voltigeaient devant les vitres. Il se redressa, alla se planter devant une fenêtre et regarda sans la voir la valse folle de la neige.

Qu'est-ce qu'Ellie voulait de lui ? Pour commencer, comment l'avait-elle retrouvé ?

En travaillant auprès du district attorney, bien sûr. C'était une fille maligne, intelligente.

Michael se détourna brusquement de la fenêtre et alla ouvrir le placard où se trouvaient les bouteilles d'alcool. Il n'y avait pas beaucoup de choix, mais il ferait avec. Il prit une bouteille de cognac et se remplit un grand verre.

« Heureuse que tu sois sain et sauf », avait-elle dit. Il pouvait entendre sa voix comme si elle était dans la pièce. Était-elle sincère, à cet instant-là, ou cela faisait-il partie de son numéro d'illusionniste ?

Il but d'un trait le cognac, qui lui brûla la gorge, et se mit à tourner dans son chalet comme un lion en cage. Ellie Kramer… Ellie Crandall, qui s'était servie de lui, qui l'avait mené par le bout du nez.

Où était-elle, en ce moment ? Avec ses colocataires, dans la maison de Marine Street, ou avec un autre type ? Une fille comme elle devait avoir des dizaines d'hommes à ses pieds. Elle avait une sensualité innée, qui émanait de chacun de ses gestes. Tous les hommes savaient reconnaître cela. Et lui était tombé dans le panneau à pieds joints.

Il but et regarda la neige tomber, sans cesser de faire les cent pas. La rage le consumait. Finalement, il se jeta sur le canapé, son verre posé sur sa poitrine. Il se remémorait avec une clarté stupéfiante chaque expression de son visage, le contact de son corps sous le sien, son sourire bref, éclatant comme un rayon de soleil. Mais rien de tout cela n'était authentique.

Allongé sur le canapé, son chalet pris dans la tempête, il se sentit soudain accablé par le poids des pertes et des trahisons qui avaient jalonné sa vie. Paul. Ses parents. Et maintenant Ellie. Pas étonnant qu'il soit devenu misanthrope.

Pourquoi lui avait-elle infligé cela ?

La vérité qu'il avait cherché à refouler fit brutalement surface.

Ellie avait grandi en écoutant les accusations de sa mère. Elle pensait qu'il était le violeur.

L'ironie de la chose lui arracha un sourire sardonique. Janice avait raison. Ellie avait raison. Il n'y avait qu'un petit problème : elles se trompaient de flic.

— Bon Dieu ! s'exclama-t-il à voix haute.

Ellie lui faisait payer les crimes de Rasmussen. Et pendant ce temps, Rasmussen dépensait sa fortune en femmes et en joujoux divers, insouciant, heureux, libre de violer et de tuer encore et encore.

Il leva la tête et avala une nouvelle gorgée de cognac. Le sang battait à ses tempes, son estomac le brûlait. Il songea de nouveau à Ellie, à la finesse de sa peau, à ses yeux immenses dans lesquels il se noyait, à sa voix, son parfum, ses mains froides, ses cheveux soyeux et sa grâce naturelle.

Où diable était-elle ?

Il poussa un juron. En tout cas, elle avait de la chance de ne pas être dans les parages. Il l'aurait étripée. Il y avait des limites à ce qu'un homme pouvait supporter.

Il but encore et s'endormit sur le canapé, tandis que le vent rugissait de plus en plus fort au-dehors. Il rêva beaucoup cette nuit-là, mais au petit matin, il ne se souvenait que d'un rêve, celui des funérailles de Paul. Il s'éveilla avec cette question lancinante : pourquoi avait-il fallu que son frère, son meilleur ami, meure ?

En se levant, il réalisa qu'il avait une gueule de bois monumentale. Il tituba jusqu'à l'escalier et monta les marches en s'accrochant à la rampe. Arrivé sur la mezzanine, il regarda en bas et revit soudain Ellie dans sa cuisine, le soir où elle était venue dîner chez lui. Il se rappelait son air concentré quand elle avait cherché des couverts à salade dans les tiroirs. Puis elle avait souri. Un sourire rien que pour lui.

Et il comprit qu'il n'oublierait jamais cette soirée-là, dût-il vivre cent ans.

14

Quand leur mère tomba malade et que leur père sombra dans un alcoolisme profond, le frère de Finn, Scott, était assez âgé pour se débrouiller seul. Mais Ginny et Finn furent envoyés chacun dans une famille d'accueil.

En arrivant chez les Hoffman, Finn se crut au paradis. Deeny et Brian Hoffman avaient la quarantaine, et leurs propres enfants avaient déjà quitté la maison familiale. Chose inhabituelle, ils accueillaient des enfants par bonté d'âme et non pour les allocations de l'État.

Deeny faisait de la poterie chez elle, et Brian vendait des assurances. Ils traitèrent Finn comme s'il était leur propre fils. Deeny l'embrassait à tout bout de champ. Brian n'était pas aussi démonstratif, mais il s'occupait de Finn autant que sa femme. Il lui racontait des histoires de sa propre enfance, il lui parlait de ses fils et de leurs bêtises de jeunesse. « Des emmerdeurs », disait-il, mais avec une telle affection dans la voix que Finn brûlait de faire une bêtise à son tour pour que Brian le traite d'« emmerdeur ».

Pour la première fois de sa vie, il mangeait trois repas par jour, dormait dans des draps nets, portait des vêtements propres. Il se sentait coupable, indigne de sa bonne fortune, jusqu'au jour où il comprit que c'était son destin de vivre comme les Hoffman.

Il observa la façon dont Deeny tenait la maison, dont elle établissait la liste des courses, en mordillant son crayon. « Il me faut des oignons », déclarait-elle tout à coup, puis elle le notait sur sa liste. Il adorait la regarder travailler dans son atelier, assise derrière son tour.

Pour Thanksgiving, les Hoffman l'emmenèrent à Chicago. Ils firent de longues marches autour du lac, dans le vent froid. Finn avait une chambre d'hôtel rien que pour lui, et ils prirent tous leurs repas dans des restaurants.

Deeny insista pour visiter le Chicago Art Institute, le grand musée d'art de la ville. Pour Finn, cette visite fut une révélation. Toutes ces peintures de maître, ces sculptures, ces couleurs, ces formes, ces silhouettes... Il n'avait jamais rien vu de tel. Il admira son premier Picasso et un Kandinsky beau à couper le souffle. Pendant des jours, les peintures dansèrent devant ses yeux.

Finn resta chez les Hoffman pendant six mois. Il avait pratiquement oublié sa propre famille lorsque sa mère se sentit suffisamment rétablie pour reprendre ses enfants. Son père suivait une cure de désintoxication.

Un horrible matin de printemps, les Hoffman le ramenèrent chez lui. Finn était assis à l'arrière de la voiture, les yeux secs, le cœur déchiré. Il n'avait que onze ans, mais il était assez âgé pour comprendre que maintenant qu'il avait vu comment les gens normaux vivaient, sa vie à la maison serait encore plus insupportable.

Cet été-là, il fugua. Il fit du stop et marcha pendant des kilomètres pour retourner chez les Hoffman. Deeny pleura, et Brian lui parla de loyauté envers sa famille, puis le ramena chez Keith et Becky.

La seconde fois qu'il fugua pour rejoindre les Hoffman, il y avait un nouvel enfant chez eux. Un garçon qui avait presque son âge.

Il n'essaya plus jamais de s'enfuir, même pas quand on le mit dans une autre famille d'accueil. Finn était tout sauf stupide.

Finn et Ellie décollèrent du Denver Centennial Airport avant que la tempête ne s'abatte sur la ville. Ellie eut à peine le temps de dire ouf qu'elle se retrouva au-dessus des nuages, dans un ciel bleu ensoleillé. Finn avait trituré quelques manettes et boutons, et le Piper Navajo bimoteur s'était stabilisé à son altitude de croisière. Ellie avait l'impression de rêver.

— Tu n'avais jamais volé dans un avion de tourisme auparavant ?

— Non, et je n'ai pas non plus pris souvent des avions de ligne.

— Je verrai ce que je peux faire pour combler cette lacune.

Ellie ne répondit rien, mais elle était tellement excitée qu'elle souriait jusqu'aux oreilles.

— On y sera dans deux heures environ, dit Finn. Ça va ? Tu es bien installée ?

— Oh, oui !

Elle lui jeta un coup d'œil. Il avait beaucoup d'allure dans son costume prince-de-galles, qu'il portait sur une chemise gris perle. Son manteau en cachemire était négligemment jeté derrière son siège. Quand il était passé la prendre, il s'était excusé d'être en costume. Il se changerait dès que cette fichue réunion d'affaires serait terminée, avait-il dit.

— Si tu veux boire quelque chose, la glacière est derrière toi. Il doit aussi y avoir une Thermos de café.

— Non, merci, ça va.

Ellie regarda par le hublot le ciel d'un bleu irréel. Elle s'efforçait de rester sur ses gardes, d'être prudente. Son bon sens lui disait que Finn Rasmussen pouvait bien être un loup habillé en mouton. Mais son cœur n'y croyait pas. Elle vivait un conte de fées depuis la veille, et elle n'avait pas envie de rompre le charme.

Dès qu'ils eurent atterri à Santa Fe, ils se rendirent à l'agence de location de voitures. Le ciel était couvert, mais il faisait plus chaud qu'à Denver, et Ellie n'en finissait pas d'écarquiller les yeux devant le paysage.

— Tu es déjà venue à Sante Fe ? demanda Finn.

— Non. Je ne suis jamais allée nulle part, répondit-elle.

— Santa Fe est une ville à l'histoire fascinante. Des conquistadores espagnols l'ont fondée en 1610, mais en 1680, les Indiens pueblos s'en sont emparés à la faveur d'une révolte. Ensuite, les Espagnols l'ont reconquise. Elle a appartenu quelque temps au Mexique, puis aux Confédérés pendant la guerre de Sécession, avant de tomber finalement dans le giron des États-Unis.

— Tu as potassé tes bouquins d'histoire, apparemment, plaisanta Ellie.

Mais elle était impressionnée. D'ordinaire, les P-DG ne s'amusaient pas à étudier le passé des villes où les appelaient leurs affaires.

— L'histoire m'intéresse, c'est vrai. Pas toi ?

— Ça n'a jamais été mon fort.

— Quelles étaient tes matières préférées, à l'école ?

— L'anglais et les maths.

Tandis qu'ils roulaient vers leur hôtel, elle but des yeux ce paysage encore inconnu d'elle. Des collines basses remontaient doucement vers les pics de la Sangre de Cristos, perdus dans les nuages, et la campagne était parsemée de maisons et d'haciendas aux tuiles rouges.

— C'est merveilleux, soupira-t-elle. J'ai l'impression d'avoir été arrachée à la réalité et transportée sur un plateau de cinéma.

— Attends, tu n'as encore rien vu. Reste avec moi, Ellie, et je vais t'ouvrir les yeux, déclara-t-il en lui tapotant la cuisse.

Bientôt, ils quittèrent l'autoroute pour les vieilles rues étroites du centre-ville. « Je ne vaudrai pas mieux qu'une prostituée, se dit Ellie, si je continue à me laisser charmer par cet homme, son style de vie et son argent. » Il fallait vraiment qu'elle fasse attention, si séduisant qu'il soit.

L'hôtel *La Fonda* était situé en plein centre, sur une place vieille de quatre siècles. C'était un bâtiment vénérable, aux murs épais et aux plafonds bas, mais bien rénové. Ellie en tomba amoureuse au premier regard.

Finn avait réservé deux chambres attenantes. En entrant dans la sienne, Ellie poussa un cri ravi. La pièce semblait sortie tout droit d'un western. Il n'y avait même pas de téléphone. Une télé, oui – qui pouvait vivre sans ? – mais pas de téléphone.

— Ça te plaît ? demanda Finn, debout dans l'embrasure de la porte qui séparait leurs chambres.

— C'est parfait.

— Bon, je te laisse, je dois aller à cette fichue réunion. Si tu as envie ou besoin de quelque chose, appelle la réception. Je suis sérieux. Massage, manucure, ce que tu veux. Il y a une boutique de fringues géniale dans le hall de l'hôtel. Achète ce qui te plaît et mets-le sur ma note.

— Tu plaisantes ? C'est hors de question !

— Ça me ferait plaisir, Ellie.

Il se dirigea vers elle. L'espace d'une seconde, elle crut qu'il allait l'embrasser, mais il se contenta de lui caresser la joue.

— Ça va aller ?

— Bien sûr. File à ta réunion.

— Ne t'éloigne pas trop. Je n'en ai que pour quelques heures. Ensuite, j'aimerais te montrer la ville.

Après avoir défait sa valise, elle alla se promener dans l'hôtel. Il y avait effectivement un magasin de vêtements haut de gamme, avec des prix à vous donner le hoquet. Mais il n'était pas question qu'elle achète quoi que ce soit aux frais de Finn. De quoi aurait-elle eu l'air ?

Elle mangea un sandwich au restaurant de l'hôtel, sans grand appétit – elle était trop excitée pour avoir faim. Et, deux heures pile après l'avoir quittée, Finn frappa à sa porte. C'était décidément un homme ponctuel, parfaitement organisé – peut-être même trop. Certes, cela pouvait s'expliquer : une carrière aussi ambitieuse que la sienne ne tolérait pas les à-peu-près. Mais Ellie commençait à se demander s'il n'aimait pas un peu trop être aux commandes.

— Je vais me changer, et on y va, dit-il. Tu es prête ?

— Oui.

Elle portait un pantalon noir et un pull bleu à col roulé. Elle avait également pris son cher manteau noir, ainsi que son écharpe rouge, un cadeau de sa mère. Pas de gants, comme à son habitude. Elle les perdait systématiquement.

Michael avait-il cherché à la joindre ? se demanda-t-elle soudain. Elle avait chargé ses colocataires de lui dire qu'elle était partie pour le week-end, si jamais il appelait. Elle trouverait bien quelque chose à inventer s'il lui posait des questions.

Finn lui fit faire le tour de la place, sur laquelle donnait le Palacio Real, qui avait été le quartier général des gouverneurs espagnols.

— On dirait que rien n'a changé, malgré les siècles, dit Ellie.

— C'est le cas. Le palais a été restauré avec un soin méticuleux. En été, les Indiens s'installent sous les arcades pour vendre bijoux, ceintures, tapis et poteries.

— J'aimerais bien voir cela.

— On reviendra l'été prochain.

Elle lui jeta un sourire rapide. L'été prochain ? Elle ne savait même pas de quoi le lendemain serait fait.

Finn lui montra ensuite une plaque commémorative en bronze.

— C'est ici que s'arrêtait la piste de Santa Fe. Tiens, lis.

Ellie s'exécuta. C'était à cet endroit précis que les pionniers venus du Missouri avaient terminé leur long et périlleux voyage, disait la plaque.

Ils firent du lèche-vitrines tout autour de la place. Ellie voulait tout voir : les peintres indiens et hispaniques, les sculpteurs, les potiers, les vêtements de style mexicain, tellement gais. Finn lui prit la main tandis qu'ils déambulaient.

— Tu as les doigts glacés, remarqua-t-il.

— Je sais.

— Pourquoi ne portes-tu pas de gants ?

— Je les perds. Je dois avoir une bonne douzaine de gants dépareillés chez moi.

— On va t'en acheter une paire, dit Finn en portant sa main à ses lèvres.

— Oh, ce n'est pas la peine, je les perdrais. Je n'ai pas l'habitude d'en mettre.

— Ne discute pas. Viens.

Il la fit entrer dans le premier magasin de vêtements venu. Ellie était un peu embarrassée, mais elle se laissa faire.

— Essayez donc ceux-ci, dit la vendeuse en lui tendant une paire de jolis gants noirs.

— Ça me paraît impeccable.

— Non, non, essaie plutôt cette paire-là, intervint Finn en décochant son plus beau sourire à la vendeuse.

— Ceux-là sont très bien, je t'assure, protesta Ellie.

Il tourna la tête vers elle. Cette fois, il ne souriait pas.

— Je veux que tu aies ce qu'il y a de mieux. Essaie-les.

Elle dut passer trois autres paires avant que Finn ne soit satisfait. Il demanda à la vendeuse d'enlever le prix des gants, puis les donna à Ellie.

— Voilà. Maintenant, nous pouvons nous promener dans Santa Fe.

Ellie était ravie, mais confuse. Elle n'avait pas l'habitude des hommes qui prenaient les choses en main. D'ordinaire, c'était elle qui était aux commandes. Mais avec Finn, pas question. Elle se demanda ce qui se passerait si elle le contrariait. Deviendrait-il violent ? Mais non, elle voyait le mal partout. Finn était simplement généreux, et il prenait un plaisir visible à la gâter. Toutefois, elle tenait à mettre les choses au point.

— Finn, honnêtement, je n'ai pas accepté de t'accompagner ce week-end pour revenir chargée de cadeaux. Tout ce que je veux, c'est profiter de ta compagnie.

— Belle repartie, commenta-t-il. Je n'oublierai pas la leçon : pas de cadeaux.

Mais cela ne l'empêcha pas de l'entraîner dans une bijouterie, un peu plus tard, et de lui acheter une chaîne avec un pendentif en argent.

— Ce bijou est fait pour toi, déclara-t-il, ignorant ses protestations. Dis-toi que c'est un cadeau de Noël un peu en avance.

Ellie dut accepter, sous peine de déclencher une scène dans le magasin. Et le collier lui allait effectivement à ravir.

— Un beau bijou pour une belle femme, murmura Finn en l'embrassant dans le cou.

Quand ils revinrent sur la place, la neige tombait. La tempête qu'ils avaient évitée au Colorado les avait rattrapés. La nuit tombait, et les magasins avaient allumé leurs vitrines, tandis que des *luminarias*, des bougies placées dans de petites boîtes en métal percées de trous, balisaient le trottoir. C'était une coutume mexicaine de Noël d'éclairer ainsi le chemin des passants dans la pénombre.

Une vraie carte postale de Noël, se dit Ellie. Elle avait envie de se pincer pour se convaincre qu'elle ne rêvait pas.

— Tu as assez chaud aux mains ? demanda Finn en la prenant par le bras.

— Oui, grâce à toi.

Ils dînèrent dans l'élégant restaurant de l'hôtel. La nourriture était délicieuse, et Ellie se sentait parfaitement détendue. Il était facile de discuter avec Finn, qui se faisait de plus en plus charmant à mesure que la soirée avançait. Elle était à l'aise en sa compagnie, beaucoup plus qu'avec Michael. Elle n'avait pas à faire d'effort, Finn dirigeait la conversation et ne laissait jamais le silence s'installer.

Mais il savait aussi écouter, et elle se surprit à se confier à lui. Elle aurait voulu ne pas parler de ses problèmes d'argent, mais c'était un sujet impossible à éviter.

— J'ai donc décidé qu'il valait mieux que j'arrête la fac pour un an, que je mette un peu d'argent de côté et que je finisse mes études l'an prochain. Et vraiment, j'ai plaisir à travailler au bureau du district attorney. J'apprends tellement, je suis sûre que cela me servira quand je reprendrai mes études.

— Tes parents ne peuvent pas t'aider financièrement ?

— Mon père est mort, et ma mère a du mal à joindre les deux bouts.

Il avala une bouchée de steak sans rien dire.

— Mais je me débrouille, ajouta-t-elle vivement.

— Où comptes-tu exercer, une fois décroché ton diplôme ?

— Peut-être bien à Boulder.

— Mmm.

Il resta pensif pendant un court instant.

— Quel type de droit veux-tu pratiquer ?

— Droit pénal, côté défense. Il faut bien protéger les gens de cette machine inhumaine qu'est la justice. Les petites gens. Ils se font trop souvent broyer par le système.

Elle engloutit une bouchée de pommes de terre à l'ail, succulentes, puis se pencha vers lui.

— Mais parlons un peu de toi. D'où viens-tu ?

— Je suis né à Milwaukee. Mon frère et ma sœur vivent toujours là-bas. Je viens d'une famille de la classe moyenne très ordinaire, si ce n'est que mon père était un alcoolique invétéré.

— Je suis désolée, fit Ellie.

Il agita la main.

— Je ne cherche pas à faire pleurer dans les chaumières, crois-moi. Il y a bien longtemps que j'ai tiré un trait sur mon passé. J'ai quitté Milwaukee après le bac et je n'y ai jamais remis les pieds.

— Jamais ?

— Non. Chaque année, à Noël, j'envoie un peu d'argent et une carte à ma mère. Mes relations avec ma famille s'arrêtent là. Mon père est mort il y a quelques années, mais ma mère vit toujours dans la maison où j'ai grandi. Mon frère et ma sœur se sont installés dans le même quartier. Je ne sais pas comment ils font.

— Si je comprends bien, tu es celui qui a réussi.

— Oui. Mais j'ai travaillé dur pour en arriver là. La vie ne m'a pas fait de cadeau.

— Je m'en doute.

Il posa sa fourchette et se pencha à son tour vers elle.

— Ma mère n'aurait jamais dû rester avec mon père, mais elle n'avait pas le cran de le quitter. Elle a toujours été faible.

— Tu ne devrais pas dire ça, protesta Ellie.

— Je la vois telle qu'elle est, c'est tout. Et toi aussi, Ellie, je te vois telle que tu es, dit-il en lui caressant la joue.

Le cœur d'Ellie manqua un battement.

— Par exemple, je sais que tu n'auras jamais la faiblesse de ma mère. C'est cela qui m'attire tant chez toi : tu es forte, passionnée, tu sais ce que tu veux faire de ta vie.

Il attira son visage vers lui et l'embrassa doucement sur les lèvres.

— Je suis content que tu sois là. Et toi ?

Elle sourit, rassurée.

— Oh, oui, c'est merveilleux !

— Et ça va l'être plus encore.

Qu'entendait-il par là ? Comptait-il passer la nuit avec elle ? Elle continua à sourire, mais elle se sentait soudain beaucoup moins à l'aise. Elle n'était pas prête, elle avait besoin d'un peu plus de temps. C'était elle qui l'avait entraîné dans cette relation, tout comme elle l'avait fait avec Michael, mais Finn, le play-boy, avait l'habitude d'aller vite en besogne. Avait-il jamais été repoussé par une femme ?

Elle fit de son mieux pour paraître insouciante durant le reste de la soirée, mais elle sentait l'appréhension l'envahir. Après le dîner, tandis qu'ils se promenaient, il passa un bras autour de ses épaules et se pencha plusieurs fois pour embrasser sa joue ou son oreille. Ellie avait la chair de poule, mais elle ne savait pas si c'était dû au froid ou à la peur.

— Ce soir, on se couche tôt, décréta-t-il, tandis qu'ils sirotaient un cognac au bar de l'hôtel. Demain, nous avons un programme chargé.

— À savoir ?

— Je t'emmène à Chimayo, un vieux village au nord de Santa Fe. Il y a un restaurant formidable là-bas.

— Voilà qui m'a l'air tentant.

Lorsqu'ils prirent l'ascenseur pour rejoindre leurs chambres, elle se raidit et prépara mentalement toute une batterie d'excuses. Mais Finn se contenta de l'attirer vers elle et de l'embrasser longuement, puis il la laissa.

— À demain, dit-il. Fais de beaux rêves, Ellie.

— À demain, répondit-elle.

Après son départ, elle s'assit sur son lit, tremblante. Sur son insistance, elle avait mangé et bu plus que de raison, et maintenant, elle se sentait un peu nauséeuse. Elle enfila sa chemise de nuit et se brossa les dents. Le miroir de la salle de bains lui renvoya l'image d'une étrangère. Qui était-elle ? La manipulatrice habile que connaissait Michael ? La femme passionnée que Finn voyait en elle ?

Les deux à la fois. Et d'autres encore. Il lui semblait qu'il y avait une multitude de petites Ellie, toutes différentes. Elle s'aspergea le visage d'eau froide. Combien de temps pourrait-elle encore tenir ainsi ?

Elle se coucha, l'esprit embrumé par le vin et le cognac. Soudain, elle songea que Finn pouvait frapper à sa porte d'un moment à l'autre. Peut-être lui avait-il seulement donné le temps de se préparer pour la nuit et s'apprêtait-il maintenant à la rejoindre.

Elle resta allongée dans le noir, certaine que Finn allait venir. Mais il ne vint pas, et elle n'aurait su dire si elle était soulagée ou déçue.

Une neige légère tombait sur Santa Fe quand ils se mirent en route, le lendemain matin. Ellie avait avalé avec appétit croissants et cappuccino, et elle était tout excitée par cette nouvelle journée d'aventure qui s'offrait à elle.

— Tout le monde pense que le Nouveau-Mexique est un État chaud, mais Santa Fe se trouve à mille huit cents mètres d'altitude. C'est la plus haute capitale d'État de tout le pays, lui expliqua Finn.

— Vraiment ? Je croyais que c'était Denver.

— Tu n'es pas la seule.

— La neige ne va pas nous empêcher de voler, ce soir ? s'inquiéta Ellie en regardant les flocons tournoyer derrière la vitre de la voiture de location.

— D'après la météo, la tempête devrait être passée quand on décollera.

— Bonne nouvelle. Tu m'imagines appelant le bureau demain pour dire au district attorney que je suis coincée à Santa Fe ? J'aurais l'air maligne !

Elle rit.

— Moi, ça ne me dérangerait pas. Ça me donnerait une excuse pour passer une nuit de plus en ta compagnie, ajouta-t-il en lui décochant un clin d'œil.

Ils continuèrent à rouler sous la neige légère et traversèrent des bourgs aux noms exotiques : Tesuque Pueblo, San Ildefonso Pueblo, Pojoaque, Nambe.

— Ce sont des noms indiens. Les Pueblo sont toujours là, d'ailleurs. Ils fabriquent de magnifiques poteries.

— Tu es un guide merveilleux, dit Ellie, sincère.

— Nous y voici, dit Finn en quittant la route. Le *Santuario de Chimayo*.

Elle vit un petit bâtiment carré en adobes, entouré de cotonniers aux branches dénudées.

— Ça ne paie pas de mine, mais les gens ont surnommé cet endroit le Lourdes de l'Amérique. On prétend qu'il y aurait eu de nombreux miracles ici.

— Des miracles, répéta Ellie, pensive.

Ils traversèrent la pelouse et pénétrèrent dans le sanctuaire. L'endroit était sombre et rempli de reliques. Les pèlerins avaient abandonné là des dizaines de béquilles et d'appareils orthopédiques, accompagnés de prières écrites sur de petits bouts de papier.

— Ne serait-ce pas merveilleux de penser que tout cela est vrai, que les gens n'ont qu'à venir ici pour être débarrassés de leurs infirmités ? dit Ellie.

Ils restèrent là pendant un moment, main dans la main, à étudier les reliques accumulées au fil des années. Quand ils se retrouvèrent dehors, Ellie secoua la tête.

— C'est assez fascinant, mais je ne peux pas y croire.

Finn acquiesça.

— Il faut avoir la foi pour que ça marche.

Ils déjeunèrent à Chimayo, dans le restaurant qu'avait mentionné Finn la veille. On était en hiver, et il n'y avait pas grand monde, leur dit la serveuse. C'était à partir de Pâques que les affaires reprenaient, avec les pèlerins qui venaient au sanctuaire.

— Quelle est la suite du programme ? demanda Ellie à Finn.

— Cela dépendra du temps qu'il nous restera quand nous rentrerons à Santa Fe.

— En tout cas, je peux déjà te remercier. Entre hier et aujourd'hui, je me suis vraiment bien amusée, déclara Ellie. Dis-moi la vérité, Finn. Est-ce que tu essaies de m'en mettre plein la vue ?

Son regard croisa le sien. Il sourit.

— Les hommes n'essaient-ils pas toujours d'impressionner les femmes ? N'est-ce pas ce qu'on appelle la séduction ?

Ellie secoua la tête.

— Tu sais, je juge les gens d'après ce qu'ils sont, pas d'après ce qu'ils possèdent.

— Alors, que suis-je, selon toi ?

— Tu es un gentleman. Un homme très généreux, intelligent et réfléchi.

— Vraiment ?
— Oui.
— En général, les gens me voient plutôt comme un play-boy, le genre de type qui ramène une fille différente dans son lit chaque soir.
— Et c'est vrai ?
— Oui. Enfin, c'était vrai, jusqu'à ce que je te rencontre.
— Mais Finn, on se connaît à peine !
— Je suis sûr de ce que je ressens, Ellie.
Son regard, rivé au sien, était empreint de gravité.
— Finn…
Décidément, tout allait bien trop vite. Et si elle avait séduit un type parfaitement innocent, qui était maintenant dingue d'elle ? Elle aurait vraiment honte. De toute évidence, Finn ne doutait pas le moins du monde de son honnêteté. Mais elle l'appréciait beaucoup, elle aussi, et s'ils se donnaient du temps, il pourrait se passer quelque chose de sérieux entre eux.
— Crois-tu au coup de foudre ? demanda-t-elle.
Il réfléchit quelques instants.
— Oui. Et toi ?
— Je ne sais pas. Je n'en suis pas sûre.
— Sache que ça ne me décourage pas le moins du monde.
Durant l'après-midi, le temps finit par se dégager, et Finn appela l'aéroport pour qu'on prépare son avion.
— Je ne veux pas partir, gémit Ellie, tandis qu'un groom rangeait leurs bagages dans le coffre de la voiture de location.
— Je sais, moi non plus. Mais on remettra ça très bientôt, après Noël. On ira au sud chercher le soleil. Qu'est-ce que tu en dis ?

— Beaucoup de bien.

Le voyage retour se déroula sans incident. Pendant le vol, Finn lui montra les gorges du Rio Grande, le parc national de Sand Dunes, Pikes Peak. Arrivés à Denver, ils se posèrent en douceur.

Mais pour Ellie, l'atterrissage fut plus brutal. À peine montée dans la Jeep de Finn, elle sortit de son conte de fées et revint à la réalité. Michael, sa mère, Finn... Elle allait devoir recommencer à jongler et à mentir, à travailler et à se consacrer à sa quête de la vérité.

— Ça va ? demanda Finn en lui jetant un coup d'œil.

— Je suis triste, répondit-elle. C'est fini.

— Non, Ellie, ça ne fait que commencer.

Les lumières de la maison de Marine Street étaient allumées, ce qui la réconforta un peu. Au moins, elle ne serait pas seule. Peut-être jouerait-elle aux cartes avec ses amies. Jenn leur raconterait des blagues, et elles se paieraient de bons moments de rigolade.

— *Home sweet home,* dit Finn en lui ouvrant la portière.

— Merci, Finn. Je ne sais pas comment te remercier. C'était un week-end vraiment magique.

Il l'entoura de ses bras et l'embrassa.

— Je t'appellerai, dit-il.

— D'accord.

— Ne travaille pas trop.

— J'essaierai.

— Au revoir, Ellie.

— À bientôt, Finn.

Il l'embrassa une dernière fois, puis elle remonta l'allée, son sac plein de fripes d'occasion à la main, et ouvrit la porte. Finn lui manquait déjà.

Elle ferma la porte derrière elle, sans voir le pick-up noir garé dans la pénombre de l'autre côté de la rue, ni les yeux d'or animés d'une lueur meurtrière qui avaient observé chacun de ses gestes.

15

Ce fut Rick Augostino qui prit l'appel, ce matin-là.

— Callas ? On a retrouvé un corps sur le campus.

Michael leva les yeux.

— C'est une étudiante. Les policiers qui patrouillaient dans le coin viennent d'arriver sur les lieux. Ils pensent qu'il s'agit d'un viol suivi de meurtre.

— Merde.

La voix de Michael était à peine audible.

— Je prends mon manteau.

Il était presque 10 heures quand ils arrivèrent sur le campus. Un policier les attendait.

— On l'a trouvée derrière le centre de loisirs des étudiants, leur expliqua-t-il. Nous pensons qu'elle est morte dans la journée de dimanche.

— Comment cela ? Le médecin légiste est déjà...

— Non, il est en chemin.

Michael enfonça ses mains dans ses poches et remonta le col de sa parka pour se protéger du froid.

— Qu'est-ce qui vous fait penser qu'elle est morte dimanche ?

— Elle est plutôt… congelée, si vous voyez ce que je veux dire.

— Je vois, dit Michael.

— Vous connaissez son identité ? demanda Rick.

— Oui. Le violeur a laissé son sac à dos. On a retrouvé sa carte d'étudiante et ses classeurs. Tout est dans ma voiture.

Michael poussa un juron.

— Vous n'auriez pas dû y toucher !

— Euh… j'ai fait attention, j'ai même mis des gants, dit le flic, l'air penaud.

De loin, le corps n'était qu'une tache sombre sur la neige, coincée entre deux sapins, à cent mètres du sentier qui passait derrière le centre de loisirs. Ils s'approchèrent. La neige qui crissait sous leurs pas datait de la tempête de samedi – jour que Michael aurait voulu rayer de sa mémoire.

— Bon Dieu, j'ai horreur de ça, souffla Rick.

Soudain, Michael s'arrêta net.

La victime était face contre terre. Elle avait des cheveux bouclés et sombres et portait un long manteau noir en laine. L'estomac de Michael se noua.

Mais quand Rick se pencha, après avoir enfilé des gants en latex, et bougea un peu la tête de la victime, il réalisa avec un soulagement intense qu'il s'était trompé. Ce n'était pas Ellie.

Le médecin légiste arriva et procéda à un examen préliminaire. Michael et Rick passèrent ensuite des heures sur la scène du crime avec les techniciens et le photographe de la police. Ils prélevèrent des échantillons multiples, allant jusqu'à prendre des aiguilles de pin sur les arbres. On ne savait jamais où l'on pouvait trouver des fibres. Il y avait également de nombreuses empreintes de pas, et après les avoir fait photographier, Michael ramassa la neige foulée par ces pas et la mit dans des sacs en plastique. Avec un peu de chance, le laboratoire y retrouverait des traces de boue ou des fibres.

Cela ressemblait bien à un viol. Sous son manteau, les vêtements de la jeune fille étaient déchirés. Mais elle n'avait pas été étranglée. D'après le médecin légiste, elle avait été frappée derrière la tête par un objet contondant. Il déterminerait plus tard la cause et l'heure exactes du décès et dirait si celui-ci était survenu avant ou après le viol.

La façon d'opérer du meurtrier était différente de celle de Rasmussen, mais Michael ne pouvait s'empêcher de penser à lui. Comme toujours. Et dire qu'Ellie – cette garce qui le trompait – avait passé le week-end avec lui !

Il refoula ces pensées. Il fallait s'occuper de cette pauvre fille qui gisait dans la neige, prévenir sa famille, ses amis.

Ils passèrent le reste de la journée à rechercher les colocataires de la victime et à recueillir leurs témoignages. Elles étaient toutes en deuxième année de fac. À peine plus jeunes qu'Ellie. Ellie, la menteuse hors pair. Ellie, la dernière petite amie en date de Rasmussen. Michael avait beau s'efforcer de ne pas penser à elle, son cerveau fourmillait d'images et de questions.

Avait-elle tendu un piège à Rasmussen pour pouvoir le séduire, comme elle l'avait fait avec lui ? Avait-elle couché avec lui ?

Michael mit la main sur le petit ami de la victime, qui travaillait à temps partiel dans un fast-food d'Arapahoe Avenue. Il entraîna le jeune homme dans un coin tranquille à l'arrière du restaurant et l'interrogea. Il essaya, du moins. Le gamin pouvait à peine articuler une phrase au milieu de ses sanglots. D'instinct, Michael aurait parié qu'il n'était pour rien dans le viol et le meurtre de sa copine.

Il quitta le fast-food peu avant 14 heures et retrouva Rick au commissariat. Le laboratoire avait déjà des résultats : la neige que Michael avait collectée sur les lieux du crime avait livré, en fondant, une clé de voiture. Si la clé était d'origine et qu'on pouvait retrouver le numéro de série, ils remonteraient rapidement jusqu'au meurtrier.

Michael s'attela à son rapport – la partie de son boulot qu'il détestait le plus. Il alluma son ordinateur et se mit au travail, mais il avait à peine écrit quelques phrases que ses doigts cessèrent de s'agiter sur le clavier.

Ellie Kramer… Ellie Crandall. Qu'espérait-elle découvrir ? Essayait-elle de prouver, après tant d'années, que son père était innocent, qu'il avait été piégé par Michael ou Rasmussen ?

Michael se remit à taper pendant une minute, puis s'absorba de nouveau dans ses pensées.

De toute évidence, Ellie pensait que lui ou Rasmussen était le véritable violeur. Si elle en était bel et bien persuadée, elle était complètement inconsciente de les poursuivre tous les deux.

Est-ce qu'Ellie s'était dit qu'il pouvait être le violeur, quand elle avait couché avec lui ?

Il fixa un point imaginaire. Dans ce cas, force lui était d'admirer sa ténacité, son esprit de sacrifice. Elle se plaçait délibérément dans des situations intimes avec un homme dont elle était convaincue qu'il était un criminel. Pour venger son père.

Comment avait-elle fait pour retrouver Finn ? Il fouilla dans sa mémoire et se rappela ses questions sur ses débuts dans la police. « Je parie que c'était une femme, une dure à cuire », avait-elle dit. Elle savait pertinemment que ce n'était pas le cas. Tout ce qu'elle voulait, c'était lui extorquer des renseignements sur Rasmussen.

Il eut du mal à se concentrer pendant tout l'après-midi. Que se passerait-il si Ellie sortait de nouveau avec Finn, ce soir, par exemple ? Il fallait absolument qu'il lui parle, qu'il lui dise qui était Rasmussen.

À 16 heures, il termina son rapport, puis il accompagna Rick au Community Hospital. Le médecin légiste les attendait, avec le corps nu de la jeune fille, allongé sur une table froide en aluminium, privé de toute humanité. Quand son heure viendrait, Michael espérait bien partir en fumée, ne rien laisser au médecin légiste.

Il détestait cette partie de son travail. Certains de ses collègues s'y habituaient, mais pas lui. Il y avait quelque chose, dans la puanteur de la chair humaine et des organes internes, qui réveillait en lui une peur primitive.

Le médecin lui fit un signe de tête et se tourna pour saluer Rick, qui était resté sur le pas de la porte et évitait de regarder le cadavre.

— J'ai presque fini, dit-il.

— Bien, fit Michael, les mains enfoncées dans ses poches. Qu'est-ce que cela donne ?

Il détournait lui aussi les yeux du corps de la jeune fille. Il détestait regarder les cadavres – mais qui aimait cela ? Il n'avait pas vu Paul juste après l'accident, mais aux funérailles, pendant quelques minutes, il s'était retrouvé en présence du corps, avant l'inhumation. Ç'avait été un choc terrible. L'espace d'un instant, il avait cru que son frère était simplement endormi. Mais après une minute, après avoir fixé le corps de ses yeux écarquillés, il avait dû admettre l'horrible réalité, et une rage sans bornes l'avait envahi. Il aurait voulu secouer son frère et lui crier : « Réveille-toi, Paul. Réveille-toi. Pour l'amour du Ciel, réveille-toi ! »

— À première vue, la mort est survenue dimanche soir entre 22 heures et minuit, dit le médecin.

Michael prit une profonde inspiration.

— OK.

Il nota l'heure dans son calepin.

— Viol ?

— Sans aucun doute. Et il y a du sperme.

— Bien, bien. Ça ne ressemble pas à un violeur en série, pas vrai ?

— À mon avis, non. Les violeurs en série, de nos jours, prennent leurs précautions.

— Quoi d'autre ?

— Elle est morte d'hypothermie, après avoir été frappée à la tête et avoir perdu conscience. Tout sera détaillé dans mon rapport, mais entre vous et moi, Callas, je pense que le violeur a utilisé une pierre pour l'assommer, une pierre guère plus grande que ma main. Autrement dit, du travail bâclé.

— A-t-elle été frappée avant ou après le viol ?

— Avant, je suis formel. Ma théorie, c'est que le type a pris peur. Peut-être voulait-il simplement l'assommer pour pouvoir la violer. Je ne crois pas qu'il ait prémédité de la tuer. Si c'était le cas, la blessure serait plus profonde, ou bien il y aurait plusieurs blessures. Et il aurait mieux choisi son point d'impact. Bon, ajouta-t-il, il va falloir que je la rende présentable. Les parents devraient être ici dans moins d'une heure.

— Entendu, dit Michael. Si nous avons besoin de plus d'informations, nous nous reporterons à votre rapport.

— Avez-vous des suspects ?

Michael secoua la tête, mais ce fut Rick qui répondit.

— Non, mais on l'aura, ce salaud. Et il peut prier pour ne pas être seul avec moi quand on le trouvera.

Michael échangea un regard entendu avec le médecin et poussa Rick vers la sortie.

De retour au commissariat, il laissa la voiture banalisée et monta dans son pick-up. Il jeta un coup d'œil à sa montre. Ellie allait bientôt quitter le palais de justice. Peut-être Rasmussen passerait-il la prendre et l'emmènerait-il chez lui, dans sa maison luxueuse. Et ils coucheraient ensemble.

Michael serra les dents. Il avait conscience que Finn, aux yeux d'Ellie, était un type bien. Comment aurait-il pu en être autrement ? Finn était le beau gosse, l'homme à femmes, Monsieur Charisme, l'exact opposé de Robocop Callas. Et Ellie, aveuglée, prenait Michael pour le violeur fou.

Il devait la prévenir. Il avait beau lui en vouloir à mort, il ne pouvait pas la laisser à la merci de Rasmussen. S'il avait découvert la vérité à propos d'Ellie, Finn la découvrirait aussi, tôt ou tard. Rasmussen était un psychopathe, mais il n'était pas stupide.

Michael prit son portable et composa le numéro d'Ellie, paniqué à l'idée qu'il ait pu la louper et qu'elle soit partie avec Rasmussen. Il était presque 17 heures.

Par chance, elle était encore au bureau.

— Il faut que je te voie ce soir, dit-il à brûle-pourpoint.

Ce ne fut qu'en prononçant ces mots qu'il réalisa que l'émotion l'étreignait, qu'il était sur le point de pleurer. Il n'avait pas pleuré depuis l'enterrement de son frère.

— Michael ?

— Il faut que je te voie, Ellie, répéta-t-il. C'est important.

Elle hésitait. Quoi de plus normal ? Elle pensait qu'il était le coupable.

— C'est-à-dire que j'allais...

— Écoute, coupa-t-il, ça ne peut pas attendre.

— Bon, dans ce cas...

— Je suis sur la route. Je peux passer te prendre dans dix minutes.

— Je t'attendrai devant l'entrée. Où... où allons-nous ?

L'inquiétude perçait dans sa voix.

— On ira dîner quelque part, dit-il, avant de raccrocher.

Il appuya avec rage sur l'accélérateur. Ellie avec cette ordure, ce malade... Comment pouvait-elle être aussi aveugle ? Et toutes ces femmes que fréquentait Rasmussen, comment pouvaient-elles tomber dans le panneau ?

Il changea brutalement de file, sans prêter attention aux klaxons. Quand il quitta Twenty-Eight Street et qu'il commença à longer Boulder Creek, il ne s'était guère calmé.

Il ne pouvait s'empêcher d'imaginer Ellie au lit avec Rasmussen, en train de s'envoyer en l'air.

Il se demanda si elle avait pleuré après.

Ellie attendait Michael dans le parking. Elle avait les nerfs à fleur de peau. Sa mère lui avait dit que Michael n'avait rien tiré d'elle, mais comment pouvait-elle en être sûre ? Ellie savait que Michael se méfiait d'elle. Seigneur, il était allé jusqu'à Leadville pour glaner des renseignements sur elle ! Il se rapprochait de la vérité, et quand il la découvrirait...

Que ferait-il ? Elle n'était pas sûre qu'il soit le violeur. Mais elle savait une chose, d'instinct : il valait mieux ne pas éveiller la colère de cet homme taciturne.

Un vent glacial s'insinuait sous son manteau, et elle grelottait. Elle redoutait le moment où Michael arriverait. Elle n'avait pas prévu qu'elle serait animée de sentiments si forts pour les deux hommes. Et l'un d'eux était un monstre.

Lorsque le pick-up arriva, son cœur fit un bond. Michael se rangea le long du trottoir et se pencha pour ouvrir la portière du passager. Ellie remarqua aussitôt l'expression tendue de son visage, le feu qui brûlait dans ses yeux d'or.

— Salut, dit-elle en refermant la portière.

Puis elle soupira.

— Bon sang, ça fait du bien de se retrouver dans une voiture chaude.

— Tu veux que je monte le chauffage ?

— Non, non, ça va… Tu as l'air bizarre. Tu as eu une mauvaise journée ?

— Mmm.

Ellie se souvint tout à coup : au bureau, on n'avait fait que parler du meurtre qui avait eu lieu sur le campus.

— Est-ce que tu étais sur cette affaire de…

Elle ne pouvait pas prononcer le mot « viol ».

— Cette histoire sur le campus ?

— Oui.

— C'est horrible, murmura-t-elle, l'œil rivé sur la route.

Était-elle en train de discuter d'une affaire de viol avec un homme qui était lui-même un violeur, un meurtrier ? Michael était-il capable de violer une femme, de lui faire vivre un enfer, avant de la tuer ?

Son âme lui disait que non. Mais il était tellement énigmatique !

Ils roulèrent pendant quelques minutes en silence, puis Ellie lui jeta un regard discret et demanda :

— Eh bien, où allons-nous ? Et qu'est-ce qu'il y a de si important ?

— On va chez moi.

— Oh !

— Ça t'inquiète ? fit-il en tournant brièvement les yeux vers elle.

— Bien sûr que non. Mais est-ce qu'on ne devrait pas s'arrêter pour acheter quelque chose à manger ? Je meurs de faim.

Elle s'efforçait de garder un ton posé, mais son esprit était en ébullition. « Ça t'inquiète ? » avait-il dit, et ses mots ricochaient sur les eaux sombres de ses pensées. Pourquoi lui avait-il posé une telle question ? Parce qu'il savait qu'elle avait de bonnes raisons de s'inquiéter ? Janice avait-elle pu se tromper à ce point ? Michael avait-il découvert qui elle était ?

— Il faut que je prévienne Celeste et les filles que je vais chez toi, reprit-elle. C'est notre soirée partie de cartes. Je peux utiliser ton portable ?

— La batterie est à plat.

— Ah !

Le soleil s'était couché quand ils arrivèrent à son chalet. Lorsqu'elle descendit du pick-up, Ellie se sentit oppressée par l'obscurité et le silence de l'endroit. Elle respira longuement, dans l'espoir de retrouver un semblant de calme.

Michael ouvrit la porte d'entrée, la referma derrière elle et alluma la lumière. Puis il lui prit son manteau et l'accrocha à la patère.

— Il y a une bouteille de vin dans la cuisine, déclara-t-il. Tu n'as qu'à l'ouvrir. Moi, je dois aller me changer. Je pue comme une salle d'autopsie.

— Bien sûr, vas-y.

Il disparut dans sa chambre.

Ellie regarda tout autour d'elle, à la recherche du téléphone mobile. C'était sa dernière chance. Elle le trouva près du canapé et composa le numéro de la maison de Marine Street. Elle commençait à laisser un message quand Michael réapparut dans le salon.

— Salut, les filles, on se voit tout à l'heure, se contenta-t-elle de dire, avant de raccrocher.

Elle se tourna vers Michael.

— Je... je débouche le vin, alors ?

— Si ça ne te dérange pas. Je vais faire du feu.

— Bonne idée, il fait un peu froid.

Tout en ouvrant la bouteille, elle le regarda s'affairer devant la cheminée. Il était si calme. Bien trop calme. Elle se souvenait de son attitude lors du procès Zimmerman : plus il était en colère, plus il se maîtrisait, mais sa fureur était presque palpable.

— Le vin est ouvert, dit-elle.

— J'arrive.

Il se redressa et essuya ses mains sur son pantalon. En temps normal, elle aurait été attendrie de le voir utiliser son pantalon comme un vulgaire torchon. Mais pas ce soir.

Qu'allait-il se passer s'il avait appris sa véritable identité ? S'il avait découvert avec qui elle était partie en week-end ?

Il la rejoignit enfin, prit un des verres de vin sur le plan de travail et but une longue gorgée. Puis il releva la tête et la fixa. Ses yeux dorés étaient aussi vigilants que ceux d'un chat. Le cœur d'Ellie se mit à battre comme un fou. Il savait tout. Comment avait-elle pu être si naïve ?

Il reposa son verre.

— OK, dit-il calmement. Tu as dix minutes pour passer à table, Ellie.

16

— Passer à table ? répéta bêtement Ellie. Qu'est-ce que tu racontes ?

La tête lui tournait, et ses poumons la brûlaient, comme si elle était sur le point de suffoquer.

— Épargne-moi la grande scène de l'innocence.

La voix de Michael était parfaitement posée. Ellie aurait voulu crier.

— Je suis désolée, je ne vois pas…

— Ellie, je sais qui tu es.

— Évidemment que tu sais qui je suis.

Il secoua la tête, l'air écœuré.

— Tu t'appelles Crandall, pas Kramer, et ton père était John Crandall.

— John Kramer, riposta-t-elle, terrifiée.

— Bon Dieu, Ellie, ça suffit. Le jeu est terminé, tu as perdu.

— Michael, tu me fais peur. Je…

Il se rapprocha d'elle. Ses traits étaient durs.

— Ton père était John Crandall, Ellie, et il est mort en prison.

— C'est faux ! hurla-t-elle. Tu parles de quelqu'un d'autre !

— J'ai reconnu ta mère. Je l'avais vue pendant le procès.

Elle eut l'impression que le sang se retirait de son visage. Puis, soudain, la colère la submergea.

— Justement, j'ai quelques questions à te poser à ce propos, dit-elle en faisant les cent pas, les bras rageusement croisés sur sa poitrine. Je trouve cela assez odieux que tu sois allé à Leadville dans mon dos pour interroger ma mère.

Il eut un rire bref.

— Je sais tout, Ellie. Je sais même ce que tu as fait ce week-end.

Elle s'immobilisa et croisa son regard.

— Tu étais avec Finn Rasmussen, dit-il.

— Tu m'espionnes ?

Il haussa les épaules.

— Finn et moi sommes amis, c'est tout, reprit-elle.

— Amis, répéta-t-il avec ironie.

— J'ai fait sa connaissance tout récemment. Il a l'air très sympa. Comment as-tu osé m'espionner, Michael ? Pourquoi as-tu fait ça ?

— Parce que je savais que tu me mentais.

C'était sans issue. Elle changea brutalement de stratégie.

— D'accord, je l'admets, je connais l'affaire Morris. Mais c'est seulement après t'avoir rencontré que je suis tombée dessus, aux archives. Je ne savais pas avant...

— Arrête ce cinéma, Ellie.

— Mais c'est vrai. Comme je devais travailler avec toi, j'ai recherché les archives des procès au cours desquels tu avais témoigné et...

— Tais-toi, Ellie. Je sais que tu as planifié cela pendant des années. Pour venger ton père.

— Il n'était pas… Cet homme en prison n'était pas…

Sa voix n'était plus qu'un murmure.

— Il était ton père, Ellie, et il travaillait chez les Morris. Et c'est moi qui ai découvert son bandana autour du cou de Stephanie Morris. C'est à cause de moi et de Rasmussen que ton père s'est retrouvé en prison.

— Seigneur, murmura-t-elle.

— Il fallait que tu nous rencontres et que tu nous juges de près tous les deux. Que tu deviennes proche de nous. Ça a marché au-delà de tes espérances, n'est-ce pas ? Tu nous as mis tous les deux dans ton lit.

— Non, ce n'est pas vrai ! Je t'ai rencontré, et tu m'as plu, Michael. Vraiment.

— Et Finn t'a plu aussi ?

— Non, non, nous sommes seulement amis.

— C'est ça, rétorqua-t-il, sarcastique.

— Je… je n'ai pas couché avec Finn, je te le jure, Michael. Avec toi, c'était différent… c'est différent. Je tiens à toi… réellement.

Il avança d'un pas, menaçant.

— Arrête de mentir, Ellie ! Tu as une trouille de tous les diables, pas vrai ? Tu crois que je vais te violer. T'assassiner.

Elle secoua la tête, incapable de prononcer un mot, les yeux pleins de larmes.

Il eut un sourire cruel.

— Eh bien, j'ai une grande nouvelle pour toi, Ellie : tu t'es trompée de personne. C'est Finn, l'homme que tu recherches. C'est lui qui a violé Stephanie Morris.

Elle eut un haut-le-cœur.

— Non, souffla-t-elle.

— Eh si. Désolé.

Elle se laissa tomber sur le canapé.

— Je ne peux pas… je ne peux pas…

— Je n'ai pas de preuve, mais aucun doute, c'est lui. Et tu sais quoi ? Stephanie Morris n'a été que la première d'une longue série. Il y en a eu d'autres…

— Holly Lance ? demanda-t-elle d'une voix blanche.

Elle était complètement perdue. Michael avait-il raison ou accusait-il Finn pour se disculper ?

— Bravo, tu as bien fait ton boulot. Finn a violé Holly, mais avant, il a assassiné une jeune fille de Greeley, Naomi Freeman, et une autre de Longmont, Amy Blanchard. Et, il y a à peine un mois, pendant le congé de Thanksgiving, il a tué une jeune fille de seize ans au Mexique. Elle s'appelait Peta, et on a arrêté l'un des employés de son père parce que – écoute bien ça, Ellie – son foulard avait servi à l'étrangler.

Ellie était muette de stupeur.

— J'ai la preuve que Finn était en Basse-Californie pour Thanksgiving. Tu sais, j'ai un énorme dossier sur mon bon vieux collègue Finn.

Ellie trouva finalement le courage de croiser son regard. Il mentait, n'est-ce pas ? Finn ne pouvait pas avoir fait cela.

— Chaque fois que ton cher Finn a violé et tué, j'ai pu le localiser dans la ville du crime. Sers-toi de ta tête, bon Dieu ! À moins que tu ne sois aussi aveugle que les autres ?

— Non, je…

Mais elle savait qu'il avait raison. Elle avait été aveuglée par le charme de Finn.

— Tu… tu es vraiment sûr qu'il était à Pueblo et à Greeley au moment des agressions ?

— Oui. Et il se trouvait au Mexique il y a quelques semaines, quand la jeune Peta a été assassinée. Si tu ne me crois pas, tu n'as qu'à appeler les flics de là-bas. Et tu sais que ce n'était pas moi, Ellie. Tu es mon alibi, j'étais avec toi durant la semaine de Thanksgiving.

Elle ferma les yeux et inspira plusieurs fois. Finn, l'homme à femmes... Comment avait-elle pu se laisser prendre au piège ? Elle se mordit les lèvres et rouvrit les yeux.

— Pourquoi... Si tu savais tout cela, pourquoi n'en as-tu pas parlé à tes supérieurs ? Pourquoi l'as-tu laissé continuer à tuer ? demanda-t-elle en sanglotant.

— J'ai essayé d'avertir mon chef, crois-moi. Après le meurtre de Greeley, si semblable à l'agression dont Stephanie Morris avait été victime, j'ai soupçonné Finn. Mais il avait déjà quitté la police, et je n'avais pas de preuves. Quand j'ai finalement porté l'affaire devant mes supérieurs, je me suis fait remonter les bretelles.

— Personne ne t'a cru ?

— Bien sûr que non. Surtout qu'il y avait déjà un coupable sur mesure dans chaque affaire. Les flics n'aiment pas qu'on contredise leurs théories – certains flics, en tout cas. En plus, tout le monde savait que je détestais Rasmussen.

— Mon père...

— Et il y a eu d'autres hommes, coupa-t-il brutalement. On a arrêté le voisin de Naomi Freeman, il y a dix ans. Et le beau-frère d'Amy Blanchard est toujours en taule. Voyons, qui d'autre encore ? Ah, oui, Holly Lance ! Avec celle-là, Finn s'est planté, mais le beau-père de Holly s'est retrouvé derrière les barreaux. Et n'oublions pas ce pauvre type qui travaillait pour le père de Peta.

— Je... je me demande...

— S'il y a eu d'autres victimes ? Je n'en sais rien, Ellie. Où Rasmussen t'a-t-il emmenée ?

— À Santa Fe, murmura-t-elle.

— Voyez-vous ça. Dans l'avion qu'il s'est acheté ?

Elle hocha la tête.

— Bon Dieu, Ellie, tu es devenue complètement folle ?

Elle le regarda en reniflant.

— Je suis partie seule avec toi aussi.

— Ne me mets pas dans le même sac que cette ordure !

— Je ne savais pas. Comment aurais-je pu savoir ?

— Ta mère se doute-t-elle de ce que tu manigances ?

— Vaguement.

— Pas étonnant qu'elle ait été si nerveuse. Elle doit me haïr.

Ellie se mordit la lèvre inférieure.

— Eh bien, dis-lui que je suis désolé, mais qu'elle s'est trompée de coupable, elle aussi.

Ellie prit un mouchoir en papier dans sa sacoche et se moucha. Elle n'avait plus peur, mais elle se sentait nauséeuse, vide, anéantie. Et terriblement honteuse.

— Tu aimerais que ce soit moi le coupable. Vas-y, dis-le.

— Non, Michael, j'étais sincère quand je…

— Sincère ? Tu ne reconnaîtrais pas la vérité même si elle te frappait en pleine figure. Toi et Finn, vous faites la paire.

— Arrête, dit-elle.

— C'est un type formidable, hein ? On ne s'ennuie pas avec lui. Riche, beau gosse, charmant… Mais à l'intérieur, c'est un malade. J'ai fait ma petite enquête, et j'ai retrouvé l'un des travailleurs sociaux qui s'était occupé de lui, à Milwaukee.

— Un travailleur social ?

— Finn a été confié à une famille d'accueil quelque temps. Son père buvait, et sa mère n'était pas en état de s'occuper de ses enfants.

— Je suis au courant, pour son père. Il m'en a parlé.

— Et il t'a aussi parlé de son oncle ?

— Non.

— Finn et sa sœur ont passé quelque temps chez leur oncle. Le travailleur social à qui j'ai parlé était convaincu que ce type avait abusé de Finn. Il n'avait pas de preuve, mais il savait que cet enfant avait des problèmes.

— Oh, non !

Finn ? Le Finn sûr de lui et charmeur ? Elle n'arrivait pas à se faire à cette idée.

— Eh bien, Ellie, qu'en penses-tu ?

— Je... je ne sais pas. Il faut que je digère tout cela...

Elle leva les yeux vers lui. Son visage était fermé, plus hostile que jamais.

— Que vas-tu faire, Michael ?

— Que veux-tu que je fasse ? Cesse de voir Finn, c'est tout ce que je peux te dire.

Elle baissa les yeux sur ses mains.

— Je veux le pincer.

— Quoi ?

— Je veux que nous le pincions.

— Nous ? Bon Dieu, Ellie, laisse tomber !

— Tu veux le mettre hors d'état de nuire, pas vrai ?

— Oui, évidemment. Mais je ne pourrai le faire que quand j'aurai des preuves solides.

— Ce type a tué mon père. Il l'a envoyé en prison et l'a tué. Ne m'écarte pas, Michael.

— T'écarter ? Tu n'as jamais fait partie de mon plan.

— Michael, s'il te plaît...

— Tu n'as pas cessé de me mentir.

— Pas... pas sur tout. Pas sur mes sentiments pour toi, je te le jure.

— Ellie, même si tu jurais sur la Bible et que tu avais un nœud coulant passé autour du cou, je ne te croirais pas. Tu ne sais pas ce que c'est que de dire la vérité.

Il se rapprocha d'elle, et instinctivement, elle recula.

— Ne t'inquiète pas, ce n'est pas dans mes habitudes de faire du mal aux femmes, dit-il d'une voix rude. Prends ton manteau, je te ramène chez toi.

— Attends, Michael. Est-ce qu'on ne peut pas...

— Quoi ?

— Parler encore un peu ?

— De quoi ?

— De tout ça. Laisse-moi essayer de t'expliquer.

Elle essuya les larmes qui coulaient sur ses joues et ajouta :

— Je tiens à toi, Michael.

— Je ne te crois pas.

Son expression était implacable. Les épaules d'Ellie s'affaissèrent. Non seulement elle l'avait perdu, mais sa propre mission avait échoué. Elle ne pouvait rien faire pour essayer d'arrêter Finn. Michael l'en empêcherait.

— Je ne veux pas abandonner, reprit-elle d'une voix plus ferme.

— Tiens, dit-il en lui jetant son manteau. N'oublie pas ta sacoche.

Il était déjà en train d'ouvrir la porte. Vaincue, elle mit son manteau, prit sa serviette et le suivit. Il n'y avait rien d'autre à faire.

Il n'ouvrit pas la bouche de tout le trajet. Ellie tremblait, ramassée sur son siège. Une pensée lui traversa l'esprit: « C'est cela, la vérité? Dans ce cas, je n'en veux pas. Rendez-moi le confort de mes mensonges. »

Michael conduisait vite, faisant crisser les pneus du pick-up, et elle fut rassurée quand ils quittèrent l'étroite route en lacets pour se fondre dans la circulation de Boulder.

C'était fini, se répétait-elle. Elle avait perdu.

Au coin de Canyon et de Sixteenth Street, Michael dut s'arrêter à un feu rouge. Il attendit avec impatience que le feu passe au vert, en pianotant nerveusement sur le volant, les yeux fixés droit devant lui. Soudain, Ellie se sentit incapable de supporter cette tension une seconde de plus. Elle ouvrit la portière et descendit.

— Attends! fit Michael d'une voix surprise.

Mais elle claqua la portière et rejoignit le trottoir. Elle respira goulûment l'air froid et se mit à marcher d'un bon pas. Michael la suivit pendant quelques pâtés de maisons, mais elle ne se retourna pas. Elle gardait les yeux rivés sur le trottoir, concentrée sur sa respiration. Comment cela avait-il pu arriver? se demandait-elle, en balayant rageusement les larmes qui continuaient à couler sur ses joues. Elle avait passé des années à préparer sa vengeance, et en un clin d'œil, tout était terminé.

Elle fit un long détour pour rentrer chez elle. Pour se calmer, et parce qu'elle avait peur que Michael ne soit allé l'attendre devant la maison de Marine Street. Elle se rappelait toutes les petites choses qui avaient attiré son attention dans le comportement de Finn – son besoin de tout contrôler, son aisance un peu trop marquée avec les femmes, la façon dont il posait les mains sur elle, avec des gestes de propriétaire.

Elle enfonça ses mains dans ses poches pour les protéger du froid et sentit soudain les gants au bout de ses doigts. Les gants noirs que Finn lui avait achetés à Santa Fe.

Elle les sortit. C'étaient des gants doublés de cachemire, fins et chauds – ils l'avaient si bien protégée, ce matin-là, sur le chemin du bureau. D'un geste brusque, elle les jeta sur une pelouse et se mit à marcher plus vite, les épaules voûtées, les poings serrés dans les poches de son manteau.

Elle avait honte. Elle aurait dû deviner que Finn était le coupable, elle aurait dû le sentir. Mais il l'avait éblouie avec son argent, sa voiture, son avion, sa maison, toutes ces choses qu'elle n'avait jamais pu avoir et dont elle avait rêvé toute sa vie.

Michael, lui, n'avait jamais essayé de lui jeter de la poudre aux yeux. Dès le début, elle avait senti quelque chose de profondément sincère en lui, mais elle avait refusé de le reconnaître, parce qu'elle pensait – comment avait-elle pu penser une chose pareille ? – qu'il était peut-être le violeur. Il s'était ouvert à elle, et elle l'avait trahi. Elle ne pouvait pas lui en vouloir d'être en colère.

Il était tard quand elle arriva chez elle. Grelottante, les pieds gelés, elle ouvrit la porte de la maison.

— Ah, te voilà enfin ! dit Celeste.

— Où étais-tu passée ? demanda Bonnie. On commençait à s'inquiéter.

Ellie se laissa tomber sur le vieux canapé.

— J'ai marché.

— Marché ? répéta Jennifer. Dans ce froid ? En pleine nuit ?

— Tu as pleuré, remarqua Bonnie.

— Quand on a vu que tu ne rentrais pas, on a cru que tu étais avec Michael... reprit Celeste.

— J'étais avec lui.

— Vous vous êtes engueulés, c'est ça? dit Jenn.

Ellie faillit sourire. Si seulement il ne s'était agi que d'une banale querelle d'amoureux!

Celeste grimpa au grenier et en redescendit avec la couette d'Ellie.

— Enlève ton manteau et enroule-toi là-dedans. Que s'est-il passé?

Ellie regarda ses amies, leurs visages inquiets. Elle s'emmitoufla dans sa couette.

— Asseyez-vous, j'ai quelque chose à vous dire.

— Quoi? firent Bonnie et Jennifer en chœur.

— Attendez, les filles, fit Celeste. Laissez-la parler.

Elle s'assit à même le sol, et les autres l'imitèrent.

Ellie déglutit avec peine. Après toutes ces années, ces mensonges sans fin, elle allait enfin se confesser.

— Ellie?

Elle ferma brièvement les yeux, puis déclara d'une voix hésitante:

— Je ne suis... je ne suis pas celle que vous croyez.

— Ellie... protesta Bonnie.

— Chut, fit Jennifer.

— Je vous ai menti. Mon vrai nom est Crandall, Eleanor Crandall. Je suis née à Boulder et j'y ai vécu jusqu'à mes douze ans.

— Crandall? répéta Celeste.

— Ma mère et moi avons changé de nom parce que... parce que mon père a été arrêté et condamné pour un crime terrible. Nous ne pouvions plus vivre à Boulder après ça. Voilà pourquoi nous avons déménagé à Leadville.

Maintenant, les mots lui venaient aisément.

— Mon père a été condamné pour viol.

— Ô mon Dieu, lâcha Bonnie.

— Mais il était innocent. Ce n'était pas lui qui avait fait le coup. Je le sais, parce qu'il était avec moi ce soir-là. Et pendant toutes ces années, j'ai recherché le vrai coupable.

Elle s'interrompit pour scruter le visage de ses amies. Elles semblaient sous le choc. Celeste pleurait. Mais nulle part elle ne vit le dégoût et le rejet auxquels elle s'était attendue.

— Je te crois, déclara Bonnie. Je veux dire, je te crois quand tu dis que tu étais avec ton père.

Sans un mot, Celeste se leva et vint serrer Ellie dans ses bras.

— Je suis désolée, murmura Ellie. Je vous présente mes excuses.

— Chut ! Ne sois pas stupide, dit Jennifer.

Bonnie et elle se levèrent à leur tour et se joignirent à l'étreinte de Celeste. Ellie resta assise là, entourée par cet amour débordant, et elle eut une nouvelle bouffée de honte. Elle ne méritait pas leur amitié ni leur pardon. Comment pouvaient-elles lui pardonner, quand elle-même était incapable de se pardonner ?

— C'est fini, on est là, chuchota Celeste en essuyant les larmes sur les joues de son amie. C'est fini.

Mais Ellie savait que ce n'était pas fini. Finn était toujours en liberté, prêt à violer et à tuer de nouveau.

17

Depuis plusieurs jours, une question turlupinait Michael : aurait-il dû dire à Ellie qu'il était désolé de ce qui était arrivé à son père ? Il avait beau tenter de se convaincre que cela n'aurait rien changé, son esprit revenait avec une irritante régularité à leur dernière conversation, à cette image d'elle sortant brutalement de son pick-up pour lui échapper.

« Oublie-la », se dit-il une bonne centaine de fois.

Un soir, il reçut un appel de son informateur, Pete Stone.

— Rasmussen fréquente toujours cette fille, déclara Stone. Je n'ai pas encore son nom, mais elle habite Boulder. Il l'a emmenée en avion quelque part le week-end dernier…

Michael grommela. Il ne le savait que trop bien.

— Quand je les ai vus, ils roucoulaient comme des pigeons. Ça m'a donné envie de vomir. Je ne sais pas ce que cette fille a fait à Rasmussen, mais je ne l'avais jamais vu comme ça avant. Il ne la quittait pas d'une semelle. Mais elle a l'air rusée comme un renard.

— Je sais qui elle est, dit Michael.

— Ah, merde… Tu veux toujours que je surveille Rasmussen ?

— Plus que jamais.

— OK. Je te rappellerai quand j'aurai du nouveau.

— Ça marche, fit Michael, avant de raccrocher.

Il avait envie de hurler. « Ils roucoulaient comme des pigeons… » Cette phrase lui avait fait l'effet d'un coup de poignard. Arriverait-il jamais à se détacher d'Ellie ?

Lui et Augostino continuaient à enquêter sur le meurtre du campus. La victime s'appelait Valerie Girard. Elle avait vingt-deux ans et était originaire d'Omaha, dans le Nebraska. Tous les agents de patrouille et les inspecteurs alignaient les heures supplémentaires, ratissant l'endroit où son corps avait été retrouvé, interrogeant sans relâche ses amis, ses colocataires, ses professeurs.

Elle avait été vue pour la dernière fois au centre de loisirs des étudiants. Elle en était partie aux alentours de 22 heures, ce qui cadrait avec l'estimation du médecin légiste.

À sa sortie du centre, un homme lui avait sauté dessus, l'avait violée et frappée à la tête. Elle n'était pas morte des suites du choc, qui lui avait fait perdre conscience, mais d'hypothermie. Et l'assassin n'avait même pas volé son portefeuille.

— Ce doit être un dingue, déclara Augostino, les sourcils froncés, tandis qu'ils arpentaient de nouveau la scène du crime.

— Il a dû paniquer en comprenant ce qu'il avait fait, répondit Michael. Et il a simplement pris ses jambes à son cou. À mon avis, il n'avait rien planifié. En voyant Valerie sortir du centre, il a sauté sur l'occasion et a improvisé.

Ils étaient revenus examiner les lieux par acquit de conscience, mais l'instinct et l'expérience de Michael lui disaient qu'ils ne retrouveraient pas leur homme grâce à une enquête classique. Leurs chances étaient bien meilleures avec la clé de voiture qu'ils avaient trouvée. C'était Jim Chambliss qui était chargé de cette partie de l'enquête.

— Des nouvelles de Chambliss ? demanda Augostino.

— Il a obtenu le numéro de série auprès du constructeur, mais le bureau des immatriculations est encore en train de chercher le nom du propriétaire actuel de la voiture.

— Bon Dieu, ils en mettent, du temps ! Ils sont au courant qu'il s'agit d'un meurtre ?

— Jim ne leur lâche pas les baskets.

Augostino grommela quelque chose d'inintelligible.

Des étudiants marchaient le long de Boulder Creek, en direction du centre de loisirs. Ils regardaient tous les policiers et les bandes jaunes qui délimitaient la scène du crime. Ils savaient ce qui s'était passé là. Peut-être certains d'entre eux avaient-ils connu Valerie Girard, cette pauvre gosse fauchée bien avant son heure.

Michael se rappela sa réaction le matin où ils avaient découvert le corps. Lorsqu'il avait vu cette fille inerte, allongée face contre terre dans la neige, il avait aussitôt pensé à Ellie. Pendant quelques secondes atroces, il avait cru que c'était elle qui gisait là, morte. Puis il s'était rendu compte de sa méprise. Mais pour lui, maintenant, Ellie était aussi morte que Valerie Girard.

C'était du moins ce dont il essayait de se persuader. La vérité, c'était qu'Ellie l'obsédait. Parfois, il se sentait prêt à tout lui pardonner, mais une minute plus tard, il la maudissait de l'avoir trahi. Pendant tout ce temps, toutes ces longues années qui avaient suivi la mort de Paul et le rejet de ses parents, il avait bouclé ses émotions à double tour. Puis Ellie avait débarqué dans sa vie, et il s'était dit qu'après tout, il était peut-être capable d'amour.

— Il faut qu'on remonte la piste de la bagnole, bon Dieu, reprit Augostino. Chambliss doit retrouver ce foutu conducteur.

— Il ne nous reste plus qu'à prendre notre mal en patience, dit Michael. Mais peut-être qu'on aura un coup de bol et qu'on tombera sur un témoin. 22 heures un dimanche soir, ce n'est pas si tard que cela. Il y avait forcément des gens dehors. Ils ont pu voir quelqu'un de louche, qui courait ou avait l'air effrayé.

Michael et Rick rejoignirent leur voiture. Tandis qu'il conduisait, Michael songea de nouveau à Ellie. Il était partagé entre la colère et l'inquiétude. Car il se doutait qu'elle n'allait pas lâcher Rasmussen comme ça, simplement parce qu'il lui en avait donné l'ordre. Elle se moquait bien de ce qu'il pouvait dire, penser ou ressentir.

Il passa l'après-midi à lire tous les rapports de police concernant le tueur du campus, mit de côté ceux qu'il pouvait exploiter et écarta les autres. Tout cela sans jamais cesser de penser à Ellie.

Elle ne s'arrêterait pas, il le savait. Elle sortirait avec Rasmussen, continuerait à chercher le défaut de sa cuirasse, essaierait de le pousser à la faute par n'importe quel moyen, jusqu'à ce qu'elle ait la preuve qu'il était un criminel, que son père avait été injustement arrêté, condamné, emprisonné. Michael serra les dents. Il aurait vraiment dû lui faire des excuses.

Ce soir-là, sa mère l'appela.

— Tu seras là pour Noël, Michael, n'est-ce pas ? Tu n'es pas venu pour Thanksgiving, et ça fait des siècles que je ne t'ai pas vu. Tu travailles trop dur.

Pour l'amour de Dieu, tu peux bien prendre quelques jours de congé !

— Ne t'en fais pas, je serai là, promis.

Il irait chez sa mère, il n'avait pas le choix. Mais la perspective d'un nouveau dîner de Noël en famille sans Paul le faisait frissonner.

Son père lui avait envoyé une carte de Noël. Quelques mots griffonnés, et une requête : son fils pourrait-il l'appeler de temps en temps ?

Michael essaya de rassembler ses souvenirs. À quand remontait sa dernière rencontre avec son père ? Un an et demi ? Son père devait se rendre à Cheyenne, dans le Wyoming, et il s'était arrêté à Boulder pour déjeuner avec son fils. Comme toujours, leur conversation avait été celle de deux étrangers.

— Comment marche la vente de voitures ?

— Bien, je ne me plains pas. Et toi, où en es-tu ?

— Oh, tout va bien !

Ils n'avaient jamais eu grand-chose à se dire, même avant la mort de Paul. Mais Michael se promit d'appeler son père. C'était Noël, après tout.

Il s'installa sur le canapé et regarda les informations. Mais il voyait à peine les images qui défilaient sur l'écran. Tout ce qu'il voyait, c'était Ellie assise là, à ses côtés, son sourire, ses gestes, cette chaleur qui émanait d'elle. Puis il la revit qui pleurait, terrifiée, blanche comme un linge, après qu'il lui eut jeté ses mensonges au visage.

Si elle ne s'était pas mise dans une situation aussi dangereuse, il aurait admiré ce qu'elle faisait. Ils étaient du même bord, celui de la justice. Mais, à présent, ils étaient ennemis. Il fallait néanmoins qu'il garde un œil sur elle, qu'il la suive dès qu'il en aurait la possibilité, qu'il l'empêche de prendre trop de risques.

Il rêva d'Ellie cette nuit-là. Elle était avec Rasmussen et portait un micro caché sur elle. Michael se trouvait avec eux, mais ils ne le voyaient pas. Rasmussen commençait à la maltraiter. Elle pleurait et criait : « Non, non ! » mais il lui arrachait ses vêtements, puis il la violait et se mettait à l'étrangler. Michael, lui, continuait à écouter et à observer. Cette fois, il avait la preuve, la preuve absolue. Il avait enregistré toute la scène, et il était témoin. Rasmussen était foutu. Il le tenait.

Alors, pourquoi n'était-il pas heureux ? Encore à moitié endormi, il se repassa la scène, jusqu'à ce qu'il comprenne ce qui clochait. Ellie, étranglée par Rasmussen, ne respirait plus.

Ellie avait séché ses larmes. Elle avait fini de s'apitoyer sur elle-même. Elle avait stupidement gâché toute chance de construire quelque chose avec Michael, mais elle ne voulait pas penser à cela, pas maintenant. Elle n'avait ni le temps ni l'énergie d'analyser son horrible erreur.

Elle devait s'occuper de Finn. Elle n'allait pas le laisser filer, alors qu'elle venait d'apprendre qu'il était l'homme qu'elle avait cherché pendant si longtemps. Et tant pis pour les mises en garde de Michael. Pendant quatorze longues années, la police avait laissé Finn violer et tuer toutes ces femmes, et il était toujours libre comme l'air. C'était à elle de le coincer.

Les plans se succédaient dans sa tête, à longueur de journée. Comment obtenir des preuves ?

Seigneur, elle l'aurait laissé la violer, si cela avait pu permettre de le coffrer ! Mais, curieusement, Finn ne semblait pas avoir envie de coucher avec elle. Alors, comment faire ?

Finn l'appela une semaine avant Noël, un jeudi.

— Comment vas-tu ? demanda-t-il de sa voix charmeuse et bien timbrée.

— Bien, merci.

Elle s'efforçait de paraître naturelle, de parler d'un ton léger. Il ne fallait pas que Finn se doute de quoi que ce soit.

— Tu es libre, samedi soir ? J'ai des billets pour *Les Contes de Noël*. De très bonnes places.

— La pièce de Dickens ?

— Oui. En plus, c'est pour une bonne cause, la recette de la représentation ira aux enfants nécessiteux.

— Je crois que je vais me laisser tenter.

— On dîne ensemble avant le spectacle ?

— D'accord. Merveilleux.

— Je passerai te prendre tôt, comme ça on aura tout notre temps. À 18 heures, ça te va ?

— Parfait.

Ce ne fut qu'en raccrochant qu'elle s'aperçut que sa main tremblait.

Celeste lui prêta une autre robe pour l'occasion, une robe rouge moulante qui s'arrêtait au genou. Ellie enfila le boléro assorti par-dessus, puis le manteau doublé de vison.

— Tu es splendide, dit Celeste.

— Je te promets de l'envoyer au nettoyage à sec si je renverse de la sauce dessus.

Celeste rit. Sa générosité n'en finissait pas d'émerveiller Ellie. Comme Jenn et Bonnie, Celeste ignorait tout de la vraie nature de Finn. Ellie ne pouvait rien leur dire. Elles feraient tout pour l'arrêter. Mais ses misérables secrets lui donnaient la nausée. Un jour, tout cela serait fini, se jura-t-elle. Un jour, il n'y aurait plus aucun secret.

— Amuse-toi bien, dit Celeste.

S'amuser ? Ellie réprima un ricanement.

— Je n'y manquerai pas.

Finn l'emmena dîner dans un petit restaurant thaï près du théâtre. Il commanda pour elle, sans même lui demander si elle avait des préférences.

— Parle-moi un peu de tes bonnes œuvres, demanda Ellie, une fois qu'on les eut servis.

Il saisit avec dextérité une bouchée de riz avec ses baguettes.

— J'ai eu beaucoup de chance dans ma vie. J'ai connu le succès, et je veux en faire profiter les autres.

Il était sincère, réalisa Ellie avec stupéfaction. Ce meurtrier brutal aimait réellement faire le bien.

— Je ne peux pas contribuer à toutes les œuvres caritatives, évidemment, mais j'ai mes priorités. Ce qui me plaît, c'est d'aider les enfants maltraités. Les jeunes.

— Vraiment ?

— Oui. Je me retrouve dans ces mômes. Je te l'ai déjà dit, je ne viens pas d'une famille riche. Alors, je fais ce que je peux pour aider les enfants défavorisés.

Sa main chercha la sienne par-dessus la table, et il lui caressa les doigts. Ellie ne put réprimer un frisson de dégoût.

— Tu as entendu parler de Mountain Dreams ? Eh bien, je fais partie des bénévoles. Chaque année, on emmène des groupes de gosses maltraités à la montagne. L'association a un lieu d'accueil permanent à Aspen. On campe, on fait de la randonnée, de la varappe…

— C'est très généreux de ta part.

— Je prends mon pied. Sans blague, je m'amuse encore plus que les enfants !

Elle lui sourit.

— Tu es un homme bon, s'entendit-elle lui dire.

— Je fais ce que je peux, à mon modeste niveau.

Elle pouvait presque se persuader qu'elle sortait avec un type sympa et généreux, qui aidait les enfants à problèmes et l'emmenait en avion à Santa Fe. Si elle verrouillait un petit coin de son cerveau, elle pouvait y croire.

Mais si elle ne fermait pas ce coin, elle devait continuer à lui sourire, assise en face de lui, en sachant qu'il pouvait se transformer en tueur sadique. À cette pensée, elle réprima un nouveau frisson.

Après le dîner, tandis qu'ils marchaient jusqu'au théâtre, Finn lui prit la main et la porta à ses lèvres.

— Seigneur, tu as les doigts gelés ! Où sont tes gants ?

Le cœur d'Ellie s'arrêta de battre un instant. Les gants. Elle n'y avait pas pensé un seul instant.

— J'ai dû les oublier à la maison. Je t'avais dit que je n'avais pas l'habitude, Finn. Je parie que je les ai laissés dans la poche de mon manteau noir.

Il réchauffa ses mains, l'une après l'autre.

— Quelle étourdie tu fais !

— Je sais, je sais.

Leurs sièges étaient à deux rangées de la scène. À côté d'eux étaient placés des amis de Finn.

— George ? Je te présente mon amie Ellie Kramer. Ellie, voici George Midkiff et son épouse, Marion.

Ellie sourit et salua ces gens charmants, qui venaient assister pour la bonne cause à cette pièce qu'ils avaient probablement déjà vue une douzaine de fois.

Les personnages entrèrent en scène : Bob Cratchit, Ebenezer Scrooge, Tiny Tim. Ellie restait sagement assise, la main dans celle de Finn, mais elle avait envie de se lever et de s'enfuir. Elle avait du mal à respirer. Elle essaya de prendre discrètement quelques longues inspirations pour ralentir les battements de son cœur. Il ne pouvait rien lui faire au milieu de tout ce monde.

Elle regardait la scène sans la voir. La vraie pièce se jouait ailleurs, dans sa tête. Elle voyait les larges mains de Finn sur Stephanie Morris, sur Holly Lance, sur la jeune Mexicaine. Elle le voyait leur arracher leurs vêtements, s'introduire en elles, puis les étrangler, avec un foulard ou un bandana qui appartenait à un homme innocent. Et elle, elle était assise à côté de cet homme qui torturait, violait, tuait.

— Tu ne trouves pas que le type qui joue Scrooge est formidable ? lui chuchota Finn.

Elle opina de la tête et se força à suivre le spectacle et à chasser de son esprit ces images épouvantables.

Après la représentation, Finn la conduisit chez lui. Quand elle pénétra dans la maison, elle eut un choc. C'était peu dire que la décoration était de style contemporain. C'était une orgie de verre, de chrome, de bois blond et de rails de spots au plafond. Dans le salon, un grand canapé en cuir beige était placé devant une table basse en verre. La cuisine était tout en aluminium, avec un fourneau digne d'un restaurant et un réfrigérateur dernier cri. Au milieu trônait une table en marbre.

— Seigneur !

— Je sais. Mon décorateur a laissé libre cours à sa créativité.

— Je vois ça.

Elle fit le tour des lieux, arpenta le salon, caressa le cuir fin du canapé. Il n'y avait pas l'ombre d'un grain de poussière, pas une tache, aucun magazine posé négligemment sur la table. Cette maison semblait inhabitée.

— C'est beau, dit-elle finalement.

— Content que ça te plaise.

Allait-il lui montrer la chambre à coucher, à présent ? se demanda-t-elle avec appréhension.

— Que dirais-tu d'un verre de vin ?

— Bonne idée.

Aux murs étaient accrochés des tableaux abstraits, de grandes zébrures noires, rouges et blanches qui se mariaient parfaitement avec le décor. Hideux, se dit Ellie, mais probablement d'authentiques œuvres d'art. Elle pensa au chalet de Michael, à peine aménagé mais tellement plus accueillant. En cet instant, elle aurait tout donné pour être là-bas, avec lui.

Finn lui tendit un verre de cristal rempli de vin blanc.

— Un chardonnay millésimé. J'espère que tu aimeras.

Il était visiblement fier de sa maison et de son vin. Il lui en mettait plein les yeux.

Il leva son verre.

— À bien d'autres soirées comme celle-ci, dit-il.

— À bien d'autres soirées, répéta-t-elle en entrechoquant son verre avec le sien.

— Asseyons-nous, reprit-il.

— Tu reçois beaucoup ici ?

— De temps en temps. Je suis bien obligé. Je donne un dîner de gala chaque année pour Mountain Dreams, et j'organise aussi des dîners d'affaires.

— C'est toi qui cuisines ?

— Grands dieux, non ! Je fais appel à un traiteur, c'est tellement plus simple. Mon décorateur en a tenu compte quand il a conçu la cuisine.

Ellie but une gorgée de vin, en essayant d'empêcher sa main de trembler tandis qu'elle portait son verre à ses lèvres.

— Je peux emprunter tes toilettes ?

Il la conduisit dans un couloir sur lequel donnaient deux portes ouvertes. Dans la première pièce, Ellie aperçut un ordinateur – le bureau de Finn. La salle de bains était étincelante, immaculée, ce qui ne la surprit pas. Lavabo, baignoire, douche étaient en céramique noire. Elle se regarda dans le miroir tandis qu'elle se lavait les mains et se demanda si Finn avait remarqué la lueur d'effroi qui dansait dans ses yeux. Non, certainement pas.

— Une salle de bains noire, s'il vous plaît ! commenta-t-elle en retournant dans le salon.

— Je sais, je sais, dit-il en souriant.

Ils burent et parlèrent de choses et d'autres. Finn, assis à côté d'elle, passait souvent la main dans ses cheveux, lui caressait les joues ou laissait ses doigts errer sur sa nuque.

— Il est tard, dit-il finalement. Je vais te ramener chez toi.

— D'accord, répondit-elle d'une voix étranglée.

Elle baissa les yeux sur ses mains, de peur que son expression ne trahisse son soulagement.

À cette heure tardive, il y avait peu de monde sur la route, et la Jeep avala les kilomètres en un rien de temps.

— Je suis désolée de t'avoir obligé à faire la navette.

— Oh, ça ne me gêne pas ! Je suis tout le temps sur la route pour mes affaires. Mountaintech gère des systèmes de sécurité dans un rayon de cent soixante kilomètres autour de Denver.

— Combien d'employés as-tu ?

— Quatre-vingt-deux.

— Seigneur, c'est énorme! Et où sont tes bureaux?

— À Cherry Creek. Mais j'ai des annexes dans toute la région de Front Range.

Pas étonnant qu'il soit si riche, se dit-elle. Et comme ce devait être facile pour lui de choisir et d'espionner des jeunes filles innocentes! Ellie était persuadée qu'il y avait toujours un signe Mountaintech Security planté dans le gazon de la maison de la victime ou dans la pelouse d'un voisin. Finn pouvait ainsi inspecter le quartier de sa proie sans éveiller les soupçons.

Il s'arrêta devant chez elle, puis, toujours aussi courtois, l'aida à descendre de la Jeep et l'accompagna jusqu'au porche.

— Merci pour cette merveilleuse soirée, dit Ellie.

— Tout le plaisir était pour moi. Je t'appelle bientôt.

— D'accord.

— Mais ce ne sera peut-être pas avant Noël.

— Je vais être moi-même pas mal prise jusque-là. Je dois rendre visite à ma mère.

— Naturellement.

Il regardait fixement son visage, comme s'il cherchait à mémoriser ses traits, chacune de ses expressions.

— Ellie… dit-il soudain, en l'entourant de ses bras.

Il lui donna un long baiser, un baiser affamé, passionné. Ses mains pressaient son dos, à travers l'épais manteau de fourrure de Celeste. Ellie ne put se retenir de gémir, et elle pria pour que Finn ne reconnaisse pas la vraie nature de ce gémissement.

Finalement, il relâcha son étreinte.

— Bonne nuit, Ellie, dit-il.

— Bonne nuit, Finn.

Dès qu'elle se retrouva chez elle, le dos appuyé contre la porte d'entrée, elle éclata en sanglots.

Soudain, on frappa à la porte. C'était forcément Finn. Que voulait-il ? Elle essuya vivement ses joues mouillées de larmes et ouvrit la porte, un sourire plaqué sur ses lèvres.

Elle s'apprêtait à dire : « Je te manque déjà ? » mais les mots moururent sur ses lèvres.

Devant elle se tenait Michael, le visage dur comme de la pierre.

18

Finn reprit la rocade de Boulder. Il avait encore le goût d'Ellie sur les lèvres. Il attendit que le kaléidoscope familier défile dans son cerveau : les visages, auxquels s'ajouterait cette fois celui d'Ellie en train de suffoquer, la bouche ouverte sur une supplication muette. Mais rien ne vint. Les images défilaient, mais elles n'étaient pas celles dont il avait l'habitude. Elles étaient toutes d'Ellie.

Il n'avait jamais ressenti cela pour une femme. Ce qu'il éprouvait pour Ellie n'avait rien à voir avec le désir qui montait en lui quand il repérait ses proies. C'était quelque chose d'unique. Il était en train de tomber amoureux, et il n'avait jamais rien connu d'aussi effrayant.

Bon sang, il avait perdu les pédales. Il fallait qu'il cesse de la voir. Ensuite, il redeviendrait lui-même.

Il mit son clignotant et s'engagea sur l'I-25. Et soudain, il haït Ellie de toute son âme.

Michael se tenait dans l'embrasure de la porte et tentait de masquer sa colère. S'il voulait dompter Ellie, ce n'était pas en lui criant dessus qu'il y arriverait.

— Je peux entrer ?

— Michael, quelle surprise ! Tu... tu m'attendais dehors ?

— Oui.

— Est-ce que je peux entrer ? répéta-t-il

— Écoute, il est tard et...

— Je veux juste te parler.

À sa grande surprise, elle éclata de rire. Un rire sans joie.

— Oh, Michael, je t'en prie, tu ne sais pas mentir.

— Je ne suis pas venu ici pour me disputer avec toi. Asseyons-nous et discutons tranquillement. Tes colocs sont là ?

— Je ne sais pas. Si elles sont là, elles dorment.

— On peut s'asseoir ?

— Je...

— S'il te plaît.

— D'accord, mais je suis vraiment crevée.

— Tu m'étonnes, lâcha-t-il.

Il regretta aussitôt ses paroles. Elle lui lança un regard noir, mais ne se donna pas la peine de répondre.

Il s'installa dans un fauteuil confortable, tandis qu'Ellie, après avoir ôté ses chaussures, s'asseyait au bord du canapé, les mains sur les genoux.

— Tu joues avec le feu, Ellie.

— Michael, si tu es venu me faire la leçon, tu perds ton temps.

— Et si je te disais que c'est moi qui me charge de Rasmussen ?

— Comment ?

— Je suis sur le coup.

— Tu parles ! Tu n'as aucun plan.

— C'est faux. Je mettrai la main sur ce salaud, Ellie, tu peux me croire.

— Peut-être bien. Mais quand ? Combien d'autres filles devront mourir avant que tu ne l'attrapes ?

— Aucune, avec un peu de chance.

— Oh, arrête tes conneries !

Michael ne releva pas. C'était une torture d'être assis si près d'elle sans pouvoir la toucher. Même à un mètre d'elle, il sentait son parfum. Et dire que Rasmussen l'avait tenue dans ses bras, seulement quelques minutes plus tôt...

— Écoute, fit-elle en se penchant vers lui, j'ai consacré les meilleures années de ma vie à chercher la vérité...

— Regarde les choses en face, Ellie. Ce n'est pas la vérité qui t'intéresse, mais la vengeance.

Elle haussa les épaules.

— Appelle ça comme tu veux. Ce ne sont que des mots. Au bout du compte, le résultat sera le même.

— Le résultat, c'est que tu y laisseras des plumes. Tu as pensé à ta mère ?

— Tu frappes sous la ceinture.

— Laisse-moi m'occuper de Finn. Je vais retourner voir mes supérieurs, et si...

— Non, Michael. J'ai déjà un pied dans la place. Je continuerai.

— Je pourrais t'arrêter, dit-il abruptement.

— Ah, oui ?

— Bien sûr.

— Et pour quel motif ? Drogue ? Cambriolage ?

— Tu ne m'en crois pas capable ?

Elle secoua la tête lentement, ses yeux dans les siens. Elle le connaissait trop bien.

Il inspira profondément.

— Il y a une autre solution. On envoie une femme flic en civil. Je connais une inspectrice à

Lakewood, une fille très compétente et très mignonne. Elle peut…

— Finn peut avoir n'importe quelle femme. C'est moi qu'il aime. Il n'a jamais fait la cour aussi longtemps à une femme.

— Je sais, dit-il d'un ton froid.

— Je suis sûre que je peux lui faire perdre le contrôle de lui-même, Michael. Si on bosse ensemble, on peut le pousser à commettre une erreur, et alors, on aura notre preuve.

Il haussa les sourcils, incrédule.

— Je n'en reviens pas que tu envisages une chose pareille. Si tu le provoques, il te tuera. Je veux que tu laisses tomber.

— Pas question.

Il commençait à perdre patience.

— Ne vois plus cette ordure, tu m'entends ?

— Je t'entends, Michael, dit-elle d'un ton parfaitement posé. Mais tu ne m'arrêteras pas. Toi et moi, on poursuit le même but, et on y est presque. S'il te plaît, j'ai besoin de ton aide. Aide-moi. Je t'en prie.

Il se leva et se mit à faire les cent pas, les poings enfoncés dans les poches de son blouson en cuir.

— Michael, poursuivit-elle d'une voix séductrice, tu sais que j'ai raison. C'est toi la tête de mule, maintenant.

— Ne me parle pas sur ce ton condescendant.

— Tu es furieux.

— Je ne suis pas furieux.

— Si. Je l'entends à ta voix.

— Qu'est-ce que tu racontes ? s'écria-t-il.

— Tu vois ? Calme-toi.

Il s'arrêta et la regarda.

— Tu as complètement perdu la tête si tu t'imagines que je vais te laisser mettre ta vie en danger.

— Je suis capable de prendre soin de moi-même, Michael.

Il ricana.

— Tout cela est ridicule, poursuivit-elle. Le fait est que c'est avec moi que Finn veut être. Je suis la seule chance que nous ayons, à l'heure où je te parle. Peu importe ce que je ressens... ce que tu ressens...

— Je ne ressens rien, Ellie.

— Aide-moi, Michael, répéta-t-elle. S'il te plaît.

— Aucune chance, dit-il entre ses dents.

Sur ce, il tourna les talons et quitta la maison. Était-ce cela qu'on récoltait, quand on se préoccupait de quelqu'un ? De l'inquiétude, de la colère ? Eh bien, dans ce cas, il préférait ne jamais aimer personne. Qu'Ellie aille se faire voir, et Rasmussen avec elle.

Il ouvrit la portière de son pick-up si violemment qu'elle sortit presque de ses gonds. Il venait de s'installer au volant et de mettre le contact quand Ellie toqua à sa vitre.

Il poussa un soupir et descendit sa vitre.

— Rentre chez toi, Ellie, tu vas geler sur place. Tu n'as même pas mis tes chaussures, bon sang ! Tu es dingue ou quoi ?

Mais elle tremblait, et dans la faible lumière que projetaient les décorations de Noël du voisin, il vit de grosses larmes rouler sur ses joues.

— Allez, Ellie, je t'en prie.

— Michael, je te supplie de m'aider. Je n'ai personne d'autre vers qui me tourner. Je ne peux pas supporter l'idée qu'une autre fille meure, qu'un autre innocent soit emprisonné... Je préférerais mourir.

— Ne dis pas cela.

— Je le pense. Dis-moi que tu vas m'aider. Je sais que je t'ai blessé, mais…

Il poussa un juron et donna un coup de poing sur son volant.

— Michael ?

— Va-t'en, Ellie. Rentre chez toi.

— Michael…

— Rentre chez toi, bon Dieu. Je… je t'appellerai.

— Quand ?

— Dans la matinée.

— Tu le promets ?

— Ouais.

— Nous trouverons bien une solution. Je sais que nous y arriverons.

— S'il te plaît, rentre chez toi, maintenant. Tu trembles comme une feuille.

Elle finit par reculer.

— D'accord. Tu m'appelleras, hein ? Tu as promis.

Il hocha la tête et démarra.

Le pire, c'était qu'elle avait raison. Et puisqu'il ne pouvait pas l'arrêter, il allait bien falloir qu'il l'aide.

Il ne l'appela pas le lendemain matin, ni à l'heure du déjeuner. Il continua à travailler sur l'assassinat de Valerie Girard, sans cesser de ruminer. Bon sang, comment avait-il pu se laisser embarquer dans cette histoire par la fille de John Crandall ?

— Une femme pour toi sur la ligne 6, Callas ! lança le sergent.

— Dis-lui que je suis sorti.

Michael fronça les sourcils. Il était dans une impasse, avec Ellie. Il ne pouvait pas la laisser continuer à voir Rasmussen sans la protéger, et à moins de l'attacher pieds et poings liés, il ne pourrait pas l'arrêter. Il fallait donc qu'il fasse appel à son supérieur, mais il n'avait aucune certitude que celui-ci approuverait son plan. Ne l'avait-il pas envoyé promener, la fois précédente ?

Son chef s'appelait Sam Koffey. Grand, presque chauve, Koffey était une véritable armoire à glace. Le plus drôle, c'était qu'il était doux comme un agneau. Mais il était tout sauf malléable, et cela n'allait pas être facile de le convaincre d'autoriser une filature de Rasmussen. Koffey ne faisait pas confiance à l'instinct de ses hommes. Des preuves solides, oui. Mais des intuitions, il n'en voulait pas.

À 13 h 30, Michael frappa à la porte vitrée du bureau de Koffey.

À 14 heures, il était au téléphone avec Ellie. Les nouvelles n'étaient pas bonnes.

— J'ai tout expliqué à mon commandant, lui dit-il. Je lui ai donné toutes mes notes, les heures, les dates, les endroits, les noms. Je lui ai fait un topo sur chacun des pauvres types qui ont écopé à la place de Rasmussen.

— Et alors ?

— Ça s'est aussi mal passé que la dernière fois, jusqu'à ce que j'en arrive au meurtre en Basse-Californie. Là, il a eu l'air intéressé. Je lui ai demandé d'obtenir du juge l'autorisation de placer Rasmussen sous surveillance. Je lui ai aussi parlé de toi, Ellie. J'étais bien obligé. Et c'est là que les choses se sont gâtées. Il a dit qu'il était prêt à envisager une filature de Rasmussen, mais qu'il ne voulait surtout pas de civil dans cette histoire.

— Dis à ton chef que je serai là dans une demi-heure.

Michael s'attendait à tout sauf à cette réponse.

— Non, Ellie, je...

Mais elle avait déjà raccroché.

Plus tard, quand il repensa à cette journée, Michael se dit qu'il n'aurait jamais dû prendre Ellie Kramer à la légère, ne fût-ce qu'un seul instant. Mais il l'avait sous-estimée.

Elle entra dans le bureau de Koffey, Michael sur ses talons, enleva son manteau, refusa le siège que Koffey lui proposait, et dix minutes plus tard, elle l'avait convaincu de l'inclure dans l'opération.

Michael se tenait adossé au mur, les bras croisés, la mâchoire prête à se décrocher d'admiration.

Elle était bonne. Aussi bonne qu'un avocat de la défense qui aurait cru passionnément en son client et en ses propres compétences. Cette fille était incroyable. Pas étonnant qu'elle l'ait subjugué au premier regard.

— J'ai consacré ma vie entière à essayer de prouver l'innocence de mon père, monsieur Koffey, déclara-t-elle. Il est mort, malheureusement, mais il y a d'autres hommes qui croupissent en prison et à qui on peut encore rendre justice. Je sais que l'inspecteur Callas vous a montré tous les éléments qu'il avait rassemblés, et je comprends bien qu'il ne s'agit pas de preuves tangibles. Mais il y a deux choses que je sais…

Ses yeux restaient plantés dans ceux de Koffey, durs, déterminés.

— Premièrement, mon père et moi étions ensemble en cette nuit de la Saint-Sylvestre. Au moment même où Rasmussen transformait Stephanie Morris en légume, nous regardions des vidéos en mangeant de la pizza.

Ellie prit une bouffée d'air et se mit à marcher de long en large dans la pièce.

— Deuxièmement, je suis la seule femme à qui Rasmussen ait demandé plus d'une fois de sortir avec lui, de toute sa vie. Il n'y a personne d'autre que moi que vous puissiez utiliser pour l'approcher.

« Commandant, si vous dites non, vous finirez votre vie en sachant que nous aurions pu l'arrêter. Nous pouvons sauver des jeunes filles innocentes, Dieu seul sait combien. En comparaison, le petit risque que je prends ne représente pas grand-chose, n'est-ce pas ?

Sans la quitter des yeux, Koffey s'assit.

— Une dernière chose, reprit Ellie d'une voix radoucie. Avec ou sans votre aide, je continuerai à voir Rasmussen, jusqu'à ce que je trouve un moyen de le faire trébucher.

— Ou jusqu'à ce qu'il voie clair dans votre jeu et vous tue, rétorqua Koffey.

Ellie répondit du tac au tac :

— Eh bien, commandant, quand vous trouverez mon corps, vous saurez au moins où démarrer votre enquête.

Cinq minutes plus tard, Koffey promettait de parler au juge pour lui demander l'autorisation de filer Rasmussen.

— Merci, dit simplement Ellie. Vous ne le regretterez pas.

Michael se rembrunit. Peut-être que Koffey ne le regretterait pas, mais la seule image qu'il avait en tête, lui, c'était celle de Rasmussen en train d'étrangler Ellie.

Lui et Koffey discutèrent ensuite des aspects pratiques de leur plan. Ils allaient devoir contacter le Colorado Bureau of Investigation, le CBI, pour obtenir leur camionnette de surveillance.

— Ben Torres pourrait peut-être parler au juge... commença Ellie.

Mais elle s'interrompit, et Michael vit son visage s'assombrir. Si Torres apprenait la véritable identité d'Ellie, il comprendrait qu'elle l'avait dupé et qu'elle s'était servie de son travail auprès de lui pour parvenir à ses fins. Cela ne lui plairait évidemment pas.

— Ne vous en faites pas, on se charge de cela, dit Koffey.

Michael et Ellie quittaient le bureau de Koffey quand le commandant rappela Michael.

— Je peux te voir en privé une seconde ?

Tandis qu'Ellie s'éloignait dans le couloir, Koffey referma la porte et se tourna vers Michael.

— Tu sors avec cette fille, Callas ?

Michael afficha son air le plus innocent.

— Voyons, Sam, tu me crois vraiment si stupide ?

Le commandant le regarda fixement, puis soupira.

— Et il paraît que les flics ne font pas de bons menteurs...

Michael, prudent, s'éclipsa.

— Que voulait-il ? demanda Ellie.

— Oh, rien !

— Bon, dis-moi comment le micro caché fonctionne. Je...

— Hé là, doucement, on n'en est pas là.

— Il faut quand même qu'on en parle et qu'on réfléchisse à un plan, non ?

— Ça ne peut pas attendre ?

Elle se renfrogna.

— D'accord, d'accord, dit-il. Je dois aller à Colorado Springs demain pour le réveillon de Noël. Mais dès que j'aurai...

Une pensée lui traversa soudain l'esprit.

— Qu'est-ce que tu as prévu pour Noël ?

— Eh bien, toutes mes copines partent, et j'ai promis à ma mère de passer le jour de Noël avec elle. Autrement...

Michael l'interrompit.

— Bon. Tu vas venir avec moi à Colorado Springs demain – tu n'auras qu'à prendre la chambre d'amis –, et le lendemain matin, je te déposerai à la gare ou à l'arrêt de bus pour Leadville.

Le visage d'Ellie s'éclaira.

— Tu en es sûr ? Tu veux vraiment que j'assiste au réveillon de Noël avec ta famille ?

— Ellie, c'est pour le boulot. Bien sûr qu'on fêtera Noël avec ma famille, mais si je fais ça, c'est pour qu'on puisse réfléchir à un plan pendant le trajet.

La joie qui avait illuminé son visage s'évanouit brusquement, et l'espace d'une seconde, Michael regretta d'avoir été aussi abrupt.

— D'accord, dit-elle, l'air indifférent. Bon, je ferais mieux de retourner au palais de justice.

Il faillit lui proposer de la raccompagner, puis il se ravisa. Moins il passerait de temps avec elle, mieux cela vaudrait. Mais lorsqu'il la regarda – comme tous les hommes présents dans le commissariat – se frayer un chemin parmi les bureaux pour gagner la sortie, il sentit son estomac se nouer. Il se souvint alors de l'expression radieuse qu'elle avait eue quand il lui avait demandé de l'accompagner à Colorado Springs. Puis Ellie disparut dans l'escalier, et il chassa résolument cette image de son esprit.

Ellie, assise dans le pick-up de Michael, se demandait si elle avait bien fait d'accepter son invitation. Ne risquait-elle pas de souffrir encore plus en continuant à le côtoyer, tout en sachant qu'il ne voulait plus d'elle ?

Ils se trouvaient sur l'autoroute, au sud de Denver, et se dirigeaient vers Colorado Springs. À leur droite, les Rocheuses dressaient leurs pics enneigés dans le ciel nuageux.

Ellie, silencieuse, ruminait encore et toujours les mêmes interrogations. Comment devait-elle se comporter avec Michael ? Comme une collègue ? Comme une amie ? Et que penserait sa mère ? Lui avait-il seulement dit qu'il ne venait pas seul ?

— Tu as donné un sacré show, hier.

La voix de Michael la tira de ses pensées.

— Tu veux dire, avec le commandant Koffey ?

— Oui.

— Je n'avais pas le choix. Il fallait que je le convainque.

— Ça, pour le convaincre, tu l'as convaincu.

— Tu es sûr qu'il va nous laisser faire ?

— Certain.

Il se tut. Ellie s'était rarement sentie aussi mal à l'aise. Michael lui avait demandé de venir à cette fête de famille pour qu'ils puissent discuter de leur plan pendant le trajet, mais jusqu'à présent, il n'en avait guère parlé – ni de quoi que ce soit d'autre, d'ailleurs –, et elle commençait à se demander pourquoi il avait voulu qu'elle l'accompagne.

Alors qu'ils laissaient Castle Rock derrière eux, il rompit enfin le silence.

— Est-ce que toi et Rasmussen avez des projets ?

— Pas vraiment. Il a dit qu'il m'appellerait bientôt.

— Mmm.

— Est-ce qu'il y a des endroits en particulier qu'il faudra que j'évite quand je porterai mon micro ? Ou, au contraire, des lieux où il sera plus facile pour vous de capter mes conversations avec Finn ?

— Le mieux, ce sont les petits bâtiments. Les maisons individuelles, par exemple. Les grands bâtiments, comme les supermarchés ou les immeubles de bureaux, sont moins pratiques. Il y a trop d'interférences avec le système d'écoute.

— OK.

— Est-ce que tu as une idée de la façon dont tu vas…

— … le pousser à l'erreur ?

— Oui.

— Eh bien, pour commencer, il est obsédé par le contrôle. C'est lui qui passe les commandes au restaurant, sans me demander ce que je veux. Il me donne son opinion sur tout, mais ne s'inquiète jamais de savoir ce que je pense. Sa maison est… étrange. Ultramoderne, parfaite, sans un grain de poussière.

— Ça colle avec ce qu'on sait des tueurs en série.

— Vraiment ? fit Ellie, bien qu'elle eût lu toutes les études du FBI sur la question.

— Ils ont besoin de structure et ne supportent pas que quelque chose échappe à leur contrôle. Ils savent distinguer le bien du mal, sauf quand ça les arrange de ne plus faire la distinction.

— C'est tout à fait Finn, approuva-t-elle.

— Cela fait des années que je me documente là-dessus. Le tueur en série typique est un homme blanc âgé de vingt à quarante ans, en général d'une intelligence supérieure à la moyenne, compulsif et perfectionniste. Rasmussen a l'avantage d'avoir été policier, il sait donc comment faire pour ne pas laisser de traces. En outre, il change de région et choisit des victimes qui ne se ressemblent pas. C'est ce que nous appelons les variables de surface. Mais, profondément, sa façon de tuer reste toujours la même. Il voudrait en changer qu'il ne le pourrait pas.

— Impressionnant, commenta Ellie. Tu as parfaitement cerné le personnage.

— Si je l'avais si bien cerné que ça, il serait déjà derrière les barreaux, rétorqua-t-il.

— On va l'avoir, assura-t-elle. Ce coup-ci, on l'aura.

Il ne répondit pas, et elle vit sa mâchoire se crisper. Elle savait que l'idée qu'elle prenne des risques lui faisait horreur. Mais il fallait bien que quelqu'un fasse le sale boulot.

Le silence s'installa de nouveau, puis Michael déclara à brûle-pourpoint :

— Je voudrais te présenter mes excuses, Ellie.

— Des excuses ?

— L'autre soir, j'aurais dû... Écoute, je suis désolé d'avoir arrêté ton père et d'avoir témoigné contre lui. Ça fait longtemps que ça me pèse sur la conscience.

Ellie sentit les larmes lui monter aux yeux.

— Merci, murmura-t-elle.

— Et je suis désolé qu'il soit mort en prison avant que nous ayons pu épingler Rasmussen.

— Moi aussi.

— Tu étais avec ton père, ce soir-là, n'est-ce pas ?

— Oui. Toute la soirée.

— On aurait dû te laisser témoigner au procès.

— Mes parents voulaient absolument me protéger de tout ça. Et qui m'aurait crue, de toute façon ?

Michael ne répondit rien. Il conduisait en regardant fixement la route, sans jamais tourner la tête vers elle.

— Eh bien, fit Ellie d'un ton amusé, on ne peut pas dire que notre conversation soit légère pour un soir de Noël.

— En effet.

— Merci... de t'être excusé. Cela me touche. Ce que tu penses a vraiment de l'importance pour moi, tu sais.

— Pour en revenir à Rasmussen, dit-il, comme s'il n'avait pas entendu ce qu'elle venait de dire, le seul moyen de l'emporter sur lui, c'est de lui faire perdre le contrôle et de le pousser à la faute.

— Je sais.

— Tu ne pourras faire confiance qu'à ton instinct. Si tu le provoques un peu trop, il deviendra violent.

— J'en ai conscience.

— Plus... plus tu seras proche de lui, plus tu seras... intime avec lui, meilleures seront tes chances.

— Oui.

Elle réprima une grimace. Michael ne prononçait pas le mot, mais elle savait pertinemment qu'il parlait de sexe.

— Euh... tu sais, il n'a jamais... bafouilla-t-elle. Enfin, il n'est pas très entreprenant.

— C'est normal. Il ne peut pas coucher avec une femme avec laquelle il est sur un pied d'égalité, ce qui est le cas avec toi. Cela ne satisfait pas son fantasme de contrôle.

Pourquoi n'y avait-elle pas pensé plus tôt ? C'était évident. Pas étonnant que Finn n'ait jamais essayé de coucher avec elle.

Lorsqu'ils arrivèrent devant la maison de la mère de Michael, il y avait déjà plusieurs voitures garées dans l'allée. Une imposante couronne de Noël était accrochée à la porte d'entrée.

— Seigneur, grommela Michael, Joy est là.

— Joy ?

— Une de mes cousines. Je l'aime bien, mais elle a une fâcheuse tendance à parler à tort et à travers.

— Combien as-tu de cousins ?

— Oh, une dizaine ! Ma mère a trois sœurs et un frère.

— Une grande famille, commenta Ellie. Quelle chance tu as !

— Si on veut.

Il ouvrit la porte d'entrée et s'effaça pour la laisser passer. Ellie fut assaillie par des odeurs alléchantes de jambon, de pain frais et de punch au rhum. Puis Michael l'entraîna dans le salon, et elle découvrit une foule de gens de tous âges, assis sur les canapés ou debout devant la cheminée.

— Ô mon Dieu, fit-elle.

— Oncle Mike, oncle Mike ! cria un petit garçon en se précipitant vers Michael.

— Michael est là ! crièrent plusieurs voix. Martha, Michael est là !

La mère de Michael sortit en courant de la cuisine.

— Ah, Michael, te voilà enfin ! dit-elle en l'embrassant.

— Je te présente Ellie, maman. Ellie, voici ma mère.

— Bonjour, madame Callas. Voici un petit cadeau pour vous remercier de m'accepter parmi vous, ajouta-t-elle en lui tendant la boîte de chocolats qu'elle avait apportée.

— Oh, vous n'auriez pas dû ! Merci infiniment. Et appelez-moi Martha, je vous en prie. Je suis tellement heureuse que Michael vous ait amenée. Joyeux Noël !

Ellie sourit, touchée par sa gentillesse. Puis Michael la présenta au reste de la famille, tantes, oncles, cousins et petits-cousins. Ellie serra des mains, sourit à tout le monde et tâcha de retenir les prénoms – ce qui n'était pas chose facile.

Dans la salle à manger était dressée une longue table derrière laquelle se tenait Richard, un cousin par alliance de Michael, qui faisait office de barman.

— C'est moi qui l'ai préparé, déclara-t-il en tendant un verre de punch à Ellie et à Michael. Attention, il est fort.

— Je confirme, dit Michael. Richard, as-tu fait la connaissance d'Ellie ?

— Non, mais je l'ai aperçue à l'autre bout de la pièce. Dites-moi, Ellie, comment faites-vous pour sortir avec cet enf…

— Ça va, Richard, coupa Michael. Ellie est venue parce qu'on devait discuter boulot, c'est tout.

— Et où as-tu rencontré cette charmante demoiselle ?

— On travaille ensemble.

— Donc, c'est juste une histoire de boulot, vous deux, si je comprends bien, fit Richard avec un clin d'œil amusé.

Michael étouffa un juron, et Ellie rougit.

Avant qu'ils ne se mettent à table, Martha s'approcha d'Ellie.

— Je suis contente que vous soyez venue avec Michael. Je m'inquiète pour lui – vous savez comment sont les mères. J'ai peur qu'il ne se renferme dans sa coquille et qu'il ne se tue au travail.

— Votre fils est l'un des meilleurs inspecteurs de Boulder. Il a été fantastique dans l'affaire Zimmerman.

— L'affaire Zimmerman ?

— Il ne vous en a pas parlé ?

— Non, il ne me raconte pas grand-chose.

Ellie lui parla donc du rôle qu'avait joué Michael dans l'affaire Zimmerman. Durant son récit, Martha jeta de nombreux coups d'œil étonnés en direction de son fils. Celui-ci dut le remarquer, car il quitta le cousin avec lequel il bavardait pour rejoindre Ellie et Martha.

— Ellie est en train de me parler de l'affaire Zimmerman, lui expliqua sa mère. J'ignorais complètement…

— J'ai fait mon boulot, voilà tout. Il n'y a pas de quoi en faire toute une histoire.

— Bien sûr que si, Michael.

— S'il te plaît, maman, arrête.

— Michael…

Les traits de Michael se durcirent, et elle se tut.

— J'ai préparé la dinde comme tu l'aimes, Michael.

— C'est gentil.

— Je suis sûre que ce sera délicieux, lança Ellie, dans l'espoir de dissiper le malaise qui s'était installé entre la mère et le fils.

Martha n'ajouta rien, se contentant de poser la main sur le bras de son fils, comme pour renouer le contact avec lui. Mais Michael retira son bras, et elle abandonna.

— Bon, je ferais mieux de retourner à la cuisine.

Lorsque tout le monde s'installa à table, Ellie se retrouva assise entre Michael et sa cousine Joy, une jeune femme ronde et joviale.

— Comment avez-vous rencontré Michael ? demanda-t-elle à Ellie, en lui passant le plat de patates douces.

— En travaillant sur une affaire. Un procès.

— Vous êtes avocate ?

— Pas encore. Pour l'instant, je travaille en tant qu'assistante auprès du district attorney de Boulder.

— Oh, d'accord !

Joy avala une bouchée de patates douces, puis reprit :

— Vous savez que vous êtes la première fille que Michael ramène à la maison ?

— C'est vrai ?

— Absolument. Je ne crois pas qu'il ait jamais eu de petite amie sérieuse. Vous imaginez un peu, à son âge ? Mon Dieu !

Elle roula des yeux. Puis elle aperçut ses deux enfants, qui s'amusaient sous la table, et leur lança :

— Les enfants ! Sortez de là ! Voyons, où en étais-je ? Ah, oui, vous êtes la première fille que Michael...

— Je ne suis pas sa petite amie, rectifia Ellie. Nous travaillons ensemble sur une affaire, c'est tout.

— Vous avez pourtant bien l'air d'être sa petite amie.

— Ce n'est pas le cas, je vous assure.

— Eh bien, laissez-moi vous dire que Michael aurait bien besoin d'une petite amie.

— Mais je ne...

— Fiche-lui la paix, Joy, coupa Michael, qui avait de toute évidence écouté leur conversation.

— C'est bon, ne te fâche pas.

Ellie se demanda si quelqu'un, à table, avait remarqué que Michael s'adressait rarement à elle. Il parlait avec ses cousins, il plaisantait même avec les enfants, mais il y avait toujours cette tension étrange qui planait entre lui et sa mère.

Ils eurent des tartes au potiron pour le dessert. Puis l'une des femmes – sans doute une tante de Michael, se dit Ellie – quitta la table pour aller préparer le café.

— Mon Dieu, j'ai trop mangé, fit Joy. Et dire que je suis censée être au régime !

— Tu es censée être au régime depuis que tu as douze ans, plaisanta un homme assis de l'autre côté de la table.

— La ferme, Bobby !

Joy envoya promener ledit Bobby d'un geste de la main. Ellie les regarda avec envie. Que n'aurait-elle pas donné pour faire partie d'un clan comme celui-là !

— Vous connaissez bien Michael ? lui demanda Joy en se tournant de nouveau vers elle.

— Pas très bien, non.

— Vous êtes au courant, pour Paul ?

— Paul ?

— Son frère aîné.

— Michael a un frère ? Je l'ignorais.

— Il avait.

Joy se pencha vers elle et reprit en baissant la voix :

— Vous ne le saviez pas ? Paul a été tué quand il avait dix-neuf ans.

Ellie prit une longue inspiration.

— Vous imaginez les dégâts que cela a pu causer dans la famille. C'est après sa mort que tante Martha et Paul, le père de Michael, ont divorcé.

— Comment...

— Un accident de la route. Il a été tué par un chauffard ivre.

— Ô mon Dieu !

— Michael avait quinze ans. Il en a pris plein la figure. Ses parents l'ont quasiment ignoré, après cela.

Ellie se tourna vers Michael. Il parlait à son oncle et lui tournait le dos. Les larmes lui montèrent aux yeux.

— Nous avons tous été horrifiés par la façon dont ses parents ont traité Michael après la mort de Paul. Ils tenaient à leur fils aîné comme à la prunelle de leurs yeux, et c'est vrai que c'était un garçon brillant, mais Michael aussi. Malheureusement, personne n'a osé parler à Martha et à Paul. Nous étions tous effondrés, vous comprenez ?

Oui, songea Ellie, et Michael le premier.

Joy continua à lui parler, mais elle n'avait d'yeux que pour Michael. Si seulement elle avait pu lui dire qu'il ne serait plus jamais seul !

19

Ellie et Michael étaient plantés devant l'arrêt de bus, impuissants. Ellie venait de rater le bus pour Leadville.

— Et zut ! Je ferais mieux d'appeler tout de suite ma mère pour la prévenir que je prendrai le bus de 13 heures.

— Je vais t'emmener.

— Ne sois pas ridicule. Ta famille t'attend pour ouvrir les cadeaux.

— Ils seront toujours là quand je reviendrai.

— Mais ce ne sera pas avant des heures ! Non, Michael. Tu rentres, et j'attends...

— Ellie, la ferme. Remonte dans le pick-up, on y va.

Elle protesta pendant quelques minutes encore, mais ce fut lui qui l'emporta. Elle aurait voulu croire qu'il recherchait simplement sa compagnie, mais après ce que lui avait dit Joy, elle n'avait plus d'illusions. Pour Michael, n'importe quel prétexte était bon pour échapper à un nouveau repas en famille.

Tandis qu'ils se rapprochaient de Leadville, la neige se mit à tomber à gros flocons.

— Oh, Michael, je suis vraiment désolée ! Maintenant, tu dois conduire dans ce temps pourri.

— Ça ne me gêne pas.

Il lui lança un coup d'œil.

— Mais c'est vrai que toi, tu détestes conduire.

Elle soupira.

— Après le procès de mon père, maman n'a plus eu les moyens de payer l'assurance de la voiture, et un jour, un type lui aussi non assuré a démoli notre bagnole. Pendant des années, on s'est retrouvées sans voiture, et je n'ai commencé à apprendre à conduire qu'à dix-huit ans.

— Quelle guigne !

— Tu comprends, le peu d'argent que nous avions, maman le dépensait en frais d'avocats.

— Pour des appels ?

Elle opina du bonnet.

— Qui n'ont servi à rien.

Michael n'ajouta rien. Qu'aurait-il pu dire, d'ailleurs ? Il s'était déjà excusé. Et franchement, elle était contente qu'il en sache davantage sur elle, qu'il comprenne pourquoi elle n'avait jamais vraiment appris à skier, pourquoi elle s'habillait dans des magasins de vêtements d'occasion, pourquoi elle ne possédait pas de voiture.

Il était à peine 11 heures quand ils s'arrêtèrent devant la maison de sa mère. Ellie vit les rideaux du salon s'entrouvrir et hésita : elle ne pouvait pas faire entrer Michael, et pourtant, elle savait bien qu'un jour, il devrait présenter ses excuses à sa mère.

Michael se chargea de résoudre son dilemme.

— Je saluerais bien ta mère, mais je crois qu'il vaut mieux que je remette ça à plus tard.

— Oui, tu as raison. Eh bien, merci de m'avoir accompagnée jusqu'ici. Et remercie encore ta mère pour le dîner. J'ai vraiment passé une super-soirée, Michael.

— Ravi de l'apprendre.

Il descendit du pick-up, sortit son sac du hayon et le lui tendit.

— Écoute-moi bien, reprit-il, ne fais rien avec Rasmussen avant que Koffey n'obtienne l'accord du juge pour la surveillance.

— OK.

— Je suis sérieux, Ellie. N'accepte aucun rendez-vous avec Rasmussen avant qu'on ait mis en place la surveillance.

— J'ai compris, ce n'est pas la peine de répéter.

Il retourna vers sa portière et lui fit un petit signe de la main.

— On s'appelle, dit-il, avant de monter dans le pick-up.

Plantée sur le trottoir, Ellie le regarda faire demi-tour et disparaître au coin de la rue.

— C'était Michael Callas ? fit Janice d'une voix accusatrice, en lui ouvrant la porte.

— Oui, c'était lui. Je vais tout t'expliquer, mais d'abord, joyeux Noël !

Elles s'étreignirent, et Ellie tendit son cadeau à sa mère. Noël était devenu une fête triste, depuis l'arrestation de son père. Durant les années qui avaient suivi la condamnation de John, ce dernier avait insisté pour qu'elles passent les fêtes de fin d'année dans le Nebraska, chez les parents de Janice. Mais ces derniers étaient morts, et depuis, Ellie et sa mère célébraient Noël à Leadville. Elles ne manquaient pas d'amis, mais cela ne remplaçait pas une famille. Puis John était mort, trois ans plus tôt, une semaine avant Noël, et cette fête était devenue pour elles un moment mélancolique, guère joyeux.

Janice fit du chocolat chaud, et elles ouvrirent leurs cadeaux.

— Oh, Ellie, c'est magnifique ! s'exclama Janice en découvrant le cadeau de sa fille, un pull vert et un chemisier assorti.

Ellie sourit. Elle savait ce qui plaisait à sa mère. À son tour, elle ouvrit son paquet et découvrit un porte-documents en cuir, avec ses initiales en lettres d'or. Il avait dû coûter plusieurs centaines de dollars. Ellie serra sa mère contre elle et pleura.

— Mon avocate de fille ne peut quand même pas se promener avec un vieux cartable pourri, dit Janice.

— C'est le plus beau cadeau que j'aie jamais eu, maman.

Elles ne reparlèrent de Michael qu'après le déjeuner.

— À propos de Michael... commença Ellie.

Puis elle expliqua à sa mère qu'elles s'étaient toutes les deux trompées sur son compte.

— C'est l'autre, dit-elle finalement. Rasmussen.

Elle ne dit rien à Janice de ses rendez-vous avec Rasmussen, mais lui annonça que Michael avait un plan.

— Et où interviens-tu dans ce... plan ?

— Oh, je ne joue qu'un rôle annexe !

— Vraiment ?

— Vraiment.

Ellie s'empressa de changer de sujet.

— Tu sais, Michael a vraiment honte d'être venu te voir et d'avoir essayé de t'extorquer des renseignements.

— Tu parles !

— C'est vrai, je te jure. Il m'a présenté des excuses, maman.

— Tu sembles le connaître plutôt bien, remarqua Janice.

Ellie ne répondit rien. Elle n'avait pas l'intention de raconter à sa mère qu'elle avait dupé Michael, qu'ils avaient fait l'amour ensemble et qu'elle avait gâché toutes ses chances de construire quoi que ce soit avec lui. Seigneur, si seulement, elle avait pu revenir en arrière ! se dit-elle pour la énième fois.

Il neigea tout l'après-midi et la nuit suivante. Le lendemain, alors qu'elle et Janice se promenaient dans les rues enneigées de la ville, Ellie eut soudain un élan d'optimisme. Une fois qu'elle aurait mis Finn hors d'état de nuire, l'avenir lui sourirait, elle en était sûre. Elle pourrait reprendre son véritable nom, et Janice accepterait sans doute de revenir vivre à Boulder. Elles étaient toutes deux au seuil d'une vie meilleure, elle le sentait.

— On va y arriver, maman. Michael va mettre la main sur ce salaud.

— Ellie !

— Oui, ce salaud, il n'y a pas d'autre mot. Oh, maman, imagine ça un seul instant ! Je sais bien que papa ne sera pas là pour partager tout ça, mais où qu'il se trouve, je suis sûre qu'il se réjouira pour nous.

— Oui, je le crois aussi.

Janice s'arrêta brusquement sur le trottoir.

— Mais tu ferais mieux de me dire toute la vérité, jeune fille. Quoi que tu aies en tête, n'approche pas de ce Finn Rasmussen.

Ellie poussa un soupir et secoua la tête.

— Oh, maman, tu crois que les flics me laisseraient me mettre en danger ? Ne sois donc pas si inquiète.

— Je te connais, voilà tout. Tu peux être si obstinée, parfois.

— Obstinée, peut-être, mais pas stupide. Je ne prendrai pas de risques inutiles, promis.

Ellie tenta de se persuader qu'elle ne mentait pas, cette fois – elle ne prendrait pas de risques inutiles.

Ses bonnes résolutions ne durèrent pas vingt-quatre heures.

Quand elle arriva dans la maison encore vide de Marine Street, il y avait un millier de messages sur le répondeur. Mais un seul l'intéressa.

— Ellie, c'est Finn. Je me demandais si tu étais libre jeudi. J'ai des places pour un match de hockey sur glace. Appelle-moi.

Elle envisagea un instant de téléphoner à Michael. Même si c'était la semaine de Noël, Sam Koffey avait peut-être déjà obtenu l'autorisation du juge...

Mais elle savait que ce n'était pas le cas. Si les flics avaient eu le feu vert, Michael l'aurait contactée. Or il n'y avait aucun message de lui.

Elle savait bien qu'elle avait promis à Michael de ne rien entreprendre sans lui en parler, mais si elle laissait languir Finn, ne risquait-il pas de se lasser ? Ils perdraient alors leur seule chance de l'arrêter.

Lentement, sa main se rapprocha du téléphone. Elle tremblait, mais cela ne l'empêcha pas de décrocher et de composer le numéro de Finn.

Finn se maudissait d'avoir appelé Ellie. Mais il n'avait pu résister. Il avait besoin de la revoir. C'était une pulsion aussi forte que les autres, mais différente. Parce qu'Ellie n'était pas comme les autres filles. C'était une femme forte, capable de lui dire non, de le repousser. Il ne pouvait pas s'imaginer lui faire... Non, impossible. Elle était trop précieuse.

Le jeudi soir arriva, et il passa la prendre à Boulder. Il l'emmenait voir un match des Colorado Avalanche au nouveau Pepsi Center, où il s'était payé un box luxueux.

Son cœur battait trop vite. Ellie, Ellie. Il était excité. Mais non, il ne pouvait pas lui faire cela. Il était tout simplement incapable d'imaginer la scène.

Il sonna à la porte de la maison, et elle lui ouvrit immédiatement. Elle était superbe, avec son pull vert et son pantalon gris moulant.

— Bonsoir, fit-elle en souriant.

Il l'embrassa sur les lèvres.

— Joyeux Noël. Avec un peu de retard.

— Attends-moi une seconde, j'attrape mon manteau.

Dans la voiture, il posa sa main sur la sienne.

— Tu m'as manqué.

— Toi aussi.

— Tu aimes le hockey ?

— À vrai dire, je n'ai jamais vu de match.

— Mon Dieu, j'en ai des choses à te faire découvrir !

Puis il lui demanda ce qu'elle avait fait depuis la dernière fois qu'ils s'étaient vus, et elle lui expliqua qu'elle était allée rendre visite à sa mère.

— Elle était contente de me voir. Je crois qu'elle se sent un peu seule. Bien sûr, elle a des amis, mais ce n'est pas pareil.

Il ne lui parla pas de ce qu'il avait fait la semaine précédente. Il était resté seul chez lui, sauf le jour où il était allé à Limon. Il avait étudié les magasins de la petite ville et son cinéma, où traînaient les adolescents. Il avait vu une fille... Mais il aurait le temps de planifier tout cela plus tard.

Le Pepsi Center était impressionnant, et le box privé de Finn l'était plus encore. La sono jouait *Rock and Roll Part Two*. Lorsque le match commença, une grande clameur s'éleva de la foule.

— C'est génial ! dit Ellie en battant des mains.

Finn lui expliqua les règles de base du hockey.

— C'est un peu comme au foot, alors, commenta-t-elle. J'y ai joué au lycée.

— Oui, mais en plus rapide.

Il lui tint la main et la regarda plus qu'il ne regardait le jeu. Il adorait voir son visage s'animer quand un joueur approchait du but.

— Tu veux boire quelque chose ? demanda-t-il.

— Oui, volontiers.

Il commanda deux bières. Que pouvait-on boire d'autre quand on assistait à un match de hockey ?

Ellie but une gorgée et fit la grimace.

— Désolée, Finn. En fait, je n'aime pas tellement la bière. C'est trop amer.

— Tu n'aimes pas la bière, répéta-t-il en se renfrognant.

— Ça t'ennuierait de me commander autre chose ?

Il commanda un verre de vin. Ça, au moins, elle aimait, il en était sûr.

Peu après, la foule se leva d'un seul mouvement. Les Avalanche venaient de marquer.

— Un but de Le Toreau après dix minutes et quinze secondes de jeu ! brailla le commentateur dans les haut-parleurs.

On leur apporta le vin. Ellie sourit et but une gorgée.

— Bien meilleur.

Finn passa son bras autour d'elle. Elle était chaude et souple, et il la désirait de plus en plus. Il pourrait coucher avec elle, s'enfoncer en elle… Une femme réelle. Il pouvait presque s'imaginer atteindre l'orgasme sans mise en scène, sans les pleurs, la lutte, les suppliques. Il en serait capable. Bientôt. Il en était sûr.

— Je meurs de faim, dit-elle. On peut manger quelque chose, ici ?

— Bien sûr. Mais je me disais qu'on pourrait dîner dans un petit restau sympa après le match.

— Oh, Finn, j'ai vraiment trop faim ! S'il te plaît.

Ses yeux noirs le suppliaient.

— OK. Qu'est-ce que tu veux ?

— Un hamburger. Je me damnerais pour un hamburger.

Finn ne protesta pas, mais il était un peu contrarié de voir ses plans chamboulés. Il avait prévu de l'emmener dans un de ses restaurants préférés, où l'on servait de délicieux travers de porc, mais si elle mangeait maintenant, elle refuserait certainement d'aller dîner après le match.

Elle prit une bouchée de son hamburger et fronça les sourcils.

— La viande est trop saignante.

— Trop saignante ?

— Ça te dérangerait de le renvoyer, Finn ? Il faut juste qu'ils le remettent un instant sur le gril.

— On peut en commander un autre, si tu veux, dit-il d'une voix un peu agacée.

— Non, non, celui-ci est parfait, il doit juste être cuit un peu plus longtemps.

Il renvoya donc le hamburger. Il fut glacial avec la serveuse. Tout cela était la faute d'Ellie. S'était-elle jamais montrée aussi difficile ? Il n'en avait pas souvenir. Mais peut-être était-elle simplement en proie à une de ces sautes d'humeur typiquement féminines. Bientôt, elle redeviendrait la douce, la malléable Ellie.

Entre deux tiers-temps, Ellie se leva.

— Je vais aux toilettes. Je reviens dans une minute.

Cinq minutes plus tard, elle n'était pas revenue. Quinze minutes passèrent, puis vingt. Le troisième tiers-temps commença, et elle n'était toujours pas là. Finn alla devant les toilettes des dames et fit les cent pas, mais Ellie ne se montra pas.

Il finit par retourner à son box. Il avait presque envie de pleurer. Bon sang, mais où donc était-elle ? L'avait-elle planté là ? L'avait-elle laissé tomber ?

Elle revint cinq minutes plus tard, souriante, l'air de rien.

— Désolée d'avoir été si longue, dit-elle en lui donnant un baiser rapide sur la joue.

Sa gentillesse ne dissipa pas l'irritation de Finn. Il bouillait de colère. Il savait que c'était puéril, mais c'était plus fort que lui.

Ellie ne semblait pas remarquer sa mauvaise humeur. Elle regardait le match, criait avec la foule, sautait en l'air pour acclamer les joueurs.

— Je n'aurais jamais imaginé que c'était aussi amusant d'assister à un match de hockey, déclara-t-elle, quand les Avalanche eurent remporté la partie. On reviendra ?

— Bien sûr.

— Merci, Finn. Merci de tout cœur.

Il aurait voulu la ramener chez lui et lui faire l'amour toute la nuit. Mais elle l'avait trop contrarié, et il n'était pas prêt. Il fallait que tout soit parfait, et le moment était mal choisi. Ellie devait se montrer douce et gentille, telle qu'il l'avait toujours connue. Et il devait être aux commandes.

— Écoute, lui dit-il dans la voiture, cela t'ennuie si je te raccompagne chez toi maintenant? J'ai un petit-déjeuner de travail tôt demain matin.

— Mais je croyais que tu voulais aller dîner.

— Tu as déjà mangé.

— Mais pas toi. Ça ne me gêne pas, je t'assure, je te regarderai manger.

— Pas ce soir. Avec cette réunion demain...

— Bien sûr, je comprends. Comme tu veux, Finn.

Sa voix était tendre, sincère. Voilà qui était mieux.

Après l'avoir déposée, il conduisit à tombeau ouvert jusqu'à Denver. Il était en sueur, il avait mal à l'estomac, et son cœur battait la chamade. Il ne fallait pas qu'il la revoie. Il était accro à elle, comme à une drogue dure. Elle prenait le dessus sur lui, et cela l'effrayait.

Il retournerait à Limon ce week-end. Il repérerait cette fille du lycée, il découvrirait qui elle était, où elle vivait, qui était son petit ami. Ou peut-être avait-elle un beau-père. Il sentait le besoin monter en lui, et pourtant, l'idée de s'attaquer à la fille de Limon ne l'excitait presque pas. Et puis, cela représentait beaucoup d'efforts pour pas grand-chose. C'était la première fois qu'il raisonnait ainsi, et il savait que c'était à cause d'Ellie.

Il fallait qu'il la possède, avant de pouvoir se tourner vers qui que ce soit d'autre.

Ellie, Ellie.

20

— C'est bon, le juge Worrell a signé l'autorisation, annonça Sam Koffey à Michael, quelques jours avant le Nouvel An. Il n'était pas emballé, Callas, mais il l'a fait. J'ai obtenu du CBI le van et l'équipement.

Michael savait qu'il aurait dû danser de joie. Enfin, après toutes ces années, on lui donnait une chance de coincer Rasmussen. Il aurait dû être heureux, mais il ne l'était pas, et c'était à cause d'Ellie. Elle allait monter en première ligne, et il avait peur pour elle. Rasmussen était grand, fort, cinglé et très malin. Un cocktail mortel.

Il appela le CBI et discuta avec le technicien qui devait apporter l'équipement de Denver le lendemain. Après avoir raccroché, il se mit à échafauder des plans. Il allait devoir laisser Augostino et Chambliss se charger de l'affaire Girard pendant qu'il se concentrerait sur Rasmussen. Et il faudrait que Koffey libère des hommes pour s'occuper de la camionnette. Il refusait qu'Ellie reste sans surveillance, ne fût-ce qu'une seconde.

Puis vint le plus difficile : appeler Ellie. Il l'avait soigneusement évitée depuis qu'il l'avait déposée chez sa mère, le jour de Noël.

— On a le feu vert, dit-il.

— Ô mon Dieu, vraiment ? Michael...

— Un technicien du CBI sera là demain avec l'équipement. Tu pourras t'absenter de ton boulot pour quelques heures ?

— Bien sûr.

— Est-ce que Torres est au courant de quelque chose ?

— Non, non. Personne ne sait rien.

— Bien. Je passerai te prendre au palais de justice à 9 heures demain matin.

— Parfait. Oh, Michael, je suis si excitée ! Ça va marcher, je le sens.

— Excitée ? Tu devrais être morte de peur.

— Oui, je le suis aussi, dit-elle d'un ton léger. Michael, il faut que je te parle de...

— Demain, coupa-t-il brusquement, et il raccrocha.

Le lendemain matin, il arriva à 9 heures au palais de justice, comme prévu. Ellie, qui l'avait attendu dehors, avait les joues rosies par le froid. Ils retrouvèrent le technicien du CBI au commissariat. Il s'appelait Ron Tuttle et avait la carrure d'un joueur de basket.

— Enchanté, mademoiselle Kramer, dit-il en serrant la main d'Ellie. Bonjour, inspecteur Callas.

Il tendit à Michael un trousseau de clés.

— Le van est garé sur le parking. Il est tout équipé. On n'a pas mis la vidéo, puisque vous n'avez demandé que l'audio.

— Quelle distance maximale, pour la transmission ?

— Plusieurs pâtés de maisons, sauf si Mlle Kramer se trouve dans un grand immeuble. Mais j'ai cru comprendre qu'il s'agirait la plupart du temps d'une maison privée, donc il ne devrait pas y avoir de problème. Voici l'émetteur.

Il leur montra un minuscule émetteur radio.

— Il sera caché dans la doublure de votre sac à main, mademoiselle Kramer. Votre nouveau sac.

Il lui tendit un sac en cuir noir.

— Gardez-le aussi près que possible de vous, de façon que l'émetteur puisse capter vos conversations. Vous le mettez en marche, comme ça, et vous ne vous en occupez plus.

Ellie hocha la tête.

— Allons jeter un coup d'œil au van, maintenant.

— Je peux venir ? demanda Ellie.

— Bien sûr. C'est une bonne chose que vous voyiez à quoi il ressemble, de toute façon.

Le van, d'un brun banal, avait des vitres teintées. Il n'était pas immaculé, mais pas trop cabossé non plus, et arborait des plaques d'immatriculation ordinaires du Colorado. Tuttle ouvrit la portière et grimpa dans le véhicule. Il contenait deux sièges pivotants et un tableau de bord qui abritait le récepteur et le magnétophone. Le plancher et les parois étaient recouverts de moquette, pour l'isolation phonique. Michael inspecta le van sous toutes les coutures, puis demanda :

— On peut faire un test ?

— Bien sûr. Mademoiselle Kramer, venez par ici, prenez l'émetteur et placez-le dans le sac. Oui, comme ça, dans cette fente de la doublure. C'est bon ? Allumez-le. Bien. Maintenant, dirigez-vous vers l'entrée de cet immeuble, là-bas, et dites quelque chose.

Michael regarda Ellie marcher vers l'entrée de l'immeuble. Tuttle mit le système en marche, et ils attendirent.

— OK, je parle, dit Ellie d'une voix étonnamment forte.

Le magnétophone s'enclencha automatiquement.

— Il démarre au son de la voix, expliqua Tuttle à Michael.

— Vous m'entendez ? Un, deux, trois. Michael, est-ce que je parle assez fort ?

Tuttle passa la tête hors du van et fit signe à Ellie de revenir.

— Vous m'entendiez bien ?

— Parfaitement.

— C'était assez fort ?

— Largement. L'émetteur peut retransmettre des conversations bien moins fortes. Vous voulez vous écouter ?

Il rembobina la bande et pressa la touche de lecture.

— Oh ! fit Ellie.

— Vous voyez ? Ça marche à merveille.

Peu après, Tuttle les quitta.

— Tout cela me rend nerveuse, avoua Ellie quand elle se retrouva seule avec Michael. Mais il n'y a pas de danger, n'est-ce pas ? Il ne découvrira jamais l'émetteur. Pourquoi irait-il suspecter quoi que ce soit ?

— Rasmussen est intelligent. Ne le sous-estime pas.

— Je ne le sous-estime certainement pas, répliqua-t-elle.

— Et ne te surestime pas non plus.

— Je n'ai pas besoin de tes sermons, Michael. J'ai déjà...

— Tu as besoin de toute l'aide qu'on pourra t'apporter, Ellie. Ça ne va pas être une promenade de santé, crois-moi.

Il la regarda et sentit soudain son estomac se nouer. Il l'envoyait seule au feu, sans protection, et il en était malade.

— Je suis désolée. Je sais que ça ne te plaît pas de me voir faire ça. Mais tu sais aussi que je suis la seule à pouvoir piéger Rasmussen. Arrêtons de nous disputer, d'accord ?

— OK.

Elle garda le silence quelques secondes, puis changea de sujet.

— J'ai envoyé une petite carte à ta mère pour la remercier.

— C'est gentil.

— J'ai vraiment passé un bon moment. Tu as une famille merveilleuse. Ta cousine Joy est très sympa, quoi que tu en dises.

Michael leva les yeux au ciel.

— Cette pipelette !

— Elle m'a dit... elle m'a dit, pour ton frère. Je suis tellement désolée, Michael...

Il se figea brusquement.

— Michael...

— Laisse tomber, Ellie, dit-il durement. Ça ne te regarde pas.

— Tu as raison. Pardon. Mais, Michael...

— Viens, coupa-t-il. Je te raccompagne au bureau.

Aucun d'eux ne prononça un mot de tout le trajet. Il s'arrêta devant l'entrée principale du palais de justice, mais Ellie ne fit pas mine de descendre du pick-up.

— Michael, j'ai un aveu à te faire.

— Je t'écoute.

— J'ai vu Finn, jeudi soir.

— Quoi ?

— Il a appelé pour m'inviter, et j'ai eu peur qu'il ne se lasse si je refusais. Je savais que vous n'aviez rien de prêt, je n'étais même pas certaine que vous auriez l'autorisation.

— Bon Dieu !

— Il m'a emmenée à un match de hockey. Je l'ai provoqué, Michael. Je l'ai contrarié. Ça a marché au-delà de toute espérance. Crois-moi, il est facile à faire sortir de ses gonds.

— Espèce de petite idiote !

— Arrête, Michael. Il fallait que je le fasse, sinon il aurait pu se décourager. Tu ne comprends donc pas ?

— Non. Tu es sortie seule avec lui, sans couverture.

— Il ne m'est rien arrivé. Je…

— Tu as couché avec lui ?

À son expression choquée, il crut deviner la réponse.

— Oh, Michael !

Elle secoua la tête, l'air infiniment triste.

— Oui ou non ?

Sans rien dire, elle descendit du pick-up et claqua la portière derrière elle. Il la vit rejoindre l'entrée du palais de justice, très droite dans son manteau noir, son écharpe rouge autour de son cou comme une tache de sang. Puis elle disparut dans le bâtiment, et Michael démarra.

— Demain soir, dit Ellie.

Elle chuchotait presque. Elle appelait depuis le bureau, et elle ne voulait pas se faire remarquer.

— Le soir du 31 ?

— Ce n'est pas tellement surprenant qu'il m'invite ce soir-là.

— Ah, bon ?

Elle ne releva pas.

— Je sais que toi et tes hommes avez probablement d'autres projets pour cette soirée...

— C'est sans importance.

— Il a dit qu'il passerait me prendre à 20 heures.

— OK. T'a-t-il donné une adresse ?

— Enfin, Michael ! Comment aurais-je pu lui demander une adresse ? Tout ce que je sais, c'est que cela se passe à Castle Rock, chez un de ses amis. Il m'a dit que c'était une soirée habillée, donc je me suis dit que...

— Pour ce genre de détail, je te fais confiance, coupa-t-il. On sera dans ta rue à 19 h 30. Et pour l'amour du Ciel, Ellie, ne cherche pas le van des yeux. Ni dans la rue, ni sur l'autoroute. Compris ?

— Bien sûr. Mais que se passera-t-il si on vous sème ?

— On vous attendra devant la maison de Finn.

— Et si nous ne retournons pas chez lui ?

— C'est peu probable. Soit il te raccompagnera chez toi, soit il t'emmènera chez lui. Et on ne se laissera pas semer. OK ?

— Si tu le dis.

Elle inspira profondément, puis ajouta :

— Écoute, Michael, je veux que tu saches que je n'ai jamais cherché à le...

— Laisse tomber.

— D'accord.

Elle avait envie de crier.

— Mais tu dois savoir que je ferai tout ce qui est en mon pouvoir pour qu'il ne me touche pas.

— Bien, bien. On sera dans ta rue demain soir à 19 h 30. S'il y a le moindre changement, appelle-moi.

— Bien sûr. Je...

Il avait raccroché.

Ellie portait un tailleur noir sur un débardeur couleur framboise, le genre de tenue qu'elle mettait pour aller au bureau. Elle savait que son choix vestimentaire allait contrarier Finn. Il avait dit que c'était une soirée habillée. Certes, la tenue qu'elle avait choisie n'était pas décontractée, mais elle n'était pas vraiment adaptée à la circonstance.

À 19 h 55, elle grimpa l'escalier et mit quelques gouttes du parfum le plus coûteux de Celeste.

Son nouveau sac à main était posé sur une petite table près de la porte d'entrée. Il ne fallait pas qu'elle l'ait sur elle quand Finn arriverait, cela aurait paru étrange. « Tu le prendras d'un air naturel », se dit-elle.

À 19 h 58, elle paniqua. Elle ne pouvait pas laisser Finn voir ses vêtements. Pas maintenant. Elle attrapa son manteau, l'enfila et se tint debout près de la porte d'entrée, en s'efforçant de ne pas regarder par la fenêtre.

Michael était-il là, dehors, à l'observer ? Devait-elle mettre l'émetteur en marche dès à présent ou attendre encore un peu ?

Elle entendit une voiture s'arrêter devant la maison. Elle saisit son sac, fouilla fébrilement dans la doublure et tourna le bouton de l'émetteur. Puis elle reposa le sac sur la petite table.

On sonna à la porte.

Le cœur d'Ellie fit un bond. Elle ouvrit la porte et attrapa son sac.

— Bonsoir, lança-t-elle, rayonnante. Je suis prête.

— Tu as l'air plus en forme que jamais, ce soir.

— C'est normal. La nuit de la Saint-Sylvestre est l'une de mes soirées favorites.

Avait-elle jamais proféré plus gros mensonge ? Elle haïssait le réveillon du Nouvel An. C'était un 31 décembre que Stephanie Morris avait été violée.

Ce soir-là, Finn avait troqué sa Jeep contre sa BMW. Ellie se laissa glisser dans le siège confortable, en se félicitant d'avoir résisté à l'envie de regarder si le van était dans les parages. Michael avait-il remarqué qu'elle n'avait pas jeté un seul coup d'œil dans la rue ? « Arrête, ne pense pas à lui, s'ordonna-t-elle. Fais comme s'il n'était pas là, à écouter chaque parole que tu échanges avec Finn. »

Finn, comme toujours, fit la conversation tandis qu'ils roulaient vers Castle Rock. Il lui parla d'un spectacle qu'il avait vu récemment et lui demanda comment elle avait trouvé son premier match de hockey.

— J'ai adoré.

— On y retournera, si tu veux.

— Avec plaisir.

La soirée avait lieu dans une demeure fabuleuse qui faisait partie d'un groupe de villas protégées par une enceinte. La guérite à l'entrée du lotissement inquiéta un peu Ellie, mais elle se dit que Michael trouverait bien un moyen de pénétrer dans les lieux sans donner sa véritable identité.

La maison de leur hôte, immense, était faite de chrome et de verre. Il n'y avait aucun angle aigu, mais des murs tout en courbes qui épousaient le relief de la colline.

— C'est magnifique ! s'exclama Ellie.

— Tu aimes ?

— Oui.

— Tu ne trouves pas ça trop moderne ?

— Mais ta maison est moderne, Finn.

— L'intérieur, oui. Mais j'ai choisi du bois et de la brique pour l'extérieur. Ça, pour moi, c'est trop Californie.

— Eh bien, moi, j'adore ce style.

— Franchement, Ellie, je suis surpris par ton goût.

Elle perçut nettement le ton désapprobateur de sa voix. « Bien, se dit-elle. Attends un peu de voir comment je suis habillée. »

Une fois devant la porte d'entrée, elle ne put s'empêcher de jeter un coup d'œil furtif vers la rue, en contrebas. Elle crut voir un van, garé dans un virage. Si c'était Michael, il était bien placé.

Quand Finn l'aida à se débarrasser de son manteau, son choc fut évident.

— Bon sang, Ellie, qu'est-ce qui t'a pris ? Je t'avais pourtant bien précisé que c'était une soirée habillée.

Il la détaillait du regard, partagé entre la colère et l'humiliation.

— Tu es sûr ? Zut, ça a dû m'échapper. Tu me trouves affreuse ?

— Tant pis, j'inventerai quelque chose. Mais tu devrais apprendre à écouter ce qu'on te dit !

Elle ne s'excusa pas, se contentant de lui décocher son sourire le plus charmant.

Sur ces entrefaites, leur hôte apparut, et l'on fit les présentations. Avec d'autres invités, Ellie et Finn furent conduits au salon, le plus vaste qu'Ellie eût jamais vu. Dans un coin de la pièce se trouvaient la nourriture et les boissons, et au milieu, un quatuor à cordes. Mais cette fois-là, cette débauche de luxe n'impressionna pas Ellie.

Comme toujours en société, Finn était un compagnon idéal, attentionné et charmant. Quand il la présentait, il avait une excuse toute prête pour sa tenue.

— Ma pauvre Ellie ! dit-il une bonne vingtaine de fois. Je l'ai enlevée à la sortie de son travail. C'est une future star du barreau, vous savez, elle travaille en ce moment auprès du district attorney de Boulder.

Ellie gardait son sac à main plaqué sous son bras droit. Elle se demanda un million de fois si l'émetteur fonctionnait correctement, ou si les hommes dans le van ne parvenaient à capter que des bribes de conversation perdues dans le brouhaha. Michael pouvait-il deviner la colère de Finn ?

Pendant qu'ils mangeaient, debout devant les baies vitrées, Ellie aborda un sujet délicat : son enfance. En apparence, le milieu délétère dans lequel il avait grandi ne l'avait pas marqué. Mais si elle pouvait gratter ce fragile vernis...

— Alors, dis-moi, à quoi ressemble Milwaukee ?

— C'est un bled horrible. Les hivers y sont interminables. Je hais cette ville.

— Quand en es-tu parti ?

— Le jour où j'ai fini mes études secondaires.

— Et tu es allé à l'université.

— Oui, à Colorado University. C'était le seul avantage d'être pauvre : j'ai obtenu une bourse conséquente.

— Comme moi.

— Les grands esprits se rencontrent, dit-il en prenant sa main et en l'embrassant tendrement.

Profitant de ce qu'il avait abaissé sa garde, elle demanda :

— Au fait, l'oncle chez lequel tu as vécu quelque temps, il habitait Milwaukee, lui aussi ?

Le regard de Finn devint fixe, et ses traits se figèrent. Ellie fit comme si de rien n'était, même quand le silence se prolongea. Finalement, il répliqua :

— Qu'est-ce que tu racontes ?

— Tu m'as bien parlé d'un oncle, non ? Il vit à Milwaukee, lui aussi ?

— Tu dois confondre avec quelqu'un d'autre. Je n'ai pas d'oncle, ni à Milwaukee ni ailleurs.

Elle attendit qu'ils aient fini de manger pour lui décocher un nouveau direct.

— Ça a dû être terrible de grandir avec un père qui buvait. Tu ne m'as pas dit qu'on avait dû te placer dans des familles d'accueil ?

Il lui prit son assiette des mains.

— Tu as terminé, n'est-ce pas ?

— Euh… oui.

— Allons danser. J'adore danser.

Sa respiration était un peu trop rapide.

— Qu'y a-t-il, Finn ? Si je t'ai froissé, je suis désolée.

Il se détendit à mesure que minuit approchait. Il la faisait tourner sur la piste de danse, de nouveau charmeur et sûr de lui. Elle était en train de se demander comment porter le prochain coup quand une occasion se présenta.

— Finn, fit une voix d'homme, tu permets que je te vole ta cavalière ? Tu n'as pas le droit de monopoliser la plus belle fille de la soirée, mon vieux.

Finn laissa la place à son ami.

— Je m'appelle Leo Shoemaker, souffla l'homme à l'oreille d'Ellie. Et vous êtes ?

— Ellie. Ellie Kramer.

— Eh bien, Ellie Kramer, au risque de vous paraître convenu, je vous ai cherchée toute ma vie, où étiez-vous ?

Ellie joua le jeu, si bien que Leo et elle échangèrent leurs numéros de téléphone après avoir dansé. Elle savait parfaitement que Finn, qui n'était qu'à quelques mètres d'elle, ne perdait pas une miette de la scène.

Dès que Leo s'éloigna, Finn la rejoignit, visiblement hors de lui.

— Qu'est-ce que c'est que ce micmac ?

Il la prit brusquement par le bras, s'attirant quelques regards étonnés.

— Quoi ? fit-elle innocemment.

— Tu viens de donner ton numéro de téléphone à Leo, oui ou non ?

— Oui, bien sûr. Finn, on n'est pas mariés, que je sache.

Elle vit les veines de ses tempes battre furieusement et sa mâchoire se crisper.

— Finn ? Il y a un problème ?

— Un problème ? Tu laisses un inconnu te draguer à une soirée où je t'ai amenée ! Tu te conduis comme une traînée !

— Finn, je…

— On s'en va.

— S'en aller ? Mais il n'est même pas minuit. On ne peut pas…

— Rien à foutre.

Elle le laissa l'entraîner vers la sortie. Il masquait bien sa colère, souriant et faisant de petits signes à ses amis. Mais elle eut une bouffée de satisfaction – elle l'avait fait sortir de ses gonds pour de bon. Elle ne pouvait pas s'arrêter en si bon chemin. Peut-être était-ce pour ce soir. Elle le pousserait à bout, et il dévoilerait sa face sinistre.

Il dit au revoir à leur hôte, trouvant sans peine une excuse plausible. Ellie le suivit docilement dehors et aperçut nettement, cette fois, le van garé en contrebas.

— Où allons-nous ? demanda-t-elle.

— Je te ramène chez toi, dit-il.

Puis il l'attira brusquement à lui.

— Non, j'ai changé d'avis. On va chez moi. On a quelques petites choses à régler tous les deux, tu ne crois pas ?

Avant qu'elle puisse réagir, il l'embrassa brutalement, écrasant ses lèvres contre les siennes, puis il s'écarta et ordonna :

— Monte dans la voiture.

Ellie s'efforça de combattre la peur qui l'envahissait. « Michael, Michael, songea-t-elle avec désespoir, j'aurais dû t'écouter, je ne suis pas à la hauteur. »

Arrivé chez lui, Finn ouvrit la porte et se tourna vers elle.

— Entre.

Elle obéit, mais pas avant d'avoir cru entendre le chuintement des pneus du van, un peu plus loin dans la rue.

— Pourquoi sommes-nous ici, Finn ? Tu es tellement furieux contre moi, pourquoi m'inviter chez toi ?

Mais il ne répondit pas. Il se dirigea vers le salon, ouvrit le bar et se servit un grand verre de cognac, qu'il avala d'un trait. Ce ne fut qu'après qu'il lui en proposa.

— Non, merci, répondit Ellie. Je crois que tu me dois une explication, Finn.

— Moi, je te dois une explication ?

Il partit d'un rire mauvais.

— Oui, tu me dois une explication. J'ai le droit de voir qui je veux. Tu crois vraiment être le seul homme que je fréquente ?

— Espèce de salope ! Je t'interdis de voir qui que ce soit d'autre. Tu entends ?

Elle rit légèrement, vaguement méprisante.

— Oh, par pitié, Finn ! On n'est plus au Moyen Âge, pour l'amour du Ciel !

Elle ne vit pas le coup venir. En quelques enjambées, il fut près d'elle et la gifla, avec une telle force qu'elle s'écroula contre l'accoudoir du canapé et glissa sur le sol, le goût cuivré du sang dans la bouche.

Elle le fixa, son poing pressé contre sa bouche pour ne pas crier. Une petite voix lui disait : « Ça y est, tu l'as eu. » Puis une pensée lui traversa l'esprit : et si Michael débarquait maintenant dans la maison ? Il était encore bien trop tôt.

— Ça va, dit-elle, son poing toujours contre sa bouche.

Finn parut reprendre brusquement ses esprits. Il s'accroupit près d'elle et se confondit en excuses.

— Ô mon Dieu, Ellie, je suis tellement, tellement désolé. Je ne sais pas ce qui… Je n'ai jamais… C'est juste que tu es si différente, je n'ai jamais désiré une femme comme… comme ça… Ellie, je t'en supplie, pardonne-moi. Laisse-moi t'aider, je vais chercher de la glace. Oh, merde, qu'est-ce que j'ai fait ?

Ellie faillit pleurer de rage. Elle avait été si près de le faire craquer pour de bon !

Elle lui demanda de la ramener chez elle immédiatement. La poche de glace sur sa bouche, elle s'assit à ses côtés dans la voiture. Durant le trajet, Finn lui répéta qu'il était désolé une bonne douzaine de fois, mais elle l'écouta à peine. Combien de temps pourrait-elle continuer ainsi ? Personne ne l'avait frappée auparavant. C'était une expérience terrifiante, humiliante.

Arrivée devant sa maison, elle laissa Finn la toucher. Il posa une main sur la manche de son manteau, l'autre sur son menton, et essaya de l'attirer doucement vers lui. Avec cette même main qui avait étranglé Dieu sait combien de jeunes filles.

— Ellie, je suis désolé. J'ai terriblement honte de moi. Mais si j'ai fait ça, c'est parce que je tiens énormément à toi, tu comprends ?

Elle ne répondit rien.

— Pardonne-moi.

— Je... j'essaierai.

— Je ne te ferai jamais de mal, Ellie.

— Bonsoir, Finn.

Elle ouvrit la porte et entra dans la maison. Elle entendit ses pas s'éloigner dans la neige, puis la portière de sa voiture claquer. Lorsqu'il démarra, elle s'écroula contre la porte et éclata en sanglots.

Une minute plus tard, quelqu'un frappa à la porte.

Elle essuya ses larmes et ouvrit à contrecœur. C'était Michael. Il entra avant qu'elle ait pu faire un geste.

— Écoute, dit-elle, je suis vraiment lessivée. Ça ne peut pas attendre ?

Mais il l'ignora, posa ses mains sur ses épaules et la força à se tourner vers la lumière du couloir.

— Laisse-moi voir ton visage.

— Ça va, je t'assure.

Sa voix tremblait.

— Je te dis que ça va, insista-t-elle en tentant de se dégager.

Sans rien dire, il l'entraîna dans le salon, alluma les lampes, l'obligea à s'asseoir et à tourner le visage vers la lumière. Puis il examina sa lèvre, une lueur assassine dans les yeux.

— Ça ne fait pas très mal, mentit-elle.

Il émit un grognement.

— De toute façon, c'est ce que nous voulions, non ? Je m'attendais à quelque chose de ce genre. Finn a presque…

— J'annule tout.

— Non.

— C'est trop dangereux.

— Non, Michael.

Il se raidit, plongea les mains dans les poches de sa parka et se mit à marcher de long en large.

— C'est trop dangereux, je te dis.

— Je l'ai presque fait craquer, ce soir, répliqua-t-elle d'une voix calme. La prochaine fois sera la bonne.

Il la dévisagea, et elle comprit qu'il n'avait aucun mal à deviner la peur qu'elle tentait de dissimuler sous ses airs bravaches.

— Tu sais que je ne cesserai pas de voir Finn, quoi que tu fasses. Je vais le briser.

— Et s'il te fait la peau ?

— Il ne me tuera pas. Tu seras là, dans le van, non ?

— Avec un type pareil, tu risques de te retrouver morte avant que j'aie pu faire quoi que ce soit.

Elle secoua la tête.

— Cela n'arrivera pas.

Il la regarda fixement pendant un long moment.

— C'est à moi de décider si on continue ou pas. C'est moi qui dirige cette opération. Je suis responsable de toi.

Sur ce, il partit en direction de la porte d'entrée.

— Michael ?

Il s'arrêta et se retourna vers elle.

— OK, Ellie, tu as gagné.

Puis il repartit vers la porte.

— Michael, ne pars pas comme ça. Tu es toujours en train de fuir. J'ai des choses à te dire, reste une minute.

Mais, cette fois, il ne se retourna même pas.

— Je t'appellerai, dit-il simplement, et il sortit.

21

— Chambliss a finalement obtenu un nom correspondant à la clé, annonça Rick Augostino à Michael, le lundi matin.

— La clé ?

— Bon Dieu, Callas ! La clé qu'on a trouvée dans l'affaire Girard.

— Oh, pardon ! C'est une super-nouvelle.

Il avait du mal à détacher ses pensées d'Ellie et Rasmussen. Il les avait suivis ce week-end et plusieurs soirs de la semaine précédente, ainsi que le week-end d'avant. Il se demandait comment Ellie faisait pour jongler avec les sorties et le boulot et, surtout, comment elle parvenait à garder son sang-froid avec ce cinglé.

Jusqu'à présent, Rasmussen n'avait rien dit ni fait qu'ils auraient pu utiliser contre lui. Soit il était d'une prudence de Sioux, soit il vivait tellement dans le déni qu'il croyait réellement être un type normal quand Ellie et lui étaient ensemble.

Combien de temps cela prendrait-il ? Combien de temps faudrait-il attendre avant qu'il ne dérape ? Michael était incapable de le dire. Peut-être une éternité.

Une chose était certaine, en tout cas : Finn était fou d'Ellie. C'était même une source inépuisable de blagues pour les flics qui étaient de service dans le van. Mais cela ne faisait pas rire Michael. Il savait exactement ce que Rasmussen ressentait. C'était si facile d'être amoureux d'Ellie !

Cela faisait maintenant deux semaines que la surveillance avait commencé et qu'il les écoutait, assis dans le van. Jusqu'à maintenant, Rasmussen avait réussi à garder son sang-froid, hormis le soir où il avait frappé Ellie. Mais son vernis se craquelait de plus en plus chaque jour, sous les coups que lui donnait Ellie. Plus elle le provoquait, plus il était obsédé par elle. Il avait même fait le trajet de Denver à Boulder pour déjeuner avec elle au beau milieu d'une journée de travail.

Ellie maîtrisait parfaitement la routine.

— Michael ? Ce soir à 19 heures, disait-elle au téléphone. Il m'emmène au cinéma.

— OK.

— Tu ne pourras pas m'entendre quand je serai dans la salle.

— Non, mais il ne tentera rien là-bas.

— Je l'espère… J'essaie des trucs. Si j'arrive à l'énerver suffisamment, je lui jetterai le prénom d'une de ses victimes au visage. Je lui dirai que je sais des choses à son propos. Je…

— Vas-y doucement.

— Je sais, mais c'est dur. Je suis au bout du rouleau.

Ses rapports avec Ellie étaient purement professionnels et se limitaient à des échanges d'informations – adresses, horaires. Mais, à force d'écouter les conversations entre Ellie et Finn, Michael avait acquis une certitude : ils n'avaient pas couché ensemble. Ce taré était incapable d'avoir des rapports sexuels avec une femme qu'il aimait, parce que la situation lui était complètement étrangère – il perdait totalement le contrôle, toutes ses émotions étaient chamboulées. Mais il suspectait Rasmussen de travailler à corriger ce travers.

Son téléphone sonna, cet après-midi-là.

— Michael ?

C'était Ellie.

— Non, pas encore !

— Pas ce soir. Mais demain soir, il m'emmène au dîner qu'il donne chaque année pour ses cadres. Ce sera au *Fort*, à Morrison.

— Je connais.

— Je crois que c'est suffisamment petit pour que tu puisses entendre.

Le soir suivant, Michael et Leland Kirkner étaient assis dans le van. Cam Parker conduisait. Il y avait de la friture sur la ligne, mais Michael pouvait quand même entendre Ellie et Rasmussen.

— Prends le filet de bison, chérie, dit Rasmussen.

— Non, Finn. Honnêtement, ça ne me dit rien. Je préférerais du poulet.

— Le bison est la spécialité de la maison, Ellie.

La voix de Rasmussen s'était faite plus sourde, comme chaque fois qu'Ellie le contrariait.

— Ça m'est égal, je préfère le poulet.

Un peu plus tard, Rasmussen fit un petit discours. Le train-train. La bande magnétique tournait, monotone.

Le dîner fini, ils suivirent la voiture de Rasmussen. Il ne ramena pas Ellie à Boulder, mais chez lui, dans sa maison de Cherry Creek. Cam Parker gara le van à deux pâtés de maisons de là. La liaison était parfaite.

— Pourquoi n'as-tu pas mis ta robe rouge? demanda Rasmussen.

— Je te l'ai déjà dit, elle appartient à ma colocataire. Je ne peux pas lui piquer ses fringues à tout bout de champ.

— Je t'achèterai une robe, Ellie. Je t'en aurais acheté une pour ce soir, si tu me l'avais demandé.

— Non, Finn. Si tu m'aimes, tu aimes aussi mes vêtements. Je ne vais pas changer ma façon de m'habiller pour toi, et je ne te laisserai pas m'acheter quoi que ce soit.

— Bon Dieu, Ellie, ce que tu peux être têtue!

— Peut-être bien.

— Je veux pouvoir être fier de toi.

— Tu t'arrêtes aux choses superficielles. Allez, changeons de sujet.

— Si tu veux. Comment as-tu trouvé le *Fort*?

— L'endroit est surfait. Ce n'est pas parce que le président Clinton y a mis les pieds une fois que la nourriture est bonne.

Il y eut un silence.

— Petite conne!

Michael se figea.

— Waouh, il est furax, dit Kirkner.

— Désolée, Finn, mais ce restaurant est une arnaque.

Quelque chose tomba par terre. Un vase? Une lampe? Michael avait déjà un pied hors du van.

— Arrête, Finn, tu me fais peur!

Ellie commença à sangloter.

— Je n'aime pas quand tu t'énerves comme ça. Ramène-moi à la maison. Je veux rentrer chez moi!

Cette fois était-elle la bonne? L'avait-elle poussé à bout? Allait-il s'en prendre à elle, la violer, l'étouffer?

Ils filèrent la BMW jusqu'à Boulder. Rasmussen conduisait trop vite. Ni Ellie ni lui ne dirent mot de tout le trajet. La bande magnétique resta immobile jusqu'à ce que Rasmussen s'arrête devant la maison de Marine Street.

— Je... je suis désolée pour ce que j'ai dit, Finn. Tu es toujours en colère ?

— Oui.

— Embrasse-moi et tournons la page, d'accord ? Je serai de meilleure compagnie la prochaine fois.

Michael et Kirkner les entendirent s'embrasser.

— Bonne nuit, Finn.

— Bonne nuit, Ellie.

Michael ne pouvait pas voir la maison depuis l'endroit où le van était garé. Il était sur le point de demander à Parker de se rapprocher pour voir si tout allait bien quand Ellie s'adressa à eux :

— Tout va bien, les gars. Il est parti, et j'ai fermé les verrous de la maison. Merci. Bonne nuit.

— Bon sang, ce type est une lavette, lâcha Parker. Il se laisse faire sans réagir. À sa place, j'aurais largué Ellie depuis longtemps.

— Il n'y peut rien, dit Michael. Il l'a dans la peau.

Il se demandait sans cesse ce qu'Ellie ferait si Rasmussen trouvait le courage de coucher avec elle. Il avait une peur bleue qu'elle franchisse le pas. Mais il la savait capable d'aller jusque-là. Elle était prête à tout pour le coincer. Mais quelle torture ce serait de l'écouter faire l'amour avec lui, d'entendre chaque son, chaque gémissement !

Le jour suivant, au commissariat, Augostino, Chambliss, Koffey et Michael se réunirent pour faire le point sur l'affaire Girard. Par courtoisie professionnelle, ils avaient demandé à Gerald Shan, l'un des procureurs adjoints, de prendre part à la réunion, parce qu'il avait travaillé sur l'affaire Girard au tout début.

— Bon, fit Shan. Qu'est-ce que vous avez ?

— L'inspecteur Chambliss et moi-même sommes allés voir hier le jeune à qui appartient la voiture qui correspond à la clé retrouvée, dit Augostino. C'est un étudiant, il s'appelle Roger Landis.

— Continuez.

— On l'a interrogé. Il vient d'acheter la voiture, et il attendait d'avoir suffisamment d'argent pour mettre tous les papiers en règle. C'est pour ça qu'on a eu un peu de mal à le localiser.

— C'est lui qui a fait le coup ?

Chambliss secoua la tête.

— Absolument pas. Il était avec sa famille à Glenwood Springs, ce week-end-là, jusqu'au lundi matin.

— Alors ? fit Shan en fronçant les sourcils.

— Eh bien, poursuivit Augostino, il avait prêté sa voiture à un copain, un certain Alan Sorelli.

— Et où est-il, ce Sorelli ?

— Il habite Boulder. Il a abandonné la fac, c'est une sorte de clodo. Vous croyez qu'on a assez d'éléments pour que le district attorney délivre un mandat d'arrestation ?

Shan réfléchit une minute.

— Non. Pas encore. Mais convoquez Sorelli et posez-lui les questions de routine. Nous verrons comment il réagit.

— Nous n'avons pas d'empreintes digitales. Et le rapport d'analyse du sperme n'est pas encore complet. Nous aurons les marqueurs ADN d'ici une semaine ou deux. Cela rétrécira le champ des possibles. Autrement, il n'y a pas grand-chose de solide, côté preuves.

— Faites craquer ce Sorelli, dit Shan. Appelez-moi quand il sera dans vos locaux.

Les hommes se levèrent et échangèrent des poignées de main.

— On va l'alpaguer aujourd'hui, fit Augostino. Tu viens avec nous, Callas ?

— Non, je suis débordé. Bon boulot, les gars.

Michael rentra tôt chez lui cet après-midi-là et passa la soirée à poser de nouvelles pierres sur sa cheminée. C'était sa thérapie. Dieu merci, il avait au moins cela.

Le jeudi, Ellie l'appela au commissariat.

— Samedi soir, dit-elle. Dîner chez *Morton's*, puis retour chez lui. Il a acheté un nouveau tableau qu'il veut me montrer. Il passe me prendre à 18 h 30.

— On y sera.

Il marqua une pause.

— Tu te sens toujours d'attaque ?

— Tu n'imagines quand même pas que je vais laisser tomber maintenant ?

— Non.

— On touche au but, Michael. Il est de plus en plus irritable, et je sais qu'il dort mal. Il va craquer.

Courageuse petite Ellie. Courageuse et inconsciente. Samedi serait-il le jour où Finn l'entraînerait dans son lit ? Il allait bientôt tenter quelque chose, Michael le sentait.

Ellie sentit l'angoisse monter en elle, pendant le dîner chez *Morton's*. Elle dut se forcer à ingurgiter la nourriture. Finn était différent, ce soir. Il semblait plus confiant, comme s'il avait enfin pris une décision. Et elle savait de quoi il s'agissait.

Elle avait envie de crier : « Michael, ne me laisse pas seule avec lui ! » Mais Michael ne la lâcherait pas d'une semelle. Il serait là, à écouter.

Pouvait-elle vraiment franchir le pas ? Coucher avec Finn ? Coucher avec cet homme qui était un violeur et un assassin ? Elle avait toujours cru qu'elle était prête à tout pour atteindre son objectif. Elle avait convaincu Michael qu'elle en était capable. Alors, pourquoi paniquait-elle ?

Le sac noir était à ses pieds. Suffisamment près. Elle savait que Michael pouvait l'entendre.

— J'ai pas mal réfléchi, déclara Finn soudain, et j'ai compris pourquoi tu avais été un peu... soupe-au-lait avec moi, ces derniers temps.

Il posa sa fourchette et se pencha vers elle.

— C'est parce que tu es anxieuse, n'est-ce pas ?

— Anxieuse ?

— Oui, tu ne sais pas sur quel pied danser avec moi. Je ne t'ai jamais dit ce que j'éprouvais pour toi.

— Ah !

— Je n'ai pas raison ?

Elle réfléchit un instant. Où voulait-il en venir ?

— Peut-être que si.

— Je le savais.

Il sourit.

— Donc, je vais te dire exactement ce que je ressens, et le problème sera réglé.

Ellie posa à son tour sa fourchette et pencha la tête sur le côté.

— Que ressens-tu pour moi, Finn ?

— Je suis fou de toi.

— C'est vrai ?

— Je pense que je suis amoureux de toi.

— Oh, Finn...

— C'est tout ? « Oh, Finn » ?

— Je... je ne sais pas quoi dire.

— Alors, dis que tu m'aimes, toi aussi.

Ellie n'hésita qu'une fraction de seconde.

— Je crois que oui, Finn. Je le crois vraiment.

Il sourit, posa sa main sur la sienne et leva son verre.

— À nous. Au bonheur.

Elle leva son propre verre.

— À nous.

C'était pour ce soir. À présent, elle en était sûre. Finn allait vouloir coucher avec elle. Elle avait envie de vomir. Pouvait-elle le laisser lui faire cela ?

Le tableau, accroché au mur du salon, était positivement hideux.

— Regarde, dit fièrement Finn.

Elle regarda. Des couleurs dures, des coups de pinceau brutaux, cinglants. La peinture représentait un clown. Sa bouche grimaçante, avec des dents acérées, était placée dans un coin du tableau, son nez rouge dans un autre coin. Ses mains agrippées à sa collerette étaient peintes en plein centre de la toile. C'était une peinture brillante si on aimait les cauchemars.

— C'est un Lassiter. Il m'a coûté une petite fortune.

— J'imagine. C'est quelque chose.

— Tu aimes ?

— Oh, oui, c'est... puissant.

Il sortit deux verres en cristal et les remplit de vin. Ellie s'assit sur le canapé en cuir, croisa les jambes et posa son sac à main à côté d'elle.

— J'aime quand tu es chez moi, tu donnes de la vie à cette maison.

Il se tenait debout et l'observait.

— Je suis touchée par le compliment.

— Je voudrais t'y voir plus souvent.

— Mais Finn, tu sais à quel point je suis occupée, avec mon travail.

— Je t'achèterai une voiture. Tu feras la navette entre Boulder et ici.

— Pas question que tu m'achètes une voiture.

— Ah, Ellie, qu'est-ce que je vais faire de toi ?

Il était décidément différent, ce soir. Il restait calme, quoi qu'elle dise. Elle n'avait pas prise sur lui. Il dénoua sa cravate, puis lui tendit la main pour l'aider à se lever.

— Viens ici.

Il l'enveloppa dans ses bras et l'embrassa. Pressée contre lui, elle sentit son érection.

— Allons dans ma chambre, souffla-t-il.

Elle n'eut que le temps de saisir son sac à main et de l'emporter avec elle dans la chambre à coucher. Finn se débarrassa de sa veste, de sa cravate et ouvrit le col de sa chemise.

— Je te veux dans mon lit, dit-il doucement. Avec moi. Je veux te voir nue, Ellie.

— Oh, Finn ! fit-elle d'une voix tremblante.

Il déboutonna lentement son chemisier, puis fit glisser la fermeture Éclair de sa jupe. Elle ferma les yeux et essaya de s'imaginer que c'était Michael qui la déshabillait.

Finn lui ôta ses chaussures, son collant. Elle avait la chair de poule. Il était nu, à présent. Son corps grand et musclé se détachait sur la pénombre.

Pouvait-elle le faire ? Elle aurait voulu se dédoubler, laisser son esprit s'échapper de son corps, mais elle n'y arrivait pas. Le contact de ses mains sur son corps lui était insupportable. Oh, Michael ! songea-t-elle, désespérée.

— Cela fait si longtemps que j'ai envie de toi, Ellie, chuchota Finn en l'entraînant vers le lit. Tu ne peux pas imaginer.

Il défit son soutien-gorge et embrassa ses seins l'un après l'autre, presque religieusement. Puis il lui ôta sa culotte.

Ellie ne bougeait pas. La terreur la faisait haleter, mais Finn devait mettre cela sur le compte du désir.

Ses mains allaient et venaient sur ses hanches et ses cuisses, ses lèvres glissaient d'un sein à l'autre. Ellie sentit un cri naître dans sa gorge. Elle ne pouvait plus respirer. Elle n'en pouvait plus.

Elle ne pouvait pas le faire.

— Non, dit-elle d'une voix étouffée.

— Ellie...

— Non, Finn.

Elle le repoussa, écarta brutalement ses mains de sa poitrine.

— Quoi ?

— J'ai dit non.

— Comment ça, non ?

— Je ne coucherai pas avec toi.

Il était toujours allongé sur elle, lourd et menaçant.

— Quoi ?

— Laisse-moi.

— Oh, Ellie, ma chérie, ce n'est vraiment pas le moment...

Elle le repoussa de nouveau.

— Laisse-moi !

— Mais qu'est-ce qui se passe ?

— Je veux m'en aller.

Il s'écarta.

— Qu'est-ce que c'est que cette histoire ?

— Je veux rentrer chez moi.

— Espèce de petite allumeuse ! Tu te rends compte de ce que tu viens de faire ?

Il la prit par le bras et la secoua.

— C'est quoi, ton problème ?
— Arrête !
— Je ne m'arrêterai pas. Salope ! Tu es cinglée !
— Laisse-moi partir !

Elle essaya de se dégager, mais il la tenait toujours fermement, et sa main remontait rapidement, tel un serpent, vers sa gorge.

— Tu es à moi. Je ne te laisserai pas filer, espèce de traînée !

— Qu'est-ce que tu comptes faire ? parvint-elle à dire. Me violer, c'est ça ?

Il jura, mais ce fut tout. Il n'avoua rien.

Finn avait onze ans l'été où sa mère tomba de nouveau malade. Son père était en prison pour soixante jours, pour conduite en état d'ivresse. Mais cette fois-ci, Becky avait un plan : son propre frère prendrait en charge Finn et sa sœur Ginny, de façon à ce qu'ils échappent aux familles d'accueil.

L'oncle de Finn était un célibataire grand et imposant. Il fit bon accueil à Finn et à sa sœur. Mais une semaine s'était à peine écoulée qu'il rendait visite à Finn dans sa chambre, au beau milieu de la nuit. Au début, il se contenta de toucher le blondinet innocemment, tout en lui parlant. Puis il le viola.

Finn pensa d'abord que sa mère allait venir et le sauver. Mais elle ne vint jamais, et le cauchemar recommença, nuit après nuit.

Il ne parla jamais à personne de son oncle. Il savait instinctivement que cette histoire était trop diabolique pour que quiconque veuille l'écouter et la croire. Mais chaque fois qu'il voyait un grand homme blond, un vacarme infernal se mettait à gronder dans sa tête.

Puis, des années plus tard, Finn découvrit les filles.

Ellie n'arrivait pas à reprendre sa respiration. Les mains de Rasmussen l'étouffaient, son torse lui écrasait la poitrine. Il était à califourchon sur elle, l'empêchant de bouger.

C'était ce qu'il avait fait à Stephanie Morris. Mais il l'avait d'abord violée. Il n'allait pas violer Ellie, juste l'étrangler à mort.

Soudain, ses mains se desserrèrent, et l'air se rua dans les poumons d'Ellie. Elle hoqueta, à moitié évanouie. Finn avait roulé sur le côté. Il jurait et sanglotait, fou de rage.

— Ça va, murmura Ellie, en priant pour que Michael l'entende.

Il ne fallait pas qu'il surgisse maintenant, l'arme au poing. Il gâcherait tout.

Finn fit voler l'édredon au bas du lit, et elle se recroquevilla en position fœtale.

— Salope ! Sale petite pute !

Non, Michael, songea-t-elle. Pas maintenant. Finn était à deux millimètres de craquer.

— Tu dois étrangler les femmes pour jouir, c'est ça, Finn ?

— Barre-toi !

Ellie se glissa hors du lit, attrapa ses vêtements et son sac, déchirée entre l'envie de fuir et celle de rester, d'essayer une dernière fois de le faire craquer. Elle tremblait de terreur.

— Barre-toi, je te dis ! Je ne te ramènerai pas chez toi, prends un taxi ! Sale petite allumeuse !

Alors qu'elle se rhabillait à la va-vite dans le salon, Finn apparut dans le couloir, les traits déformés par la rage, toujours nu.

— Tiens, pour le taxi.

Il lui jeta une poignée de billets et disparut dans la chambre. Mais, une minute plus tard, il revint. Cette fois, il avait enfilé un pantalon.

— Je t'ai dit de t'en aller !

Il l'attrapa par le bras et la poussa si violemment dehors qu'elle trébucha et tomba. Il lui claqua la porte au nez.

Ellie se releva et se mit à pleurer. De peur, de soulagement et de déception.

Elle avait échoué. C'était fini.

22

Le procès Zimmerman touchait à sa fin. Le jury délibérait depuis la veille, et tout le bureau du district attorney était sur des charbons ardents. Tout le monde estimait que Torres avait fait du bon boulot, mais on ne pouvait jamais être sûr de rien avec un jury.

Ellie était assise à son bureau et essayait de travailler. On lui avait donné le rapport de police sur l'interrogatoire d'Alan Sorelli, le suspect numéro un dans l'affaire Girard. Le jeune homme avait craqué et avoué son crime, mais Torres, toujours aussi pointilleux, avait chargé Ellie de passer chaque mot au peigne fin et de relever la moindre contradiction ou bizarrerie.

C'était un travail de routine, mais elle ne parvenait pas à se concentrer. Elle était obnubilée par Finn et par son échec. L'échec de la mission de sa vie.

Quant à Michael, il n'avait pas donné signe de vie depuis une semaine, depuis cette soirée terrible. L'équipe du van l'avait ramenée chez elle. Michael avait annulé toute l'opération, et voilà tout.

Ellie avait constamment envie de pleurer. Elle ne mangeait plus, n'arrivait plus à dormir. Ses colocataires s'inquiétaient, ne cessaient de lui demander ce qui n'allait pas, mais elle ne pouvait pas le leur dire. Encore des secrets. Des secrets hideux.

Elle mourait d'envie de parler à Michael. Elle avait besoin de sa compagnie, de sa protection. De son pardon. Mais il fallait que ce soit lui qui rétablisse le contact. Et elle savait qu'il ne le ferait pas.

— Qu'est-ce qui se passe ? fit la voix de Ben Torres derrière elle.

Surprise, elle se redressa et pivota sur sa chaise.

— Rien de spécial.

— On aurait dit que vous portiez toute la misère du monde sur vos épaules.

— Oh…

— Ellie, je ne veux pas avoir l'air de me mêler de ce qui ne me regarde pas, mais vous semblez préoccupée, depuis quelque temps. Il y a quelque chose qui ne va pas ?

Elle voulut se forcer à sourire et répondre : « Non, tout va bien », mais les mots restèrent coincés dans sa gorge.

— Ellie ?

Elle le regarda, et ses yeux s'embuèrent de larmes.

— Je suis désolée… je…

Il se pencha vers elle et baissa la voix.

— Je me disais que c'était peut-être à cause de moi, à cause de… de ce qui s'est passé entre nous. Et je voulais que vous sachiez que je regrette plus que jamais. J'ai été stupide.

— Oh, monsieur Torres, vraiment…

Il leva la main.

— J'ai pas mal réfléchi, Ellie. Ma femme et moi… Eh bien, je ne suis pas sûr que cela va marcher, mais depuis quelque temps, on se reparle.

— Tant mieux.

— Oui. Vous n'avez donc plus de souci à vous faire à cause de moi.

— Ce n'est pas... ce n'est pas vous. Je...

— De quoi s'agit-il, alors ?

— Mon Dieu, je...

— Venez dans mon bureau.

Elle le suivit. Lorsqu'il ferma la porte et lui fit signe de s'asseoir, elle sut que l'heure était venue de tout avouer. Elle n'avait plus l'énergie de mentir.

— OK, allez-y, dit Torres.

— Je ne suis pas la personne que vous croyez. Mon nom n'est pas Kramer, mais Crandall. Eleanor Crandall. Mon père était John Crandall.

— John Crandall...

— L'homme qui a été condamné pour viol il y a quatorze ans. Vous n'étiez pas encore district attorney, mais vous devez vous en souvenir...

— John Crandall ? Seigneur ! L'affaire Morris ?

Elle baissa les yeux et hocha la tête.

— C'était votre père ?

Elle releva la tête et le regarda droit dans les yeux.

— Il était innocent. Je le savais, et il fallait que je le prouve. Toute ma vie, j'ai cherché à découvrir qui avait vraiment violé Stephanie Morris. C'est pour cela que je suis allée en fac de droit et que j'ai posé ma candidature pour ce boulot. En travaillant pour vous, je pouvais avoir accès aux archives.

— Vous avez pris des dossiers des archives ?

— Oui.

— Ellie, c'est...

— Je sais.

— Je n'arrive pas à croire que vous ayez pu faire une chose pareille. Vous connaissiez les règles.

— Il fallait que je le fasse. Pour mon père. Et ça a marché.

— Ellie…

— J'ai menti, j'ai volé et je me suis servie de vous. Mais j'ai trouvé qui avait piégé mon père. Je sais qui c'est, mais je ne peux pas le prouver.

Elle lui parla de Michael et de Finn. Elle lui dit tout : les carnets de notes de Michael, la filature, le van, les filles que Rasmussen avait violées et tuées, l'échec de son plan pour le démasquer.

— Callas ? L'inspecteur Callas ? Et vous êtes sortie avec cet homme, ce Rasmussen ? Je n'en avais aucune idée. Et un juge a donné le feu vert pour cette opération ? Seigneur !

— Rasmussen est coupable, et il n'y avait pas d'autre moyen. Nous avions besoin de preuves indiscutables. J'ai fait tout ce que j'ai pu avec lui, mais ça n'a pas marché. À présent, tout est fini et…

— Finn Rasmussen… Ça me revient, maintenant. C'était un bon élément. Du moins, c'était l'impression qu'il donnait. Et c'est un assassin. Quelle histoire !

— Nous avons identifié cinq victimes. Et il va frapper encore, j'en suis persuadée.

— Je vais parler à Sam Koffey. J'ordonnerai une enquête. Il doit bien y avoir un moyen…

Ellie secoua la tête.

— Il n'y a rien que je puisse faire de plus. Je suis au bout du rouleau. J'ai menti et triché, et je ne mérite pas de travailler dans ce bureau ni d'obtenir un diplôme. J'abandonne. Je ne peux plus continuer.

— Ne prenez pas de décision maintenant. Vous êtes bouleversée. Bien sûr, étant donné ce que vous avez fait ici, dans le cadre de votre travail, je vais devoir prendre des mesures, mais…

— Je sais.

— Donnons-nous quelques jours pour y réfléchir.

— Vous y réfléchirez. Moi, je ne peux pas. Je ne peux plus.

— Ellie…

— Tout est mensonge. Ma vie entière est un mensonge. Je pensais que je pouvais aider les autres, mais je ne suis même pas fichue de m'occuper de moi-même.

— Donnez-vous un peu de temps. Vous êtes une fille intelligente. Vous feriez une excellente avocate.

Elle secoua la tête.

— Écoutez, il faut que je me prépare pour le verdict du procès Zimmerman. On en reparlera plus tard, d'accord ?

— Il n'y a rien à ajouter.

— Il y a toujours quelque chose à ajouter, pour un avocat.

Il était 16 heures quand on appela Torres pour lui annoncer que le jury avait rendu son verdict. Il boutonna sa veste de costume avec soin et partit en direction de la salle d'audience. Tout le monde le suivit, mais seuls le district attorney et les deux procureurs adjoints pouvaient entrer. La presse envahissait le couloir. Dehors, les camions de la télévision, les cameramen et les présentateurs attendaient le verdict.

Ellie resta à son bureau. Elle avait rangé toutes ses affaires dans un carton, elle était prête à quitter le palais de justice pour toujours. Mais une imperceptible curiosité professionnelle l'animait encore, aussi décida-t-elle d'attendre de connaître le verdict. Puis elle rentrerait chez elle et penserait à ce qu'elle allait faire du reste de sa vie.

Elle entendit une clameur dans le couloir, et elle sut immédiatement ce que cela voulait dire : coupable. Zimmerman allait finalement payer pour son crime. Mais Ellie n'arrivait pas à se réjouir. Tout lui paraissait futile et insignifiant.

L'équipe du district attorney revint dans le bureau. Torres arborait un grand sourire. Il vint se planter devant son bureau.

— Vous m'avez donné un sacré coup de main, Ellie. Le mérite de cette condamnation vous revient, comme aux autres.

— Merci, marmonna-t-elle en regardant ses chaussures.

— Ne faites rien de précipité, prenez quelques jours de congé. Ensuite, nous parlerons de Rasmussen. D'accord, Ellie ?

— Vous en parlerez. Moi, je suis hors service.

— Hé, attendez, Ellie...

Mais elle prit son carton, son manteau et son nouveau porte-documents et sortit de la pièce.

Finn traquait une fille.

Il quadrillait en voiture les rues de Limon. Il avait pris son après-midi et s'était retrouvé sans l'avoir prémédité sur l'autoroute, en direction de la petite ville.

Les images étaient revenues, les visages tournoyants, les bouches ouvertes et muettes. L'un de ces visages était celui de la lycéenne de Limon. Ses traits dansaient devant ses yeux. Il la voulait, il voulait la posséder. Il en avait besoin pour retrouver la paix de l'âme.

Elle était là avec ses amis, devant le lycée. Mais elle ne correspondait pas à l'image qu'il avait gardée d'elle. Elle était mal fagotée, vraiment pas très attirante. Tandis qu'il l'observait, son visage disparut et fut remplacé par un autre. Celui d'Ellie.

Ellie, Ellie.

Elle lui mettait sans cesse des bâtons dans les roues, et il savait qu'il ne lui pardonnerait jamais ce qu'elle lui avait fait. Il la haïssait autant qu'il l'aimait, mais il ne pouvait pas vivre sans elle.

Un plan avait germé dans son cerveau. S'il ne pouvait pas la posséder, s'il était impossible qu'elle satisfasse ses besoins, il fallait qu'il se débarrasse de cette obsession. Sa vie ne redeviendrait normale que quand il l'aurait rayée de ses pensées, de son âme, de sa mémoire.

Il n'avait jamais souffert comme cela, même pas quand son oncle l'avait violé. Mais aujourd'hui, il n'était plus un enfant. Il contrôlait sa destinée.

Il observa la fille encore quelques minutes, avant de décider qu'elle ne ferait pas l'affaire. La seule qu'il voulait, c'était Ellie.

Il fallait que tout se passe exactement selon son plan. Mais tout dépendait de ce qu'elle dirait. Jusqu'à présent, elle avait toujours accepté, et il était sûr que ce serait pareil cette fois. Elle était amoureuse de lui. Elle le lui avait bien dit, non ?

Il l'appela le soir même.

— Allô ?

— Ellie, c'est Finn.

Elle ne répondit rien.

— S'il te plaît, écoute-moi. Je suis désolé pour… l'autre nuit.

— Tu m'as fait mal.

— Je sais, je sais. Mais c'est parce que tu m'as rendu fou, tu comprends ?

Nouveau silence.

— Mon Dieu, j'aimerais… Mais ce n'est pas pour ça que je t'appelais. Je voulais te féliciter pour le verdict dans l'affaire Zimmerman. Je sais que tu as travaillé dur pour ce procès.

— Merci.

— Tu dois être fière. Justice a été faite, et tu n'y es pas pour rien.

— J'espère que c'est vrai.

— Ellie, tu me manques. J'ai essayé de ne pas t'appeler, mais je n'y parviens pas. Est-ce qu'on peut se revoir ?

— Je ne sais pas. Tu m'as fait peur.

Il émit un petit rire.

— Je me suis fait peur à moi-même.

Il marqua une courte pause.

— Je vais à Aspen, ce week-end. Tu y es déjà allée ?

— Une fois, il y a bien longtemps.

— J'ai l'intention de descendre à l'hôtel *Jerome*, un endroit fabuleux, rénové avec un goût exquis. On pourrait passer un week-end sympa là-bas, tous les deux.

— Je ne sais pas.

— S'il te plaît, dis oui.

Puis il ajouta aussitôt :

— Je prendrai deux chambres séparées. Je te jure que je ne te toucherai pas, si c'est ce que tu souhaites.

— Aspen... fit-elle d'une voix pensive.

— C'est une station merveilleuse. Viens, s'il te plaît.

— D'accord, dit-elle après un silence.

Il faillit pousser un cri de joie.

— Bien. Merveilleux. On va passer un week-end de rêve, tu verras. Ce sera encore mieux que Santa Fe.

— Je l'espère.

— Je passerai te prendre vendredi. Est-ce que tu pourras te libérer assez tôt... vers 13 heures, disons ?

— Euh... oui, pas de problème.

— Alors, à vendredi.
— À vendredi, Finn.
Il raccrocha, animé d'une joie féroce. Puis les images revinrent tournoyer dans son cerveau, les yeux, les larmes, les couleurs, les cheveux et les bouches hurlantes.
Mais cette fois, les visages étaient tous semblables. C'était celui d'Ellie, encore et toujours.

Michael était au téléphone avec le père de Valerie Girard. Depuis que la filature de Rasmussen avait pris fin, il avait recommencé à travailler sur cette affaire, bien que l'enquête fût quasiment terminée.
— Oui, monsieur Girard. Le jeune a tout avoué.
— Je veux que ce salopard aille sur la chaise électrique pour ce qu'il a fait à ma fille. Vous allez demander la peine de mort, n'est-ce pas ?
— C'est le district attorney du comté de Boulder qui en décidera, monsieur. Mais il ne requerra probablement pas la peine capitale, parce qu'il ne s'agit pas d'un meurtre avec préméditation.
— Ce type mérite de mourir.
— Il mérite d'être puni, absolument.
— Je veux qu'il souffre, grogna Girard.
— Je comprends cela. Mais il n'est pas impossible qu'il négocie une remise de peine en échange de sa coopération. Dans ce cas, il y aura négociation entre son avocat et le district attorney.
— Alors, il va s'en tirer à bon compte, c'est ça ?
— Cela n'arrivera pas, monsieur Girard, vous avez ma parole.
— J'espère que vous dites vrai. Bon Dieu, je l'espère.
Michael raccrocha. Pauvre type ! Il se demanda si les Girard avaient d'autres enfants et, si c'était le

cas, comment ceux-ci réagissaient à la mort de leur sœur. Paul... Il en revenait toujours là.

Il s'adossa à sa chaise et posa les pieds sur le bureau. Rick l'aperçut et fronça les sourcils, et Michael haussa les épaules. À cet instant précis, le commandant Koffey apparut dans le service, tout bronzé après une semaine de ski en famille.

Et zut ! se dit Michael.

Koffey se dirigea droit vers lui.

— Dans mon bureau, Callas. Tout de suite.

Une seconde plus tard, Koffey lui passait un savon.

— Bon Dieu, Callas, je suis en vacances à Breckenridge, et voilà que les types du CBI m'appellent à mon hôtel pour se plaindre qu'on ait immobilisé leur équipement pendant des semaines, tout ça pour des prunes.

Michael resta impassible.

— Et pour couronner le tout, il va falloir que j'explique au juge qu'on a fait chou blanc. Lui qui n'avait aucune envie de donner son feu vert, ça va être gai. Vous imaginez à quel point tout cela est embarrassant pour moi ?

— Mmm, fit Michael.

Et comment Koffey croyait-il qu'il se sentait, lui ?

— Après des semaines de filature, qu'est-ce que vous nous rapportez ? Des kilomètres d'enregistrement sans intérêt.

— Je ne peux pas vous dire le contraire.

— Vous me dites qu'il y a un tueur en série en liberté, et vous n'êtes pas foutu de faire quoi que ce soit ! Et, par-dessus le marché, vous mettez la vie d'un civil en danger. Si cela s'ébruite, Callas, on est morts !

— Oui, monsieur.

— Allez, circulez. Il faut que je réfléchisse à tout cela.

Plus tard dans l'après-midi, Michael reçut un appel de son informateur, Pete Stone.

— Rasmussen est en chasse. Il s'est pas mal promené en voiture ces temps-ci. Il est allé plusieurs fois à Limon. Et pas pour affaires. Quant à la fille futée, celle que tu connais, ça fait un moment que je ne l'ai pas vue avec lui.

— OK, Pete, merci. On m'appelle sur une autre ligne.

— Tu veux que je continue à lui coller au train ?

— Bien sûr.

Michael et Chambliss intervinrent sur plusieurs affaires sans grand intérêt cet après-midi-là. Alors qu'ils se rendaient dans un magasin de spiritueux dont le propriétaire avait appelé pour déclarer un vol, Chambliss dit, hésitant :

— Je ne sais pas si tu en as entendu parler, mais ta copine Ellie a quitté le bureau du district attorney.

— Ah, bon !

— Je ne savais pas si tu étais au courant.

Michael haussa les épaules et n'ajouta rien.

Quand ils revinrent au commissariat, un peu plus tard, Chambliss aborda de nouveau le sujet.

— Je sais bien que ce ne sont pas mes oignons, mais Augostino et moi en avons discuté et…

— Et quoi ?

— Écoute, on est amis, non ? Voilà, on pense que tu devrais passer un coup de fil à Ellie.

Michael sortit de la voiture.

— Tu as raison, Chambliss, ce ne sont pas tes oignons.

Après avoir passé une heure à mettre au propre ses notes sur le vol dans le magasin de spiritueux, il resta planté devant son ordinateur, l'estomac noué. Quelle succession de désastres ! Il aurait bien aimé blâmer Ellie – après tout, c'était elle qui l'avait convaincu qu'ils pouvaient piéger Rasmussen –, mais il ne pouvait s'y résoudre.

Il était enfin parvenu à la chasser une minute de ses pensées quand quelqu'un cria :

— Ligne 3, Callas !

Il décrocha.

— Michael, c'est Ellie.

Il se redressa brusquement.

— Michael, tu es là ?

— Oui.

— Il faut que je te parle. Peux-tu venir chez moi ?

— Il paraît que tu as quitté ton boulot.

— Je ne veux pas discuter de ça maintenant. Dis-moi juste si tu peux venir.

— Maintenant ?

— Oui. C'est important.

— Il s'agit de Rasmussen ?

— Écoute, viens, Michael, s'il te plaît.

— J'arrive.

Lorsqu'il se gara devant la vieille maison jaune et qu'il marcha vers la porte d'entrée, il tremblait. Bon sang, il aurait encore préféré arrêter un suspect armé et dangereux plutôt que de sonner à sa porte ! Cela lui aurait demandé moins de courage.

Elle avait entrouvert la porte et l'attendait à l'intérieur.

— Bonjour, Michael.

Elle semblait soucieuse. Ses cheveux étaient emmêlés, et elle n'était pas maquillée. Le cœur de Michael se serra.

— Entre.

— Tu es seule ?

— Oui, les autres sont en cours.

Ils se tenaient debout dans le salon, face à face.

— Asseyons-nous, ajouta-t-elle.

— Dis-moi juste ce que tu veux.

— Seigneur, Michael, assieds-toi et donne-moi une minute.

— OK, je t'écoute, dit-il en s'installant dans un des vieux fauteuils.

Il remarqua soudain les sacs de voyage au pied de l'escalier, et son cœur manqua un battement. S'apprêtait-elle à quitter Boulder ?

— Finn m'a appelée hier soir.

Les yeux de Michael se rivèrent sur elle.

— Il m'a demandé de l'accompagner à Aspen ce week-end.

— Tu es…

— J'ai accepté, Michael.

— C'est pour ça que tu m'as fait venir ?

— J'ai pensé qu'il fallait te mettre au courant. C'est notre dernière chance. Peut-être que cette fois…

— Tu es complètement tarée ou quoi ?

Il se releva d'un bond.

— J'y vais, Michael.

— C'est pour ça, les sacs ? Pour Aspen ?

— Non. En fait, ma mère devait venir me chercher pour m'emmener à Leadville. Mais finalement… je pars avec Finn.

Il la regardait fixement, incrédule.

— Dis quelque chose, demanda-t-elle.

— Dire quelque chose ?

Sa voix était à peine audible.

— Moi vivant, jamais.

23

À Aspen, tout était recouvert d'une neige d'un blanc immaculé. Les lumières de Noël dansaient joyeusement dans les rues, les vitrines et sur les arbres. C'était un paysage de conte de fées.

Finn et Ellie prirent leurs quartiers à l'hôtel *Jerome*. Finn avait réservé deux chambres séparées, comme promis. Il était redevenu le parfait gentleman. Soit il avait peur de perdre de nouveau son sang-froid, soit il était terrifié à l'idée de se retrouver dans le même lit qu'elle. Mais peu importait. Elle n'avait pas le temps d'analyser les motivations de Finn. C'était sa dernière chance. Et elle allait s'en tenir à son plan, quoi qu'il arrive. Mais comme elle se sentait seule, livrée à elle-même ! Il n'y avait personne pour la protéger, cette fois. Michael aurait aussi bien pu se trouver à un million de kilomètres de là.

Pendant le trajet en voiture, Finn n'avait cessé de s'excuser pour cette horrible soirée chez lui. Ellie avait accepté ses excuses. Mais elle savait bien qu'il essayait surtout de justifier ses actions à ses propres yeux.

— Je n'en reviens toujours pas de m'être comporté si mal. Ça ne me ressemble pas. Même si je dois dire, Ellie, que je n'ai toujours pas compris ce qui s'est passé, pourquoi tu as... changé d'avis. En tout cas, ça m'a rendu fou.

Elle ne lui avait toujours pas donné d'explication. Qu'aurait-elle pu dire ? Qu'elle n'avait réalisé qu'à la toute dernière seconde qu'elle ne pourrait jamais, au grand jamais coucher avec lui ?

À 17 heures, Finn frappa à sa porte.

— Je me suis dit qu'on pourrait faire une promenade avant le dîner.

Comme toujours, son ton était sans réplique.

— Bonne idée. Je prends mon manteau.

Elle mourait de peur, mais elle joua la comédie de l'amoureuse transie. Ils se promenèrent main dans la main dans les rues commerçantes de la station, où pullulaient les galeries d'art. Un nouvel artiste retint tout particulièrement l'attention de Finn, et après avoir bavardé avec le propriétaire de la galerie, il sortit sa carte de crédit, acheta une toile moderne intitulée *Fleurs se fanant dans un vase* et demanda qu'on la lui livre à Denver.

Ellie souriait et souriait encore.

— Oh, oui, Finn, c'est magnifique.

En réalité, la nature morte lui donnait la chair de poule. Si son plan réussissait, Finn ne verrait jamais la toile accrochée à son mur. Dommage pour lui, dommage pour l'artiste.

Devant Amen Wardy, une boutique où l'on pouvait se payer un sapin de Noël déjà décoré pour la modique somme de huit mille dollars, Finn frotta ses mains dans les siennes.

— Tu as encore oublié tes gants.

— C'est sans espoir, n'est-ce pas ? dit-elle.

— J'espère que tu n'as pas oublié tes gants de ski pour demain.

— Non, quand même pas.

Elle ne put s'empêcher de penser à son week-end de ski avec Michael, à leur nuit dans son chalet douillet, à la douceur de ses mains sur sa peau, à son souffle dans ses cheveux...

Ils dînèrent au pied d'Aspen Mountain, à l'*Ajax Tavern,* un restaurant intime très en vogue et très cher. Finn choisit pour eux deux et commanda une bouteille de chianti, beaucoup trop robuste au goût d'Ellie.

— Excellent, n'est-ce pas ?

— Délicieux, mentit-elle.

Ils prirent quatre plats à la carte. Une soupe au concombre crémeuse, une salade de légumes agrémentée d'une vinaigrette à la framboise, des tranches de filet de bœuf accompagnées d'une sauce au raifort, des pommes de terre aux échalotes et à la ciboulette, puis, au moment où Ellie se disait qu'elle allait exploser, un pudding aux mûres.

Elle s'adossa à son siège, sourit à Finn et songea que pour un dernier repas, c'était mémorable.

Après le dîner, elle continua à flatter l'ego de Finn, attendant son heure. Elle le voulait détendu, sûr de son pouvoir sur elle.

Ce fut Finn qui proposa de prendre un verre chez *Bentley's*. Ellie accepta aussitôt. Un bar bondé, c'était parfait. Finn détestait par-dessus tout être défié en public.

De nouveau, il commanda pour elle.

— Voilà vos cognacs, dit la serveuse.

Ellie prit soin de boire le sien à petites gorgées. Finn but son verre en deux lampées et commença à s'impatienter. Il jeta un coup d'œil à sa montre.

— J'aimerais bien qu'on soit tôt sur les pistes demain matin.

— Oh, j'ai bientôt fini.

Mais elle se contenta d'une minuscule gorgée.

— Au train où tu bois, on va y passer toute la nuit.

— Et ce n'est que le premier.

— Pardon ?

— On ne va pas rentrer maintenant à l'hôtel, quand même ! Je voudrais un autre cognac. Il est délicieux.

— Et tu es un peu éméchée.

Par chance, la serveuse revint vers eux à cet instant-là.

— La même chose ?

— Oui, s'il vous plaît, répondit Ellie.

Finn agita la main en signe de dénégation.

— Non, juste l'addition, s'il vous plaît.

Ellie se renfrogna et se tourna vers la serveuse.

— Eh bien, moi, j'en reprendrai un.

— Non, dit Finn. L'addition, je vous prie.

Ellie secoua la tête. Les gens installés aux tables voisines commençaient à jeter des coups d'œil intrigués dans leur direction.

— Mademoiselle, un autre cognac, s'il vous plaît. Vous n'avez qu'à faire deux additions séparées. J'ai de l'argent, s'il ne veut pas payer.

Pendant un instant, Finn resta muet. Quand il reprit la parole, sa voix était grave et tremblante.

— Nous partons, Ellie, tout de suite. Je n'ai jamais été aussi embarrassé de ma vie.

Elle riposta aussitôt :

— Heureusement qu'on est en public, pas vrai ? Tu n'oserais pas me frapper, ici !

Il était stupéfait.

— Espèce de petite ordure, siffla-t-il.

Ellie se leva.

— Je vais aux toilettes. Si tu es là quand je reviens, pas de problème. Sinon, je te retrouverai à l'hôtel.

Il la regarda fixement, la mâchoire tremblante, les joues rouges de fureur. Maintenant, le bar entier les observait.

Ellie repoussa sa chaise et commença à se frayer un chemin dans la foule.

La seule chose qui lui permettait de mettre un pied devant l'autre, c'était cette lueur de pure malveillance qu'elle avait vue dans les yeux bleu glacé de Finn. Cette fois, elle le tenait.

Il neigea le samedi et tout le dimanche. La tempête faisait la une de CNN. Boulder avait été à peu près épargnée, mais même s'il n'y avait pas à dégager la route, le trajet jusqu'à Denver n'avait rien d'un long fleuve tranquille, avec les banlieusards du lundi matin.

— Bon sang, quel monde, fit Augostino, assis sur le siège du passager.

Michael se contenta d'opiner, puis déboîta et dépassa un semi-remorque. Les vitres du pick-up étaient recouvertes d'une neige fondue grisâtre.

— Quelle saleté, soupira Rick.

Michael l'ignora. Il ne pensait qu'à une chose : arriver à la maison de Rasmussen.

Augostino et l'agent en uniforme assis à l'arrière eurent la sage idée de se taire. Personne ne se risquait à parler à Callas quand il était aussi calme. Le regard de Rick tomba sur le *Denver Post*, qui était posé entre son siège et celui de Michael.

La une lui sautait aux yeux :

Une étudiante en droit assassinée à Aspen.

Rick n'avait pas besoin de lire l'article. Il le connaissait déjà presque par cœur.

L'étudiante Eleanor Kramer a été retrouvée dimanche soir morte dans une chambre de l'hôtel Jerome. *La mort semble être due à un étranglement, et il y a vraisemblablement eu viol. La police de Boulder, qui travaille en liaison avec le district attorney du comté de Boulder et la police d'Aspen, promet une arrestation imminente. D'après nos sources, l'élucidation de cette affaire permettrait de faire la lumière sur d'autres meurtres similaires commis dans la région de Front Range.*

Ils arrivèrent devant la maison de Rasmussen à 9 heures.

— Tu veux que je m'en occupe ? demanda Rick en ouvrant sa portière.

Michael secoua la tête.

— Je dois m'en charger, dit-il d'une voix tendue.

Il se tourna vers le policier en tenue.

— Tu me couvres.

— Comptez sur moi, inspecteur.

Il sonna à l'interphone. Le portail s'ouvrit automatiquement, et Michael vit la porte de la maison s'entrebâiller. Il avança en regardant Rasmussen dans les yeux, puis s'arrêta une seconde pour ramasser l'exemplaire du *Denver Post* qu'un livreur avait jeté sur le sol enneigé de l'allée, soigneusement enveloppé dans du plastique orange. Il le tapota contre sa jambe pour en faire tomber la neige fraîche et reprit sa marche en direction de son ennemi juré.

— Que se passe-t-il ? dit Rasmussen. Callas ? Je n'en crois pas mes yeux. Ça fait combien de temps qu'on ne s'est pas vus ? Dix ans ? Douze ?

Mais Michael n'était pas d'humeur à bavarder. Il planta le journal dans le ventre de Rasmussen et lui dit :

— Tu pourras lire ça pendant qu'on roulera vers le commissariat.

— Le commissariat ?

— Tu es convoqué pour un interrogatoire au sujet du meurtre d'Eleanor Kramer.

— Meurtre ?

— Allons-y, Rasmussen.

Il se tourna vers le flic en tenue.

— Viens m'aider.

— Attends une minute, c'est complètement grotesque !

— Ferme-la, ordonna Michael.

Rasmussen se tut, abasourdi. Le policier le prit par le bras et le conduisit vers la voiture. Michael les suivit.

Ben Torres faisait les cent pas devant la salle d'interrogatoire. Finalement, il se tourna vers Michael et le commandant Koffey.

— Bon, je veux que tout se passe dans les règles. Rasmussen n'est pas stupide. On attend son avocat, compris ? C'est pour Ellie, bon Dieu. Il faut faire les choses bien.

— Merde ! murmura Michael.

Il venait d'apercevoir Janice Kramer, assise dans un coin près de la fenêtre. Son visage était couleur de cendre. Oui, il fallait qu'ils fassent les choses bien. Pour elle et pour Ellie.

— OK, dit-il. On attend. Mais pas longtemps.

— Du calme, Callas, fit Koffey en fronçant les sourcils.

L'avocat de Rasmussen, un certain Ralph Sempler, arriva un peu avant midi. Il se présenta et serra la main de Torres et de Koffey. Michael garda les mains dans les poches.

— De quoi s'agit-il, bon Dieu ? Koffey, qu'est-ce que vous reprochez à…

Mais Michael le coupa net.

— Vous pouvez rester ici et parler autant que vous voulez. Moi, je commence l'interrogatoire. On a assez poireauté comme ça.

Sempler eut l'air perplexe.

Michael ouvrit la porte de la salle d'interrogatoire, celle-là même où Ellie et lui avaient discuté pour la première fois. « Ellie, songea-t-il, c'est pour toi. »

— Ça t'ennuie si j'enregistre la séance ? dit-il à Rasmussen en s'asseyant, sur un ton qui indiquait clairement qu'il ne s'agissait pas d'une question.

— Où donc est mon avocat ?

Sempler entra dans la pièce.

— Vous restez silencieux, Sempler, sinon vous quittez la salle, dit Michael.

— Écoutez-moi bien… commença Sempler.

Mais une lueur menaçante dans les yeux dorés le fit taire. Il s'éclaircit la gorge, détourna le regard et marmonna :

— On verra bien qui aura le dernier mot.

Michael se tourna vers Rasmussen et ouvrit le feu.

— Je te préviens, on ne quittera pas cette pièce tant que tu n'auras pas reconnu par écrit avoir tué Eleanor Kramer. Tu la connaissais, n'est-ce pas ? Je crois que tu l'appelais Ellie.

— Oui, bien sûr que je connais Ellie, dit Rasmussen en se penchant en avant, l'air sincère et préoccupé.

Michael enfonça la touche d'enregistrement, et le bal commença. Il posait des questions, et Rasmussen y répondait avec candeur. Puis Michael revenait en arrière, et l'ex-flic devait se répéter. Encore et encore. Et ils avaient à peine gratté la surface. Pour obtenir des aveux, pour le casser, il allait falloir bien des heures d'interrogatoire. Rasmussen n'avait rien d'un imbécile. Mais Michael savait où porter ses coups.

Le temps passa. Rasmussen commençait à s'impatienter. Il s'agitait sur sa chaise en plastique, se levait, se rasseyait. Il se massait la nuque pour se détendre. Son avocat faisait de même. Michael, lui, était aussi immobile qu'une statue.

— Il faut que je retourne au bureau, fit Rasmussen, j'ai un contrat à négocier. Bon Dieu, c'est vraiment n'importe quoi, cette histoire ! Sempler, faites quelque chose !

L'avocat haussa les épaules.

— Laissez-le vous interroger, Finn. Débarrassez-vous de cette corvée. Après, je vous assure qu'on le poursuivra.

— Je peux aller pisser ? demanda Rasmussen.

— Vas-y.

Un policier l'escorta. Pendant l'absence de Rasmussen, Sempler se pencha vers Michael.

— Vous avez quelque chose de solide contre mon client, ou seulement des présomptions ?

Michael se contenta de sourire.

— Je peux vous jurer que vous le paierez cher, Callas, marmonna Sempler.

Finn revint et se rassit sur la chaise inconfortable. Il avait desserré le nœud de sa cravate et avait retroussé ses manches de chemise, une chemise bleu pâle faite sur mesure, ornée d'un monogramme.

— OK, reprenons. Tu admets donc être sorti avec Ellie.

— Je l'ai déjà dit dix fois.

— Revenons à vendredi dernier. Tu es passé prendre la victime chez elle à 13 heures, c'est bien cela ?

— Oui, oui, je te l'ai dit. 13 heures précises. J'ai même vu l'une de ses colocataires. Je n'ai jamais nié avoir emmené Ellie à Aspen.

— Attention à ce que vous dites, intervint Sempler.

Rasmussen lui jeta un regard impatient.

— Mais je n'ai rien à cacher, bon Dieu ! Nous sommes allés à Aspen et nous sommes descendus à l'hôtel *Jerome*, où j'avais réservé deux chambres.

— Pourquoi deux, Rasmussen ?

— Hé, je sais que ça fait vieux jeu, mais moi, je respecte les femmes. Mon Dieu, j'allais même...

— Quoi ?

Rasmussen fit une grimace.

— Je pensais lui acheter une bague de fiançailles.

— Une bague de fiançailles ?

— Oui.

— OK. Qu'avez-vous fait après votre arrivée ?

Rasmussen lui raconta leur soirée, le dîner puis les cognacs au *Bentley's*.

— Et comme je te l'ai déjà dit, Ellie s'est rendue aux toilettes et n'est jamais revenue. Interroge la serveuse, si tu veux. J'ai demandé à tout le monde de la chercher.

Michael croisa les bras sur sa poitrine et s'adossa à sa chaise.

— Les flics d'Aspen ont parlé à la serveuse, Rasmussen, et il semble que toi et Ellie vous soyez copieusement engueulés, ce soir-là. Il y a pléthore de témoins.

— Ce n'était pas une dispute. Ellie souhaitait rester, alors que je voulais aller me coucher pour être en forme le lendemain sur les pistes.

— Mmm. Dans ce cas, pourquoi n'as-tu pas prévenu la police quand tu ne l'as pas retrouvée ?

— Tu ne la connais pas. Elle est têtue comme une mule. Je suis finalement retourné à l'hôtel, pensant qu'elle s'y trouverait. Mais elle n'y était pas.

— Et cela ne t'a pas inquiété ?

— Un peu, si. Mais Aspen est une ville où on fait la fête, et je me suis dit qu'elle avait dû aller dans un autre bar.

— Continue.

— À 2 heures du matin, elle n'était toujours pas là.

— Et tu n'as pas appelé les flics, à ce moment-là ?

— Tu sais bien que non, Callas.

— Dis-moi ce que tu as fait.

— Je suis allé me coucher.

— Je vois. Et tu n'étais pas plus préoccupé que cela. Toutes ses affaires étaient dans sa chambre, et tu ne t'es toujours pas inquiété.

— Pour être franc, je me suis dit qu'elle devait être tellement furieuse qu'elle avait trouvé quelqu'un pour la raccompagner à Denver, en se disant que je lui rapporterais ses affaires... Oh, et puis merde, je n'en sais rien !

Ils firent une pause pour le déjeuner. On leur livra les hamburgers les plus immondes de toute la ville. Michael avait fait exprès de passer commande tôt le matin, en demandant qu'on cuise immédiatement les hamburgers et qu'on les apporte à 14 heures au commissariat.

— Mais ce sera de la semelle, avait fait remarquer l'employé du fast-food au téléphone.

— Faites ce que je vous dis.

— Qu'est-ce que c'est que ce truc ? s'écria Rasmussen quand on posa devant lui le sac en papier tout graisseux.

— Hé, les contribuables ne peuvent pas te payer des repas quatre étoiles.

— Laisse-moi passer commande, dans ce cas. Je paierai de ma poche.

— Désolé. Impossible.

— Et merde ! dit Rasmussen.

Il ne toucha pas à son hamburger, mais Michael mangea le sien jusqu'à la dernière miette. Ensuite, il prit tout son temps pour nettoyer la table, puis quitta la pièce. Il retrouva Torres et Koffey de l'autre côté du miroir sans tain et observa Rasmussen, qui était absorbé dans une conversation animée avec son avocat.

— Il va craquer, dit Michael.

— J'espère que tu as raison, répondit Koffey.

Michael alla ensuite voir Janice, qui attendait en compagnie d'Augostino. Elle pleura quand Michael lui confia que Rasmussen était prêt à craquer.

Quand il revint dans la salle d'interrogatoire, Rasmussen était furieux.

— Tu ne peux pas me laisser en plan comme ça, Callas. Qu'est-ce que…

— On continue ? coupa Michael en s'asseyant, le visage parfaitement neutre.

Il recommença à le cuisiner.

— En fait, tu sais très bien qu'Ellie n'est pas partie ce soir-là, n'est-ce pas ?

— Qu'est-ce que tu veux dire ?

— Elle est retournée à l'hôtel, et le samedi matin, on l'a violée et étranglée.

Michael serra les poings. Il aurait voulu tout casser dans la pièce, réduire en bouillie le visage de l'homme qui lui faisait face.

— As-tu accroché l'écriteau « Ne pas déranger » sur la porte d'Eleanor Kramer et l'y as-tu laissé tout le week-end, jusqu'à ce que tu quittes l'hôtel ?

— Bien sûr que non. Pourquoi aurais-je fait un truc pareil ?

— Pour que la femme de ménage ne trouve Ellie que longtemps après ton départ. Voici ce qui s'est passé, selon moi : tu as essayé de faire l'amour avec ta petite amie, mais elle t'a repoussé, ça t'a rendu furieux, et la situation a dégénéré. Tu as paniqué. Tu savais que tu ne pouvais pas te débarrasser de son corps, alors tu as mis l'écriteau « Ne pas déranger » et tu es parti.

Rasmussen secoua la tête avec véhémence.

— Non, ce n'est pas vrai.

C'était le moment. Michael n'hésita pas un instant.

— Mais tu n'en es pourtant pas à ton coup d'essai, n'est-ce pas ? La première fois, c'était ici même, à Boulder. Tu te souviens de Stephanie Morris ?

Sempler faillit en tomber de son siège.

— Qu'est-ce que...

Mais Michael n'avait d'yeux que pour Rasmussen.

— Avec le temps, tu as appris à les étrangler proprement, sans bavure. Après Stephanie Morris, il y a eu Holly Lance, Naomi Freeman, Amy Blanchard et Peta Valero.

— Tu... tu es devenu fou ! s'écria Rasmussen en tapant du poing sur la table. Qu'est-ce que... qu'est-ce que c'est que...

— Vous vous rendez compte de ce que vous dites ? renchérit Sempler en promenant son regard de Michael à son client. L'interrogatoire est terminé. Finn...

Mais Rasmussen ne bougeait pas.

— Tu es cinglé, lança-t-il à Michael. Tu m'as toujours détesté. Et maintenant, tu essaies de me coller je ne sais quels crimes sur le dos.

— OK, fit Michael en levant la main, comme s'il battait en retraite.

Il suggéra de faire une nouvelle pause. Un agent accompagna Rasmussen aux toilettes, puis Michael le vit aux côtés de Sempler, près du distributeur de boissons.

Il aperçut Janice Crandall debout à l'autre extrémité du hall, toujours avec Augostino. Elle dévisageait Rasmussen comme s'il était le diable en personne. D'ordinaire, on ne laissait pas les civils assister aux interrogatoires, mais Koffey avait fait une exception pour Janice. Il n'y avait pas un policier, dans tout le bâtiment, qui ne soit pris d'une sympathie éperdue pour cette femme.

L'interrogatoire reprit. Michael s'assit et regarda Rasmussen en silence pendant de longues minutes, puis il lança d'une voix douce :

— Tu sais, n'est-ce pas, qu'Ellie Kramer était en réalité Ellie Crandall ?

Il laissa passer une seconde.

— La fille de John Crandall, l'homme qui est allé en prison pour le viol de Stephanie Morris.

Rasmussen s'écroula sur son siège. Sempler les observait l'un et l'autre, visiblement interloqué.

— Ellie Crandall. Apparemment, toi et Ellie aviez des comptes à régler. Des comptes vieux de quatorze ans.

— Non.

Rasmussen murmurait, à présent.

— Je… C'était la fille de Crandall ?

Il était sonné.

— Attends, ce n'est qu'un début, dit Michael en se penchant vers lui. Nous avons un témoin qui vous a vus ensemble, toi et Ellie, prendre le petit-déjeuner samedi matin tôt à Aspen. Ce témoin affirme que vous vous êtes disputés, puis que vous vous êtes rendus vers les ascenseurs. C'est à ce moment-là que tu l'as violée et tuée, juste après le petit-déjeuner ?

— Non, non, non.

Rasmussen secouait énergiquement la tête.

— C'est faux. Je jure que je ne l'ai jamais revue après le *Bentley's*.

— Donc, ce témoin ment ?

— Oui. Oui, bien sûr, il ment.

Sempler se leva.

— Je conseille à mon client...

— Vous, asseyez-vous, dit Michael d'une voix calme.

Puis il reporta son attention sur Rasmussen.

— As-tu violé et assassiné Ellie et toutes ces autres femmes parce que ton oncle avait abusé de toi, Rasmussen ?

Rasmussen se leva d'un bond et commença à hurler et à jurer. Il repoussa même Sempler lorsque l'avocat tenta de le raisonner.

— Va te faire foutre, Callas !

Michael choisit cet instant pour lui porter le coup de grâce. Il sortit de la poche de sa parka un sachet en plastique qu'il plaça tranquillement entre eux. Rasmussen se tut, posa ses mains sur la table et se pencha en avant.

— Qu'est-ce que...

— C'est une cravate. Faite sur mesure, on dirait. Et tu ne devineras jamais où on l'a trouvée.

Rasmussen blêmit.

— Autour du cou d'Eleanor Kramer.

Le silence s'installa. Rasmussen paraissait assommé. Il ouvrit la bouche pour dire quelque chose, mais ne put émettre aucun son.

Sempler regarda longuement la pièce à conviction, puis ses yeux revinrent à Rasmussen.

— Du calme, Finn. Ne dites pas un mot.

Il se tourna vers Michael.

— Rien ne prouve que cette cravate est celle de mon client. Vous ne pouvez pas...

Un grognement sortit de la gorge de Rasmussen.

— Non, je...

Michael eut un sourire cruel.

— Ton monogramme. Ta cravate. Pas très bien ficelé, ce coup-ci, mon pote.

Rasmussen se mit à haleter. Sa poitrine s'élevait et retombait à un rythme frénétique, comme s'il manquait d'air. Il regarda le sachet en plastique, les poings serrés. Puis il explosa.

— Comment peux-tu me croire assez con pour utiliser ma propre cravate ?

Sempler bondit comme un ressort et tenta de faire taire son client.

— Callas, je ne vois pas de monogramme. Comment savoir si ceci appartient à...

Rasmussen hurlait toujours. Il repoussa son avocat et donna un violent coup de poing sur la table. Ses phalanges se mirent à saigner.

— Celui qui a tué Ellie n'est qu'un copieur ! Il sait comment je m'y prends ! Tu crois que j'aurais commis une erreur aussi stupide après toutes ces années, après toutes ces femmes ? Moi, Finn Rasmussen ? J'ai bâti un empire, bordel...

Il se mit à bafouiller.

— Je... j'aimais Ellie. Les autres, c'était juste des choses. Mais Ellie... Tu aurais dû voir la bague que je m'apprêtais à lui acheter.

Michael reprit la parole, très calme.

— Mais nous savons que tu as tué Ellie Kramer.

— Non, non ! Je ne l'ai pas tuée !

— Et je suppose que tu nies aussi avoir violé et étranglé Stephanie Morris ? Hein, Finn, et Stephanie ?

— Elle, oui, mais pas Ellie !

— Et Naomi Freeman ?

— Oui, va te faire foutre, oui !

— Amy Blanchard, Holly Lance et Peta Valero ?

— Oui ! hurla-t-il.

Il s'écroula soudain contre le mur et se recroquevilla par terre en position fœtale. Puis il se mit à osciller d'un côté et de l'autre, les bras serrés autour de ses genoux.

— Nom de Dieu, murmura Sempler.

La porte s'ouvrit. C'était Torres. Il regarda Michael et arrêta l'enregistrement.

— Ça vous suffit ? demanda Michael.

— Oh, oui, ça devrait faire l'affaire.

Puis la porte s'ouvrit de nouveau, et Eleanor Kramer entra dans la pièce.

24

Elle ne pouvait penser à rien. Elle avait l'impression d'être dans un rêve. Immobile, elle regarda Michael saisir Finn par le bras, Finn qui la dévisageait avec incrédulité.

Mais où était ce sentiment de victoire qu'elle espérait depuis si longtemps ? Elle se sentait vide.

Elle perçut des bribes de conversation. Michael ordonnait à un policier de mettre Finn en cellule. Sempler conseillait à son client de ne pas paniquer.

— Vous verrez, Finn, vous serez libre demain matin. C'est une parodie de justice.

— C'est ce qu'on verra, disait Torres. Je vous souhaite bonne chance pour trouver un juge qui le relâchera sous caution.

Ellie avait le vertige. Plus de jeunes filles violées et assassinées, plus d'hommes innocents emprisonnés. Et Torres ferait en sorte que ceux qui croupissaient derrière les barreaux soient libérés.

Un autre policier en uniforme apparut, passa devant Ellie et saisit fermement le bras libre de Finn. Celui-ci n'émettait plus que des borborygmes, de la bave au coin des lèvres. Il était brisé, écrasé.

L'espace d'un instant, Ellie croisa son regard. Il eut une seconde de lucidité.

— Salope, petite pute...

Michael, derrière lui, lui donna un grand coup entre les omoplates.

— Ça, c'est pour avoir frappé Ellie.

Sempler protesta, fit la liste de toutes les plaintes qu'il allait déposer, mais Michael se contenta de sourire.

Ellie restait sans voix. Elle était allée jusqu'au bout, elle avait réussi, mais elle n'éprouvait aucun sentiment de triomphe.

Michael ne la regarda pas une fois, tandis que la pièce se vidait. Elle vit sa mère, qui se tenait entre le commandant Koffey et Rick Augostino. Janice lui sourit et lui fit un signe de tête – elle était peut-être la seule, parmi tous ces gens, qui savait combien la vengeance était stérile.

Alors qu'on emmenait Finn, la foule grossit dans le hall. Ellie reconnut de nombreux visages, même ceux de Parker et de Kirkner, qui avaient aidé Michael dans le van. L'atmosphère était la même qu'au palais de justice, quelques jours plus tôt, quand on avait annoncé le verdict du procès Zimmerman. Des sourires, des rires, des félicitations, de grandes tapes dans le dos.

Janice finit par la rejoindre et l'étreignit. Elles restèrent toutes deux muettes pendant un long moment, la gorge nouée par l'émotion. Puis Janice lui chuchota à l'oreille :

— Ton père serait fier de toi, Ellie. Tellement fier.

Rick les interrompit.

— Venez, mes belles dames, on va fêter cela dignement.

À la grande surprise d'Ellie, Janice accepta.

— Pourquoi pas ? Ellie et moi vous suivrons en voiture.

Mais Ellie déclina l'invitation.

— Vous êtes sûre, Ellie ? demanda Rick.

— Juste un verre, insista Chambliss.

— Non, merci, dit-elle avec un pauvre sourire. Il faut que je finisse de faire mes bagages.

Michael intervint à ce moment-là :

— Laissez-la, les gars.

Puis il disparut.

Augostino aida Janice à mettre son manteau.

— Je te retrouverai chez toi un peu plus tard, dit Janice.

— Parfait, maman. Amuse-toi bien.

Presque tout le monde était parti quand elle sentit qu'on lui tapait sur l'épaule. Elle se retourna, espérant voir Michael. Mais c'était Torres.

— Eh bien, on l'a eu. Bon Dieu, quel coup !

Il sourit et lui prit la main.

— J'ai dit à votre mère que je demanderais au gouverneur de blanchir votre père. Même si c'est à titre posthume.

— Merci.

— C'est bien le moins que je puisse faire.

Il hésita un instant.

— Ellie, revenez travailler pour moi. Ne gaspillez pas votre talent. Je veux que vous m'aidiez sur cette affaire, il y a tellement à faire. Les avocats de Rasmussen vont tout essayer.

— Leurs arguties ne le sauveront pas.

— Non, mais nous devons être parfaitement préparés. C'est notre job. Allez, Ellie.

— Je vais y réfléchir.

Mais elle avait déjà pris sa décision. Elle ne le ferait pas.

— D'accord.

Torres s'en alla, et elle se retrouva seule dans le hall. Il n'y avait plus rien à faire, plus rien à ajouter.

Elle alla récupérer son manteau, qu'elle avait posé sur un banc près de l'escalier, et s'immobilisa, hésitante. Elle avait envie d'aller faire un tour du côté de la division des inspecteurs pour voir si Michael était là. N'aurait-elle pas dû lui dire quelque chose ? Le remercier ? Le féliciter ?

Et zut ! Elle enfila son manteau et commença à s'éloigner.

Soudain, elle entendit sa voix.

— Attends, Ellie.

Elle se retourna lentement.

— C'était du bon boulot, dit-il en lui tendant la main.

Elle le fixa pendant un instant, puis lui serra la main.

— Merci, Michael. Tout le mérite te revient.

— Non, non. Tu sais bien que ce n'est pas vrai.

— En tout cas, merci. Bon, il faut que j'y aille.

Elle voulait retirer sa main de la sienne. Cela lui faisait trop de mal de sentir sa peau chaude, ses doigts puissants. Elle aurait pu aimer cet homme, mais elle avait tout gâché. Le prix de la vengeance était décidément trop élevé.

— Au revoir, Ellie.

Elle descendit l'escalier et sortit du bâtiment. Dehors, il neigeait. Elle releva son col et enroula son écharpe rouge autour de son cou. C'était fini. Fini. Elle aurait voulu s'écrouler ici et pleurer toutes les larmes de son corps.

Le vent lui cinglait le visage. Elle enfonça la tête dans ses épaules et partit en direction de la rue. Elle entendit un son qu'elle prit d'abord pour le hurlement du vent, avant de réaliser que quelqu'un l'appelait. Elle s'arrêta, releva la tête et se retourna.

Michael courait derrière elle, sans manteau ni gants, les cheveux en bataille.

— Attends, Ellie.

— On s'est dit au revoir, Michael, ne…

— Je m'en fous, Ellie, je ne vais pas te laisser partir comme ça. Tous les gens qui ont compté dans ma vie sont partis ou m'ont abandonné, et j'en ai ma claque. Cette fois-ci, je ne vais pas rester comme un idiot à ne rien faire.

« Écoute, je ne connais pas les règles de l'amour. Mais je ne peux pas passer le restant de mes jours à me demander où tu es, si tu vas bien, quel imbécile tu as épousé, à quoi ressemblent tes mômes… Je… je te veux, Ellie. Je veux que ces enfants soient les miens.

Ellie restait immobile, sous le choc. Elle ne sentait plus ni le vent ni la neige qui lui giflaient le visage.

— Eh bien, dis quelque chose.

— Je ne sais pas quoi dire.

— Bon Dieu, peut-être que… que j'ai tout faux. Je pensais que toi et moi…

— … ressentions quelque chose l'un pour l'autre ?

— Oui. Moi, je tiens à toi, Ellie, je veux essayer. Je veux que nous apprenions à nous faire confiance.

— Et tu… m'aimes ?

— Je te l'ai dit.

— Non, tu as dit…

— Ne parle pas comme une avocate.

— Donc, nous nous aimons l'un l'autre, c'est cela ?

— Oui, c'est ça.

— Michael…

— Je t'en prie, Ellie. Tu me mets à la torture, et je suis en train de geler sur place. Oui ou non ?

— Ce n'est pas si simple que ça, non ?

Il secoua la tête.

— Comment pourrais-je le savoir ? Mais ça vaut le coup d'essayer.

— Tu penses vraiment ce que tu dis, Michael ?

— Tu crois que je suis en train de plaisanter, à moitié à poil dans ce blizzard ?

— Non.

— Écoute, tu retournes travailler chez le district attorney, tu finis tes études, et on se marie.

Il tendit la main et lui caressa la joue.

— Ensuite, on fonde une famille.

Il fit la grimace.

— Il faudra que j'agrandisse le chalet.

— Une famille.

— Exactement. Alors, réponds-moi, Ellie : oui ou non ?

Cette fois, Ellie n'hésita pas.

— Oui, murmura-t-elle dans la tempête.

Puis elle répéta d'une voix forte :

— Oui, oui, oui !

Découvrez les prochaines nouveautés
de la collection

Amour et Destin

Des histoires d'amour riches en émotions déclinées en trois genres :

Intrigue ***Romance d'aujourd'hui*** ***Comédie***

Le 9 mai *Intrigue*

En toute confiance de Karen Robards (n° 6567)

La colère et l'impulsivité ont inconsciemment sauvé la vie de Julie Carlson. Soupçonnant son mari, Sid, de la tromper, Julie le suit hors de la maison au milieu de la nuit et le piste jusqu'aux abords de la ville. Sans savoir qu'un tueur à gages attend, tapi dans l'obscurité, que Sid soit parti pour la tuer... Julie n'ayant pas les qualités d'un détective privé, elle se fait semer et voler sa voiture sur le parking d'un bar gay. Elle y rencontre Mac, un ancien policier devenu détective privé spécialisé dans les affaires d'adultère...

Le 16 mai *Romance d'aujourd'hui*

L'enfant de tous les espoirs de Patricia Rice (n° 6568)

Cleo s'est installée près de l'océan, en Caroline du Sud, et y a ouvert une entreprise de décoration pour mener une vie tranquille. Après avoir été en prison pour trafic de drogue, elle se doit d'avoir un comportement exemplaire pour récupérer la garde de son fils, logé chez sa sœur. Or, voilà qu'un homme veut louer la maison sur la plage qui lui appartient. Furieuse, Cleo ne veut pas d'un intrus sur ses terres. Mais elle a besoin d'argent... et de bien d'autres choses encore, que Jared, séduit par cette jeune femme farouche et rebelle, est prêt à lui offrir...

Le 23 mai *Comédie*

Le prince charmant sinon rien ! de Cindy Blake (n° 6569)

Georgia et Jessica, la trentaine, dirigent une agence de recrutement dans le centre d'affaires de Londres. Un beau jour, elles décident qu'elles en ont assez d'être célibataires : pourquoi ne pas chercher l'âme sœur, parmi la multitude de fichiers qu'elles ont sous la main ? Après quelques cocasses échecs, leur quête les mène à la recherche d'un écrivain, aux États-Unis...

Ce mois-ci, retrouvez également les titres de la collection

Aventures et Passions

Le 4 avril

Plaisirs interdits de Eloisa James (n° 6535)

Angleterre, XIXe siècle. Gabrielle Jerningham rejoint Londres depuis l'Inde pour épouser, comme convenu avec leurs parents, Peter Dewland. Dandy, il est horrifié par l'allure peu conventionnelle de sa future épouse, ses cheveux décoiffés et ses maladresses répétées. Alors que son frère aîné, Quentin, est immédiatement charmé par l'intelligence et la très grande beauté de la jeune fille... et entreprend de la séduire. Et tant pis pour son frère !

Le 11 avril

Dans les bras du shérif de Jill Gregory (n° 6536)

Emily Spoon vit dans le Colorado avec son frère et son oncle, qui a passé plusieurs années en prison pour avoir attaqué des diligences. Désormais, toute la famille veut vivre en paix et élever tranquillement du bétail. Mais le shérif de la bourgade voisine, Clint Barclay, voit d'un mauvais œil l'installation de ces nouveaux arrivants. La belle maîtresse de maison pourra-t-elle le faire changer d'avis ?

Le 18 avril

Un amant de rêve de Virginia Henley (n° 4848)

Quoi de plus atroce que d'être mariée à un homme qu'on méprise ? Cette situation est si odieuse à Esmeralda que, chaque jour, elle fuit au moment où son époux regagne le domicile conjugal ! Ce soir-là, elle vient à peine de s'engager dans Baker Street qu'un fiacre s'arrête à sa hauteur. La portière s'ouvre et Esmeralda découvre avec stupeur Sean, l'homme auquel elle rêve depuis cinq ans...

Le 28 avril

Un séduisant ravisseur de Lael St. James (n° 6537)

Angleterre, XIVe siècle. Gabrielle Redclift doit quitter malgré elle sa mère et ses sœurs pour épouser Sir Avendall, qu'elle n'a vu qu'une fois. Au lieu de venir la chercher lui-même, il envoie ses hommes l'accompagner. En chemin, le rival d'Avendrall attaque la petite troupe et enlève la belle. Gabrielle est outrée, mais trouve ce Morgan Chalstrey diablement séduisant...

6532

Composition Interligne B-Liège
Achevé d'imprimer en France (Manchecourt)
par Maury-Eurolivres
le 4 mars 2003.
Dépôt légal mars 2003. ISBN 2-290-32889-8

Éditions J'ai lu
84, rue de Grenelle, 75007 Paris
Diffusion France et étranger : Flammarion